Karen Kingsbury
NEUANFANG

Karen Kingsbury

Neuanfang

Momente der Liebe – Band 1

francke

Über die Autorin:
Karen Kingsbury war Journalistin bei der *Los Angeles Times*, bevor sie sich ganz dem Schreiben widmete. Inzwischen gilt sie nicht nur in ihrer Heimat, sondern auch darüber hinaus als die beliebteste christliche Romanautorin. Ihre bewegenden Bücher stehen regelmäßig auf der *New York Times*-Bestsellerliste und sind mit unzähligen Preisen ausgezeichnet worden. Zusammen mit ihrem Mann, drei eigenen und drei adoptierten Kindern lebt sie in Washington.

Bibliografische Information Der Deutschen Bibliothek
Die Deutsche Bibliothek verzeichnet diese Publikation in der Deutschen Nationalbibliografie; detaillierte bibliografische Daten sind im Internet über http://dnb.ddb.de abrufbar.

ISBN 978-3-86827-299-4

Sunrise # 1: Sunrise, German

Deutsch von Cornelia Rohleder
Umschlagbild: gregory21/ Dreamstime.com
Umschlaggestaltung: Verlag der Francke-Buchhandlung GmbH / Christian Heinritz
Satz: Verlag der Francke-Buchhandlung GmbH
Druck: Bercker Graphischer Betrieb, Kevelaer

www.francke-buch.de

Kapitel 1

Ein kalter Wind, der schon den Winter ankündigte, fegte am Tag nach Thanksgiving durch Bloomington und erinnerte Katy Hart daran, dass die Zeiten sich allmählich änderten. Nicht nur im Verlauf des Jahres, sondern auch in ihrem Leben. Nach allem, was sie gemeinsam durchgestanden hatten, nach den unzähligen Abschieden, die sie durchlitten hatten, würde Dayne Matthews dieses Mal nicht wieder nach Hause zurückkehren.

Denn er war zu Hause.

Der Spaziergang rund um den Lake Monroe war Daynes Idee gewesen – eine Rückkehr zu dem Ort, an dem sich ihre Herzen zum ersten Mal begegnet waren. Ein Ort, an dem sie immer ganz bei sich selbst sein konnten, egal, wie viele Paparazzi oder welcher Medienrummel sie am anderen Ende des Waldweges erwarten würden.

Sie hielten sich an den Händen und schlenderten langsam weiter. Der Schock der Ereignisse der letzten Wochen war zwar noch nicht vorbei, doch er verblasste allmählich. Zum ersten Mal in seinem Leben hatte Dayne eine Familie, die ihn jederzeit erwartete, Menschen, die er sonntagmittags nach dem Gottesdienst besuchen oder zu einem spontanen Grillfest einladen konnte. Schwestern und ein Bruder und ein Vater, die ihn immer willkommen heißen und ihm zuhören und mit ihm lachen würden. Menschen, die in ihm nicht Dayne Matthews sahen, den Hollywoodstar, sondern Dayne, das fehlende Mitglied der Baxter-Familie.

Katy atmete tief ein und blickte durch die kahlen Äste der Bäume zu dem klaren blauen Himmel hinauf. „Das ist alles nur ein Traum, oder?"

Dayne lachte. Sein Arm berührte ihren, als sie weitergingen. „Das frage ich mich auch die ganze Zeit." Er drückte ihre Hand. „Ich dachte, wir würden heute Morgen im Flugzeug zurück nach LA sitzen."

Katy lächelte. „Habe ich es dir nicht gesagt?"

„Ich weiß." Er lachte wieder. „Du hast es mir gesagt."

Ein kalter Wind blies ihnen ins Gesicht. Katy schmiegte sich enger an Dayne. Er fühlte sich warm und stark an und der Hauch seines Rasierwassers mischte sich mit dem schwachen Geruch von Laub, das irgendwo verbrannt wurde. Dass er ihr so nahe war, nahm erneut alle ihre Sinne gefangen. Selbst in den dunkelsten Stunden nach Daynes Unfall, als sie befürchten musste, er würde sterben oder schwerbehindert bleiben, hatte Katy immer geglaubt, dass sie irgendwann zusammen hier stehen würden.

Selbst nachdem Dayne aus dem Koma erwacht war und man Gottes wundervolles Handeln in seiner schnellen Genesung erkennen konnte, hatten weder seine Ärztin noch der Therapeut auch nur für eine Minute geglaubt, dass Dayne schon heute in der Lage sein würde, um den Lake Monroe zu spazieren.

Aber sie waren heute hier.

Dayne ließ Katys Hand los und legte den Arm um ihre Schultern. „Wir müssen einkaufen."

„Für das Haus?"

„Ja." Er blieb stehen und sah sie an. „Für jedes Zimmer. Du kannst dir aussuchen, was du möchtest, und wir können einen Innenarchitekten mit dem Rest beauftragen." Er grinste und umfasste ihr Gesicht mit seinen Händen. „Solange es vor der Hochzeit fertig ist."

Katy fühlte sich plötzlich federleicht. Über diesen Aspekt ihrer Verlobung mit Dayne, dachte sie nur selten nach. Die Veränderung ihres Lebensstils. Sie würde aus ihrem Apartment über der Garage der Flanigans in ein atemberaubendes Haus in wunderschöner Lage direkt am Lake Monroe umziehen. Egal was sie sich an Möbeln, Haushaltswäsche, Dekorationen, Geschirr oder Stereoanlagen aussuchen würde, sie würde es bekommen. Dieser Gedanke war überwältigend, mehr als sie fassen konnte. Sie würde sich deswegen nicht verändern. Sie würde nach wie vor an schlichten Dingen Gefallen finden, da war sie sich sicher. Aber trotzdem war ihr neues Budget etwas, an das sie sich noch gewöhnen musste.

„Was mich betrifft, könnte das Haus auch leer bleiben." Sie schlang ihre Arme um seine Taille. „Ich brauche nur dich."

„Mmmmm." Er kam näher, sein Atem streifte warm ihr Gesicht. Er fuhr mit den Fingern durch ihre Haare und wiegte sanft ihren Kopf in seinen Händen. Tiefes Verlangen sprach aus seinem Blick. Langsam, mit einer Selbstbeherrschung, die seinem Blick widersprach, küsste er sie. Dann trat er einen Schritt zurück, sodass er ihr in die Augen schauen konnte. „Du und ein großes Bett mit weichen Decken und

Seidenlaken …" Er küsste sie wieder, diesmal länger. „… und einem Dutzend Kissen."

„Dayne …"

Er lachte leise und bewegte sich langsam mit ihr, tanzte zu dem gelegentlichen Schnattern einer Gans, die vorbeiflog, und dem Wispern des Windes um sie herum. Er hielt sein Gesicht an ihres gelehnt. „Vielleicht sollten wir die Hochzeit verschieben."

Sie fühlte sich völlig schwach in seiner Nähe. „Okay."

Seine Lippen berührten ihre. „Lass uns heute Nachmittag heiraten."

Um ein Haar hätte Katy auf der Stelle Ja gesagt. Doch stattdessen küsste sie ihn. Lange und gefühlvoll – ein Kuss, der ihm verriet, dass er nicht der Einzige war, der sich auf die Flitterwochen freute und von jedem einzelnen Tag träumte, der danach auf sie wartete. Sie spürte, wie er zitterte. Wie einfach würde es sein, zwischen jetzt und der Hochzeit in Schwierigkeiten zu geraten. Sie fuhr mit den Händen über seinen Rücken. „Wir müssen vorsichtig sein."

Dayne küsste sie erneut. Dann trat er zurück, atemlos. „Sehr … sehr vorsichtig." Seine Augen blickten tief in ihre, erfüllt von einem liebevollen Verlangen. Er strich eine Haarsträhne aus ihrem Gesicht und verlor sich in ihrem Blick. Als er weitersprach, hatte er sich wieder gefangen. „Und wir *werden* vorsichtig sein." Er lächelte. „Die Hochzeit wird wunderschön werden, Katy."

Sie legte die Hände auf seine Schultern. Ein kühler, frischer Wind umwehte sie beide. „Ich wollte mich gerade an deine andere Idee gewöhnen."

„Das Standesamt heute nachmittag?"

„Genau."

Er lachte. „Ich liebe dich." Er küsste sie wieder, doch diesmal trat er schneller zurück. „Nun denn, im Moment sollte das" – er sah sie mit einem wissenden Blick an und atmete tief durch – „sollte das in kleinen Portionen genossen werden."

Katy lachte und passte ihre Schritte seinem Tempo an. Für eine Weile gingen sie schweigend weiter. Sie sehnte sich danach, ihn wieder zu küssen, sich in seiner Umarmung für eine Stunde zu verlieren. Aber Dayne hatte recht. Sie hatten Gott und einander ein Versprechen gegeben, dass sie warten würden, bis sie verheiratet waren – ein Versprechen, das für Dayne sicherlich schwieriger zu halten war, denn seine bewegte Vergangenheit hatte ihm die Unschuld geraubt, die Katy noch besaß. In ihrer Gebetszeit hatte Katy Gott versprochen, dass sie Dayne nicht in Versuchung bringen wollte. Deshalb mussten sie sich, was Zärtlichkeiten betraf, zurückhalten.

„Also ..." Dayne hob die Augenbrauen. „Wegen der Hochzeit ..."

Sie lächelte und blickte hinaus auf das Wasser. „Die richtige?"

„Ja." Er legte den Arm um ihre Schultern. Ihre Schritte passten sich ganz natürlich einander an.

„Glaubst du wirklich, dass wir die Presse fernhalten können, wenn wir im Country Club feiern?"

„Ich würde es gerne versuchen."

Katy hatte sich über die Organisation Gedanken gemacht. Sie wünschten sich eine wunderschöne, traditionelle Hochzeit ohne das Chaos von umherschwirrenden Hubschraubern oder Paparazzi, die hinter den Büschen lauerten. Besonders jetzt, da die Hetzjagd der Paparazzi Dayne fast das Leben gekostet hatte.

Trotzdem hatte Katy keine Ahnung, wie sie es schaffen sollten, die Hochzeit geheim zu halten. Sie sah ihn an. „Ich glaube einfach, dass das unmöglich ist."

„Ich habe jemanden, der sich mit so etwas auskennt." Seine Stimme klang tief und beruhigend. „Ich glaube, die kritische Zahl ist bei fünfzig Gästen erreicht. Lade fünfzig oder weniger ein und die Presse bekommt es meistens nicht heraus. Lade mehr ein ..." Er zuckte mit den Schultern. „Das wäre das erste Mal, dass es niemand mitbekommt."

„Fünfzig?" Katy seufzte. „Das Kindertheater hat allein mehr als doppelt so viele." Sie wollte ihre Eltern aus Chicago einladen, die Familie Flanigan, die Baxters und alle, die sie über das christliche Kindertheater kennengelernt hatte. Dazu würden noch ungefähr ein Dutzend Freunde aus Hollywood und einige Geschäftskollegen kommen, die Dayne einladen wollte.

„Ich weiß. Wir müssen eher mit hundertfünfzig rechnen." Dayne kniff die Augen zusammen und starrte auf den Weg, der vor ihnen lag. „Deshalb müssen wir uns unterhalten." Er blieb stehen und holte tief Luft. „Ich habe eine Idee."

Katy sah tief in seine Augen und ihr Herz überschlug sich beinahe. Dayne war nicht bereit, Kompromisse einzugehen, nicht, wenn es sie betraf. „Sag es mir."

„Okay." Seine Augen sprühten förmlich vor Freude. „Also, ich habe mir Folgendes überlegt …"

* * *

Normalerweise stürzte sich John Baxter nicht gleich am Tag nach Thanksgiving in Weihnachtseinkäufe. Aber Elaine hatte das vorgeschlagen. Jetzt war Freitagmorgen und er wartete darauf, dass sie ihn abholte und sie gemeinsam zu einem Einkaufszentrum nach Indianapolis fuhren. Elaine hatte ihn vorgewarnt, dass der Ausflug den ganzen Tag dauern könnte. Immerhin hatten sie zusammengerechnet fünfzehn Enkelkinder, für die sie einkaufen mussten.

John ging langsam ins Wohnzimmer und blickte durch das vordere Fenster. Sie würde jede Minute da sein. Elaine Denning kam niemals zu spät. Er lehnte sich an den Fensterrahmen und dachte an den vergangenen Abend.

Elaines Besuch beim traditionellen Kürbiskuchendessert an Thanksgiving hatte er als Gelegenheit genommen, sie zum ersten Mal seiner Familie vorzustellen. Es war viel besser gelaufen, als er zu hoffen gewagt hatte. Die ganze Familie hatte Elaine freundlich und höflich aufgenommen, sich mit ihr unterhalten und geholfen, einige peinliche Momente zu überstehen – zum Beispiel als Maddie angesprungen kam, Elaines Hand ergriff und fragte: „Bist du Opas Freundin?"

Anstatt geschockt oder befangen zu reagieren, hatten alle gekichert, und Ashley war neben ihre Nichte getreten. „Ja, Maddie." Sie hatte Elaine zugezwinkert. „Sie ist mit Opa befreundet und sie ist eine Frau. Also ist sie seine Freundin." Sie hatte John und Elaine ein beruhigendes Lächeln zugeworfen.

„Siehst du?" Maddie hatte Cole zufrieden angesehen. „Ich habe es gewusst."

Als seine Enkeltochter wieder davongehüpft war, hatte John seine Tochter Ashley mit großem Erstaunen angesehen. Die Ablehnung, die sie Elaine gegenüber so deutlich gezeigt hatte, schien sich vollständig in Wärme und Akzeptanz gewandelt zu haben. Ihre Gastfreundschaft gegenüber Elaine war ein Zeichen mehr gewesen, dass dieses Thanksgiving-Fest wirklich von Gottes Gegenwart geprägt war.

Nach Maddies unschuldiger Frage war seine Freundschaft mit Elaine nicht weiter zur Sprache gekommen. Alle waren damit beschäftigt, Dayne und Katy und die Flanigans besser kennenzulernen, die ebenfalls zum Dessert vorbeigekommen waren. Elaines Anwesenheit schien völlig selbstverständlich zu sein und John hatte den Eindruck, dass ihre Freundschaft dadurch noch vertieft worden war.

Spät am vergangenen Abend, als sie aufbrechen wollte, hatte er sie zu ihrem Auto begleitet. Ihre Unterhaltung klang immer noch in ihm nach.

„Ich habe mich heute Abend sehr willkommen gefühlt, John." Elaine schien sorgfältig darauf bedacht zu sein, einen gewissen Abstand zwischen ihnen zu wahren.

John hatte seine Jacke enger um sich gezogen und zu dem Halbmond hinaufgeschaut, der über dem Baxter-Haus stand. „Ich denke, sie haben sich an den Gedanken gewöhnt, dass ich Freunde habe."

Ihr Gesichtsausdruck hatte sich kaum merklich verändert. „Ich habe mich auch daran gewöhnt."

„Gut." Er hatte die Hand ausgestreckt und ihre kurz gedrückt. Sie hatten sich zwei Monate lang nicht getroffen, weil John darauf bedacht gewesen war, Elaine die Freiheit zu geben, die sie zu brauchen schien. Wenn sie auf mehr als nur Freundschaft hoffte, war er der falsche Mann. Er war noch nicht bereit, wieder zu lieben, und er hatte das starke Gefühl, dass er es auch nie mehr sein würde.

Die Erinnerung verschwand, als Elaines Auto in die Einfahrt bog. Ein kurzer Schauer überlief ihn. Er freute sich mehr auf diesen Tag, als er zugeben wollte. Elaine brachte ihn mit ihrem Humor immer wieder zum Lachen. Indem er den Tag mit ihr verbrachte, konnte er den Erinnerungen an unzählige Thanksgiving-Feste in der Vergangenheit aus dem Weg gehen.

John ließ einen letzten Blick durch das Haus schweifen, bevor er nach draußen ging. Das war der Tag des Jahres, an dem Elizabeth immer die Weihnachtsdekoration hervorgeholt und das Baxter-Haus in einen Traum aus Rot und Grün und blinkenden Lichtern verwandelt hatte.

Seit ihrem Tod war das Treppengeländer ohne Girlande geblieben, die Wände ohne Pinienzweige und Schmuckbögen und drei Jahrzehnte an Dekoration befanden sich noch immer in den Kisten. Im letzten Jahr war dieser Tag ein schwarzer Tag für ihn gewesen. Er hatte die meiste

Zeit in seinem Sessel verbracht – in dem, der neben ihrem Schaukelstuhl stand – und hatte sich Fotoalben angesehen, voll mit Lächeln und Glück und Momenten voller Liebe, die für immer vergangen waren.

In diesem Jahr würde er diesen Tag allerdings nicht so verbringen. Er wandte sich um und schloss die Tür. Dabei ließ er den Duft seines Rasierwassers hinter sich, das er seit Jahren nicht mehr aufgelegt hatte. Heute würde er ein anderes Lächeln und Glück finden. Er würde einkaufen und Spaß haben und es genießen, den Tag mit einer Frau zu verbringen, auf die er sich jetzt schon freute – Elaine Denning.

Seine Freundin.

* * *

Irgendjemand hämmerte an ihre Tür, aber Bailey Flanigan bekam ihre Augen einfach nicht auf.

„Bailey … steh auf. Komm schon!" Die Stimme gehörte Connor.

„Bitte …" Sie gähnte und drehte sich wieder um. „Lass mich schlafen."

Sie war gestern Abend, an Thanksgiving, sehr lange aufgeblieben. Sie war die Lieder für die Aufführungen des christlichen Kindertheaters mit Connor durchgegangen und hatte sich per SMS lange mit Tim Reed unterhalten. Es war drei Uhr morgens gewesen, als sie schließlich das Licht ausgemacht hatte und endlich eingeschlafen war.

Die Tür öffnete sich und Connor streckte den Kopf herein. „Bryan Smythe ist hier. Wirklich, Bailey. Du musst dir das unbedingt ansehen!"

Bryan Smythe? Bailey setzte sich auf. Es dauerte nur wenige Sekunden, bis ihr Körper reagierte. Sie sprang aus dem Bett und rannte in ihr Bad. „Was um alles in der Welt?" Sie warf ihrem Bruder über die Schulter einen Blick zu. „Warum?"

Connor grinste. „Das musst du mit eigenen Augen sehen."

„Ugh. So, wie ich aussehe, kann ich unmöglich runtergehen." Sie fuhr mit den Fingern durch ihre Haare und spritzte sich kaltes Wasser ins Gesicht. Der Spiegel sagte ihr, dass sie immer noch halb verschlafen aussah. Über ihre rechte Wange zogen sich Abdrücke ihres Kissens.

„Das ist egal." Connors Stimme klang fast panisch. „Er wartet auf dich. Komm schon!"

Nachdem Connor das Zimmer verlassen hatte, riss Bailey ihren Kleiderschrank auf, während immer noch Wasser von ihrem Gesicht tropfte. Sie zerrte sich das T-Shirt und die Leggins herunter, in denen sie geschlafen hatte, zog sich hastig ein Sweatshirt über und stieg in die erstbeste Jeans, die sie finden konnte. Seitdem sie mit Tanner Williams Schluss gemacht hatte, schwankte ihr Beziehungsleben zwischen allen Extremen. Tanner hatte sich inzwischen mit einem älteren Mädchen getroffen, das dafür bekannt war, dass sie mit all ihren Freunden ins Bett ging. Bailey und Tanner sahen sich kaum noch an, wenn sie sich in der Schule begegneten, und es gab viele Tage, an denen Bailey nach Hause kam, ohne einen Anruf oder eine SMS von einem Jungen bekommen zu haben.

An solchen Tagen klopfte Cody Coleman, der Footballspieler aus der Abschlussklasse, der gerade bei ihnen wohnte, ihr gönnerhaft auf die Schulter und sah sie an wie ein kleines Kind. „Keine Sorge, Bailey. Eines Tages werden sie Schlange stehen."

Ihr Interesse an Cody hatte sich erheblich abgekühlt, seitdem er bei ihnen eingezogen war. Er traf sich alle paar Wochen mit einem anderen Mädchen und behandelte Bailey, als sei sie dreizehn und nicht sechzehn. Manchmal konnte sie kaum das nächste Jahr erwarten, wenn er irgendwo zum College gehen würde und sie ihn endlich los wären.

Bailey band ihre Haare hastig zu einem Pferdeschwanz zusammen und eilte zu ihrer Schlafzimmertür hinaus. Die SMS von Tim vom vergangenen Tag ging ihr nicht aus dem Kopf. *Denkst du jemals über die Zukunft nach, Bailey? ... Wie sich die Dinge entwickeln werden?* Sie hatte ihre Antworten kurz gehalten. Tim Reed war nur selten in einer solch philosophischen Stimmung und sie wollte wissen, was er sich dabei dachte. Ein paar SMS später hatte er geschrieben: *Lass uns morgen in den Park gehen. Wir müssen uns mal wieder in Ruhe unterhalten.*

Und was war das jetzt mit Bryan? Bailey bog um die Ecke und rannte den Flur entlang. Sicherlich, vor ein paar Monaten war er offenbar an ihr interessiert gewesen. Aber dann war er für einige Zeit von der Bildfläche verschwunden gewesen. Die Gerüchteküche im Kindertheater behauptete, dass er sich mit einem Mädchen von seiner Highschool traf. Warum also war er heute Morgen hier?

Sie erreichte die Eingangshalle und dort, direkt vor der Haustür, stand Bryan. Er hielt einen riesigen Rosenstrauß in den Armen – rot und gelb und weiß. Eine kleine Karte steckte in der Mitte der Blumen.

Bailey schnappte nach Luft und blickte von den Blumen zu Bryan. „Was … was ist denn hier los?"

Er zuckte die Schultern. „Ich hatte endlich mal einen Morgen lang Zeit für mich allein." Er trat einen Schritt auf sie zu und hielt ihr die Blumen hin. Als er ihr den Strauß reichte, grinste er. „Ich melde mich vielleicht nicht jeden Tag, Bailey, aber ich denke an dich." Bryan zögerte, dann ging er zurück zur Tür. „Ich wollte einfach nur, dass du das weißt."

Sie war sich nicht sicher, was sie als Nächstes tun sollte. „Einfach nur so?" Sie hob die Blumen an ihr Gesicht und roch daran. „Du bringst mir Rosen einfach nur so, ohne Grund?"

Seine Augen beantworteten ihre Frage, bevor er selbst es tat. Sie las darin Zuversicht und Entschlossenheit. „Du bist Grund genug." Er schenkte ihr ein letztes Lächeln und winkte. „Tschüss. Wir sehen uns."

Dann, bevor sie ihn umarmen oder sich bedanken oder weitere Fragen stellen konnte, drehte er sich um und joggte die Einfahrt hinunter.

Bailey trat vor die Haustür und rief so laut, dass er es noch hören konnte: „Danke. Sie sind wunderschön!"

Er winkte noch einmal und warf ihr ein Lächeln zu, das verriet, dass er es liebte, so zu sein – mysteriös und überraschend und unglaublich romantisch. Er stieg in sein Auto und fuhr fort, bevor sie wieder zu Atem kommen konnte.

Warum hatte er ihr Blumen geschenkt? Und warum heute Morgen? Sie zog die Karte aus dem Blumenstrauß und öffnete sie.

Weiß – weil ich immer deine Unschuld wertschätzen werde, gelb – weil wir schon immer Freunde waren … und rot – für alles, was ich mir von der Zukunft erhoffe.
Für immer dein
Bryan

Kalte Schauer liefen über Baileys Hals und Rücken. „Okay, Bryan", flüsterte sie, als sie erneut an den Blumen roch. „Geht es noch geheimnisvoller und romantischer?"

Sie ging gerade ins Haus zurück und zerbrach sich noch immer den Kopf, als sie im linken Flügel des Hauses ihre Mutter schreien hörte.

„Mama?“ Bailey legte die Blumen hin und rannte in die Richtung der Schreie. Sie hörte, wie ihr Vater und ihre Brüder hinter ihr herkamen.

Sie erreichten das Gästezimmer zur gleichen Zeit und Bailey schlug sich erschrocken die Hand vor den Mund. Ihre Mutter kniete auf dem Boden, ihre Augen waren weit aufgerissen und angsterfüllt. „Ruft den Notarzt! Er atmet kaum noch!“

Connor reagierte am schnellsten, rannte an seiner Mutter vorbei und griff nach dem Telefon.

Ihr Vater stürmte in den Raum und kniete sich neben ihre Mutter. „Hat er einen Puls?“

„Sehr schwach.“

Ihr Vater sah aus, als würde er gleich in Tränen ausbrechen. Er beugte sich weiter vor. „Wie konnte er nur?“

„Bete, Jim.“ Tränen liefen über das Gesicht ihrer Mutter. Sie sah die anderen an. „Betet!“

„Ist er …?“ Bailey konnte ihren Satz nicht beenden. Wie erstarrt stand sie neben der Tür.

Cody Coleman lag ausgestreckt auf dem Rücken, sein Gesicht und seine Arme waren grau. Der ganze Raum war erfüllt von einem ekelerregenden Geruch. In diesem Moment entdeckte Bailey es. Erst dann begriff sie, was passiert war. Direkt neben Cody lag eine Flasche Likör – hochprozentiger Likör.

Die Flasche war umgefallen und soweit Bailey erkennen konnte, war nichts mehr drin.

Die Flasche war vollständig leer.

Kapitel 2

Jenny Flanigan stand am Fenster des Warteraumes im vierten Stock des Bloomingtoner Krankenhauses und starrte auf die regennasse Straße draußen. Jim war bei Cody, beobachtete die Maschinen und betete, dass der Junge aufwachen würde. Bailey war gerade auf dem Weg zur Cafeteria, um Kaffee und heiße Schokolade zu holen, und Jenny versuchte irgendwie zu verstehen, was geschehen war. Warum es geschehen war. Und wie sie übersehen haben konnten, dass Cody immer noch trank. Er war doch extra aus der Wohnung seiner Mutter ausgezogen, um einen sicheren Ort zu finden, an dem er keiner Versuchung ausgesetzt war.

Der Arzt hatte ihnen vorhin die Situation erklärt. Wenn Cody nur eine Stunde später ins Krankenhaus gekommen wäre, wäre er gestorben. Der Alkoholspiegel in seinem Körper war hoch genug gewesen, um ihn umzubringen. Wenn ein Mensch das Bewusstsein verlor, hatte der Arzt gesagt, hörte der Körper auf, den Alkohol abzubauen. Der Alkohol konnte dann nicht mehr aus dem Körpersystem herausgelangen. Trotzdem wurde weiterhin Alkohol aus dem Magen an das Blut abgegeben. Indem sie Codys Magen ausgepumpt hatten, hatten sie diesen Prozess rechtzeitig unterbrochen, um sein Leben zu retten. Aber vielleicht war es dennoch nicht rechtzeitig genug gewesen.

Jenny umklammerte die Fensterbank. Diese Szene kam ihr wie ein schlechter Scherz vor. Cody lag im Koma. Jeden Tag, den Dayne Matthews in LA im Koma gelegen und um sein Leben gekämpft hatte, hatte Jenny für ihn gebetet. Damals hatte sie sich gefragt, wie es wohl wäre, am Bett einer geliebten Person Wache zu halten, ohne zu wissen, ob sie jemals wieder aufwachen würde.

Und jetzt waren sie selbst in dieser Situation.

Sie hörte ein Geräusch hinter sich und drehte sich um.

Bailey kam näher und stellte die Getränke auf dem erstbesten Tisch ab. „Irgendetwas Neues?“ Die Angst zeigte sich deutlich in ihrem Blick und ihrem Gesichtsausdruck.

„Nichts. Papa ist noch drin.“

Bailey ließ sich auf den Stuhl fallen, der am nächsten stand, und faltete ihre Hände. Sie starrte auf ihre Füße und ließ einen zitternden Seufzer hören. „Warum hat Cody das getan, Mama? Ich verstehe das nicht."

Das war der schwierigste Teil. Jenny und Jim waren fest davon überzeugt, dass es eine gute Sache war, in das Leben von Jugendlichen zu investieren – nicht allein in das Leben ihrer eigenen Kinder, sondern in das von Jugendlichen, die Gott ihnen anvertraute. Deshalb hatten sie drei Jungen aus Haiti adoptiert und aus demselben Grund hatten sie Cody in ihrem Haus willkommen geheißen. Die Situation mit Cody erinnerte Jenny daran, dass es einen auch etwas kostete, wenn man anderen Menschen half. Baileys Furcht und ihre tiefe Sorge waren ein Teil dieser Kosten.

Aber sie alle würden aus diesen schmerzhaften Lektionen auch etwas lernen.

Jenny setzte sich neben ihre Tochter. Sie legte ihre Hand auf Baileys Knie. „Wir haben mit dir doch über Cody gesprochen."

„Ich weiß, aber er ist doch lange genug bei uns gewesen." Sie lehnte sich zurück und starrte an die Decke. „Du hast ihm gesagt, dass er nicht mehr trinken darf, keinen einzigen Tropfen." Eine einzelne Träne lief über ihre Wange. Sie warf Jenny einen wütenden Blick zu. „Und dann bringt er Alkohol in unser Haus und trinkt eine ganze Flasche? Ich meine, wer macht denn so etwas?"

Die Frage hing einen Moment lang zwischen ihnen. Dann, während ihre Hand immer noch auf Baileys Knie lag, sagte Jenny ihrer Tochter die Wahrheit. „Ein Alkoholiker." Sie legte ihren Arm um Baileys Schulter. „Wenn ein Mensch so trinkt wie Cody, gibt es keine andere Antwort."

Bailey richtete sich auf und starrte für ein paar Sekunden die gegenüberliegende Wand an. Ihre Zähne klapperten leise. Kaum vernehmlich, aber doch so, dass Jenny erkennen konnte, dass die Furcht ihrer Tochter immer größer wurde. „Also, …" Sie holte tief Luft. „… also ist Cody ein Alkoholiker?"

„Ja." Es war nicht nötig, die Tatsachen schönzureden. Nicht mehr. „Wir haben das immer schon befürchtet, aber nach diesem Vorfall wissen wir es nun."

Bailey lehnte ihren Kopf an Jennys Schulter. „Mein Biologielehrer sagte, dass Alkoholiker für immer abhängig bleiben."

„Das stimmt." Jenny rieb über die Arme ihrer Tochter, um das Zittern zu beruhigen. „Cody braucht eine Menge Hilfe."

„Ist das der Grund, warum ich mich nicht in ihn verlieben sollte?"

„Liebling, es ist eine große Verantwortung, wenn man sich in jemanden verliebt, der ein Problem mit dem Trinken hat, der Alkoholiker ist." Jenny versuchte, ihre Ansichten vorsichtig zu formulieren. „Man kann Menschen helfen und sie können sich dann auch verändern, aber bei Alkoholabhängigen dauert es lange, bis man erkennt, wie ernst sie es wirklich meinen."

„Du meinst, ob sie tatsächlich mit dem Trinken aufhören wollen?"

„Genau." Jenny ließ Baileys Schulter los und nahm sich ihren Kaffee vom Tisch. „Möchtest du etwas?"

„Danke."

Sie gab Bailey ihre heiße Schokolade.

Ein paar Minuten vergingen, während sie schweigend ihre Getränke genossen. Jenny liebte solche stillen, entspannten Momente wie diesen mit Bailey. Sogar jetzt, mitten in der Angst um Cody und der Auseinandersetzung mit seinem Alkoholproblem.

Bailey ließ ihren Becher sinken. „Hat er versucht, sich umzubringen?"

„Nein, das glaube ich nicht." Jenny spürte die Traurigkeit schwerer auf sich lasten als am ganzen bisherigen Vormittag. „Erinnerst du dich, wie wir uns an Thanksgiving beim Essen unterhalten haben? Jeder erzählte davon, wofür er dankbar ist."

„Hmmm." Wieder trat ein verträumter Ausdruck in Baileys Augen. Ihre Stimme klang leise bei der Erinnerung. „Cody war dankbar für unsere Familie und für die Zukunft, die er hat. Und vor allem für seine zweite Chance."

„Er war nicht selbstmordgefährdet. Cody Coleman ist ein offenes Buch. In den Jahren, seitdem wir ihn kennen, hat er seine Stimmungen vor Papa und mir nie verbergen können. Wenn er niedergeschlagen ist, sagt er es uns. Und wenn er verzweifelt ist, weint er." Sie seufzte. „Thanksgiving? Er war so glücklich, wie ich ihn lange nicht gesehen habe."

Bailey stieß einen lauten Seufzer aus. „Blöde Partys."

„Ja."

Nach dem Thanksgiving-Essen waren die Flanigans zu den Baxters zum Dessert aufgebrochen. Cody war ebenfalls eingeladen, doch er hatte abgelehnt. „Ich habe keine Lust, irgendeinen Filmstar zu treffen." Er hatte gelacht, seine Stimme voller Selbstironie. „Besonders wenn Katy Hart einen so großen Fehler macht." Er hatte sich an die Brust geklopft. „Ich bin derjenige, den sie heiraten sollte."

„Wirklich?" Jim hatte ihm freundschaftlich auf die Schulter geklopft. „Ich werde Dayne erzählen, was du gesagt hast."

Einen Moment lang war Panik auf Codys Gesicht zu lesen gewesen. „Uh, ja … also, besser nicht." Er hatte nervös gelacht. „Ich mache nur Spaß."

Statt mit zu den Baxters zu gehen, wollte Cody lieber mit seinen Freunden zusammen sein, um den dritten Platz der Clear Creak Highschool-Footballmannschaft in der Regionalmeisterschaft zu feiern, den sie in der letzten Woche erreicht hatten. „Wir machen vielleicht ein Lagerfeuer und reden drüber, wie viel Truthahn wir gegessen haben."

Als er an diesem Abend das Haus verließ, hatte Bailey mit zusammengepressten Lippen gemurmelt: „Er wird vermutlich irgendein Mädchen aufreißen, das meint er wohl damit."

„Bailey …" Jenny ermahnte ihre Tochter immer wieder, niemanden zu verurteilen. „Du solltest nicht so misstrauisch sein."

„Das tue ich." Sie hatte finster ausgesehen, als sie in das Auto geklettert war, um zu den Baxters zu fahren. „Ich misstraue ihm durchaus. Keine Frage."

Jetzt fragte sich Jenny, ob sie das alles hier hätten vermeiden können, wenn auch sie Cody gegenüber ein bisschen misstrauischer gewesen wären. Partys waren eigentlich keine gute Sache für Cody. Noch nie, seitdem sie ihn kannten.

Jenny nippte wieder an ihrem Kaffee. „Hat dir irgendjemand eine SMS geschickt, was passiert ist?"

„Heather." Bailey zog ihr Handy aus der hinteren Hosentasche und klappte es auf. „Sie sagt, dass Cody die meiste Zeit des Abends mit Grace herumgemacht hat." Bailey verdrehte die Augen. „Was ich übrigens so vorhergesagt habe."

„Und Alkohol?"

„Heather wusste es nicht." Bailey stützte sich auf die Armlehne des Stuhls. „Aber es läuft auf diesen Partys immer gleich ab. Die Leute kreuzen auf und fangen an zu trinken. Dann tun sie sich mit jemandem zusammen und die Hälfte von ihnen endet dann entweder im Bad oder irgendwo im Bett. Am nächsten Tag redet jeder darüber, wer mit wem was gemacht hat und wer wie viel getrunken hat und ob jemand Gras oder Shisha geraucht hat."

„Rauchen sie tatsächlich noch Shishas?"

„Oh ja. Fast jeder hat es schon mal ausprobiert."

Jenny war nicht wirklich überrascht. Jede Generation suchte ihre eigene Art der Rebellion und Baileys Generation war nicht anders. Die Shishas – Wasserpfeifen, mit denen aromatisierter Tabak geraucht wurde – gingen oft bei Partys herum.

„Weißt du, was ich hasse?" Bailey öffnete den Deckel ihres Bechers mit der heißen Schokolade und atmete den Duft ein.

Eine Menge, war Jenny versucht zu sagen. Bailey hatte eine sehr eindeutige Meinung zu den Entscheidungen, die ihre Klassenkameraden trafen, was an sich eine gute Sache war. Jenny machte sich nicht einen Moment lang Sorgen, dass Bailey zu einer der Partys gehen würde, die ihre Freunde besuchten, geschweige denn rauchen oder Alkohol ausprobieren würde. Doch manchmal tendierte Bailey dazu, etwas zu selbstgerecht und überheblich zu sein. Sie musterte ihre Tochter und sah die Anspannung in ihrer Haltung und in ihrem Gesichtsausdruck. „Was hasst du?"

„Ich hasse es, wenn alle die Schuld auf den Alkohol schieben." Sie hob eine Hand in die Luft und ließ sie frustriert wieder auf ihren Schoß fallen. „Als ob die Tatsache, dass man betrunken ist, einem den Freibrief gibt, alles zu tun, was man will."

„Die Jugendlichen in deinem Alter trinken, damit sie eine Entschuldigung für das haben, was sie tun."

„Genau. Das macht mich so ärgerlich." Baileys Stimme klang erstickt und sie kämpfte plötzlich mit den Tränen. „Das sind meine Freunde, Mama! Vor drei Jahren war das Schlimmste, was einer getan hat, bei einer Klassenarbeit von einem anderen abzuschreiben. Und jetzt haben sich alle so verändert. Ich habe vielleicht noch eine Handvoll Freundinnen, die noch nicht mit ihren Freunden geschlafen oder sich auf einer Party betrunken haben." Sie ließ ihren Kopf hängen und rieb sich ihre Nase. Nach einer langen Zeit blickte sie wieder auf. „Wenigstens habe ich noch das Kindertheater."

Jenny dachte an ihren Mann. Als die diesjährige Footballsaison begonnen hatte, war er versucht gewesen, mitsamt der Familie für eine

Trainerstelle in der NFL, der Profiliga, quer durch das ganze Land zu ziehen. Er war jahrelang Trainer gewesen und hatte diesen Job wegen der Kinder aufgegeben, um dem Familienleben mehr Stabilität zu geben. Aber es reizte ihn immer noch. Einer der Gründe, weshalb er zugestimmt hatte, noch ein Jahr zu bleiben, war das christliche Kindertheater. Ein solches Theaterteam gab es nur in wenigen Staaten. Wenn sie wegziehen würden, würden Bailey und Connor ihre Freunde verlieren und den Ort, an dem sie in einem Umfeld Theater spielen konnten, das Glaube und Familie an erste Stelle setzte.

Jenny hatte seitdem häufig dafür gebetet, dass sie möglichst noch fünf Jahre in Bloomington, Indiana, bleiben würden – sodass Connor die Highschool beenden und dabei den Segen des christlichen Kindertheaters in seinem Leben erfahren könnte. Jim wollte das ebenfalls. Aber Trainer an der Clear Creek Highschool zu sein, das war nicht mehr die Herausforderung, die es zuerst für ihn gewesen war.

Jenny hatte zugestimmt, dass sie ohne zu zögern mitgehen würde, wenn Jim den Eindruck hatte, dass Gott ihn aus Bloomington wegführen wollte. Doch im Moment konnte sie Bailey nur zustimmen. Dass ihre Tochter beim Kindertheater mitmachen konnte, war häufig ein Hoffnungsschimmer an einem dunklen Horizont. Die Jugendlichen dort waren nicht perfekt. Klatsch und Kritiksucht waren auch in dieser Gruppe oft genug ein Thema. Doch ein christliches Theaterprogramm lockte einfach nicht die Jugendlichen an, die Partys liebten oder anderweitig über die Stränge schlugen.

„Meinst du, dass Katy mit dem Theater weitermacht? Auch wenn sie verheiratet ist?" Bailey trank den letzten Schluck ihrer heißen Schokolade und warf den leeren Becher in den Mülleimer.

„Es kommt darauf an." Jenny sah Bailey an. „Eine Ehe verändert vieles. Ich nehme an, dass wir es abwarten müssen."

Sie wollte Bailey gerade fragen, wie sich Cody ihr gegenüber in der Woche vor Thanksgiving verhalten hatte, als Jim zurückkam.

Er sah fünf Jahre älter aus als noch am Morgen. Die feinen Linien rund um seine Augen hatten sich vertieft, sein Gesicht war bleich und ausgezehrt. Er schüttelte den Kopf. „Nichts Neues."

Das Leben als Ehefrau eines Trainers hatte immer Höhen und Tiefen gehabt. Aber mit einem Highschool-Trainer verheiratet zu sein, hieß, emotionale Dramen durchzustehen, die Jenny niemals zuvor erlebt hatte. Während Jims erstem Jahr an der Clear Creek Highschool hatte sich ein Runningback seiner Mannschaft, einer der Ersatzspieler, in seinem Zimmer eingeschlossen und mit der Waffe seines Vaters erschossen. Der Junge war ein Einzelgänger gewesen, einer, den die meisten anderen Mitspieler nicht besonders gut kannten. Trotzdem erschütterte sein Tod die Schule und ließ die Mannschaft völlig verstört zurück. Psychologen wurden gebeten, sich um die Jugendlichen zu kümmern und sie zu begleiten, doch die meiste Arbeit hatte auf Jim und seinen Trainerkollegen gelastet.

Noch Monate später hatte Jenny Jim dabei ertappt, wie er ins Leere starrte. „Woran denkst du?“, hatte sie dann gefragt.

Seine Antwort war immer die gleiche gewesen. „Wie kann es sein, dass ich es nicht gesehen habe? Warum gab es keine Warnsignale?“ Einmal hatte er sogar zu ihr gesagt, dass der Junge vielleicht noch am Leben wäre, wenn er ihn in ein oder zwei Spielen aufgestellt hätte.

Jetzt lehnte sich Jim an den Türrahmen. „Du kannst zu ihm gehen.“ Er zog sein Handy aus der Hosentasche und öffnete es. „Ein paar der Spieler haben mir Nachrichten geschickt. Sie wollen zum Krankenhaus kommen, um mit mir zu reden.“

„Wer?“ Bailey sah aus, als würde sie den Atem anhalten, ihre Augen waren auf Jim fixiert.

„Tanner Williams, Jack Spencer, Todd Carson. Die Spielführer.“

„Die anderen außer Cody.“ Jenny stand auf und ging zu ihrem Mann. Sie legte den Arm um seine Taille und lehnte den Kopf an seine Schulter. „Es tut mir so leid. Das hier ist so hart.“

Bailey erhob sich langsam und starrte auf den Fußboden. Als sie den Blick wieder hob, sah Jenny, dass die verschiedensten Gefühle in ihr miteinander rangen. Seitdem Bailey mit Tanner Schluss gemacht hatte, hatte es immer wieder Stunden gegeben, in denen sie diese Entscheidung bedauert hatte. Er war ein netter Kerl gewesen, als er mit Bailey befreundet gewesen war, aber in letzter Zeit hatte Jenny Gerüchte gehört, dass Tanner sich den Partygängern angeschlossen hätte. Aus diesem Grund war Bailey wütend auf ihn.

„Sag Tanner nicht, dass ich hier bin, okay?“ Sie reckte sich hoch und gab Jim einen Kuss auf die Wange. „Ich will ihn nicht sehen.“

„Glaubst du, dass er ebenfalls getrunken hat?“ Jims Stimme klang resigniert.

„Ja, das glaube ich." Bailey biss sich auf die Lippe. „Vielleicht will er deshalb mit dir reden."

Jenny war der gleichen Meinung, doch sie schwieg.

„Was auch immer los ist, wir werden es schon schaffen." Jim fuhr sich mit den Händen durch die Haare und umarmte dann beide. „Geh rüber zu Cody. Er braucht Menschen, die für ihn beten."

Bailey nickte und ging in den Flur.

Jenny stieß einen langen Seufzer aus. „Haben die Ärzte irgendetwas gesagt?"

„Sie sind sich nicht sicher. Er muss unbedingt aus dem Koma aufwachen."

„Haben wir das nicht gerade erst von Dayne gesagt?" Jenny küsste ihren Mann. „Wann wollen die Jungs hier sein?"

„Jeden Augenblick."

„Wir bleiben drüben, bis sie gegangen sind." Jenny lächelte ihn traurig an. Die Spieler würden nicht offen reden, wenn sie und Bailey im Wartezimmer wären. Und die Spannung zwischen Bailey und Tanner würde definitiv jedes ernsthafte Gespräch unmöglich machen.

Jenny ging zu Codys Zimmer hinüber. Als sie eintrat, fühlte sie, wie ihr Herz schwer wurde. Bailey stand am Fußende von Codys Bett und umklammerte das Bettgitter. Ihr Kopf war gesenkt, sie schluchzte leise und ihre Schultern zuckten. Sie blickte auf und sah Jenny. „Ich verstehe einfach nicht …" Ihre Stimme war tränenerstickt. „… warum er nicht aufwacht."

Sie hatten das bereits dreimal besprochen, seitdem der Rettungswagen Cody abgeholt hatte. Jenny trat näher an das Bett. Ihre Tochter brauchte jetzt keine weitere Lektion in Sachen Alkoholmissbrauch. Nur die Gewissheit, dass sie nicht allein war, dass Jenny sie auf jedem Schritt durch diese harte Zeit begleiten würde. So, wie sie und Jim immer dabei gewesen waren, wenn ihre Kinder harte Zeiten durchlitten hatten.

Bailey starrte Cody an. „Warum hast du das getan?" Ihre geflüsterten Worte klangen wütend und schmerzerfüllt. „Warum?" Sie sah vom Bett weg. „Was hat ihn dazu gebracht? Eine ganze Flasche einfach so runterzukippen? Und das alles in unserem Haus." Sie trat vom Bett zurück, verschränkte ihre Arme und schüttelte den Kopf. „Er wusste, was passieren würde."

„Ja, das wusste er." Jenny sprach leise. Sie verstand Bailey. Ganz offensichtlich war Angst die Ursache von Baileys Gefühlsausbruch. Der Zorn war nur ihre Art, mit der Angst umzugehen. „Er dachte, dass er ein paar Drinks brauchte, aber das war es nicht, was er gebraucht hätte."

Bailey schniefte und ihr Zorn verschwand für ein paar Sekunden. „Er hätte uns gebraucht."

„Wenn Cody aufwacht …" Jenny nahm Codys Hand und strich mit dem Daumen über seinen Handrücken. „… wird er Jesus noch viel mehr brauchen als uns."

Und das war es. Die Wahrheit, über die Jim und Jenny so oft mit ihren Kindern sprachen. Aus einem Leben ohne Gott konnte nichts Gutes entstehen. Keine gute Tat oder Leistung, nicht die Fähigkeit, Erfolg zu haben. Und ganz sicher nicht die Kraft, einen Alkoholentzug durchzustehen. Nichts von dem war möglich ohne Jesus.

Jenny fühlte die Tränen in ihren Augen, als sie Codys leblosen Körper betrachtete.

Jetzt konnten sie nur noch dafür beten, dass Cody eine Chance bekommen würde, diese Realität am eigenen Leib zu erfahren.

Kapitel 3

Jim war gerade dabei, für Cody zu beten, als seine Spieler das Wartezimmer betraten. Ohne ihre Schutzpolster und Trikots und ihre Selbstsicherheit sahen sie jung und klein aus, wie drei hilflose Kinder, die den Kopf hängen ließen.

„Hallo, Trainer." Tanner Williams übernahm die Führung. Er war der beste Quarterback, der Spielführer der Mannschaft. Er war auch der Junge, den Bailey seit ihrer vierten Klasse gemocht hatte. Tanner war immer einer der Ersten gewesen, den Jim beim Training oder im Kraftraum traf, sodass sie immer ein paar Minuten Zeit hatten, um sich über Tanners Leben auszutauschen oder über die letzten Spiele der Indianapolis Colts zu reden. Doch seitdem er und Bailey sich getrennt hatten, war Tanner nicht mehr oft da gewesen. Und wenn er kam, schien er immer viel zu beschäftigt zu sein, um mit Jim zu reden.

„Jungs." Jim deutete zu den drei leeren Stühlen, die ihm gegenüber standen. „Warum setzt ihr euch nicht?"

Jack Spencer war in der Abschlussklasse, Returner und ersatzweise auch Quarterback der Mannschaft. Er sah blass und nervös aus. „Wird er … wird er es schaffen?"

„Es ist noch zu früh, um das sagen zu können." Jim presste seine Lippen aufeinander. Einerseits wollte er die Jungs am liebsten umarmen, so wie er es mit seinen eigenen Kindern getan hätte. Doch deshalb waren sie nicht gekommen. Tanner hatte in seiner SMS geschrieben, dass sie ihm etwas sagen müssten.

Tanner räusperte sich. Er verschränkte die Hände hinter seinem Nacken und starrte auf den Boden. Als er wieder aufblickte, war der Schmerz in seinen Augen unübersehbar. „Wir waren auf dieser Party – wo Cody auch war. Wir …" Er schüttelte wütend den Kopf. Jim konnte sehen, dass seine Gefühle ihn so überwältigten, dass er kein weiteres Wort herausbrachte.

Todd Carson saß in der Mitte. Er atmete zitternd aus. „Wir wollten es Ihnen selbst sagen, bevor Sie es von jemand anderem hören." Er war zwei Meter groß, der beste Lineman der Mannschaft. Aber jetzt sah er aus wie ein kleiner Junge, der sich verlaufen hatte. „Wir waren auf der Party und haben getrunken." Er sah erst Jim an und dann Tanner. „Wir alle."

Die anderen beiden nickten mit hochroten Gesichtern.

Jim spürte, wie sein Herz bis in die Kniekehlen sank. Seine schlimmsten Befürchtungen waren wahr. Alle seine Spielführer tranken Alkohol auf einer Thanksgiving-Party. Eine Erinnerung kam zurück, etwas, das er erlebt hatte, als er selbst in der Highschool gewesen war. Wenn es an der Zeit war, würde er ihnen seine Geschichte erzählen. Denn Alkohol war Teil des Highschool-Footballs, seitdem es diesen Sport gab. Wenn er seinen Spielern doch nur klarmachen könnte, wie gefährlich Alkohol war, bevor der einem von ihnen womöglich das Leben kosten würde.

Er betrachtete seine Spieler lange und ein Dutzend Fragen schwirrten durch seinen Kopf. Warum waren sie nicht zu Hause bei ihren Eltern gewesen? Wie viele andere Footballspieler waren dort gewesen? Aber er beschränkte sich auf die eine, alles entscheidende Frage. „Warum?" Er sah ihnen ernst in die Augen. „Warum habt ihr das getan?"

Tanner wollte etwas sagen, doch sein Kinn zitterte zu sehr. Er hustete, sein Gesichtsausdruck zeigte Entschlossenheit. „Alle waren da, Trainer. Nur ein paar sind nicht gekommen."

„Wir haben zuerst nichts getrunken, erst später." Jack zuckte die Schultern. „Das macht es nicht besser, aber wir waren nicht die Ersten."

„Wir wollten eigentlich nicht." Tanner blies seine Wangen auf und ließ die Luft langsam entweichen. „Die Mädchen haben uns nicht in Ruhe gelassen und ständig gedrängelt, dass wir doch etwas trinken sollten. Nur ein oder zwei Bier." Er biss sich auf die Lippen. „Es war so dumm."

Jim musterte die drei. Was sie sagten, machte ihn wütend. Aber wenigstens waren sie ehrlich. Er lehnte sich vor und stützte die Ellenbogen auf seine Knie. „Ihr wart also dort, meine Spielführer, auf einer Party, wo Alkohol getrunken wurde!" Seine Stimme zeigte seine Enttäuschung, doch er hielt seinen Zorn noch unter Kontrolle. „Wisst ihr, was ich von euch erwartet hätte?"

Die Jungs schwiegen, doch sie hielten seinem Blick stand.

„Ich hätte gehofft, dass meine Mannschaftskapitäne den anderen sagen würden, wie falsch das alles ist." Jim deutete auf Tanner. „Wenn ihr gegangen wärt, hätte jeder Spieler aus der Mannschaft genau das Gleiche getan. Das ist der Einfluss, den du hast, Tanner." Er sah die anderen an. „Und du auch, Jack … Todd." Er bemühte sich, die Stimme ruhig zu halten. „Ihr seid aus diesem Grund Kapitäne geworden. Weil die anderen zu euch aufschauen."

„Es war dumm von uns." Tanner faltete seine Hände und starrte wieder auf einen Punkt auf dem Boden. „Nichts anderes als Dummheit."

„Das war es." Jim setzte sich aufrecht hin und verschränkte seine Arme. *Gott … gib mir Weisheit. Ich will sie nicht überfordern, aber ich will, dass sie es verstehen … bitte.* Er atmete tief durch und ein anderer Gedanke durchzuckte ihn. „Wie viele von euch sind noch selbst nach Hause gefahren, nachdem sie getrunken hatten?"

„Viele." Todd schien derjenige zu sein, der am besten in der Lage war, die ganze Geschichte zu erzählen. Seine Wangen waren rot und er sah verängstigt aus. Sein Gesichtsausdruck zeigte Jim, dass er unbedingt reinen Tisch machen wollte. Todd wies auf Tanner und Jack. „Ich habe die beiden heimgefahren."

Übelkeit machte sich in Jims Magen breit. Seine Spieler hatten nicht nur getrunken. Sie waren danach auch noch Auto gefahren. Er erinnerte sich an etwas, das er erst vor einer Woche gesehen hatte, und er überlegte, ob er es ihnen zeigen sollte. Er hatte seinen Laptop mitgebracht, weil er Dutzende E-Mails von Schülern der Highschool gelesen hatte, die alle wissen wollten, wie es Cody ging. Jetzt holte er ihn aus der Tasche, die in der Ecke des Zimmers stand. Er setzte sich wieder und bedeutete den Jungen, dass sie zu ihm kommen sollten. „Da ist etwas, das ich euch zeigen will."

Jim hatte das Video zufällig im Internet entdeckt, als er auf einer Nachrichtenseite gewesen war. Es ging um den Prozess gegen einen betrunkenen Autofahrer, der vor einem Jahr in der falschen Richtung auf die Autobahn aufgefahren war. Der betrunkene Fahrer war mehr als hundertzwanzig Stundenkilometer schnell gewesen, als er frontal mit einer Limousine zusammengestoßen war, die Gäste einer Hochzeit nach Hause brachte.

Der grauenhafte Zusammenstoß war von der Sicherheitskamera der Limousine festgehalten worden und das Video war als Beweismaterial in dem Prozess gegen den Fahrer eingesetzt worden. Auf der Nachrichtenseite im Internet war das Video verlinkt gewesen und Jim hatte es sich angesehen. Die Bilder waren nicht deshalb so schrecklich, weil viel zu erkennen war, sondern vielmehr wegen ihrer grausamen Endgültigkeit.

Jetzt, als seine drei Spielführer um ihn herum standen, googelte Jim nach dem Video. Dann sah er die drei an. „Dieses Video zeigt euch, was passieren kann, wenn ihr Alkohol trinkt und dann noch Auto fahrt." Er erklärte den Unfallhergang mit dem betrunkenen Fahrer und der Limousine, in der die Hochzeitsgäste saßen.

Er drückte auf Start und das Video begann abzulaufen. Zuerst sah man den Blick, den man durch die Windschutzscheibe der Limousine an jenem Abend gehabt hatte. Dann, wie aus dem Nichts, tauchten grelle Scheinwerfer in einer Geschwindigkeit auf, die keine Zeit für eine Reaktion ließ. Der Fahrer der Limousine riss das Lenkrad herum, doch es war vorbei, bevor er auch nur ausweichen konnte.

Jetzt war das Bild der Videokamera schwarz, doch für einige weitere Sekunden hörte man das Geräusch von quietschenden Reifen und zerberstendem Glas und knirschendem Metall. In diese Geräusche mischten sich gellende menschliche Schreie und Stöhnen und dann nichts mehr – nur noch Stille.

Jim schloss die Website und schaltete den Laptop aus. „So …" Er sah seine Footballspieler an, „… starb das siebenjährige Blumenmädchen auf dem Rücksitz der Limousine. In der einen Minute kicherte sie noch mit ihrer Familie, sie war stolz auf ihr schönes Kleid und die neuen Schuhe." Er machte eine Pause. „Im nächsten Moment war sie tot." Er blickte sie nacheinander an. „Und das alles, weil sich jemand entschieden hatte, zu trinken und dann noch zu fahren."

Tanner und Todd waren kreidebleich geworden. Jacks Gesicht war rot und fleckig und er sah aus, als hätte es ihm den Magen umgedreht.

Jim stand auf und trug seinen Laptop zu der Tasche zurück. Dann drehte er sich um. „Wie viele Footballspieler sind letzte Nacht betrunken Auto gefahren?"

Todd holte tief Luft. Er presste seine Arme in die Magengegend. „Fünfzehn. Vielleicht noch mehr."

„Und allein durch Gottes Gnade hat keiner von euch auf dem Heimweg jemanden umgebracht." Jim zitterte, er dachte an das Blumenmädchen und daran, wie leicht einer seiner Spieler jemanden bei einem Unfall hätte töten können, vielleicht eine Familie, die gerade von einem Thanksgiving-Essen zurückkam. Er schauderte, bevor er seine Aufmerksamkeit wieder auf Tanner richtete. „Wie ist Cody nach Hause gekommen?"

„Mit einem Mädchen." Tanner sah sehr verstört aus. Die Erinnerung an die Bilder aus dem kurzen Videoclip hing immer noch im Raum. Er befeuchtete seine Lippen und atmete tief durch. „Sie geht auf eine andere Highschool, aber sie hatte es schon länger auf Cody abgesehen. Sie hat den hochprozentigen Alkohol mitgebracht." Tanner schien zu aufgewühlt zu sein, um weiterzusprechen.

„Was ist also passiert?" Jim war auf alle seine Spieler wütend, aber im Moment interessierte er sich am meisten für Codys Verhalten. Die anderen wussten, dass Cody bei ihrem Trainer wohnte. „Tanner? Erzähl mir den Rest."

Tanner umklammerte die Armlehnen seines Stuhls und stieß einen Seufzer aus. „Er und das Mädchen sind für eine Weile verschwunden. In einem der Schlafzimmer." Offensichtlich war es ihm sehr unangenehm, dass er die Geschichte erzählen musste, doch er fuhr fort. „Nach ungefähr einer Stunde brachte sie ihn zurück ins Wohnzimmer. Sie … sie hatte eine volle Flasche mit irgendwelchem Likör dabei, die sie uns zeigte." Er massierte seinen Hals und atmete kurz und abgehackt. „Sie sagte, es sei ein Geschenk für Cody."

Jims Übelkeit wurde immer stärker. Warum hatte Cody das getan? Für ein Mädchen? Er hatte sich in den letzten Monaten so gut entwickelt, dass es fast nicht zu glauben war, dass nicht noch mehr hinter der Geschichte steckte. Jim räusperte sich. „Konnte Cody zu dem Zeitpunkt noch aufrecht stehen?"

„Kaum noch."

„Er war schon ziemlich betrunken." Todd seufzte und blickte auf seine zitternden Hände. „Viel mehr als wir anderen."

„Und das Mädchen ist mit ihm gegangen?"

„Ja, aber ich glaube nicht, dass sie ihn gleich nach Hause gebracht hat." Tanner konnte Jim nicht in die Augen sehen. „Sie sagte irgendwas davon, dass sie noch einen kleinen Ausflug machen wollten."

Jims Ärger ließ sich nicht länger unterdrücken. Er knirschte mit den Zähnen. Er wollte am liebsten fragen, warum keiner seiner Spieler versucht hatte, Cody zu helfen, aber das war offensichtlich keine Frage. Sie hatten ja auch nicht versucht, sich gegenseitig zu helfen. Der Rest von Codys Geschichte war leicht zu erraten. Das Mädchen war bis spät in die Nacht mit ihm unterwegs gewesen, dann hatte sie ihn nach Hause gebracht. Er war offenbar noch so weit bei Sinnen gewesen, dass er ihr den Weg hatte erklären können.

Die Flasche, die sie leer neben ihm gefunden hatten, musste das Geschenk des Mädchens gewesen sein.

Und jetzt – weil er nicht stark genug gewesen war, den Versuchungen der Flasche zu widerstehen – kämpfte Cody um sein Leben. Jim starrte die Jungen einen nach dem anderen an und suchte krampfhaft nach einer Idee. Nach einem Plan, der seine Spieler überzeugen würde. Er könnte Trainer in der NFL sein, doch stattdessen arbeitete er mit Highschool-Schülern. Vielleicht würde es diese drei Mannschaftskapitäne schon verändern, wenn sie Cody nur sehen würden, doch was war mit den anderen Spielern?

Plötzlich fiel ihm etwas ein. Vielleicht könnte Joe ihm helfen. Der ehemalige Polizist liebte die Arbeit mit den Jugendlichen und war wöchentlich am Rand des Spielfeldes der Clear Creek Highschool präsent. Joe Agueda war 43 Jahre alt, ein hart arbeitender Mann, dessen Vorfahren aus Portugal stammten. Vor einigen Jahren hatte er die Arbeit als Polizist in Los Angeles aufgegeben und mit seiner Familie einen kleinen Milchbetrieb außerhalb der Stadt aufgebaut.

Dieser Mann war verrückt nach Football. Schon lange bevor Jim und seine Familie nach Bloomington gekommen waren, hatte Joe Agueda, für die Sicherheit bei den Footballspielen gesorgt. An jedem Freitagabend während der Footballsaison waren Joe und seine Frau Sandra sowie ihre drei Kinder Sarah, Greg und Lori am Spielfeldrand zu finden. Er und seine Familie hatten in den vielen Jahren nicht ein Spiel versäumt.

„Macht euch keine Sorgen um die Sicherheit“, pflegte Joe zu sagen, wenn Jim oder ein anderer Trainer vorbeikam. „Ich habe alles unter Kontrolle.“

In den letzten Jahren, seitdem Jim der Assistenztrainer von Ryan Taylor geworden war, hatte es lediglich einmal eine Prügelei zwischen ein paar Schülern von Clear Creek und einer Gruppe Jugendlicher von einem gegnerischen Team gegeben. Joe hatte sich der Prügelnden angenommen und ihnen eine halbstündige Standpauke über die Gefahren von Schlägereien gehalten. Joe liebte seine Aufgabe sehr. Er machte alles ehrenamtlich und die Spieler sahen in ihm eine Art Maskottchen.

Während seine Spielführer betreten zu Boden sahen, erinnerte sich Jim an das Angebot, das Joe ihm am Ende der letzten Saison gemacht hatte.

„Jetzt kommt wieder diese Jahreszeit." Joe hatte ihn frustriert angeblickt.

„Die Play-offs?" Jim hatte gelacht. Je besser Joe ihn kennengelernt hatte, umso mehr Ratschläge im Blick auf ein Spiel oder die Aufstellung hatte er erteilt.

„Nein, nicht die Play-offs." Normalerweise war immer ein Grinsen auf Joes Gesicht zu sehen, wenn er mit den Spielern und Linienrichtern scherzte. Doch bei diesem Gespräch war er sehr ernst geblieben. „In den Ferien trinken die Jungs zu viel. Das habe ich schon bei anderen Footballteams gesehen. Die Saison geht zu Ende und dann kommt eine Party nach der anderen." Er stieß mit seinem Zeigefinger leicht gegen Jims Brust. „Als ich als Polizist gearbeitet habe, habe ich genug gesehen, was die Jungs davon abschrecken würde, zu diesen Partys zu gehen. Lass es mich wissen, wenn du mich brauchst."

Vielleicht war Joe die Antwort.

Jim ballte seine Fäuste. „Sobald Cody …" Ein Schwall von Emotionen schnürte ihm die Kehle zu. Er schloss seine Augen und wartete, bis er wieder die Kontrolle über seine Gefühle hatte. Als er weitersprach, konzentrierte er sich auf Tanner. „Sobald Cody wieder aus seinem Koma erwacht, werden wir ein Treffen organisieren." Er blickte zu Jack und dann zu Todd. „Ich möchte, dass ihr drei dann den Jungs ein paar Worte sagt."

Er hörte gemurmelte Zustimmung. „Ja, Trainer." – „Auf jeden Fall."

Todd war der Erste, der aufstand. „Können wir Cody sehen?"

„Ich sehe nach." Jim wusste, dass Bailey nicht mit den Jungs zusammentreffen wollte, aber jetzt wären sie und Jenny sicher bereit, eine Pause einzulegen, vielleicht in die Cafeteria zu gehen und etwas zu essen. Jim erhob sich und sah seine Spielführer an. Er war sich nicht sicher, ob er sie eher anschreien oder mit ihnen beten oder sie einfach nur umarmen sollte. Er entschied sich, seine Hand auf die Schulter von Tanner und Jack zu legen. „Ihr Jungs wisst, wo ich stehe, was mein Glaube und meine Überzeugungen sind." Er hörte den Ernst in seiner eigenen Stimme. „Ich werde es nicht dulden, wenn meine Mannschaft trinkt. Keinen weiteren Tag."

Die Jungs nickten.

Tanner räusperte sich und sah ihn an. „Es tut uns sehr leid. Wirklich, Trainer. Deshalb sind wir hergekommen."

„Ich weiß." Jim spürte, wie seine Schultern sich ein wenig entspannten, und er ließ seine Hände wieder sinken. „Ich rechne euch das hoch an. Aber trotzdem haben wir noch eine Menge zu tun. Ihr drei habt Familien, die hier in der Stadt in die Kirche gehen. Gerade jetzt … könnte Cody unsere Gebete brauchen." Er verließ sie und ging in den Flur.

Jenny und Bailey standen neben Codys Bett. Sie sahen beide auf, als Jim den Raum betrat. Er suchte Jennys Blick. „Die Jungs möchten gerne hereinkommen."

„Okay." Sie fragte nicht weiter.

Jims Blick sagte ihr deutlich, dass er dankbar dafür war, dass sie keine Einzelheiten wissen wollte. Er wollte vor Bailey nicht über seine Spieler reden.

Als sie an Jim vorbeigingen, blieb Bailey stehen. „Papa … was ist, wenn er nicht aufwacht?"

„Er wird, Liebes!" Jim umarmte sie lange.

Jenny trat neben ihn und legte ihren Arm um Baileys Schulter.

Als Bailey einen Schritt zurücktrat, hatte sie erneut Tränen in den Augen. „Danke, dass ihr mich gewarnt habt. Ich habe wirklich keine Lust, den Jungs zu begegnen."

Jim sah ihnen nach, als sie gingen, dann kehrte er in den Warteraum zurück und führte Tanner, Todd und Jack zu Codys Raum. Obwohl sie das, was sie getan hatten, offensichtlich bereuten, war sich Jim nicht sicher, ob sie die Konsequenzen ihres Handelns wirklich verstanden hatten. Doch als sie sich jetzt leise flüsternd um Codys Bett versammelten, bemerkte er, dass ihnen der Ernst der Situation klar wurde. Jim vermutete, dass sie ihre Lage noch besser begreifen würden, wenn Joe zu ihnen und den anderen Spielern sprechen würde. Joe konnte sogar zusätzlich Videomaterial verwenden, das er noch aus seiner Zeit als Polizist besaß. Ja, es würden harte Tage auf das gesamte Footballteam der Clear Creek Highschool zukommen.

Doch im Moment war Jim überzeugt, dass die Realität diese drei Jungs eingeholt hatte. Nicht deshalb, weil sie etwas zu ihm oder zu Cody sagten, als sie um sein Bett herum standen. Nein, sie taten etwas, das er bei seinen coolen Mannschaftskapitänen noch nie zuvor gesehen hatte.

Sie weinten.

Kapitel 4

Dayne Matthews' Atem hing wie weißer Rauch in der kalten Luft. Er bewegte sich vorsichtig in der eingegrenzten Grünfläche und blieb stehen, während er seinen Mitspieler beobachtete. „Shawn … auf geht's!"

Shawn Flanigan rannte, so schnell er konnte, an der drei Mann starken Verteidigung entlang. „Hier! Wirf ihn hierher!"

Dayne machte zwei große Schritte, zuckte zusammen, als er den Schmerz in seinem linken Bein spürte, und schleuderte den Football quer über das Feld. Er wirbelte durch die Luft und Shawn sprang so hoch, wie er konnte, schnappte sich den Ball und presste ihn an seine Brust. „Geschafft!"

Ricky, der jüngste der Flanigans, riss beide Arme in die Höhe und jubelte. Er klatschte Dayne ab. „Wir haben es geschafft! Ich wusste, dass wir es schaffen werden!"

Dayne war völlig außer Atem und spürte stechende Schmerzen in seinem Bein. Obwohl er die Rehabilitation zügig und erfolgreich hinter sich gebracht hatte, hatte die Ärztin ihn ermahnt, es langsam angehen zu lassen. Bisher hatte er das auch getan. Es bestand immer noch die Gefahr, dass sein Bein nie wieder so kräftig sein würde wie zuvor, doch das alles war nicht wichtig. Nicht der Schmerz in seinem Bein, nicht die Tatsache, dass er immer noch schnell ermüdete, oder die Narbe, die sich von seinem Knie bis zu seiner Hüfte hoch zog.

Er war am Leben und er war jetzt und hier fit genug, um Football zu spielen, wie er es als Junge im Internat gelernt hatte. Wenn Gott ihm so viel geschenkt hatte, was könnte er sich da noch wünschen?

Dayne ging die Linie entlang, bis er zu dem Startpunkt kam, an dem sie ihr Trainingsspiel begonnen hatten. „Noch mal so wie eben, okay?"

Rickys Wangen waren hochrot vor Eifer. „Noch so ein Wurf und wir haben gewonnen!"

Die Mannschaften waren nicht wirklich gerecht aufgeteilt. Dayne, Shawn und Ricky spielten gegen Katy, BJ und Justin. Mehr als einmal hatte Justin Katy mit einem Blick bedacht, der besagte, dass sie genauso gut Bailey in ihrem Team haben könnten, denn Katy spielte ebenso schlecht. „Nimm's nicht persönlich", hatte Justin vor dem letzten Spiel bemerkt, „aber du spielst Football wie ein Mädchen."

Katy warf ihren Kopf zurück und lachte. „Ich weiß noch nicht einmal, ob ich wirklich so gut bin."

Sie hatte sich in eine dicke Jacke eingewickelt, einen roten Schal, Handschuhe und Winterstiefel angezogen. Sie war so unbeweglich, dass sie eher von einer Linie zur nächsten rollte als rannte. Aber ihre Augen blitzten und ihr blondes Haar hing wild und zerzaust über ihren Rücken. Dayne konnte seinen Blick nicht von ihr wenden.

Dayne nickte Justin zu, dem sportlichsten der Flanigan-Jungs. „Wir haben euch gleich besiegt."

Justin warf seine Hände in die Luft und bedachte Dayne mit einem halb verzweifelten, halb amüsierten Blick. Die vier jüngeren Flanigan-Jungs – alle Sportler durch und durch – wussten, dass sie nicht viel sportliches Talent von Katy Hart erwarten konnten. Sie spielten seit einer halben Stunde und schon jetzt hatte Daynes Mannschaft drei Touchdowns Vorsprung. Sie hatten vereinbart, dass sie bei einem Vorsprung von vier Touchdowns aufhören würden.

Doch alles in allem war das Spiel eine wunderbare Ablenkung gewesen.

Jim, Jenny und Bailey waren immer noch bei Cody Coleman im Krankenhaus, wo sie voraussichtlich den ganzen Tag über bleiben würden. Connor war bei den Reeds und übte dort für seine Theaterrolle und Jim hatte Dayne und Katy gebeten, auf ihre vier jüngeren Söhne aufzupassen.

Dayne wohnte im Haus der Baxters, bis er und Katy Zeit finden würden, einige Möbelstücke für ihr Haus am See zu kaufen. Als Dayne von dem Notfall mit Cody erfahren hatte, war er sofort zu Katy in das Haus der Flanigans gekommen. Er hatte eine traurige Katy und vier Flanigan-Jungs weinend im Wohnzimmer vorgefunden.

Das Footballspiel war Daynes Idee gewesen.

Shawn blieb auf der Receiver-Position stehen, als sie sich für das nächste Spiel aufstellten. Dayne wollte es nicht zu einfach machen. Deshalb entschied er sich dazu, anstatt selbst den Ball zu nehmen, ihn an Ricky zu geben, den Jüngsten. Er war der einzige der Flanigans, der in diesem Herbst schon Football gespielt hatte. Die anderen drei Jungs hatten sich hingegen mehr auf Fußball konzentriert – eine Sportart, die sie fast das ganze Jahr über spielen konnten.

„Jetzt bist du dran!" Dayne deutete auf Katy. Sie standen sich direkt gegenüber und sobald Shawn den Ball freigab, gab Dayne ihn an Ricky weiter. Dann, mit übertrieben langsamen Bewegungen, rannte Dayne zu Katy und riss sie zu Boden. Katy stieß einen Schrei aus, als Dayne sich neben ihr auf die Erde warf.

Auf der anderen Seite des Spielfeldes rannte Ricky los, während Shawn ihn abschirmte und Justin und BJ ihm dicht auf den Fersen waren. Shawn warf sich zwischen Justin und Ricky, sodass der genug Zeit hatte die imaginäre Linie zwischen den Bäumen an der Seitenlinie zu überqueren.

„Touchdown!" Dayne sprang wieder auf die Beine. Er rannte zu Shawn und Ricky und die drei klatschten sich begeistert ab.

Ricky hielt den Ball in die Luft und tanzte dabei auf der Ziellinie herum.

„Das ist nicht fair." Justin lachte und legte seinen Arm um BJs Schulter. „Es lag an der Aufstellung."

Es war Spätnachmittag und die Temperaturen lagen knapp über null Grad. Die Wettervorhersage hatte Wolken und vielleicht sogar Schneefall für den kommenden Tag angekündigt. Katy formte ihre Hände wie ein Megafon um ihren Mund. „Lasst uns reingehen, bevor wir hier festfrieren!"

Zurück im Haus lachten und erzählten die Jungs immer noch von dem Spiel, als sie in ihre Zimmer gingen, um sich die schmutzigen, nassen Kleider auszuziehen.

Dayne hatte sich eine Ersatzjeans und einen frischen Pullover mitgebracht. Er zog sich im Badezimmer im Erdgeschoss um und trug seine schmutzige Kleidung zum Auto.

Als er zu Katy in die Küche kam, atmete sie tief durch und lehnte sich an die Arbeitsfläche. „Wir hatten nie eine echte Chance."

„Nein." Dayne holte zwei Gläser aus dem Schrank und ging zum Wasserhahn an der Spüle. Er füllte beide Gläser und reichte Katy eines. Dann sah er sich in dem großen Raum um und blickte durch das Fenster nach draußen auf den Rasen, auf dem sie eben noch gespielt hatten. Seine Augen suchten ihren Blick. „Das ist alles, was ich mir wünsche, Katy. Du und ich und ein Haus voller Kinder. Football zu spielen und sich im Schlamm zu wälzen und einfach nur die Familie zu sein, von der ich immer geträumt habe."

„Hmmmm." Sie trank einen Schluck Wasser. „Wie passt Hollywood in dieses Bild?"

„Ich weiß es nicht." Er leerte sein Wasserglas und stellte es auf die Arbeitsfläche. „Ich habe dir schon gesagt, was ich über meinen neuen Film denke."

„Hast du das ernst gemeint?" Katy neigte ihren Kopf zur Seite.

„Ich möchte gerne, dass du für diese Rolle vorsprichst. Wenn der Regisseur dich gut findet, solltest du wirklich ernsthaft überlegen, die Rolle anzunehmen."

Katy ließ ihren Atem langsam entweichen. „Ich weiß wirklich nicht, Dayne. Ich liebe mein Leben, das ich hier habe. Das christliche Kindertheater, die Kinder und ihre Familien."

Er lächelte. „Ich denke, Gott wird dir zeigen, was er für dich möchte."

Sie hörten das Geräusch von trappelnden Füßen auf der Treppe und Dayne spürte, wie ihn eine Welle der Sorge überrollte. Er redete leise, sodass die Jungen ihn nicht hören konnten. „Ich hoffe, dass Cody bald aufwacht. Ich würde die Jungs ausnahmsweise gerne mal mit guten Neuigkeiten versorgen."

Katy trank ihr Glas aus. „Vorerst sollten wir sie mit etwas zu essen versorgen."

Die Jungs stürmten in die Küche und alle redeten auf einmal. Als hätten sie sich abgesprochen, stimmten sie für selbst gemachte Hamburger.

„Ich hole die Gurken!" BJ rannte in die Speisekammer, verschwand darin und kam mit vier großen Gurkengläsern im Arm zurück. „Das sollte reichen!"

Katy lachte. „Das reicht noch für die gesamte Nachbarschaft."

„Wo ist die Pfanne?" Dayne hatte seine Hände gewaschen und rollte seine Ärmel hoch.

Katy zeigte auf den Schrank und erklärte Dayne, wo er eine Pfanne und einige Brötchen im Kühlschrank finden konnte, während sie in die Garage ging, um eine Packung tiefgefrorenes Hackfleisch zu holen. „Es taut auf, wenn man es brät." Sie öffnete die Plastikverpackung, ließ das gefrorene Fleisch in die Pfanne gleiten und stellte den Gasherd an. Helle Flammen leckten an den Seiten der Pfanne.

Dayne starrte zweifelnd auf das Fleisch. „Dreh die Hitze vielleicht ein wenig runter. Das Hackfleisch ist immerhin noch gefroren."

„Ach was." Katy fand einen Deckel und legte ihn auf die Pfanne. „Ich habe ein Dutzend Mal zugesehen, wie Jenny das gemacht hat. Die große Hitze taut das Fleisch schnell auf." Ihre Augen tanzten und sie bedachte ihn mit einem Blick, der unmissverständlich deutlich machte, dass sie wusste, was sie tat. „Ich kenne mich mit Kochen aus."

Aus dem Nachbarraum hörten sie Justin rufen. Er war der zweitälteste der drei Jungen, die die Flanigans aus Haiti adoptiert hatten. Zusätzlich zu der Tatsache, dass er der sportlichste der vier jüngeren Brüder war, war Justin auch der größte und kräftigste. Dayne hatte beobachtet, dass Justin sich seinen Brüdern gegenüber manchmal etwas großspurig und überheblich benahm. Doch die meiste Zeit war er freundlich und zuvorkommend und kam gut mit seinen Geschwistern aus.

Heute jedoch war er beim Football besiegt worden. Jetzt stand er neben dem Billardtisch und kreidete einen Queue ein. „Wer traut sich, gegen mich anzutreten?"

Ricky rannte zu Dayne und klopfte ihm auf die Schulter. „Du schaffst es, Dayne! Du kannst ihn schlagen."

Dayne hatte schon die Geschichten gehört. An manchen Tagen konnte selbst Jim seinen Sohn Justin nicht beim Billard besiegen. Dayne zuckte die Schultern und sah Katy an. „Jemand muss es ja tun."

Sie gingen in den großen Raum hinüber und erst als nur noch zwei Bälle für jeden Spieler übrig waren, roch Dayne, dass irgendetwas verschmorte. Im gleichen Moment schrie Katy auf und raste zurück in die Küche.

Dayne sah Rauchschwaden durch die Küche wabern. „Brennt es schon?"

„Noch nicht! Beeil dich, Dayne!", schrie Katy. Sie klang panisch. Man konnte hören, wie sie in der Küche umherraste, dann das Geräusch, als irgendetwas auf dem Boden zerschlug.

Dayne lehnte seinen Queue an den Billardtisch und eilte, so schnell er konnte, zu ihr, gefolgt von den Jungen. Als sie um die Ecke bogen, erkannte Dayne das Problem. Bei der hohen Hitze der Gasflamme war die untere Schicht des gefrorenen Fleisches zu einer stinkenden, schwarzen Masse geworden, die an der Pfanne klebte.

Katy sammelte gerade die Scherben einer großen Salatschüssel auf, als Dayne den Herd erreichte. „Ich wollte das Fleisch hier hineintun."

„Nur eine Minute." Dayne rannte zu dem offenen Geschirrschrank, griff nach einer anderen großen Schüssel und versuchte, den Pfannengriff zu fassen. Doch er war zu heiß geworden. Währenddessen wurde der Rauch immer dichter. „Die Flamme ist immer noch an." Er drehte den Herdknopf aus und schob die Pfanne auf die andere, unbenutzte Kochfläche. „Wo sind die Topflappen?"

„Rechts." Katy sprang auf, rannte um die Kücheninsel herum und öffnete die erste Schublade. „Pass auf, das Glas!" Durch den Qualm des verbrannten Fleisches warf sie Dayne einen Topfhandschuh zu. „Hier."

Er konnte ihn gerade noch auffangen, streifte ihn über seine Hand und hob endlich die heiße Pfanne vom Herd. Der Deckel lag immer noch darauf, doch der Rauch drang durch jede Ritze. Mit dem Topfhandschuh hob Dayne den Deckel hoch und legte ihn zur Seite.

Ricky und BJ begannen zu husten und wedelten mit den Händen, um frische Luft zu bekommen.

„Bleibt draußen!" Katy drängte sie in das Nachbarzimmer zurück. Dayne hörte, wie sie dort die beiden Terrassentüren aufriss.

Doch die kalte Luft kam nicht schnell genug herein. Bevor Dayne etwas sagen konnte, ging der Feueralarm los.

Die Sirenen heulten durch das Haus, sodass die Jungen sich die Ohren zuhielten. Shawn sah Dayne an und sagte über den Lärm hinweg: „Das ist beim letzten Mal auch passiert, als Katy gekocht hat."

Katy stemmte ihre Hände in die Hüften und warf Shawn einen wütenden Blick zu. „Danke sehr, Shawn." Sie wandte ihre Aufmerksamkeit wieder Dayne zu. Ihr Lächeln offenbarte, dass sie nichts zu ihrer Verteidigung vorbringen konnte. Besonders nicht im Lärm des Feueralarms.

Dayne nahm den Pfannendeckel und versuchte, damit frische Luft hereinzuwedeln. „Hast du gute Beziehungen zur Feuerwache?"

„Ich glaube schon." Katy tat ihr Bestes, um frische Luft in das Haus zu lassen. „Was sollen wir machen?"

„Beim letzten Mal hat Mama die Feuerwehrmänner angerufen." Ricky verschränkte seine Arme vor der Brust. „Sie hat gesagt, dass du das schnell machen musst, oder sie kommen mit Sirenen und allem Drum und Dran."

Katy ließ die Glasscherben liegen und rannte zu dem Telefon am anderen Ende der Küche. Sie öffnete eine Schublade und wühlte durch einen Stapel Papier. „Oh nein … die Unterlagen, was man bei einem Fehlalarm tun soll, müssten eigentlich hier irgendwo sein."

„Sind sie in einem Ordner abgeheftet oder sind es lose Papiere?" Dayne trat neben sie und half ihr, die Unterlagen durchzusehen.

„Vielleicht sollte ich Jenny anrufen. Es kann natürlich sein, dass ihr Handy ausgeschaltet ist, wenn sie –"

Sie hatte keine Chance, ihren Satz zu beenden. Sirenen heulten in weiter Entfernung und kamen mit jeder Sekunde näher.

„Sie kommen!" Plötzlich wurde Dayne bewusst, in welcher Situation sie sich befanden, und er fing an zu lachen. Das Bild war einmalig. Die Jungen im Nachbarzimmer, die sich krampfhaft die Ohren zuhielten, und Glasscherben überall auf dem Boden – während der verschmorte Fleischklumpen in der Mitte der Arbeitsfläche thronte und immer weniger nach Abendessen aussah.

Durch das vordere Fenster sah Dayne einen Löschzug in die Einfahrt der Flanigans einbiegen.

Katy rang verzweifelt ihre Hände und blies ihre verschwitzten Haare aus der Stirn. „Großartig. Jenny wird mich nie wieder auf die Kinder aufpassen lassen."

„Ich übernehme das." Dayne umarmte sie kurz. Als er an den Rauchmeldern vorbeiging, wedelte er noch einmal frische Luft heran. Dieses Mal war es genug, sodass die Sirenen verstummten.

„Heißt das, es gibt gar kein Feuer?" BJ zwinkerte, seine braunen Augen waren so weit aufgerissen, dass Dayne das Weiße außenherum sehen konnte.

„Nein, es gibt kein Feuer." Dayne sah jeden der Jungen an, als er an ihnen vorbeiging. „Bleibt hier." Er rannte durch die Eingangshalle und öffnete die Haustür genau in dem Moment, als drei Feuerwehrmänner die vordere Treppe hinaufkamen.

Der Mann an der Spitze des Trios war Landon Blake, Daynes Schwager, der Mann seiner Schwester Ashley. „Wir haben einen Alarm gehabt und ich vermute fast, dass es ein Fehlalarm war." Landon grinste über das ganze Gesicht. „Wir sind schon ein paar Mal umsonst hier gewesen."

Dayne lehnte sich an den Türrahmen. „Lass mich raten …" Er verzog das Gesicht, als ob er die Antwort schon wüsste. „Jedes Mal, wenn Katy gekocht hat?"

„Stimmt." Landon blieb an der Türschwelle stehen und spähte in das Haus. „Was hat sie dieses Mal versucht?"

„Gefrorenes Fleisch." Dayne massierte seine Schläfen mit Daumen und Zeigefinger. „Verschmortes gefrorenes Fleisch."

„Mmmmm." Landon klopfte ihm auf die Schulter. „Sorry, dass ich es nicht retten konnte, mein Freund." Er sah auf seine Uhr. „Wir müssen zurück. Du weißt schon, falls jemand einen Feueralarm auslöst."

Katy musste Landons Stimme gehört haben, denn sie kam in die Eingangshalle, die Hände immer noch in die Hüften gestemmt. „Hat Dayne erwähnt, dass ich abgelenkt war?"

Dayne schüttelte gespielt ernsthaft den Kopf. „Es ist alles mein Fehler." Er winkte den Feuerwehrmännern zu. „Sie war zu abgelenkt, um daran zu denken, dass sie gefrorene Frikadellen auf dem Herd hatte." Er presste seine Faust an die Brust. „Alles mein Fehler."

Katy öffnete den Mund, als ob sie sich noch weiter verteidigen wollte. Doch dann sackten ihre Schultern nach unten und sie lächelte die Feuerwehrmänner verlegen an. „Tut mir leid, Jungs. Aber wenigstens funktioniert der Feueralarm."

Landon lachte laut. „Es war ein ruhiger Tag auf der Feuerwache. Wir mussten sowieso mal rauskommen." Er berührte Katys Schulter. „Mach dir keine Vorwürfe."

„Hier ist ein Tipp." Einer der anderen Feuerwehrmänner nickte Katy zu. „Drehen Sie die Flamme nicht hoch, wenn Sie nicht neben dem Herd stehen."

Dayne verkniff es sich zu sagen, dass er ihr das auch schon erklärt hatte. Er salutierte vor dem Feuerwehrmann. „Wir werden versuchen, uns daran zu erinnern."

Landon unterhielt sich noch ein paar Augenblicke mit Dayne. „Kommst du mit Katy zu dem großen Resteessen morgen bei den Baxters?"

„Auf jeden Fall." In diesem Moment fiel Dayne ein, dass Landon wahrscheinlich noch nichts von Cody Coleman gehört hatte. Er erzählte kurz von dem Jungen und seinem Alkoholproblem und dass Jim, Jenny und Bailey im Krankenhaus waren.

Landons Gesicht wurde blass, als er diese Geschichte hörte. „Das tut mir so leid. Bitte … sagt ihnen, dass Ashley und ich für Cody beten."

„Wir auch." Der ruhigere der Feuerwehrmänner hob die Hand. „Und wenn er es überlebt, dann lasst uns dafür beten, dass es das letzte Mal war, dass er so etwas ausprobiert hat."

Nachdem das Gespräch beendet war und Dayne und Katy sich von den Feuerwehrmännern verabschiedet hatten, blieb Dayne abrupt stehen, nachdem er die Tür geschlossen hatte. „Das würdest du in LA niemals erleben, auf keinen Fall! Ein paar Feuerwehrleute werden gerufen, lachen über den Fehlalarm und helfen dabei, den Rauch zu vertreiben?" Dayne streckte seinen Arm aus und zog Katy an sich. „Ich liebe diese Stadt. Ich liebe alles hier."

„Dayne? Was ist mit dem Essen?" Shawn spähte in die Eingangshalle. „Ich und die Brüder sind hungrig."

Katy lachte. „Dayne wird sich jetzt darum kümmern."

Es stellte sich heraus, dass noch ein wenig von dem Fleisch zu retten war. Dayne kratzte die verbrannten Stellen ab und erwärmte es so vorsichtig, wie er es zuerst vorgeschlagen hatte. Jedes Mal, wenn er Katys Blick begegnete, mussten sie wieder lachen.

„Das ist überhaupt nicht lustig." Ricky war immer noch aufgelöst, weil die Feuerwehr zu ihnen gekommen war. Als der jüngste der Flanigans gab er sich vor seinen Brüdern aber tapfer. Doch seine Angst zeigte sich jetzt, als die Gefahr vorbei war. „Das ganze Haus hätte abbrennen können!"

„Ich weiß." Katy schlug die Hand vor den Mund, um ihr Lächeln zu verbergen. „Das ist mein nervöses Lachen, weil ich so aufgeregt bin. Das hat meine Eltern schon immer verrückt gemacht."

Dayne legte seinen Arm um ihre Taille. „Ich kenne dieses Gefühl." Er lehnte sich nah an ihr Ohr. „Alles an dir macht mich verrückt." Er küsste ihre Nasenspitze und zwinkerte ihr zu. „Aber irgendwie anders."

Katy schaffte es, einen gemischten Salat zu machen, ohne etwas hinzuwerfen oder sich in die Finger zu schneiden. BJ betete vor dem Essen und die Hamburger schmeckten nur ein kleines bisschen angebrannt.

Während der ganzen Mahlzeit musste sich Dayne immer wieder daran erinnern, dass er sich gerade nicht in einer Filmkulisse befand. Das hier war das wirkliche Leben der Flanigans – ein Haus voller Kinder und Fröhlichkeit. Die Jungen lachten miteinander, als sie aßen. Sicher, sie würden sich irgendwann noch mit ihren Sorgen wegen Cody Coleman auseinandersetzen müssen, doch im Moment war das Beisammensein beim Essen lebhaft und liebevoll und genau so, wie sich Dayne eine Familienmahlzeit vorgestellt hatte.

„Hey, lasst uns Drei spielen!" Shawn hob seine Gabel.

„Drei?" Dayne sah fragend zu Katy hinüber. „Erklär mir das."

„Das ist ein Essensspiel, das sich die Flanigans ausgedacht haben. Jemand sucht eine Kategorie aus und dann geht es rund um den Tisch. Jeder muss dazu drei Antworten parat haben." Katy zuckte die Schultern. „Ganz einfach."

„Ich habe es vorgeschlagen. Ich suche die Kategorie aus." Shawn grinste die anderen an. „Drei unvergessliche Momente für die Ewigkeit." Shawn begann und nannte zuerst das Fußballspiel, bei dem er das entscheidende Tor für die Meisterschaft geschossen hatte, dann den Tag, als er aus Haiti in den USA angekommen war, und schließlich den Nachmittag vor einem Jahr, als sein Vater ihn mitgenommen hatte, um ihren blonden Labradorwelpen Mandy abzuholen.

Ricky kam als Nächster dran. „Weihnachten und Geburtstag und jedes Mal, wenn wir schwimmen gehen!"

„Nein, nein." Justin stützte seine Ellenbogen auf den Tisch. „Das sind tausend Momente. Shawn hat gesagt, nur drei."

„Das sind drei!" Ricky stand halb auf seinem Stuhl. Er hob einen Finger. „Weihnachten." Der zweite Finger. „Geburtstag." Und der dritte Finger. „Und jedes Mal, wenn wir schwimmen gehen." Er blickte auf seine drei Finger. „Siehst du, drei Momente."

„Ich denke, wir können es als drei durchgehen lassen." Katy betupfte ihren Mund mit der Serviette und lächelte Ricky an. „Sehr gut, Kumpel. Ich mag die gleichen drei."

Und so ging es weiter. Als Vorletzte war Katy dran. Sie sah nachdenklich auf ihren Teller herab, dann lachte sie. „Ich habe ungefähr drei Millionen." Sie schaute zu Dayne. „In den letzten Jahren, meine ich."

„Aber du darfst nur genau drei raussuchen", erinnerte sie Justin an die Regeln.

„Hmmmm." Katy legte ihren Kopf zur Seite. „Okay, als ich im Theater bei der Premiere war und Dayne gesehen habe und sofort wusste, dass er nur wegen mir gekommen war, obwohl er eigentlich in LA sein sollte. Und als Zweites, als Dayne mich von diesem alten staubigen

Weihnachtsbaum befreit hat, nachdem ich auf der Bühne gestürzt war, und dann plötzlich den Ring herauszog und mich fragte, ob ich ihn heiraten will.“ Sie sah Dayne tief in die Augen. „Und das Dritte war, als wir ein paar Tage vor Thanksgiving nach Hause kamen und entdeckten, dass halb Bloomington unser Haus renoviert hat. Sogar Daynes Bruder Luke.“

„Du bist dran.“ Ricky deutete auf Dayne. „Drei unvergessliche Momente.“

Dayne hielt Katys Blick noch einen Moment länger fest. Ihm ging es genauso wie ihr. Es war unmöglich, die Anzahl der unvergesslichen Momente auf nur drei zu reduzieren. Aber die Jungs warteten auf seine Antwort. Er sah Justin grinsend an und wies mit dem Daumen in Katys Richtung. „Sie hat mir meine geklaut.“

„Dann musst du dir eben andere überlegen.“ Justin nickte seinen Brüdern zu. „Habe ich recht, Jungs?“

„Ja.“ Ricky kicherte. „Klauen zählt nicht.“

„Okay.“ Dayne seufzte und sah einen Moment lang nachdenklich zur Zimmerdecke. „Das erste Mal, als ich Katy gesehen habe – das war damals, als ich ins Theater kam und eine Gruppe Kinder einen Song aus *Charlie Brown* singen hörte. Als die Aufführung vorbei war, kam Katy auf die Bühne und bedankte sich bei den Kindern und den Familien.“ Er sah sie an. „Seit diesem Moment bin ich nie mehr derselbe gewesen.“

„Was ist der zweite?“ BJ rutschte auf seinem Stuhl hin und her. Offensichtlich fanden die Jungs Liebesgeschichten nicht so aufregend.

„Zweitens, als Katy und ich zum Stadion der Indiana University gegangen sind. Wir waren allein und am anderen Ende des Spielfeldes probte die Musikkapelle.“

„Es war windig, und es war das erste Mal, dass …“ Katy hielt kurz inne, als ob sie jetzt erst bemerken würde, dass sie gar nicht an der Reihe war. Sie legte den Finger an den Mund. „Uups.“

„Ja, genau! Dayne ist noch nicht fertig!“ Justin warf Katy einen vorwurfsvollen Blick zu.

Dayne lachte und sah Katy an. Er wusste genau, was sie hatte sagen wollen. Es war eines der ersten Male gewesen, dass sie sich geküsst hatten, ein Moment, in dem sie ihre Gefühle füreinander deutlich gespürt hatten – ungeachtet der ganzen Hindernisse, die zwischen ihnen standen.

Dayne räusperte sich. „Und der dritte Moment ..." Er spürte, wie sein Lächeln verschwand. „... war, als ich in der Rehabilitation ganz hart trainiert habe und plötzlich merkte, wie etwas in mir drin zerbrach."

„Wie dein Arm?" Rickys Augen wurden immer größer.

„Nein ..." Dayne musste sich beherrschen, um nicht loszulachen. „Eine Blockade in meinem Herzen. Ich hörte für einen Moment auf, meine Übungen zu machen, und sprach mit Katy. Und ich wusste von diesem Augenblick an, dass nie wieder etwas zwischen uns treten würde. Ganz egal, wie sich die Dinge entwickeln, wir beide würden immer zusammenhalten."

Ricky machte ein enttäuschtes Gesicht. „Das ist alberner Mädchenkram."

„Ja." Justin lächelte Dayne verständnisvoll an. „Aber Dayne ist schon alt. Das ist okay für ihn und Katy."

„Ich bin alt, ja." Dayne legte seinen Arm um Katys Schulter und grinste Justin an. „Aber dieser alte Kerl hier kann euch immer noch im Football besiegen."

Alle lachten und Ricky zeigte auf Justin. „Ha! Da hast du es!"

„Ja, okay." Justin sah Dayne direkt in die Augen. „Aber morgen fordere ich dich zur Revanche!"

Auch während sie den Tisch abräumten und spülten, hielt die fröhliche Stimmung an. Die Jungen waren gerade oben, um sich die Zähne zu putzen, als Katy einen Anruf von Jim Flanigan erhielt. Es gab nicht viel Neues. Jim und Jenny und Bailey wollten noch länger im Krankenhaus bleiben. Es hatte ein paar kleinere positive Veränderungen von Codys Zustand gegeben, doch nicht genug, um eine wirkliche Ermutigung zu sein. Jim bat sie, weiter zu beten.

Als die Jungen in ihren Schlafanzügen die Treppe herunterkamen, setzten sich Dayne und Katy mit ihnen auf das Ledersofa im großen Wohnzimmer und sahen sich im Fernsehen an, wie die Indiana Pacers gegen die Cleveland Cavaliers spielten. Die Jungen waren sofort bei der Sache und jubelten jedes Mal, wenn LeBron James den Basketball wieder einmal im Korb versenkte.

„Ich dachte, ihr seid Indiana-Fans." Dayne sah die Begeisterung in den Augen der Kinder.

„Sind wir auch." Justin starrte auf den Bildschirm. „Aber zuerst sind wir LeBron-Fans."

Die Spannung blieb bis zur letzten Minute, als LeBron die Cavaliers zu einem letzten Angriff führte, der den Sieg brachte. Die Jungen sprangen auf, jubelten und imitierten LeBrons Würfe. Sie sprachen darüber, wie sehr sie sich wünschten, eines Tages auch so Basketball spielen zu können.

Als sich die Aufregung allmählich legte, verkündete Katy: „Okay, Jungs … Zeit fürs Bett!"

„Kannst du uns noch vorlesen?" Ricky griff nach Daynes Hand, als sie hinaufgingen.

Rickys kleine Hand in seiner großen Hand zu spüren, das rief tiefe Gefühle in Dayne hervor. Gefühle von Vaterschaft und der Sehnsucht nach einer Familie und all dem, was er mit Katy in den kommenden Jahren erleben wollte. Er sah fragend zurück zu ihr, als sie gerade hinter BJ die Treppe hinaufstieg. „Haben wir dafür noch Zeit?"

„Natürlich." Katy legte ihren Arm um BJs Schulter. „Eure Mutter liest euch auch immer vor, nicht wahr?"

„Beinahe jeden Abend." Justin ging voran.

Die Zimmer der Jungen waren am Ende des Flurs – Justins und Rickys auf der linken Seite, das Zimmer von Shawn und BJ rechts. Sie versammelten sich in Shawns und BJs Zimmer, weil sich alle einig waren, dass sie an der Reihe wären.

Shawn suchte ein Buch aus, das den Titel *Enzyklopädie der Tiere* trug. „Wir könnten das vorlesen, aber die Brüder sagen immer nein."

„Stimmt das?" Dayne liebte es, wie sie sich gegenseitig „die Brüder" nannten. Katy hatte erzählt, dass sie in der Woche, nachdem die drei Jungen aus Haiti angekommen waren, damit angefangen hatten. Der Name war hängen geblieben und so sprachen sie von sich immer nur als „die Brüder".

Dayne saß neben Shawn und besah sich das Buch. „Welches sind deine Lieblingstiere?"

Shawns Augen leuchteten. „Alle. Aber den bengalischen Tiger und den Geparden und den Elefanten mag ich am meisten. Wusstest du, dass ein Gepard 112 Stundenkilometer rennen kann und dass man einmal gemessen hat, dass ein Gepard 80 Meter in 2,25 Sekunden geschafft hat?"

Dayne zog seine Augenbrauen erstaunt in die Höhe. „Das wusste ich nicht."

„Ja, aber sie können nur hundert Meter in der Spitzengeschwindigkeit laufen, sonst überhitzen sie sich."

Justin stemmte seine Hände in die Hüften. Er hatte ein Buch mit Dr.-Seuss-Geschichten unter den Arm geklemmt. „Dayne interessiert sich nicht für deinen Gepard."

„Oh doch, das tue ich." Dayne fühlte eine große Zuneigung zu Shawn. Er war der älteste der drei adoptierte Jungen, aber auch der kleinste. Seine Liebe zu Tieren war eine besondere Gabe, etwas, das die Flanigans offenbar förderten. Selbst wenn Shawn deswegen von seinen Brüdern geneckt wurde. Dayne klopfte auf das Tierbuch. „Wie wäre es, wenn wir uns morgen ein bisschen Zeit nehmen und du mir die besten Tiere zeigst?"

„Cool!" Shawn legte das Buch vorsichtig auf seinen Nachttisch. „Ich werde dir den Löwen zeigen und seine Höhle und dir alles über die Lebensdauer der Meeresschildkröte erklären."

Katy saß auf dem gegenüberliegenden Bett und beobachtete Dayne und Shawn. Sie blätterte durch die Seiten des Dr.-Seuss-Buches und lächelte. „Ich mag dieses Buch."

„Ich auch." BJ kam näher und setzte sich neben sie.

Justin saß auf Katys anderer Seite und Ricky gesellte sich zu Dayne und Shawn. Ricky schlug seine Beine so übereinander, dass er im Schneidersitz saß. „Zeig uns die Bilder, bitte."

Für ein paar Sekunden hatte Dayne das Gefühl, dass zehn Jahre vergangen seien und diese Kinder ihre eigenen wären, dieses gemütliche Haus ihr eigenes Zuhause. Würde es so sein? Ganz normale Zubettgeh-Rituale? Oder würde er die meiste Zeit unterwegs sein und Filme drehen? Wenn er seinen laufenden Vertrag erfüllt hatte, lag die Entscheidung ganz bei ihm. Aber wenn er einfach passiv blieb, würde sein Agent bald einen Vertrag für weitere sechs Filme für ihn aushandeln und daraus würde er nicht mehr aussteigen können.

Katy schlug die erste Seite auf und begann zu lesen. „Die sternbäuchigen Gänse hatten Bäuche mit Sternen. Die kahlbäuchigen Gänse trugen nichts auf ihrem Bauch …"

Die Geschichte erzählte von den sternbäuchigen Gänsen, die sich den anderen überlegen fühlten, weil sie Sterne trugen, und wie Sylvester McMonkey McBean, ein gewitzter fahrender Händler, den kahlbäuchigen Gänsen gegen einen hohen Preis Sterne für ihre Bäuche anbot.

Ricky lachte, als sie an die Stelle kamen, wo McBean anschließend den sternbäuchigen Gänsen anbot, ihre Sterne gegen einen hohen Preis zu entfernen, damit sie sich wieder besonders fühlen konnten.

Am Ende der Geschichte waren alle Gänse pleite, weil sie so oft die Dienste von McBean in Anspruch genommen hatten, aber sie waren alle klüger geworden und hatten eine Entscheidung getroffen. Es war nicht länger wichtig, ob eine Gans einen Stern trug oder nicht – tief in ihrem Inneren waren sie alle gleich, und alle verdienten es, beachtet und wertgeschätzt zu werden.

„Weißt du, worum es wirklich geht?" BJ zog seine Beine unter sich und sah Katy an. „Es geht darum, dass dich die Menschen nicht danach beurteilen sollen, wie du aussiehst."

„Nicht deine Hautfarbe oder Augenfarbe oder Haarfarbe oder ob du Sommersprossen hast." Ricky berührte sein gesprenkeltes Gesicht. „Denn Gott hat uns alle geschaffen und wir sind alle seine Kinder – ganz egal, wie unterschiedlich wir aussehen."

Dayne nahm die Szene mit allen Sinnen auf und spürte, wie er den Tränen nahe war. Hier saßen vier Jungen – drei dunkelhäutig, einer weiß – alle mit verschiedenen leiblichen Eltern und jeder mit einer anderen Herkunft, jeder Einzelne einmalig und unverwechselbar. Ganz offensichtlich hatten sie diese Dr.-Seuss-Geschichte schon oft gehört. Ihre tiefere Bedeutung war ihnen von ihren Eltern erklärt worden und die Jungen glaubten von ganzem Herzen daran.

Katy schloss das Buch und blickte in die kleinen Gesichter um sich herum. „Ihr habt recht. Gott hat uns alle unterschiedlich erschaffen, aber er liebt uns alle gleich."

„Gott hat die allergrößte Schachtel mit Buntstiften, die es nur gibt", lachte Justin. „Das sagt Mama immer. Er würde kein besonders kreativer Gott sein, wenn er uns allen das gleiche Aussehen gegeben hätte."

„Ja." BJ gähnte und in diesem Moment holte ihn die Realität ein. Er hielt inne und sah Katy und Dayne an. „Haben wir etwas von Mama und Papa gehört?"

Dayne hatte befürchtet, dass dieser Moment kommen würde. Katy und er konnten die Kinder nicht die ganze Zeit ablenken. Er sah zu Katy hinüber und sie nahm das Stichwort auf. „Euer Papa hat nach dem Abendessen angerufen. Cody ist immer noch sehr krank. Ich schlage vor, dass wir jetzt für ihn beten, damit es ihm bald besser geht."

Dayne spürte, wie Ricky neben ihm zu zittern begann. Er sah zu ihm. Der Junge hatte sein Gesicht in den Händen vergraben und weinte.

„Warum ist er weggegangen und hat Alkohol getrunken?“ Justins Gesichtsausdruck war wütend. „Er hat versprochen, dass er das nicht tun würde!“

„Kann er sterben?“ BJ versuchte die Tränen in seinen Augen zurückzuhalten.

Jetzt war nicht der Moment, um die Tatsachen schönzureden. Diese Jungen würden in nur wenigen Jahren vor den gleichen Entscheidungen stehen. Dayne biss sich auf die Lippe. „Ja, er könnte auch sterben.“ Er blickte in die ängstlichen und traurigen Gesichter um sich herum. „Wenn Menschen zu viel Alkohol trinken, können sie deswegen auch manchmal sterben.“ Er griff nach Rickys Hand. „Deshalb wollen wir jetzt für ihn beten.“

Justin war der geborene Anführer der Brüder, keine Frage. Das zeigte sich in allem, was er tat, und auch dieser Moment bildete keine Ausnahme. „Kann ich als Erster beten?“ Katy erlaubte es ihm. Er faltete seine Hände und senkte den Kopf, wobei er einen zitternden Seufzer ausstieß. „Lieber Gott, Papa hat gesagt, dass du Cody aus einem bestimmten Grund in unser Leben geführt hast. Aber jetzt liegt er im Krankenhaus und es geht ihm nicht gut und ich glaube nicht, dass wir genug Zeit hatten, um ihm zu helfen.“ Justins Stimme brach, doch er fuhr tapfer fort. „Bitte lass nicht zu, dass er stirbt. Er muss noch mehr von dir hören, damit er erkennt, dass er dieses Zeug nicht braucht. In Jesu' Namen, Amen.“

Justins Gebet startete eine Kettenreaktion und die Jungen beteten nacheinander dafür, dass Gott Cody gesund machen würde. Ricky betete, dass Gott „unserem Freund Cody nur noch eine Chance“ geben möge.

Als sie mit dem Beten fertig waren, liefen allen die Tränen über die Wangen und Dayne war sich sicher, dass er gerade etwas ganz Besonderes erlebt hatte. Der Raum war von Gottes Gegenwart erfüllt, wie Dayne sie noch nie zuvor gespürt hatte. Aber bisher hatte er auch noch nie mit Kindern zu tun gehabt, die einen so starken und tiefen Glauben hatten.

Dayne und Katy brachten die Kinder ins Bett und lenkten das Gespräch noch einmal auf das Footballspiel. Als sie das Licht ausmachten, waren die Jungen immer noch traurig, doch sie weinten nicht mehr.

Nachdem die Türen der Schlafzimmer geschlossen waren, gingen Dayne und Katy leise den Flur entlang. Als sie die oberste Stufe der Treppe erreicht hatten, lehnte sich Dayne an die Wand. „Das war unglaublich."

„*Du* warst unglaublich." Katy schlang ihre Arme um seine Taille und legte den Kopf an seine Brust. „Ich denke, nach diesem Abend liebe ich dich noch mehr als vorher. Du gehst so wunderbar mit diesen Kindern um, Dayne. Ich habe dich beobachtet und dachte an das, was vielleicht noch vor uns liegt. Ich war so aufgeregt und konnte kaum noch atmen."

Dayne küsste sie auf den Kopf. „Ich habe das Gleiche empfunden. Als ich dich beobachtet habe, wie du ihnen vorgelesen hast." Er trat einen Schritt zurück und sah ihr in die Augen. „Und dieses Talent, das du in der Küche bewiesen hast ... wow, Katy!"

Sie schlug ihm leicht auf den Arm. „Vielen Dank." Sie nahm seine Hand und zog ihn die Treppe herunter. „Das muss ich mir wahrscheinlich noch anhören, wenn wir schon fünfzig Jahre verheiratet sind."

Dayne lachte. „Vielleicht noch länger."

Dayne konnte es kaum erwarten, bis Katy ihren eigenen Kindern die Geschichten von Dr. Seuss vorlesen würde, Kindern, die Gott liebten und ihm vertrauten, so wie es die Flanigan-Kinder taten.

Jetzt musste er nur noch sein wirkliches Leben in einer realen Stadt wie Bloomington finden und jeden Moment davon genießen.

Kapitel 5

Katys Herz floss über vor Glück, als sie wieder im Wohnzimmer waren und zum Sofa gingen, wo sie zuvor das Basketballspiel gesehen hatten. Dayne mochte sie vielleicht mit ihren Kochkünsten aufziehen, doch sie konnte spüren, dass die kostbare Zeit, die sie eben mit den Kindern verbracht hatten, ihn ebenso berührt hatte wie sie selbst.

Als er sich neben sie aufs Sofa setzte, zog sie die Beine unter sich und schaute ihn an. „Du wirst eines Tages ein wunderbarer Vater sein, Dayne Matthews."

„Ich habe mal einen im Film gespielt." Er grinste und griff nach ihrer Hand.

„Ach, lass doch die Filme. Ich meine hier, in Bloomington, in unserem Haus am See, gemeinsam mit mir und den Kindern, die uns Gott vielleicht eines Tages schenken wird."

Er sah ihr tief in die Augen, in die Bereiche ihres Herzens, die nur er erreichen konnte. „Danke. Das bedeutet mir sehr viel."

„Es stimmt. Die Jungs hätten auch den ganzen Tag aufgeregt und unruhig sein können. Du wusstest genau, was du tun musstest, damit sie einen schönen unbeschwerten Tag hatten. Und dennoch haben sie noch für Cody gebetet, als es Zeit war, ins Bett zu gehen."

„Ich liebe das." Daynes Lächeln verblasste. „Genau das hätte ich auch gehabt, wenn ich hier aufgewachsen wäre." Die Wehmut in seiner Stimme und in seinem Gesicht hielt nicht lange an. Seine Mundwinkel zogen sich wieder nach oben. „Aber wenigstens habe ich es jetzt." Er lehnte sich vor und gab Katy einen zärtlichen Kuss. „Und eines Tages werden wir ein solches Leben mit unseren Kindern haben."

„Aber zuerst einmal müssen wir heiraten." Katy liebte das – wie sie und Dayne so unbeschwert miteinander umgehen konnten. „Ich habe nicht mehr viel von den Planungen gehört."

„Ah, meine Geheimwaffe." Dayne drehte sich herum, sodass er ein Bein auf das Sofa legen konnte. „Es kam einfach alles zusammen heute Morgen. Ich wollte es dir erzählen, aber, naja … da kam ein Footballspiel dazwischen."

„Und ein Basketballspiel."

„Das auch, ja."

Sie lachte. „Okay, also sag es mir jetzt."

„Sie heißt Wilma Waters und ist die beste Hochzeitsplanerin in Hollywood."

Eine Hochzeitsplanerin? Katy schluckte und versuchte, ihren Schock zu verbergen. Natürlich würden sie eine Hochzeitsplanerin brauchen. So etwas brauchten Menschen mit Geld, nicht wahr? Und jetzt, da sie Dayne heiraten würde, gehörte sie auch zu dieser Kategorie. Doch sie hatte nie an eine Hochzeitsplanerin gedachte. Sie überlegte krampfhaft, was sie sagen sollte. Alles, was sie herausbekam, war: „Wow."

„Ich weiß. Ich kann es kaum glauben, dass sie noch Zeit hatte."

„So ein Glück für uns." Katy tat alles, um überzeugend zu wirken, doch sie kämpfte mit ihren Gefühlen. Sie hatte geglaubt, dass Dayne mit jemandem sprechen würde, der ihnen dabei helfen könnte, die Hochzeit geheim zu halten. Doch eine Hochzeitsplanerin? Das klang so … so unpersönlich. Die Menschen, die sie kannte, stellten keine Hochzeitsplanerin ein. Sie organisierten ein Fest für ihre Freunde und ihre Familie und planten selbst ihre Hochzeitszeremonie. „Heißt das … sie kümmert sich um alles?"

„Alles!" Dayne schien ihr Zögern nicht zu bemerken. „Sie kümmert sich um die Gästeliste und den Ort, um die Blumen und die Farben, die Dekoration und was du sonst noch für die perfekte Hochzeit brauchst." Er streckte seine Hand aus. „Aber das Beste ist, dass sie Expertin darin ist, die ganze Sache vor den Medien geheim zu halten."

Katy erinnerte sich daran, dass sie ausatmen musste. Das war die erste gute Nachricht, darauf konnte sie sich konzentrieren. „Das werden wir brauchen."

„Auf jeden Fall." Dayne legte seinen Arm auf die Kopfstütze des Sofas. „Wilma war auch der Meinung, dass die kritische Anzahl an Hochzeitsgästen normalerweise bei fünfzig erreicht ist. Wenn wir fünfzig oder weniger Gäste haben, kann sie praktisch garantieren, dass die Presse nichts mitbekommt. Doch wenn es mehr Gäste sind, brauchen wir einen kompletten Schlachtplan, um das zu erreichen."

„Aber glaubt sie, dass wir es schaffen könnten?"

„Ja, das denkt sie."

Katy hörte das Geräusch kleiner tapsender Füße auf der Treppe und das Schluchzen unterdrückter Tränen. Bevor einer von ihnen fragen konnte, wer aus dem Bett gekommen war, bog Ricky um die Ecke. Sein blondes Haar war zerzaust vom Kopfkissen und er rieb sich die Augen. Ricky war ein Schlafwandler und hatte immer noch einen sehr leichten Schlaf, obwohl es in letzter Zeit schon besser geworden war. Doch ab und zu wanderte er noch durch das Haus und die Treppe hinunter, wenn schon alles dunkel war.

Katy flüsterte Dayne zu: „Er schläft immer so schlecht ein."

Dayne nickte. „Hey, Kumpel. Was ist los?"

Ricky blinzelte. Er kam näher und schlang seinen Arm um Daynes Hals. „Sie lassen mich nicht gewinnen."

„Sie lassen dich nicht ...?" Dayne warf Katy einen fragenden Blick zu.

„Er ist ein Schlafwandler!", raunte sie ihm zu.

Ein verstehender Blick trat in seine Augen. Er legte seinen Arm um Rickys Taille. „Sie lassen dich nicht gewinnen?"

„Nein." Ricky schüttelte energisch den Kopf. Seine Augen waren weit aufgerissen und erfüllt von Angst und Ärger. Aber es war der Blick, den er stets hatte, wenn er schlafwandelte. „Jedes Mal, wenn ich es versuche, lassen sie mich nicht gewinnen."

Dayne zögerte. „Okay ... jetzt haben sie aber gesagt, dass sie dich gewinnen lassen. Beim nächsten Mal, wenn du es versuchst, wirst du sicher gewinnen."

Katys Herz schmolz dahin. Dayne war so geduldig und verständnisvoll mit dem Kind und ihr fiel auf, dass sie – außer bei den wenigen Gelegenheiten beim christlichen Kindertheater – Dayne noch nie im Umgang mit Kindern erlebt hatte. Sie hatten über Kinder gesprochen, doch es war das erste Mal, dass sie miterlebte, wie Dayne sich wie ein Vater verhielt. Sie beobachtete ihn weiter.

Die Angst in Rickys Augen verschwand allmählich und er gähnte. Sein Arm lag immer noch um Daynes Hals und jetzt legte er seinen anderen Arm ebenfalls um Dayne und umarmte ihn lange. „Das ist alles, was ich will." Er trat zurück und zuckte mit den Schultern. „Aber sie haben mich einfach nicht gewinnen lassen."

„Das werden sie jetzt tun." Daynes Stimme war beruhigend, sein Tonfall überzeugend.

„Ich muss ja nicht jedes Mal gewinnen." Ricky blinzelte und sein Gesichtsausdruck veränderte sich ein wenig, so als ob er langsam aufwachen würde.

„Ich weiß." Dayne stand auf und nahm Rickys Hand. „Komm, wir gehen wieder zurück ins Bett."

Katy lächelte. Sie zog ein Knie an ihre Brust und sah zu, wie Dayne Ricky durch den Raum in Richtung Treppe führte.

Nach ein paar Minuten hörte sie, wie Dayne leise wieder herunterkam. Als er das Zimmer betrat, blieb er stehen und presste seine Hand auf das Herz. „Ich liebe dieses Kind. Wir kamen in sein Zimmer und er fragte mich, ob Cody inzwischen zu Hause wäre."

„Wirklich?"

„Ja." Dayne nahm wieder seinen Platz auf dem Sofa neben ihr ein. „Ich sagte ihm, dass Cody immer noch im Krankenhaus ist und dass wir weiter für ihn beten müssen." Er lächelte. „Dann hat der kleine Kerl gegähnt und gesagt, dass Cody bald wieder gesund werden wird. Das hat Jesus ihm schon gesagt."

„Er ist so ein süßer Kerl!" Katy blickte zu dem Familienfoto der Flanigans hinüber, das an der Wand neben der Terrassentür hing. „Ich finde es immer interessant, dass Ricky derjenige ist, der mit einem Herzfehler auf die Welt kam, sodass sie ihn im Alter von drei Wochen operieren mussten. Und jetzt ist er derjenige, der so ein weiches Herz für andere hat."

„Das hatte ich ganz vergessen."

„Seine Narbe geht von der Rückenmitte über sein Schulterblatt bis hin zu seiner Seite. Er ist jetzt völlig gesund. Ein wirklicher Wunderjunge."

Dayne legte seinen Arm auf die Sofalehne und stützte seinen Kopf auf seine Faust. „Wie viele Kinder, Katy? Zwei? Drei?" Er grinste. „Sechs wie die Flanigans?"

Katy lachte. „Vielleicht nicht unbedingt sechs." Sie hatten sich bereits zuvor über dieses Thema unterhalten, doch ihre Antworten fielen jedes Mal anders aus. „Jenny hat mir erzählt, dass sie eigentlich zwei Kinder haben wollten, aber dass Gott sechs für sie geplant hätte." Sie hob ihre Schulter. „So was kann passieren, vermute ich."

„Das vermute ich auch." Dayne sah aus, als würde ihm bei diesem Gedanken etwas schwindelig. „Wir könnten auch zehn Kinder haben und wenn wir darauf vertrauen, dass Gott bei uns ist, würde er uns auch irgendwie durchbringen."

„Das würde er." Katy streckte die Hand aus und griff nach seiner.

Sie liebte es, dass sich hier, weit weg von Hollywood und dem Stress des Filmemachens, ihre Gespräche anhörten wie bei ganz normalen Menschen mit einem ganz normalen Leben. Nicht die irrsinnigen Verfolgungsjagden der Paparazzi und Filmverträge und Drehtermine, um die es in ihren Gesprächen ging, wenn er in Los Angeles war.

Katy fuhr mit dem Daumen über Daynes Finger. „Solange du dein kleines Mädchen bekommst."

Dayne schüttelte langsam seinen Kopf. „Ich kann mir nicht ausmalen, wie es sich anfühlen wird, wenn ich dich mit unserem Baby sehe und unsere Tochter zum ersten Mal im Arm halte. Vor allem nach …"

Er musste seinen Satz nicht beenden. Katy wusste, dass er an das Baby dachte, das er verloren hatte, das Kind, das abgetrieben worden war. „Dieser Moment wird unvergesslich sein."

„Ja." Nach ein paar Sekunden grinste er. „Ich kann nur jeden Jungen warnen, der es wagt, sich mit irgendeiner Tochter von mir zu verabreden."

Katy wollte am liebsten näher rücken und ihn küssen, ihm sagen, dass sie genauso fühlte und dass sie – egal ob Junge oder Mädchen – es nicht erwarten konnte, dass dieser Tag kam. Stattdessen lehnte sie sich an die Armlehne des Sofas. „Ich denke, wir sollten besser über die Hochzeit reden."

„Bevor wir die Kinderzimmer einrichten, meinst du?" Ein schelmisches Grinsen flog über sein Gesicht.

„Ja. Diese Hochzeitsplanerin … haben wir die Möglichkeit, selbst Ideen einzubringen?" Katy bemühte sich um einen unbeschwerten Tonfall. „Oder sagen wir ihr, wie wir es uns ungefähr vorstellen, und sie kümmert sich dann um alles?"

Dayne ließ ihre Hand los und setzte sich aufrecht hin. Es war unübersehbar, wie aufgeregt er war, dass er Wilma für ihre Hochzeitsplanung hatte gewinnen können. „Sie wird so viel oder so wenig für uns tun, wie wir es wollen." Seine Augen leuchteten, so wie sie es immer taten, wenn Katy und er über die Hochzeit sprachen. „Sie fliegt am Montag nach Indianapolis und will uns im Hyatt treffen."

Ein Treffen im Hyatt-Hotel würde einen riesigen Medienrummel hervorrufen. Sie zog die Nase kraus. „Was ist mit der Presse?"

„Wilma hat einige Ideen." Dayne rutschte ein wenig näher. Seine Stimme sagte ihr, dass sie sich keine Sorgen machen brauchte und dass sie sich nicht über Einzelheiten der Hochzeit Gedanken machen musste, bevor sie sich mit Wilma getroffen hatten. „Das Wichtigste von allem ist die Privatsphäre. Nach meinem Unfall … ich möchte, dass es aus den Zeitungen herausgehalten wird. Wenn sie dahinterkommen …“ Sein Tonfall war immer noch unbeschwert, doch die Muskeln in seinem Nacken verspannten sich. „Das will ich auf keinen Fall!“

Katy verstand das. Bis Thanksgiving waren sie so sehr damit beschäftigt gewesen, dass Dayne wieder laufen lernte, und dass es ihm gut genug ging, um nach Bloomington fliegen zu können, dass sie sich bisher noch nicht über die Hochzeit oder Blumen oder Kuchen oder eine Kirche unterhalten hatten. Nichts von den Sachen, über die sich verlobte Paare für gewöhnlich unterhielten. Und Dayne vertraute ganz offensichtlich Wilma Waters. Sie könnten ihre Vorstellungen mit ihr besprechen und dann würde sie die Mammutaufgabe bewältigen müssen, eine geheime Hochzeit zu planen. Es war egal, wo es stattfinden würde – ob in der Bloomingtoner Stadtkirche oder am Ufer ihres eigenen Hauses am Lake Monroe – solange dieses einzige kritische Detail berücksichtigt wurde.

Die Hochzeit vor der Presse geheim zu halten.

Dayne rieb sich sein Bein, das er wegen des Unfalls beinahe verloren hätte.

„Hast du Schmerzen?“

„Ein bisschen.“ Er lächelte, doch sein Gesicht war überschattet von einem Ausdruck, den er häufig hatte, seitdem er aus dem Koma erwacht war. „Das Spiel ist vielleicht ein bisschen zu viel gewesen.“

Tiefe Gefühle überrollten Katy. Stolz, dass er seit dem Unfall so weit gekommen war, aber auch Angst bei der Erinnerung, dass sie ihn um ein Haar verloren hätte. Manchmal konnte sie immer noch nicht glauben, dass sie hier waren und einige so normale Tage miteinander erlebten. Katy legte ihre Hand auf sein Knie. Sie wollte wissen, ob sie den Blick in seinen Augen richtig deutete. „Du denkst gerade an den Unfall?“

Sie konnte in Daynes Gefühlen lesen wie in einem offenen Buch. Er konnte es anscheinend immer noch nicht glauben, dass sie so viele Stunden an seiner Seite verbracht hatte, dass sie für ihn gebetet und darauf vertraut hatte, dass er das alles schaffen würde. Sie spürte seine Liebe zu ihr, so klar und tief, dass es beinahe wehtat. Er legte seine Hand auf ihre. „Bin ich so leicht zu durchschauen?“

„Du hast dann so einen gewissen Blick." Katy lehnte ihren Kopf zur Seite und hoffte, dass er spürte, wie sehr ihr Herz ihm gehörte. „Ich denke jedes Mal, wenn du diesen Blick hast, dass du dich dann an den Unfall erinnerst."

Dayne starrte vor sich hin. „Manchmal sehe ich es wieder ganz deutlich vor mir. Ich fahre die Straße entlang mit Randi Wells vor mir und ich sehe, wie Paparazzi sie an beiden Seiten bedrängen." Er blinzelte und wandte sich wieder Katy zu. „Sie versuchen, bei sechzig Stundenkilometern ein Foto zu machen, und sie lenkt ihr Auto von links nach rechts, total nervös. Der Rest passiert dann zu schnell, um mich zu erinnern, abgesehen von dem LKW, der direkt auf mich zukommt. Ich sehe das so genau vor mir wie damals, als es passiert ist."

Katy sagte eine ganze Weile nichts. Sie drückte sein Knie ein wenig fester und versuchte, der Trauer und Wut Herr zu werden, die sie überwältigen wollten. Er hätte so leicht bei diesem Unfall getötet werden können. „Manchmal kann ich es einfach nicht glauben, dass du wirklich hier bist. Dass es dir wieder so gut geht, dass du neben mir sitzt."

„Das kann ich oft selbst noch nicht glauben." Er machte ein frustriertes Gesicht. „Ich sage mir immer, dass ich die Sache verarbeitet habe, dass ich nicht mehr wütend auf die Paparazzi bin. Sie haben nur ihren Job gemacht, verstehst du?"

„Aber sie haben es nicht auf legale Weise getan." Katy spürte, wie der alte Ärger in ihr aufloderte. „Was an jenem Tag passiert ist, war voll und ganz ihr Verschulden."

„Genauso habe ich es auch gesagt, als ich gestern mit Bob telefoniert habe. Und Bob warnte mich, dass ich vorsichtig sein müsse." Dayne sprach immer noch einmal pro Woche mit seinem Freund Bob Asher, der als Missionar in Mexiko arbeitete, und er war dankbar dafür, dass ihm diese Gespräche halfen, Gott und sein Wort besser zu verstehen.

Katy war nicht sicher, worauf Dayne mit dieser Bemerkung abzielte. „Weswegen vorsichtig sein?"

„Dass ich kein hartes Herz bekomme, wenn ich weiterhin wütend auf die Paparazzi bin und es jedem Fotografen vorhalte, dem ich begegne. Bob sagte, dass ich mich mit meinem Zorn am meisten selbst verletzen würde."

Wieder dankte Katy im Stillen Gott für die Weisheit von Bob Asher. Er schien einfach immer genau zu wissen, welche Worte er benutzen musste, um Dayne in seinem Glauben einen Schritt weiterzubringen. Katy hatte noch nicht viel darüber nachgedacht, doch Bob hatte recht. Sich mit seinen Gefühlen gegenüber den Paparazzi auseinanderzusetzen, das würde Dayne in Angriff nehmen müssen – vor allem, wenn er nach Los Angeles zurückkehren würde.

Vielleicht schon früher, wenn der Hotelmanager ihr Treffen am Montag nicht für sich behalten hatte.

Dayne stellte seinen Fuß auf den Boden und strich mit seinen Fingern über Katys Gesicht. „Ich habe gerade den besten Tag in meinem Leben gehabt." Er umfasste ihren Kopf und sah ihr tief in die Augen. „Ich möchte jetzt nicht über Paparazzi sprechen."

Katy war jedes Mal wieder fasziniert, wie schnell ihre Gefühle sich verstärkten, wenn Dayne ihr so nahe war. Plötzlich konnte sie nicht mehr klar denken. „Dayne …" Sie wollte ihm sagen, dass sie vielleicht rausgehen sollten, dass sie sich auf die vorderen Verandastufen setzen und die Sterne anschauen sollten – irgendetwas, um ihm nur nicht zu nahe zu kommen.

Doch bevor sie etwas sagen konnte, berührte Dayne mit seiner anderen Hand ihr Gesicht. „Ich liebe dich." Er flüsterte die Worte in ihr Ohr. Sie klangen nicht voller Sehnsucht wie sonst, sondern fast verzweifelt, besonders im Blick auf all das, was ihnen geschenkt worden war, all das, was sie beinahe verloren hatten.

Seine Lippen berührten ihre und einen wunderbaren Moment lang vergaßen sie alles um sich herum, in dem überwältigenden Gefühl all dessen, was sie füreinander spürten.

Als Katy wieder zu Atem kam, setzte sie sich zurück. „Also … was meinst du, wird Jenny den Rauch in der Küche bemerken?"

Er lachte. „Anders ausgedrückt – sollten wir besser eine Pause einlegen?"

Katy holte tief Luft und ließ diese langsam wieder entweichen. „Ich sollte das auf jeden Fall tun."

Das Haus war ruhig, abgesehen von dem gelegentlichen Brummen des Kühlschranks und dem leisen Surren der Heizung. Für heute Abend war Frost angesagt und Jenny und Jim hielten das Haus gemütlich warm.

„Vielleicht sollten wir den Kamin im Wohnzimmer anmachen." Dayne grinste. „Dann würde das mit dem Rauch nicht gleich auffallen."

„Danke sehr." Sie gab ihm einen liebevollen Klaps. „Aber ernsthaft, das wäre gar nicht so schlecht, oder?"

Noch bevor Dayne antworten konnte, klingelte das Telefon. In der letzten Stunde hatte sie Cody Coleman und seinen Kampf gegen die Alkoholsucht fast vergessen. Doch jetzt blickte sie Dayne an und die Angst kroch in ihrem Herzen hoch. „Vielleicht ist das Jenny." Sie sprang auf, rannte in die Küche und erreichte den Hörer beim dritten Klingeln. „Hallo?"

„Katy?" Die Erleichterung in Jennys Stimme war schon zu hören, als sie nur Katys Namen aussprach. Sie unterdrückte ein Weinen. „Cody ist aufgewacht. Der Arzt sagt, dass er wieder gesund werden wird."

„Oh Jenny … danke, Gott. Danke!" Katy schloss für ein paar Sekunden ihre Augen und betete leise. Jedes Jahr starben so viele Kinder und Jugendliche, weil sie zu viel tranken. Durch Gottes Eingreifen würde Cody Coleman nicht einer von ihnen sein. Nicht dieses Mal.

„Er ist völlig fertig und ihm ist übel und er schämt sich sehr." Jenny schien von den letzten Stunden völlig ausgelaugt zu sein. „Er kann kaum glauben, dass er fast gestorben ist und was er uns damit angetan hat."

Katy wandte sich um und sah Dayne an. Sie nickte und gab ihm ein Okay-Zeichen. Dann fasste sie den Telefonhörer fester. „Er braucht Hilfe. … Weiß er das?"

„Er ist immer noch ziemlich krank, aber ja. Er ist völlig am Ende. So habe ich ihn noch nie gesehen. Er ist ungefähr seit einer Stunde wach und seitdem laufen ihm die Tränen unaufhörlich übers Gesicht."

„Vielleicht wird dieser Tag alles bei ihm ändern."

„Ich glaube schon." Die Erleichterung war zurück in Jennys Stimme. „Wir hätten ihn fast verloren. Eine Stunde später und das Magenauspumpen hätte nichts mehr geholfen."

Katy erschauerte.

Sie sprachen noch ein paar Minuten weiter und Jenny sagte, dass sie in der nächsten halben Stunde zurück sein würden, obwohl Cody nicht vor Sonntag aus dem Krankenhaus kam. „Ist bei den Kindern alles okay?"

„Wir hatten das volle Programm mit Footballspiel und gemeinsamem Abendessen und anschließend noch Vorlesen am Bett." Die Einzelheiten über den Besuch der Feuerwehr konnten bis später warten. „Dayne war begeistert."

Sie beendeten das Gespräch und Katy kehrte zum Sofa zurück. „Cody ist seit ungefähr einer Stunde wach. Der Arzt sagt, dass er wieder gesund werden wird."

Dayne stand auf und starrte sie an. „Er ist vor einer Stunde aufgewacht?"

„Mmm-hmmm." Katy schlang ihre Arme um seine Taille und suchte seinen Blick. „Warum?"

„Das war der Zeitpunkt, als Ricky mir gesagt hat, dass er sich keine Sorgen mehr wegen Cody macht. Jesus hätte ihm schon gesagt, dass Cody wieder gesund werden wird." Dayne schüttelte den Kopf. „Ich dachte, er wäre noch halb am Schlafen."

„Das bringt einen wirklich ins Nachdenken." Sie hielt seinen Blick noch für einige Sekunden länger fest, dann zog sie ihn zum Wohnzimmer. „Wegen des Feuers ..."

Sie entzündeten das Feuer, setzten sich auf den kleinen Teppich davor und unterhielten sich, bis die Flanigans nach Hause kamen. Doch immer noch musste Katy an Rickys Worte denken, und dass er sich so sicher gewesen war, dass es Cody bald besser gehen würde. Weil Jesus es ihm gesagt hatte. Ricky hatte einen festen, unschuldigen Glauben – den Glauben eines Kindes. Genau die Art von Glauben, die Gott von allen seinen Kindern, groß oder klein, erwartete.

Katy dachte immer noch darüber nach, als Dayne sich schon verabschiedet hatte und zum Haus der Baxters gegangen war. Ohne Frage glaubte Ricky an Gottes Kraft, und dass er aus Schwierigkeiten etwas Gutes machen konnte. Wenn sie und Dayne sich, von jetzt an irgendwie mit den Paparazzi arrangieren wollten und das ohne bittere Gefühle, dann war eines sicher:

Sie mussten Gott so wie Ricky vertrauen.

Kapitel 6

Sie nannten es „Restefest“ und es war eine alte Baxter-Tradition. Ashley war dabei, Milch in einen Topf mit zerdrückten Kartoffeln zu gießen und unterzurühren. Sie arbeitete Seite an Seite mit ihren Schwestern Kari, Brooke und Erin.

Ashley zerdrückte mit ihrem Löffel die kleinen Klumpen zu feinem Kartoffelbrei. Die Vertrautheit dieses Abends half ihr, sich zu entspannen. Besonders an so einem Tag, an dem sie ihre Mutter mehr als sonst vermisste. Immerhin waren die „Restefeste“ die Idee ihrer Mutter gewesen. An jedem Thanksgiving-Wochenende versammelte sich die gesamte Baxter-Familie zu einer neuen Runde Truthahn mit Beilagen wie Salat und Gemüse. Für gewöhnlich hatte einer oder mehrere von ihnen eine lustige Geschichte parat, wie sie am Tag zuvor die Weihnachtslichter aufgehängt oder sich in einen Einkaufsbummel gestürzt hatten, und immer fanden sie einen Grund zum Lachen.

Ashley zog ihren Löffel langsam durch die Kartoffeln. Solange sie lebte, würde sie darauf achten, diese Tradition beizubehalten. Es war eine weitere Möglichkeit, die Erinnerung an ihre Mutter lebendig zu halten.

„Du bist sehr ruhig.“ Kari trat neben sie. Sie fügte ein wenig Wasser zu den grünen Erbsen hinzu, die Ashley bereits in eine Schüssel gefüllt hatte.

„Ich vermisse Mama.“ Ashley sprach leise, damit nur Kari sie hören konnte. Die Bekannte ihres Vaters, Elaine Denning, war hier. Sie saß im Wohnzimmer, zusammen mit Reagan, Katy, Ashleys Vater und den anderen Männern, die ihre Haushaltspflichten später am Abend erfüllen würden. Landon hielt Devin im Arm und wiegte ihn sanft in den Schlaf.

„Ich weiß, was du meinst. Thanksgiving war in diesem Jahr aufregend mit Daynes Haus und der ganzen Arbeit dort.“

„Aber heute, wo es wieder ruhiger ist, überkommt es mich.“ Ashley starrte in den Kartoffelbrei. „Dass sie nie wieder bei uns sein wird an Festtagen wie heute.“

„Heute Morgen hat sich Jessie das Foto von Mama angeschaut – du weißt schon, das ich gerahmt und auf meinen Küchenschrank gestellt habe." Kari fand einen Löffel in der Schublade neben dem Herd. Sie rührte die Erbsen um, hielt inne und sah Ashley an. „Ich fragte sie, ob sie sich noch an Oma erinnern kann. Sie hat sich das Foto lange angesehen und dann sagte sie: ‚Ich glaube schon.'"

Ashley lächelte, doch ihre Augen füllten sich mit Tränen. „Jessie war erst zwei, als Mama gestorben ist. Kinder vergessen einfach schnell." Sie blinzelte und eine einzelne Träne fiel auf ihre Wange. Sie wischte sie mit dem Handrücken fort. „Sogar Cole, obwohl Mama ihn praktisch aufgezogen hat, bis Landon wieder ein Teil meines Lebens wurde."

„Ich glaube, wir empfinden heute alle so. Als ich ankam, traf ich Brooke im Gästezimmer, wo sie sich das Bild angesehen hat, das du von Mama und Papa auf dem Weg hinter dem Haus gemalt hast."

„Ich liebe dieses alte Bild." Der Kartoffelbrei fing an zu blubbern. Ashley drehte die Herdflamme herunter. „Ich habe es für einen ihrer Hochzeitstage gemalt."

„Weil sie immer dort hinten im Garten spazieren gegangen sind, um sich zu unterhalten."

„Wann immer eines von uns Kindern Probleme hatte, saßen sie entweder in ihren Stühlen im Wohnzimmer oder draußen auf der Veranda oder sie machten einen Spaziergang." Die Erinnerung wärmte Ashleys Herz. „Ich erinnere mich noch so gut, wie ich aus dem Gartenfenster geschaut und sie dort draußen gesehen habe, Hand in Hand."

Auf der anderen Seite der Küche waren Brooke und Erin dabei, Gurken für den Salat zu schneiden. Plötzlich schoss eine der Gurkenscheiben durch den Raum und landete genau in dem Moment auf dem Fußboden, als Ryan eintrat.

Ryans Ferse traf zielsicher die Gurkenscheibe und sein Fuß rutschte unter ihm weg. Er klammerte sich hilfesuchend an den Griff der Kühlschranktür, um nicht zu stürzen.

Einen Moment lang versuchten Brooke und Erin, nicht zu lachen, doch der Anblick, wie Ryan den Griff umklammerte, als ob sein Leben davon abhinge, war einfach zu viel für sie. Bevor er seine Füße wieder sortieren konnte, brachen Ashleys Schwestern in lautes Lachen aus.

Kari stieß Ashley mit dem Ellenbogen an. „Bei uns gibt es immer etwas zu feiern und zu lachen." Sie flüsterte ihre nächsten Worte. „Doch wenn die Gurke nicht wäre, würde ich am liebsten auch spazieren gehen und eine Weile heulen."

„Tut mir leid!" Ashley sah, wie Erin die zermatschte Gurkenscheibe vom Boden aufhob. Sie fühlte, wie ein Lachen in ihr aufstieg. „Hey, Ryan, könntest du das noch mal wiederholen?"

Ryan wischte sich die Sohle seines Tennisschuhs mit einer Serviette ab. „Deshalb bin ich hier – um euch Mädchen bei Laune zu halten." Er wies auf Brooke und Erin, die vor Lachen fast zusammenbrachen. „Schön, dass ich euch helfen konnte." Er fand die Kaffeetasse, die er gesucht hatte, und imitierte noch einmal seinen Beinahe-Sturz, bevor er die Küche verließ.

Brooke schnappte nach Atem. „Ich habe … noch nie … eine Gurkenscheibe so schnell fliegen sehen."

„So als ob … als ob sie versucht hat zu fliehen, als du sie schneiden wolltest." Erin wischte ihre Augen trocken. Sie holte tief Luft. „Meine Güte, was sind wir albern!"

Ja, dachte Ashley. Und wenn dieser Abend so verlaufen sollte, wie ihre Mutter es sich immer gewünscht hatte, dann würden Erin und Brooke nicht die Einzigen bleiben, die sich vor Lachen den Bauch hielten.

Während sie gemeinsam die letzten Vorbereitungen für das Abendessen trafen, zwang Ashley sich dazu, nicht an ihre Mutter zu denken. Oder an die Tatsache, dass Elaine Denning im Nebenraum war und an dem Platz saß, an dem ihre Mutter eigentlich sitzen sollte. Ihre Gefühle waren wirklich seltsam. Sie hatte sich bereits mit der Tatsache auseinandergesetzt, dass ihr Vater eine gute Bekannte hatte, und während sie Daynes und Katys Haus renoviert hatten, war es ihr sogar gelungen, sich mit diesem Gedanken anzufreunden. Sie war diejenige gewesen, die Elaine angerufen und eingeladen hatte, mitzuhelfen. Sie hatte es sogar geschafft, Elaines Angebot anzunehmen, sie doch zu duzen. Aber dennoch war die Tatsache, dass Elaine jetzt hier war – nicht nur zum Dessert, sondern den ganzen Abend lang – ein komisches Gefühl. Und irgendwie bedrohlich.

Ashley sagte sich, dass sie ruhig bleiben sollte, und als sie sich zum Abendessen versammelten, hatte sie das Thema schon vergessen.

Wieder einmal saßen sie an zwei langen Tischen. Das Esszimmer war übervoll und aus jeder Ecke war Lachen zu hören. Ashley wollte unbeschwert sein und im Moment nur daran denken, dass diese Mischung aus den verschiedenen Stimmen, die Freude, die sie alle über das Beisammensein und das pulsierende Leben empfanden, der Grund für dieses Abendessen war.

Dennoch warf Landon ihr einen prüfenden Blick zu, als sie sich gesetzt hatten. „Bist du okay?"

Ashley lächelte ihm zu und sah ihm tief in die Augen und bis in das Herz dieses wundervollen Mannes, der sie niemals aufgegeben hatte, egal wie sehr sie sich auch gegen ihn gewehrt hatte. „Ja." Sie nahm seine Hand. „Mir geht es gut."

Landon hielt ihren Blick einen Moment länger fest. Er kannte sie viel zu gut, um sich von dieser schnellen Antwort überzeugen zu lassen. Aber er wusste auch, dass jetzt nicht die Gelegenheit war, bei der sie ihm ihre innersten Gedanken offenbaren konnte. Sie würden sich später in Ruhe unterhalten. Er drückte ihre Hand.

„Schläft Devin?"

„Er liegt im Reisebett." Er lachte. „In *einem* der Reisebetten. Wenn so viele von uns zusammen sind, brauchen wir ein ganzes Zimmer für die kleinen Bettchen."

Ashley sah, wie ihr Vater unter dem Tisch nach den Händen seiner beiden Sitznachbarn griff. Das bedeutete, dass er irgendwo unter der Tischplatte mit Elaine Händchen hielt. Ashley verbot diesem Gedanken, weiter in ihr Wurzeln zu schlagen. Schließlich fasste sich beim Beten jeder der Baxters an der Hand. Stattdessen konzentrierte sie sich auf die Menschen, die um die zwei Tische saßen. Brooke saß neben ihrem Mann Peter und ihren beiden Töchtern Maddie und Hayley, die sich nach ihrem schrecklichen Badeunfall vor einigen Jahren inzwischen so weit erholt hatte, dass sie am Tisch sitzen und mit den anderen essen konnte. Neben ihnen waren Erin und Sam und ihre kleinen Mädchen – Clarisse, Chloe, Amy und Heidi Jo.

Ashley genoss das Gefühl, das Landons Hand in ihrer hervorrief. Sie lächelte ihm zu und blickte in die Augen von Cole, ihrem Sohn, den er als seinen eigenen angenommen hatte. Schließlich sah sie hinüber zu Katy und Dayne und zu ihrem jüngeren Bruder Luke, dessen Frau Reagan und ihrem Sohn Tommy, der im Kindergartenalter war. Er hielt die Hand seiner kleinen, aus China adoptierten Schwester Malin. Und Kari und Ryan mit ihren Kindern Jessie und RJ, der in einem Hochstuhl saß.

Sie waren eine Familie, wie sie sich jeder wünschte. Sogar mit ihren Eigenarten und ihren seltsamen Momenten, wenn jemand auf Gurkenscheiben ausrutschte oder über dem Kartoffelbrei in Tränen ausbrach. Die Menschen rund um Ashley waren diejenigen, die sie am meisten liebte. Wenn ihre Mutter jetzt hier wäre, würde sie das Gleiche tun – sich die Gesichter der jungen Familien ansehen, die im ganzen Zimmer versammelt waren, und dankbar für jeden von ihnen sein.

Ihr Vater betete. Anschließend blickte Cole über den Tisch zu seinen Cousinen und Cousins. „Nächste Woche fange ich mit Basketball an!"

„Ich auch!" Maddie reckte beide Arme in die Höhe. „*Hot Shots*!"

Hot Shots war ein Programm, das von der Stadt finanziert wurde und Kindern in der Grundschule ermöglichte, Basketball zu spielen, ohne gleich den Leistungsdruck des Highschool-Sports oder der Sportvereine zu haben. Ashley und Landon hatten sich einige Trainingseinheiten von Cole angesehen. Sie blickte zu Brooke. „Wie ist ihr Team? Ich meine, wie ist die Trainerin?"

„Sie ist ehrgeizig und will gewinnen, aber sie macht es wirklich gut mit den Mädchen." Brooke sah ihren Mann Peter an. „Meinst du nicht auch?"

Peter zögerte. „Die Frau hat vor zehn Jahren an der Indiana University gespielt. Der Ehrgeiz nach dem perfekten Wurf liegt ihr immer noch im Blut." Er sah so aus, als ob seiner Meinung nach das Vorhaben, Kinder im basketballverrückten Indiana an das Spiel heranzuführen, nicht die beste Idee war. „Ich glaube, wir werden das besser beurteilen können, wenn die Spiele beginnen."

Ashley tauschte einen besorgten Blick mit Landon aus. Sie wollte nicht so viel dazu sagen, wenn Cole neben ihr saß, doch sie hatte ebenfalls ihre Bedenken. Ihr Blick traf Brookes Augen über Coles Kopf hinweg. „Unser Trainer sagt, dass er schon enttäuscht wäre, wenn wir nicht den ersten Platz holen."

„Ja." Cole sah zuerst zu Ashley und dann zu den anderen am Tisch. „Unser Trainer sagt, dass wir am Ende des Trainings alle unsere Korbleger können sollen oder wir müssen die Linie auf und ab rennen."

Das war noch nicht alles, aber Ashley würde mit Brooke später darüber reden. Jetzt hoffte sie, dass das Gespräch darauf kommen würde, ob sie eine Brautparty für Katy organisieren könnten, die mit Dayne, ihrem Vater und Elaine am anderen Tisch saß.

Cole erzählte immer noch von einem Jungen aus seinem Team, der beim besten Willen keinen Korbleger hinbekam, selbst wenn sein Leben davon abhinge. Wegen ihm musste das ganze Team zur Strafe die Linie hoch- und runterflitzen. „Manchmal weint er nach dem Training." Mitleid lag in Coles Stimme. „Er tut mir so leid, denn er hat mir erzählt, dass sein Papa ganz verrückt nach Basketball ist und sich furchtbar aufregt, wenn er danebenwirft."

Ashley hatte das schon selbst beobachtet. Das war ein weiterer Grund, warum sie mit Brooke reden wollte. Sport im Verein war heutzutage fast schon ein Muss für die Kinder und Cole und Maddie waren beide sportlich genug, um Spaß dabei zu haben. Außerdem liebten sie Basketball, so wie die meisten Kinder in Indiana. Aber sie und Landon hatten damit noch keine Erfahrung. Sie würden alle Hilfe brauchen können, die sie bekamen.

Ashley wartete, bis Cole eine Pause machte, um ein wenig Truthahn zu essen. „Also, Erin, wann müsst ihr fahren?"

„Morgen." Sie machte ein trauriges Gesicht. „Bei Sams Arbeit geht es gerade drunter und drüber und die Mädchen brauchen auch wieder ihren normalen Alltag."

Ashley litt mit ihrer Schwester. Das war der schlimmste Teil ihrer Treffen in den Ferien – am Ende musste jeder wieder nach Hause fahren und die Alltagsroutine wieder aufnehmen. „Wann kommt ihr wieder?"

„Im Sommer." Erin sah ihren Mann fragend an. „Vielleicht."

„Die Firma geht gerade durch schwierige Zeiten. Vielleicht wird sogar das Gehalt gekürzt." Sam sah die anderen an und starrte dann wieder auf seinen Teller. Er hatte während des ganzen Aufenthaltes schon bedrückt gewirkt und jetzt verstanden es alle. Er trug eine Menge Verantwortung für Erin und ihre vier Töchter.

„Es gibt doch immer noch die Uni." Ashley versuchte, ermutigend zu klingen. „Du könntest dort unterrichten, Ingenieurwesen oder Finanz- und Rechnungswesen."

„Ich habe darüber nachgedacht." Sam blickte hoch. Besorgnis schwang in jedem seiner Worte mit. „Ich vermute, dass ich immer noch hoffe, irgendwann einen Managerjob zu erreichen und dann wird sich der ganze Stress gelohnt haben."

Brooke saß auf der anderen Seite von Sam. Sie lächelte ihm zu. „Wenigstens sehen wir euch ein paar Mal im Jahr."

In diesem Moment wurde Ashley etwas bewusst. Erin und Sam würden abreisen, aber nicht Luke und Reagan oder Dayne. Luke und Reagan suchten nach einem Haus im Süden von Indianapolis, wo Luke im Dezember seinen neuen Job beginnen und sich im Auftrag seiner Kanzlei ausschließlich um Daynes juristische Angelegenheiten kümmern würde. Es war ein Traumjob und Dayne zahlte der Kanzlei dafür mehr, sodass Luke gleich zu Anfang ein höheres Gehalt als üblich erhalten würde.

Ashley sah zu dem anderen Tisch hinüber. Luke und Dayne waren in eine Unterhaltung vertieft, die offensichtlich ziemlich heiter war. Die beiden sahen sich so unglaublich ähnlich und jetzt teilten sie etwas, das noch viel tiefer ging, eine Verbindung, die sich tief im Herzen schon jeder der beiden lange gewünscht hatte.

Wieder dachte Ashley an ihre Mutter und wie sehr sie dieses Wochenende genossen hätte, jeden einzelnen Moment. Sie hätte an der Spitze der Menschenmenge gestanden, die im Garten des Hauses am See auf Katy und Dayne gewartet hatte, um sie willkommen zu heißen. Und sie hätte ihre eigenen Dekorationen aufgestellt, um aus dem Haus ein Zuhause zu machen. Und jetzt, hier, in diesem Moment, würde sie sicher vor Stolz strahlen. Dayne und Luke, ihre beiden Söhne, hatten sich ausgesöhnt und waren zu Hause, wo sie beide hingehörten.

Ich hoffe, du gibst ihr eine Möglichkeit, das hier zu sehen, Herr … damit sie weiß, dass alles, wofür sie so lange gebetet hat, schließlich wahr geworden ist.

Ashley seufzte und aß ihren Teller leer. Am anderen Tisch erzählte ihr Vater gerade: „… und dann gingen wir durch die Kosmetikabteilung irgendeines Kaufhauses, und eine Frau hat Elaine praktisch entführt, um ihr eine Vorführung von *Lip stain* zu geben, was immer das auch sein mag."

„Ich hätte auch gehen können, aber ich muss zugeben … ich war einfach zu neugierig." Elaine lachte leise. Sie war keineswegs so gesprächig wie ihre Mutter es gewesen war, doch sie lachte gerne.

Ashley hatte das bemerkt und die Tatsache, dass Elaine gerne lachte, machte ihr erneut bewusst, dass sie ihrem Vater guttat. Auch wenn ihre Anwesenheit immer noch seltsam falsch wirkte. Ashley presste ihre Lippen zusammen und drängte die kummervollen Gedanken zurück.

Als das Essen vorbei war, lösten die Männer ihr Versprechen ein. Sie räumten die Küche auf und machten den Abwasch, während Ashley und der Rest der Frauen sich mit ihrem Vater ins Wohnzimmer setzten. Einige der jüngeren Kinder spielten auf dem Fußboden, während sich die anderen auf die Stühle und Sofas verteilten.

„Ich bin vollgestopft." Kari drückte ihre Hand auf ihren Magen. „Ich kann niemals genug essen von Mamas gutem Kartoffelbrei." Sobald sie diese Worte gesagt hatte, ging ein erschrockener Ausdruck über ihr Gesicht, als ob es falsch wäre, ihre Mutter zu erwähnen, wenn Elaine im gleichen Raum saß.

Elaine schlug ihre Beine übereinander. Sie sah völlig entspannt aus. „Du hast recht." Sie richtete ihre Bemerkung an Kari, doch sie redete sie nicht direkt an. Ihr Tonfall war freundlich und ruhig. „Ich habe den Kartoffelbrei deiner Mutter immer gerne gegessen. Ich benutze sogar ihr Rezept zu Hause."

Kari entspannte sich sichtlich. „Ja, das mache ich auch."

„Jeder liebte die Kochkünste deiner Mutter, Kari."

„Ja." Der Blick in den Augen ihres Vaters war wehmütig. Auf keinen Fall würde er so aussehen, wenn er für Elaine Gefühle hätte.

Vielleicht interpretierte sie mehr in seine Freundschaft mit Elaine hinein, als wirklich vorhanden war. Cole und die anderen älteren Kinder saßen am Esstisch und malten. Ashley wollte Brooke gerade nach Einzelheiten zu dem *Hot-Shots*-Basketball-Programm fragen.

Doch in diesem Moment setzte sich Katy etwas aufrechter in ihren Sessel. „Dayne und ich treffen uns am Montag mit einer Hochzeitsplanerin in Indianapolis."

In dem ganzen Wirbel um Thanksgiving und die Renovierung von Katys und Daynes Haus, hatte Ashley noch keine Zeit gefunden, allein mit Katy zu reden, seitdem sie zurück war. „Also wird die Hochzeit in Indianapolis sein?"

„Nein." Katy lächelte. „Das machen wir nur, um die Paparazzi zu verwirren. Wir wollen nicht, dass die Presse etwas davon erfährt, und deshalb werden wir mit einer Hochzeitsplanerin zusammenarbeiten, die Dayne aus Hollywood kennt. Sie ist absolut super, wenn es darum geht, Sachen geheim zu halten."

Ashley versuchte sich vorzustellen, was Katy wohl gerade fühlte. Es war noch nicht lange her, da hatte sie das Programm des christlichen Kindertheaters in Bloomington geleitet, ohne auch nur die kleinste

Hoffnung auf eine romantische Beziehung am Horizont. Und jetzt war sie mit Amerikas Herzensbrecher Nummer Eins verlobt. Ashley grinste ihre zukünftige Schwägerin an. So viel zum Thema „märchenhaft".

„Wo wird die Hochzeit denn dann sein?" Brooke hielt eine Kaffeetasse in der Hand. Sie sah friedvoll und entspannt aus, etwas, das man jahrelang nicht an ihr gesehen hatte. Aber inzwischen teilten sie und Peter einen tiefen Glauben und hatten mit Hayley große Fortschritte gemacht. Eine Art stiller Weisheit lag über Brooke und eine Leichtigkeit, die man niemals zuvor an ihr wahrgenommen hatte.

Der Geruch von warmem Kürbiskuchen wehte in das Wohnzimmer. Katy grinste und zuckte mit den Achseln. „Wir haben keine Ahnung. Darüber werden wir sprechen, wenn wir uns mit dieser Frau treffen."

„Wir tun alles, damit es ein Geheimnis bleibt." Ashley sah ihre Schwestern an und las in allen Gesichtern Zustimmung. „Wir haben es geschafft, euer Haus zu renovieren, ohne dass die Presse etwas herausgefunden hat. Sag uns nur, was wir für die Hochzeit tun können."

„Danke, Ash." Katy war sehr ernst geworden. Ihre Augen trafen Ashleys Blick. „Du weißt gar nicht, wie viel das für Dayne und mich bedeutet. Das Haus war kurz vor dem Einstürzen, und jetzt ... jetzt sieht es aus wie neu." Sie sah sich im Raum um. „Wir werden niemals vergessen, was ihr alle für uns getan habt."

„Das erinnert mich an etwas." Ashley spürte, wie ihre Aufregung wuchs. „Wir müssen eine Brautparty planen."

Reagan hatte bisher geschwiegen, doch jetzt schaltete sie sich ein. „Wir sollten so ein Treffen haben, wie ihr es damals für mich in New York City organisiert habt."

„Was habt ihr gemacht?" Elaine klinkte sich wie selbstverständlich in die Unterhaltung ein. Sie kannte noch niemanden von ihnen sehr gut und vielleicht sah sie das als Möglichkeit an, einen Anfang zu machen.

„Es war ein unvergesslicher Abend." Reagans Augen spiegelten ihre Erinnerungen wider. „Jeder gab mir einen Bibelvers mit, der ihm besonders wichtig war, ein Vers, der Luke und mir helfen würde, wenn wir verheiratet sind."

„Das finde ich toll." Katy sah verträumt aus. „Ich kann es immer noch nicht glauben, dass wir heiraten werden. Nach alledem, was uns im Wege stand."

„Bei der Brautparty meiner Tochter hatten wir alle Gäste gebeten, einen Zettel mitzubringen, auf dem sie das Geheimnis einer glücklichen Ehe aufschreiben sollten." Elaine stellte ihre Füße nebeneinander und beugte sich vor. „Wir nahmen alle diese Zettel und klebten sie in ein Album."

„Oh, das klingt auch wunderbar." Katy sah die anderen an. „Zu hören, was über die Jahre funktioniert hat. Das wäre unbezahlbar wichtig."

Erin und Kari stimmten zu, dass ein Buch voll mit Gedanken und Tipps für eine Ehe das perfekte Geschenk für Katy wäre. Reagan schlug vor, dass sie vielleicht beides tun könnten – eine Zusammenstellung von Bibelversen und eine Seite mit Ehetipps.

Ashley wollte sich so gerne aufgeregt und glücklich fühlen. Elaines Idee war gut und romantisch, doch irgendwie ließ gerade das Ashley aus tiefem Herzen spüren, wie sehr sie ihre Mutter vermisste. In diesem Moment – jetzt, wo Dayne endlich zu Hause war und bald heiraten würde – sollte ihre Mutter mitten unter ihnen sein. Sie hatte die Idee für das Treffen vor Reagans Hochzeit gehabt. Sie hatte sogar in der Nacht vor der Hochzeit ein Gedicht für Luke geschrieben. Es handelte davon, wie schnell ein Kind groß wird und wie unbemerkt einzigartige Augenblicke im Leben oft vorübergehen.

Ein Klumpen formte sich in Ashleys Hals. Am Rande nahm sie wahr, dass Reagan lachte, als sie sich an ihre Angst vor der Hochzeit erinnerte, dass die anderen Baxter-Frauen sie nicht akzeptieren würden. Sie hörte auch kaum mehr, wie Erin ankündigte, dass sie auf jeden Fall für ein paar Tage nach Bloomington kommen würde, um bei der Brautparty und den Hochzeitsvorbereitungen zu helfen.

Die Atmosphäre im ganzen Raum war fröhlich und voller Leben, genauso, wie sich Ashley noch vor ein paar Minuten gefühlt hatte. Aber jetzt, als sie in der Ecke saß, überrollte sie eine Welle der Trauer. War sie die Einzige, die ihre Mutter vermisste? Ihr Vater schlug gerade vor, dass Elaine sicherlich das Kochen übernehmen könnte, wenn das Treffen mittags stattfände. Ashley wollte am liebsten laut „Nein" schreien. Das würde sie niemals wollen – dass Elaine bei etwas half, das allein Ashleys Mutter tun sollte.

Plötzlich hielt Ashley es keine Minute länger mehr aus. Dieses ganze Planen und diese Aufregung, als hätte es ihre Mutter niemals gegeben. Sie musste jetzt allein sein, um ihre Gefühle in den Griff zu kriegen und einen Weg zu finden, wieder mit sich ins Reine zu kommen, bevor sie noch weinend vor allen zusammenbrach. Sie zwang sich zu einem Lächeln und drängte ihre Traurigkeit zurück. „Bin gleich zurück." Dann eilte sie an der Küche vorbei und rannte nach oben zu dem Schlafzimmer am anderen Ende des Hauses, dem Schlafzimmer ihrer Eltern.

Die Kiste mit den Briefen ihrer Mutter stand immer noch im Schrankfach, doch sie würde nicht danach schauen, würde die Kiste nicht öffnen. Alles, was darin war, gehörte ihrem Vater. Er hatte versprochen, ein Album mit einigen Briefen zusammenzustellen, wenn er dafür Zeit hätte. Ashley hatte ihre Lektion bereits gelernt – die Kiste war tabu.

Aber das Bett war es nicht. Das Bett, in dem ihre Mutter vor einigen Jahren gelegen hatte und an Krebs gestorben war.

Ashley saß auf der Bettseite ihrer Mutter und legte die Hand auf das Kissen. „Mama ... ich vermisse dich so sehr ... Warum bist du jetzt nicht hier?"

Ihr Flüstern war nur ein Hauch, gefangen in einem Schluchzen, das tief aus ihrem Innersten kam. Sie strich mit der Hand über den baumwollenen Kissenbezug. Hier an dieser Stelle hatte ihre Mutter gelegen, als sie Ashley geholfen hatte, ihre Hochzeit zu planen. Hier hatte sie ihr auch gesagt, wie dankbar sie war, dass Landon endlich ein Teil ihrer Familie werden würde. An einem Tag, als sie sich nicht ganz so schwach gefühlt hatte, hatte ihre Mutter hier die Knöpfe an Ashleys Hochzeitskleid geschlossen, einen nach dem anderen, ganz langsam.

Sie hatten genau hier, in diesem Zimmer, eine enge Beziehung gefunden und sich ganz tief innen verbunden gefühlt. Und während all dieser Zeit hatte Ashley für ein Wunder gebetet – dass ihre Mutter den Krebs besiegen und leben würde, nicht nur, um ihre Hochzeit mitzuerleben, sondern um am Leben ihrer Kinder teilhaben zu können.

Endlich kamen die Tränen, ganze Ströme von Tränen. Heiß liefen sie über Ashleys Wangen, als ihr Blick auf dem Kissen ruhte. Ihre Mutter hätte die Geburt von Devin miterleben sollen und wie sich die Stadt nach dem schrecklichen Tornado wieder aufgerappelt hatte. Sie hätte an Daynes Bett sitzen sollen nach dem schrecklichen Unfall und sie hätte inmitten der Menschenmenge stehen sollen, als Katy und Dayne aus Hollywood in ihr neues Haus am See kamen.

Sie hätte Hayleys Hand halten sollen, wenn diese draußen mit den anderen Kindern herumlief – langsam, ja, aber auf so wunderbare Weise geheilt, dass sie nicht einmal mehr einen Rollstuhl oder Rollator brauchte. Die kleine Hayley, für die ihre Mutter Tag und Nacht gebetet hatte. Das Wunder geschah, doch ihre Mutter war nicht mehr hier, um es mit eigenen Augen zu sehen.

Ashley schloss die Augen und dachte an die Szene, die sich gerade unten abspielte. Hier saßen sie und planten die Hochzeit und die Brautparty für Katy Hart. Sie feierten die erstaunliche Treue Gottes, der Dayne in ihr Leben gebracht hatte – und das nicht nur für ein Treffen, sondern für immer.

Sie schlang die Arme um sich und wünschte sich, dass ihre Mutter sie nur noch ein einziges Mal halten und wiegen und ihr versichern könnte, dass alles gut werden würde. Doch stattdessen saß unten auf dem Stuhl neben ihrem Vater eine Frau, die dort eigentlich nicht hingehörte. Sie war eine Freundin ihres Vaters, aber die Art und Weise, wie sie heute während des Abendessens ausgesehen hatten, war ein bisschen zu … zu sehr, wie ihr Vater mit ihrer Mutter ausgesehen hatte. Entspannt und fröhlich und irgendwie untrennbar verbunden …

Aber nicht verliebt. Ganz sicher nicht verliebt.

Ihr Vater würde nie wieder jemanden so lieben, wie er ihre Mutter geliebt hatte. Oder doch? Könnte es wirklich sein, dass er irgendwann in absehbarer Zukunft seine Kinder anrufen und ihnen verkünden würde, dass er noch einmal eine Beziehung wagen wollte, dass er Elaine Denning liebte? Eine Freundschaft war eine Sache. Sie war froh, dass ihr Vater eine gute Freundin hatte. Aber Liebe?

Ein unangenehmes Gefühl stieg in Ashley auf. Ein Gefühl, das sie in der letzten Woche mehrmals gehabt hatte.

Wenn das wirklich passieren würde, dann könnten sie niemals mehr ihren Vater ansehen und sich ihre Mutter an seiner Seite vorstellen – so wie Ashley das immer noch tat. Wenn Elaine irgendwann zu ihrem Vater gehören würde, dann hieße es „Papa und Elaine“, nicht mehr länger „Papa und Mama“. Und obwohl ihre Mutter nicht mehr da war, würde sich das wie Betrug anfühlen. Ashley war sich sicher, dass alle Baxter-Kinder so empfinden würden. Ihre Eltern waren so eng verbunden gewesen, dass kein anderer Partner jemals diesen Platz einnehmen könnte.

Doch wenn ihr Vater tatsächlich diese Entscheidung treffen sollte, dann könnte keiner von ihnen etwas daran ändern. Vielleicht war es dieser Gedanke, der Ashley Angst machte, der sie traurig stimmte. Vielleicht hatten sie gerade ihre letzten gemeinsamen Festtage verbracht, in denen ihr Vater allein am Kopf des großen Tisches saß, nach dem Abendessen draußen spazieren ging und am Geländer lehnte, während er über das Grundstück der Baxters starrte – so wie er es immer tat, wenn er ihre Mutter vermisste.

Dadurch, dass Elaine nun hier war, schien es so, als wären sie alle einen Schritt weitergegangen. Ein neuer Tränenstrom stieg in Ashleys Augen und floss über ihre Wangen. Das war wirklich der schwierigste Teil. Sie war noch nicht bereit, weiterzugehen, doch ihr blieb letztlich gar keine andere Wahl. Wenn ihr Vater bereit war, ein neues Kapitel seines Lebens aufzuschlagen – mit einer Frau an seiner Seite, die schnell mehr als nur eine gute Freundin werden könnte – würde Ashley nichts weiter übrig bleiben, als diese Tatsache zu akzeptieren.

Sie beugte ihr Gesicht zu dem Kissen ihrer Mutter herunter und presste ihre Stirn gegen den kühlen Bezug. Ihre Mutter hatte hier genau an dieser Stelle gelegen. Sie hatte hier um jeden neuen Tag gekämpft. „Gott … warum?"

Ein Geräusch kam von der Tür her, doch Ashley wollte sich nicht umdrehen, sie wollte niemanden sehen lassen, dass sie weinte. Sie erlaubte es sich, auf das Bett zu sinken, schlang ihre Arme um das Kissen und vergrub ihren Kopf darin. Sie fühlte sich müde und aufgewühlter als in den letzten Monaten. Die Tür öffnete sich, und jemand betrat das Zimmer. „Wer ist da?" Ihre Stimme klang dumpf. Sie erwartete, dass es ihr Vater war, der sich wahrscheinlich wunderte, was sie hier machte.

„Ashley?" Es war Landons Stimme. Er musste gesehen haben, wie sie die Treppe hinaufgegangen war. Er setzte sich neben sie und legte seine Hand auf ihren Rücken. „Was ist los, mein Liebling?"

Sie schniefte und setzte sich auf, ihre Schultern hingen herunter. Sie sah ihn an und erkannte in seinen Augen erneut die bedingungslose Liebe, die ihr sagte, dass er für sie da war, egal was geschah. Sie legte die Arme um seinen Hals und lehnte ihren Kopf an seine Brust. „Ich vermisse sie."

„Ach, mein Schatz … da hat mich meine Ahnung doch nicht getrogen." Er streichelte über ihren Rücken und besänftigte den Schmerz in ihrem Inneren. „Ich habe dich beim Essen beobachtet und als du mit den anderen Frauen im Wohnzimmer saßest. Jedes Mal, wenn du in dich gekehrt warst, dachte ich mir schon, dass du sie vermisst."

„Es ist Elaine." Ashley hielt ihre Augen geschlossen, und der Kummer stieg erneut in ihr auf. „Ich möchte, dass sie sich bei uns wohlfühlt, aber ... wenn sie hier ist, kann ich Mama nicht mehr sehen." Sie hob ihren Kopf und schaute Landon in die Augen. „Verstehst du das?"

„Mmm-hmmm." Er gab ihr einen Kuss auf die Stirn.

Das war der Grund, warum der heutige Abend so schwer für sie gewesen war. Sich von ihrer Mutter zu verabschieden, das war eine Sache. Aber die Erinnerung an sie lebte in den Räumen des Baxter-Hauses weiter, an den vertrauten Orten und Stühlen und in den besonderen Momenten. Doch wenn Elaine dabei war, änderte sich alles. Fast so, als ob ihre Mutter ersetzt worden wäre.

Ashley presste ihre Wange fest an die Brust ihres Mannes und erlaubte sich ein paar zitterige Schluchzer. „Ich vermisse sie ... so sehr."

Landon hätte ihr jetzt sagen können, dass diese Gefühle völlig normal waren, gerade dann, wenn es an der Zeit war, einen Schritt weiterzugehen. Er hätte auch sagen können, dass Gott sie doch mit vielen wunderbaren Jahren gesegnet hatte, die sie mit ihrer Mutter erleben durfte. Und schließlich hätte er sagen können, dass ihr Vater die Freundschaft und Begleitung von Elaine brauchte und vielleicht irgendwann einmal auch mehr.

Doch er hielt sie nur fest und ließ sie weinen.

Ashley genoss die Wärme seines Körpers an ihrem, die Art, wie sich ihre Herzen ohne ein Wort fanden. Denn manchmal musste ein Herz einfach trauern, damit es nicht hart wurde und an Kummer starb. Ihre Tränen waren eine Möglichkeit, um Platz für neues Leben in ihrer trauernden Seele zu schaffen. Und Landon mit seinem großen Einfühlungsvermögen verstand dies.

Das war ein Grund mehr dafür, dass Ashley ihn bis an das Ende ihrer Tage lieben würde.

Kapitel 7

John hatte registriert, dass Ashley nicht zurückgekehrt und Landon ihr nachgegangen war. Soweit er es beurteilen konnte, hatte keine seiner anderen Töchter ihre Abwesenheit bemerkt. Was vielleicht auch gut so war. Den ganzen Abend über war es für ihn offensichtlich gewesen, dass Ashley nicht sie selbst war. Was auch immer in ihrem Herzen vor sich ging, Landon konnte ihr am besten helfen, damit fertig zu werden.

John nahm an, dass Ashley mit Elaines Anwesenheit an diesem Abend zu kämpfen hatte, aber er konnte in dieser Sache nur für sie beten. In letzter Zeit hatte sie eigentlich große Fortschritte gemacht, sie als seine Freundin zu akzeptieren, aber die Feiertage waren immer hart. Nicht allein für Ashley, sondern für sie alle. Heute Abend schien jedoch keiner der anderen beunruhigt zu sein und nur Erin hatte ihn beiseite genommen und gefragt, ob sich irgendetwas Ernsthaftes anbahnte.

„Geht ihr beide, du und Elaine … miteinander aus?" Erins Ton war nicht anklagend gewesen, eher neugierig und vielleicht ein kleines bisschen traurig.

„Nicht so, wie du es meinst." John beugte sich vor und küsste die Wange seiner jüngsten Tochter. „Wir sind gute Freunde. Wir genießen es, Zeit miteinander zu verbringen."

Erin zögerte nicht. „Gut." Sie nahm seine Hand. „Ich freue mich für dich."

Und genau so empfand doch auch Ashley fast immer. Wenigstens hatte sie ihm das so gesagt an jenem Tag, als sie den großen Arbeitseinsatz bei Daynes und Katys Haus gehabt hatten. Ashley selbst hatte Elaine angerufen und sie eingeladen, mitzuhelfen.

„Du verdienst ihre Freundschaft wirklich", hatte Ashley später zu ihm gesagt. „Ich verstehe das jetzt besser."

John sah zu, wie seine Töchter sich mit Katy über die bevorstehende Brautparty unterhielten. Ashley verstand es vielleicht, aber ihre Gefühle liefen noch immer in eine andere Richtung. Sie fuhren Achterbahn, seitdem Elaine immer mehr Zeit mit den Baxters verbrachte. Er blickte auf und sah durch das Wohnzimmer hinüber in die Küche, wo Elaine gerade Kaffee kochte. Sie verstand sich mit allen gut – zum Teil auch deshalb, weil sie und Elizabeth lange Jahre befreundet gewesen waren. Die vielen Gespräche, die Elizabeth mit ihr über ihre Kinder und Schwiegerkinder und Enkelkinder geführt hatte, erleichterten es Elaine, sich einzufügen.

Er lehnte sich in seinem Sessel zurück und sah zum vorderen Fenster hinaus. Ein feuerroter Sonnenuntergang goss einen einmalig schönen Glanz über die Felder draußen, und für einen Augenblick erinnerte ihn der Anblick an eines von Ashleys Bildern. Er seufzte. *Herr, meine kostbare Ashley leidet. Ich spüre es. Hilf ihr zu verstehen, dass nun für uns alle ein neuer Lebensabschnitt kommt. Und hilf ihr zu sehen, dass wir niemals unsere Verbindung zu Elizabeth verlieren werden. Ganz egal, was in unserem Leben geschieht.*

Er hatte noch viel mehr auf seinem Herzen, das er seinem Gott und Retter sagen wollte. Doch John hörte, wie ihn ein kleines, süßes Stimmchen in einem Singsang rief.

„Hallo, Opa!“

Er blickte hinunter in das strahlende Gesicht von Hayley – der jüngeren Tochter von Brooke und Peter. Er würde sich, solange er lebte, bei jedem Blick in Hayleys Augen daran erinnern, wie sie im Krankenhausbett ausgesehen hatte, ein paar Stunden, nachdem sie fast ertrunken wäre. Damals hatte der behandelnde Arzt mit Brooke und Peter darüber gesprochen, dass es nun Zeit wäre, die Papiere zu unterschreiben, in denen Hayleys Organe zur Spende freigegeben würden, sobald ihr Körper diesen Kampf verloren hatte.

Aber Gott hatte andere Pläne für die kleine Hayley.

Sie war inzwischen sechs Jahre alt und es gab nur noch wenige Anzeichen für die Hirnschäden, die sie erlitten hatte, als sie unter Wasser gewesen war. Hier und da ein undeutliches Wort und ein begrenzter Wortschatz. Ihr kaum wahrnehmbares Zögern, wenn sie Dinge begreifen wollte. Aber sie machte immer noch erstaunliche Fortschritte und lernte in ihrer Förderklasse immer besser, allein zu essen und einen Stift zu halten. Sie hatten ihre kostbare Hayley zurück. Sie war ein Wunder. Ein Beweis dafür, dass Gott immer über die Anzahl der Tage im Leben eines Menschen entschied – ob eine Person nun den Kampf gegen den Krebs viel früher verlor, als es alle hofften, oder ob sich jemand von einem beinahe tödlichen Badeunfall so gut erholte, wie es kein Arzt oder medizinisches Fachwissen erklären konnte.

John legte seine Hand auf ihre Schulter. „Hallo, meine Kleine. Wie geht es dir?"

„Gut. Ich habe Cole geholfen, einen Vogel zu fangen." Sie wies auf die Terrassentür. „Komm mit und sieh dir das an, Opa."

Das liebte er so daran, wenn Kinder um ihn herum waren – dass sie ihn in die Zeit zurückversetzten, als Elizabeth und er eine junge Familie hatten. Weil sie fast wie auf dem Land lebten, bedeutete das, dass es immer eine Menge Abenteuer zu erleben gab und oft beinhalteten diese Abenteuer Kaninchen oder Frösche oder Vögel. Vor zwanzig Jahren waren Ashley und Luke die Tierjäger gewesen. Jetzt waren es Cole und häufig eine seiner Cousinen, die er zum Mitmachen überreden konnte.

John lachte und erhob sich aus seinem Sessel. „Okay, Hayley, zeig Opa, was ihr gefunden habt." Er nahm die Hand des kleinen Mädchens und zusammen gingen sie zur Terrassentür. Auf dem Weg dorthin fing er Brookes Blick auf und sie lächelte. Er ließ sich von Hayley zu der hinteren Veranda führen.

Sobald er aus dem Haus trat, entdeckte John Cole in dem dämmrigen Abendlicht. Er war dabei, etwas zu jagen, was wie ein verwundeter Vogel aussah. Er griff nach ihm und verfehlte sein Ziel. „Opa ... ich habe diesen Vogel im Gestrüpp gefunden. Ich glaube ..." Ein neuer Versuch, und Cole griff erneut daneben. „Ich glaube, die Katze Jingles hat ihn verletzt."

Hayley quietschte und klatschte. „Fang ihn, Coley. Fang ihn schnell!"

Die Unterhaltung musste drinnen durch die offene Terrassentür gehört worden sein, denn innerhalb der nächsten Sekunden stürmten die anderen Enkelkinder nach draußen, um sich den Aufruhr anzuschauen. Maddie und Jessie beteiligten sich an der Jagd und Tommy stolperte hinterher und versuchte mitzuhalten. Einen Moment später schloss sich auch Clarisse, die älteste Tochter von Erin, an und schwenkte ihre Arme, um den Vogel zu fangen.

John bedauerte das arme verwundete Geschöpf. Es stand außer Frage, dass es verwundet war, aber jetzt wurde es noch zu Tode erschreckt.

„Hierher, Vögelchen." Cole benutzte seine süßeste Stimme, um den Vogel zu locken, aber sogar das funktionierte nicht.

„Lasst uns noch etwas anderes versuchen." John hob seine Hand. „Wir machen einen Kreis um ihn herum. Ihr hört jetzt alle auf zu rennen, okay?"

Die Kinder waren atemlos, aber sie gehorchten sofort. Alle außer Tommy, der stehen blieb, mit seinem Finger auf den flatternden Vogel zeigte und tat, als würde er ihn erschießen.

Reagan stand in der Tür, eilte nach draußen und nahm Tommy in die Arme. „Bitte schieß nicht auf den kleinen Vogel, in Ordnung?"

Tommy wollte erst losbrüllen, doch hypnotisiert von dem Drama, das sich vor seinen Augen entwickelte, überlegte er es sich doch anders.

Luke kam heraus und schloss sich dem Kreis an, und endlich – vermutlich weil er spürte, dass er eingekreist war – kauerte sich der Vogel in die Mitte und starrte sie an, sein Herz wild klopfend vor Aufregung.

„Guter kleiner Vogel." Cole wollte auf ihn zugehen.

„Warte, Cole." John blickte zu Luke. „Neben der Garagentür steht ein Karton. Hol ihn doch bitte, dann können wir ihm einen Käfig bauen."

Luke rannte davon, und John sah seine Enkelkinder an. „Bleibt noch ganz ruhig stehen, damit ihr ihn nicht erschreckt." Die Luft war weich und warm und roch nach verbranntem Laub. John entdeckte Elaine in der Tür, ein leises Lächeln auf den Lippen. Es war ein gutes Gefühl zu wissen, dass sie hier war, dass sie ihn mit seinen Enkeln beobachtete, dass sie sehen konnte, wie sie miteinander umgingen.

„Okay, Opa." Hayley nickte. „Ganz ruhig stehen bleiben."

Luke kam ein paar Augenblicke später mit dem Karton zurück. Er gab ihn John und John ging sehr langsam auf den Vogel zu, den Karton in der einen Hand, die andere weit geöffnet. „Komm schon. Hab keine Angst." Er klang wie Cole, aber das war schon in Ordnung. Als er den Vogel erreichte, riskierte das kleine Geschöpf keinen weiteren Kampf mehr. Es hüpfte in den Karton und sofort standen alle Kinder um den Karton herum und starrten hinein.

„Er muss ins Krankenhaus." Maddie hielt mit ihren Armen die anderen Kinder davon ab, zu nahe zu kommen. Ihre Eltern waren beide Ärzte und seit Kurzem schien sie der Meinung zu sein, dass sie selbst schon mit großem medizinischen Wissen geboren worden wäre. „Nicht wahr, Opa? Er muss ins Krankenhaus, so wie die kranken Menschen, die zu Mama und Papa kommen."

John kniete sich hin und nahm den zitternden Vogel behutsam in seine Hände. Er hatte eindeutig einen Zusammenstoß mit Jingles gehabt. Sein rechter Flügel war verletzt und an einigen Stellen fehlten die Federn. Er hatte auch eine kleine Wunde an der Brust. Doch ansonsten schien der Vogel erstaunlich gesund zu sein.

„Im Moment braucht er kein Krankenhaus." John studierte die Gesichter seiner Enkel. In ihren ernsten Augen erkannte er seine eigenen Kinder, wie sie vor Jahrzehnten ausgesehen hatten. Er lächelte ihnen zu. „Wir decken ihn mit einem warmen Handtuch zu und lassen ihn ausruhen."

„Wie wäre es mit einem Abendessen?" Maddie zog ihre Augenbrauen hoch. „Möchtest du, dass ich ihm etwas Truthahn hole, Opa?"

„Vögel essen doch keine anderen Vögel, du Dummkopf." Cole sah zu Maddie herüber und verdrehte seine Augen.

Von allen Kindern waren Cole und Maddie eindeutig diejenigen, die am meisten Konkurrenzkämpfe austrugen. John beendete die Unterhaltung, bevor sie entgleisen konnte. „Der Vogel hat keinen Hunger. Aber danke, dass du daran gedacht hast." John tätschelte Maddies Hand, dann stand er auf und hob den Karton hoch. „Er braucht nur ein wenig Ruhe. Morgen oder übermorgen, wenn sein Flügel die Möglichkeit hatte, zu heilen, können wir ihn wieder freilassen."

Dayne und Katy waren ebenfalls auf die Veranda gekommen. Dayne schien völlig fasziniert von den Geschehnissen hier draußen zu sein und John verstand sein Interesse. Einen verletzten Vogel zu retten oder einen Frosch oder eine Schlange zu fangen war ein Teil des Lebens im Baxter-Haus. Aber nicht in Hollywood.

Schließlich hatten sich alle Kinder beruhigt und die Gruppe ging wieder nach drinnen. Maddies Gesichtsausdruck sagte jedem, der es wissen wollte, dass sie sich immer noch über Coles Bemerkung ärgerte. Sie hob ihr Kinn und warf ihrem Cousin einen vernichtenden Blick zu. Dann streckte sie den anderen Kindern ihre Hände hin. „Lasst uns für den Vogel beten. Alle Vögel brauchen Gebet."

Cole grinste schadenfroh und wollte sie gerade an die Reste des Truthahns in der Küche erinnern, doch bevor er etwas sagen konnte, nahm John seine Hand und warf ihm einen mahnenden Blick zu. „Ja, lasst uns für den Vogel beten."

Sogar Peter und Ryan, die Letzten, die noch in der Küche abspülten, kamen dazu. John sah zu Elaine herüber und bedeutete ihr, sich dem Gebetskreis anzuschließen. Sie trat neben ihn. Als sich alle gefunden hatten, die Augen schlossen und die Köpfe zum Gebet neigten, nahm Elaine seine Hand.

Elaine und er hielten sich hin und wieder an den Händen. Es war eine Art, ihre Freundschaft auszudrücken, ein stummes Gespräch ohne Worte. Aber hier, wo sich die ganze Familie bis auf Ashley und Landon versammelt hatte, schien die Berührung ihrer Finger irgendetwas anderes in Gang zu setzen, etwas Neues und Richtiges und Gutes. Doch John war sich noch nicht sicher, ob er schon dafür bereit wäre.

Peter betete und bat Gott, die Flügel des Vogels zu heilen, sodass er bald wieder in die Freiheit fliegen könnte.

Als sie ihre Gebete beendet hatten, gingen die Männer, die mit dem Abwasch beschäftigt gewesen waren wieder in die Küche. Ihre Frauen, John und Elaine kehrten in das Wohnzimmer zurück. Die Aufregung unter den Kindern hatte sich gelegt, doch John hatte das Gefühl, dass Cole und Maddie sich immer noch heimlich stritten.

John wandte sich der Unterhaltung zwischen seinen Töchtern und Katy zu.

Kari überlegte gerade, ob sie die Brautparty am Tag vor der Hochzeit abhalten sollten, da ja niemand wusste, wo und wann Daynes und Katys Hochzeit stattfinden würde.

„Also die Party tagsüber und abends dann die Probe?" Katy saß auf dem Boden, ihre Beine übereinandergeschlagen, und gab Malin, der Tochter von Reagan und Luke, die Flasche.

„Genau. Auf diese Weise wird die Party auf jeden Fall stattfinden, egal ob ihr in eurem Haus am See oder auf den Bahamas heiratet." Kari lachte. „Natürlich müsst ihr nicht auf den Bahamas heiraten."

„Vielleicht doch." Katy schüttelte leicht ihren Kopf. „Dayne sagt, dass er sich alles vorstellen kann. Solange die Paparazzi es nicht herausfinden."

„Es ist wunderschön dort. Besonders Nassau." Elaine fühlte sich offensichtlich entspannt und wohl in Johns Familie. Sie saß ihm schräg gegenüber und richtete ihre Aufmerksamkeit auf seine Töchter. „Mein Mann und ich haben dort unseren zehnten Hochzeitstag verbracht."

John hätte sie am liebsten umarmt. Indem sie von ihrem Mann sprach, erinnerte sie indirekt daran, dass sie sich ihr Leben auch nicht so vorgestellt hätte. Dass die Tatsache, dass sie hier als Johns Freundin saß, auch nicht dem entsprach, was sie sich für ihre Zukunft in erster

Linie gewünscht hatte. Sie beide waren des Glückes beraubt worden, mit ihren Ehepartnern alt zu werden. Doch jetzt hatten sie einander.

Erin saß neben Katy auf dem Boden. „Wie würdet ihr denn alle zu den Bahamas bringen?“ Sie hielt ihre jüngste Tochter auf dem Schoß. Amy schlief, das hellblonde Haar halb über ihrem Gesicht.

„Dayne sagt, wir würden einen Jet mieten.“ Katy sah aus, als ob die ganze Sache so langsam über ihr Verständnis hinausging.

John lachte leise. Was auch immer bei dieser Hochzeit passieren würde, würde einmalig sein, so ganz anders als die Baxter-Hochzeiten, die sie bisher gefeiert hatten. Doch weil so viel zu planen war, war es wichtig, dass sie sich bald für ein Datum entschieden. Dann könnte sich die Familie zumindest schon einmal die Woche frei halten, unabhängig davon, wo sie letztendlich die Hochzeit feiern würden. „Werdet ihr ein Datum festlegen, wenn ihr euch mit der Hochzeitsplanerin trefft?“

„Ja.“ Katy sah erleichtert aus. „Meine Eltern haben schon das Gleiche gefragt.“ Sie senkte ihre Stimme, als ob jemand mit einer Kamera oder einem Aufnahmegerät direkt hinter der Tür lauern würde. „Wir werden vermutlich mehrere Termine festlegen. Ein Datum, das rein zufällig der breiten Masse der Medien zu Ohren kommt, und ein anderes, das nur zu ganz bestimmten Presseleuten durchsickert. Der echte Hochzeitstermin wird irgendwann davor sein. Das ist offensichtlich Wilmas Plan.“

John lachte und seine Töchter fingen alle auf einmal an zu reden. In diesem Moment sah John, dass Ashley und Landon vom oberen Stockwerk zurückkamen. Landon gab ihr einen flüchtigen Kuss, dann ging er wieder in die Küche.

Ashley lächelte und betrat das Wohnzimmer. Sie setzte sich auf den freien Platz neben Katy auf dem Fußboden. John war sich sicher, dass sie geweint hatte, doch sie gab sich offensichtlich Mühe, nicht traurig zu wirken. Sie sah die anderen, auch Elaine, nacheinander an. „Was habe ich verpasst?“

„Wir reden immer noch über die Brautparty.“ Kari stützte sich auf die Armlehne ihres Stuhls und legte den Kopf auf die Seite. „Vielleicht machen wir es am Tag vor der Hochzeit, sodass wir wenigstens sicher sein können, dass alle dabei sind, weil wir ja nicht wissen, wann und wo die Hochzeit stattfinden wird.“

„Dayne überlegt, ob wir vielleicht ein Flugzeug mieten und die ganze

Gesellschaft auf die Bahamas fliegen." Brooke hatte bisher geschwiegen, doch sie klang, als fände sie diese Idee sehr aufregend. „Klingt wie eine Szene aus einem von seinen Filmen."

Ashley grinste. „Das wird ein riesiger Spaß!"

John entspannte sich, als das Gespräch seiner Töchter sich anderen Themen zuwandte. Ashley schien wieder ganz in Ordnung zu sein, egal, was sie zuvor beunruhigt hatte. Und sie hatte recht – die Hochzeit würde eine ganz besondere Erfahrung für die ganze Familie sein, unabhängig davon, wo sie stattfinden würde.

Der ganze Abend war angefüllt mit Freude und Lachen und Zuneigung. Schließlich verabschiedeten sich seine Kinder und ihre Familien nach und nach. Erin und Sam und ihre Töchter zogen sich in die oberen Gästezimmer zurück und Dayne ging zu seinem Zimmer am Ende des Ganges. Nach diesem Abend war John sich sicher, dass ein wunderbarer Abschnitt ihres Lebens auf die Baxters wartete.

Wunderschön und unvergesslich.

Kari zog John ein wenig zur Seite, als sie sich verabschiedete. „Ashley geht es gut. Ich habe kurz mit ihr gesprochen." Sie reckte sich und legte ihre Arme um seinen Nacken. „Sie vermisst Mama."

John war ihr für diese Information dankbar. Das war es, was er heimlich gehofft hatte – dass Ashleys Niedergeschlagenheit weniger mit Elaines Anwesenheit als vielmehr mit der Abwesenheit ihrer Mutter zu tun hatte.

Elaine ging als Letzte und als sie ihren Mantel angezogen hatte, lächelte sie ihn an. In ihren Augen stand eine Dankbarkeit, die John nicht erwartet hatte. „Ich danke dir."

„Wofür?" Er streckte die Hand aus und griff nach ihrer, obwohl es sich jetzt anders anfühlte als vorhin, als sie gemeinsam gebetet hatten. Dieses Mal fühlte es sich an wie zwei Freunde, die sich verabschiedeten, mehr nicht.

„Dass ich heute Abend dabei sein durfte." Ihre Stimme klang sanft. „Es hat mir sehr viel bedeutet."

John bremste sich, bevor er sagen konnte, dass sie seine gute Freundin war und dass die Kinder sich allmählich an diese Tatsache gewöhnen müssten. *Gute Freunde* schien eine Formulierung zu sein, gegen die sich Elaine sträubte. Stattdessen sah er ihr tief in die Augen. „Ich fand es sehr schön, dass du hier warst. Wir alle fanden das."

„Aber Ashley?“ Elaine war nicht ärgerlich oder verletzt. Nur einfühlsam. Ein trauriges Lächeln spielte um ihre Lippen. „Sie hatte zu kämpfen.“

„Sie hat Elizabeth vermisst.“

Elaines Gesichtsausdruck sagte ihm, dass sie das verstand. „Ashley ist eine besondere junge Frau. Es ist nicht einfach für sie, über die Hochzeit zu sprechen und zu wissen, dass ihre Mutter nicht dabei sein kann, um mit euch allen zu feiern.“

„Nichts ist einfach, wenn es um einen Verlust geht.“ Er drückte ihre Hand. „Das weißt du selbst am besten. Du kämpfst damit schon länger als wir alle.“

„Lange genug um zu wissen, dass selbst nach der dunkelsten Nacht Gottes Gnade jeden Morgen neu für uns da ist.“

Diese Worte hingen noch in der Luft, als sie ging. Elaine umarmte John, nicht zu lange und zu eng, und dann wünschte sie ihm eine gute Nacht. Nachdem sie gegangen war, hörte er, wie ihr Auto die Straße entlangfuhr. In diesem Moment spürte er einen Stich des Bedauerns und der Einsamkeit, den er in letzter Zeit immer häufiger gespürt hatte, wenn sie nach einem gemeinsamen Abend gegangen war.

John ging in die Küche und räumte die letzten Kaffeetassen in die Spülmaschine. Er mochte Elaine. Er mochte es, wie wohl er sich fühlte, wenn er Zeit mit ihr verbrachte und wie sie kluge, einfühlsame Bemerkungen in die Gespräche mit seinen Kindern einfließen ließ. Er mochte ihr leises Lachen und ihren starken Glauben. Das ließ sich nicht leugnen.

Und als er ins Bett ging, merkte er, dass er ein ganzes Familientreffen überstanden hatte, ohne über Elizabeths Abwesenheit zu trauern. Denn Elaine war mit ihrer ruhigen Stärke und ihrer Unterstützung den ganzen Abend da gewesen.

Bevor John einschlief, las er in seiner Bibel das Buch der Klagelieder, Kapitel 3, in dem Jeremia den großen Schmerz beklagte, den er erlitten hatte.

Das war der Vers, den Elaine erwähnt hatte, der Gedanke, dass Gottes Gnade und Barmherzigkeit jeden Morgen neu war. Er war immer treu, und die Nacht – egal, wie dunkel oder beängstigend lang sie war – dauerte niemals für immer.

John schloss seine Bibel und legte sie auf seinen Nachttisch neben

Elizabeths Bild. Als er sich schlafen legte, sah er vor seinem inneren Auge etwas, das er in den Jahren der Einsamkeit und Traurigkeit nie für möglich gehalten hatte.

Einen wunderbaren, atemberaubenden Sonnenaufgang voller Hoffnung.

Kapitel 8

Vor diesem Moment hatte Dayne sich gefürchtet.

Seitdem er kurz vor Thanksgiving in Bloomington angekommen war, hatte er sich nicht eine Klatschzeitschrift angesehen. Er hatte gar nicht wissen wollen, was die Gerüchteküche gerade von sich gab. Seine Tage waren ausgefüllt gewesen und er hatte sich sehr darüber gefreut, wie seine Familie, ihre Freunde und die Kinder des christlichen Kindertheaters, das Haus am See für sie renoviert hatten. Und danach war Thanksgiving gekommen und das „Restefest“ bei den Baxters.

Das wirkliche Leben – das, das er unter Beobachtung der Öffentlichkeit lebte – schien Tausende von Kilometern weit weg zu sein.

Doch jetzt war der Montag gekommen und er und Katy waren auf dem Weg zu ihrem Treffen mit Wilma Waters in Indianapolis. Dayne wollte gerne wissen, ob die Presse inzwischen herausgefunden hatte, dass er verlobt war. Er musste auf alles vorbereitet sein, besonders da er noch niemandem außer seiner Familie von seinen Plänen erzählt hatte, vor Drehbeginn seines nächsten Filmes nicht nach Hollywood zurückzukehren.

Seitdem er Los Angeles verlassen hatte, hatte Dayne nicht mehr mit seinem Agenten gesprochen. Der Mann wusste, dass er bei Katy und seiner Familie war, und er versuchte wahrscheinlich, im Moment noch geschäftliche Dinge von ihm fernzuhalten. Vor allem, da Dayne ja erst vor Kurzem seine Therapie und Rehabilitation beendet hatte.

Jetzt fuhr er mit Katys Auto und zum ersten Mal in dieser Woche wurde ihm wieder sein Ruhm und sein Bekanntheitsgrad in der Öffentlichkeit bewusst. Er war nicht länger der älteste Sohn der Baxters, der die Zeit genoss, die er mit seiner Familie verbrachte. Er war erneut Hollywoods Herzensbrecher, der sich für das wappnen musste, was ihn außerhalb der ruhigen Abgeschiedenheit von Bloomington erwartete. Diese Gedanken machten ihn so schweigsam und verschlossen, wie er es seit seiner Reha nicht mehr gewesen war.

„Wirst du anhalten?“ Katy schien verwirrt und besorgt wegen seiner Schweigsamkeit zu sein. Sie hatten am vergangenen Abend darüber geredet, ob er am Supermarkt anhalten würde, doch heute Morgen hatten sie nicht mehr darüber gesprochen, nachdem er sie bei den Flanigans abgeholt hatte.

„Wir müssen anhalten." Dayne rückte seine Sonnenbrille zurecht. Der Tag war klar und strahlend, aber Raureif hing auf den Gräsern und Bäumen, als sie in Richtung Norden aufbrachen. Er trug eine Baseballkappe und das vertraute Kapuzenshirt, das er immer für den Fall bereithielt, wenn er sich plötzlich unkenntlich machen musste. Er lenkte das Auto auf den Parkplatz eines Supermarktes und hielt dort, wo rechts und links keine weiteren Autos parkten. „Ich warte hier."

„Bin gleich wieder zurück."

Dayne beobachtete, wie Katy über den Parkplatz und in den Supermarkt eilte, und er war erleichtert, dass sie der Versuchung widerstand, nach etwaigen Paparazzi Ausschau zu halten. Sie war immer noch eine ganz normale Person. Jemand, der in einen Supermarkt gehen und ein paar Zeitschriften kaufen konnte, ohne einen Menschenauflauf zu verursachen. Das war eine der Annehmlichkeiten, die die meisten Menschen für selbstverständlich hielten, etwas, das Katy opfern würde, wenn sie ihn heiratete.

Nach ein paar Minuten kam sie heraus und lächelte ihm zu. Es war ein vorsichtiges Lächeln, das Dayne daran erinnerte, dass Katy seine Freundlichkeit und Fröhlichkeit verdiente, egal was in den Zeitschriften stand. Besonders an einem Tag, an dem sie nach Indianapolis fuhren, um sich mit der Hochzeitsplanerin zu treffen.

Er knirschte mit den Zähnen und entspannte sich dann wieder. *Gott, hilf mir, mit der Presse richtig umzugehen. Du weißt, wie ich mich ihnen gegenüber fühle. Seit dem Unfall ist es eher eine … eine Hassbeziehung. Ich weiß, dass mir diese Gefühle nicht guttun, doch ich habe keine Ahnung, wie ich sie loswerden soll.*

Vergib, mein Sohn … Vergib ihnen, so wie der Herr dir vergeben hat …

Die Worte füllten Daynes Seele und Herz. Es waren Worte, die er gerade an diesem Morgen in seiner Bibel gelesen hatte. Er hatte keine Ahnung, wie er sie in seinem Leben umsetzen sollte – nicht wenn es die Paparazzi betraf. Die Fotojäger hatten ihn beinahe umgebracht. Gott würde noch viel an ihm arbeiten müssen, bevor er ihnen vergeben konnte.

Katy öffnete die Beifahrertür und kletterte auf den Sitz. „Du bist auf keinem der Cover zu sehen!"

Eine vorsichtige Erleichterung machte sich in ihm breit. „Gut.“ Er lehnte sich hinüber und küsste sie. „Tut mir leid.“

„Was?“ Ihre Augen sahen plötzlich verträumt aus. Sie berührte noch einmal mit ihren Lippen seinen Mund, dann lehnte sie sich zurück und wartete auf seine Antwort.

„Ich war ziemlich schlecht drauf.“ Dayne blickte zu der Tüte, die sie auf ihrem Schoß hielt. „Ich habe mich nicht wirklich darauf gefreut zu erfahren, was da drin steht.“ Ein Lächeln zog langsam über sein Gesicht. „Doch das ist dir gegenüber nicht fair, Katy. Ich kann es kaum erwarten, mit den Hochzeitsplanungen anzufangen.“ Er küsste sie noch einmal. „Das willst du doch auch, nicht wahr?“

„Ja, ich will.“

„Genau.“ Er spürte, wie seine Augen zum ersten Mal an diesem Morgen strahlten. „Ich kann es kaum erwarten, diese Worte zu hören.“

Katy lachte und schnallte sich an. „Soll ich reinschauen?“ Sie legte ihre Hände auf die Tüte mit den Zeitschriften.

„Ja.“ Er fuhr auf die Straße zurück. „Es ist sinnlos, sich davor zu verstecken.“

„Dayne Matthews und sein Bruder legen ihren Streit bei“, las Katy die erste Schlagzeile laut vor. Sie sah Dayne mit einem schiefen Lächeln an. „So weit, so gut.“

„Ja.“ Er zog eine Augenbraue hoch. „Lies weiter.“

Katy fuhr fort. „Zuverlässige Quellen sagen, dass der Streit zwischen Dayne Matthews und seinem Bruder Luke Baxter nach langer Auseinandersetzung endlich beendet ist.“ Sie schüttelte ihren Kopf und murmelte zwischen zusammengepressten Lippen: „Nach langer Auseinandersetzung endlich beendet? Du liebe Zeit, ihr beide habt euch doch gerade erst kennengelernt.“

„Das klingt nicht spannend genug.“ Dayne lächelte, doch er spürte, wie sich in seinem Inneren der Ärger erneut anstaute. Welches Recht hatten sie, erneut über ihn zu schreiben, nachdem sie daran schuld waren, dass ein LKW direkt in seinen Wagen gerauscht war? Er konzentrierte seine Aufmerksamkeit auf die Straße. „Lies weiter.“

„Einer zuverlässigen Quelle zufolge ist Luke Baxter nicht länger in einer Anwaltskanzlei in Manhattan beschäftigt, sondern ist nach Indianapolis gezogen, um näher bei seiner Familie zu sein. Ein Angestellter seiner neuen Kanzlei in Indianapolis, die im Übrigen Mitglied im angesehenen Meritas-Netzwerk ist, bestätigte, dass Baxter ab Dezember exklusiv für Dayne Matthews' juristische Angelegenheiten zuständig sein wird."

„Na toll. Wir haben ein Leck, und Luke hat noch nicht einmal seinen neuen Job angefangen." Dayne lachte leise. „Du kannst ihnen einfach nicht entkommen."

Der Artikel erklärte weiter, dass Daynes aktueller Film eine Liebesgeschichte mit Randi Wells war und dass der Film im nächsten Herbst in den Kinos erwartet wurde. „Die Dreharbeiten für Daynes nächsten Film beginnen nicht vor Mai, eventuell sogar noch später. Zuverlässige Quellen bestätigen, dass der Produzent von *But Then Again No* die weibliche Hauptrolle neben Dayne noch nicht besetzt hat. Einige Quellen behaupten auch, dass Dayne seine geheimnisvolle Begleiterin Katy Hart heiraten will, bevor die Dreharbeiten beginnen."

„Da hast du es." Er umklammerte das Lenkrad fester.

Katy sah ihn erstaunt an. Sie ließ die Zeitschrift sinken. „Ich bin nicht wirklich überrascht."

Dayne seufzte. Er musste unbedingt seine Ablehnung, die er den Klatschzeitungen gegenüber seit seinem Unfall empfand, in den Griff bekommen. Er war vorher relativ entspannt mit ihnen umgegangen. Dayne streckte seine Hand aus und griff nach Katys Hand. „Du hast recht. Die eigentliche Überraschung ist, dass wir nicht auf dem Cover sind."

„Zumindest nicht in dieser Woche." Sie lächelte ihm zu und in ihren Augen las er Mitgefühl und Verständnis.

Er seufzte wieder und machte seiner ganzen Anspannung Luft.

„Hey … wir werden das zusammen schaffen!"

„Ich weiß. Bob sagte mir ein paar Verse über Vergebung." Er spürte, wie er sich entspannte. „Ich habe mir heute Morgen einige davon angesehen."

„Und …"

„Ich muss lernen, meinen Zorn an Gott abzugeben. Ich weiß das." Dayne riss sich die Baseballkappe vom Kopf und warf sie auf die Konsole zwischen ihnen. „Aber ich spüre den Schmerz in meinem Bein bei jedem Schritt, Katy." Er versuchte, seinen Tonfall ruhig zu halten. „Ich will nicht, dass die Fotografen uns für den Rest unseres Lebens verfolgen." Er fühlte sich erschöpft. „Ich weiß einfach nicht, was ich tun soll."

Für ein paar Minuten schwieg Katy. Dann holte sie tief Luft. „Ich glaube, ich habe eine Idee."

„Wegen der Presse?" Dayne war überrascht. Katy war sehr zurückhaltend vor den Kameras. Was auch immer sie sich überlegt hatte, würde wahrscheinlich nicht funktionieren. Jedenfalls nicht, solange er noch Filme drehte.

Katy drehte sich auf ihrem Sitz so, dass sie ihn direkt ansehen konnte. „Was wäre, wenn wir es völlig anders angehen würden?"

„Du meinst, dass wir jedes Mal, wenn wir einen Fotografen sehen, stehen bleiben und für ihn lächeln?" Dayne lachte. Das war mit Sicherheit nicht das, was Katy im Sinn hatte.

„Ehrlich gesagt – ja. Das ist genau das, was ich meine." Sie wartete nicht, bis er etwas einwenden konnte. „Wie ich schon gesagt hatte, habe ich mehr Angst vor dem Wegrennen."

Er musste seine Zähne fest zusammenpressen, um sie nicht zu unterbrechen.

„Nehmen wir einmal an, dass wir ihnen das erzählen, was sie hören wollen. Wir planen ein Interview mit einer der seriösen Zeitschriften. *Celebrity Life* vielleicht. Wir verkünden unsere Verlobung und du kannst ihnen erklären, dass du nach Bloomington ziehen wirst, um ein zurückgezogenes Leben zu führen." Sie ließ sich kaum Zeit zum Luftholen, als ob sie diese Möglichkeit schon lange überlegt hatte. „Wenn sie keine Spekulationen über uns anstellen müssen, nimmt ihnen das vielleicht den Anreiz. Kein Jagdfieber mehr."

Dayne wäre am liebsten damit herausgeplatzt, dass er so etwas niemals tun könnte. Er würde der Presse nie gezielte Informationen über sein Privatleben geben. Doch als er gerade den Mund öffnen wollte, um das zu sagen, erschien ihm Katys Idee plötzlich als nicht mehr ganz so abwegig. Wenn die Paparazzi Einzelheiten über ihr Leben wissen wollten, würden sie ihnen hinterherjagen, bis sie die Informationen hätten. Egal, ob sie wahr waren oder nicht. Aber wenn sie ein Interview und ein Fotoshooting mit einer Zeitschrift planten, würden die anderen Magazine genügend Material haben, um die Story aufzugreifen und breitzutreten.

Natürlich würden sie auch neue Fotos haben wollen, aber warum denn nicht? Vielleicht hatte Katy mit ihrer Idee recht. Wenn sie die Informationen öffentlich machen würden, würden sie den Paparazzi den

Grund nehmen, sie durch die Straßen von Malibu und Hollywood zu verfolgen. Er nickte langsam. „Interessant."

„Danke." Katy klang, als sei sie stolz auf sich selbst. „Ich werde immer an deiner Seite sein. Ich will nicht bis in alle Ewigkeit von ihnen gejagt werden. Wenn wir ihnen also geben, was sie wollen ..."

„Und wenn ich ihnen sage, dass ich nach Bloomington ziehe, um meine Ruhe zu haben ..."

„Ich glaube, sie werden nicht öfter als vielleicht ein paar Mal im Jahr einen Fotografen nach Bloomington schicken. Und wenn sie das tun, dann bleiben wir stehen und grinsen in die Kameras." Katy fuhr mit ihrem Daumen über seinen Handrücken. „Das ist ein kleiner Preis dafür, dass ich mein Leben mit dir teilen darf."

Hoffnung kam in Daynes Herz und eine Liebe, die grenzenlos schien, füllte ihn völlig aus. „Wie kommt es bloß, dass ich dich heiraten darf, Katy Lynn Hart?"

Sie grinste. „Ich liebe es, wenn du meinen vollständigen Namen benutzt."

„Ich übe schon für die Kirche." Er fühlte, wie sich die Last von seinen Schultern hob. „Den ganzen Morgen habe ich mir Sorgen wegen der Presse gemacht. Wenn sie jetzt schon auf eine Hochzeit spekulieren, wird es mit der Geheimhaltung noch schwieriger werden, als wir dachten."

„Aber wenn wir ihnen ein Interview geben, bei dem wir unsere Verlobung bekannt geben und sie ablenken, indem wir ihnen den falschen Monat sagen ..."

„Es könnte klappen." Sie waren bei der Ausfahrt angekommen, die in die Innenstadt von Indianapolis führte. Dayne lenkte Katys Auto von der Autobahn herunter. Nach ein paar Abzweigungen waren sie auf dem Parkplatz des Hyatt angekommen. „Ich kann nicht glauben, dass du mich liebst."

Katy schloss ihre Augen und küsste ihn. „Ich liebe dich, Dayne."

„Ich bin der glücklichste Mann auf der Welt." Er küsste sie. „Wir gehen besser. Wilma wartet auf uns."

Sie reichte ihm die Baseballkappe. „Lass den Kopf gesenkt."

„Danke."

Er setzte die Kappe auf. Sie stiegen aus und hielten sich an den Händen, als sie rasch durch die Hintertür in das Hotel gingen. Wilma hatte alles arrangiert, um sie dort zu treffen, und als sie durch die Tür gingen, zog Dayne sein Handy heraus und rief sie an. „Wir gehen gerade rein."

„Okay. Ich warte drinnen."

Dayne schob sein Handy in die Hosentasche. Er blickte über den Parkplatz, doch er sah niemanden, der nach ihm Ausschau hielt, keine Paparazzi, die herumlungerten. Er legte seinen Arm um Katy. „Keine Presse, das ist ein gutes Zeichen."

„Alles wird gut werden." Katy strahlte ihn an.

Er hätte am liebsten laut „Ja" gerufen. Die Hochzeit, die sie nun planen würden, und die Zukunft, die sie sich aufbauten, wären besser als jedes seiner Drehbücher. Wegen Katy hatte er ein neues Leben mit Gott und mit seiner leiblichen Familie gefunden. Und am Tag nach ihrer Hochzeit würden sie ein neues gemeinsames Leben beginnen.

Er würde eine eigene Familie haben, die er mit der Liebe seines Lebens gründen würde, mit Katy Lynn Hart.

Mit seiner Katy.

Kapitel 9

Es war alles andere als normal, sich mit einer Hollywood-Hochzeitsplanerin zu treffen. Es war auch nicht normal, über die Planung für eine Hochzeit zu sprechen, die streng geheim bleiben sollte. Eine Hochzeit, die möglicherweise den Transport aller Gäste in einem gemieteten Flugzeug erfordern würde, um sie zu einem Ort wie den Bahamas zu bringen. Aber Dayne zuliebe versuchte Katy, sich nichts anmerken zu lassen.

Er hatte seit seinem Unfall mit seinen Gefühlen den Paparazzi gegenüber zu kämpfen gehabt, doch während Thanksgiving schien er mit den Ereignissen seinen Frieden gemacht zu haben. Diese Auszeit war genau das gewesen, was sie beide gebraucht hatten. Jetzt war es jedoch Zeit, sich um die Zukunft zu kümmern. Das schloss mit ein, dass sie einen Weg fanden, sich mit der Presse auseinanderzusetzen – in der Realität und in der eigenen inneren Einstellung.

Katy hielt sich an Daynes Hand fest, als sie durch die Hintertür des Hyatt eintraten. Eine sportliche Frau wartete auf sie. Katy wusste von Dayne, dass Wilma Waters Mitte fünfzig war, doch sie sah keinen Tag älter aus als vierzig. Sie trug enge schwarze Hosen, schwarze Stilettos und eine schwarze Baumwollbluse. Ihr kurzes Haar war blond, und sie hatte rot lackierte Fingernägel. Wilmas Augen waren klar, blau und freundlich. Sie sah von Kopf bis Fuß aus wie ein Profi. Katy mochte sie sofort.

„Dayne, Sie sehen umwerfend aus." Wilma nahm Daynes Hände und küsste ihn erst auf die eine, dann auf die andere Wange. Sie wandte sich Katy zu. „Und Sie müssen diese geheimnisvolle Fremde sein, in die sich die Klatschpresse verliebt hat!"

„Das ist Katy Hart." Dayne lächelte und in seinen Augen zeigte sich Stolz. „Katy, das ist Wilma Waters."

Katy schüttelte ihre Hand. „Schön, Sie kennenzulernen!"

„Die Fotos werden Ihnen nicht gerecht." Wilma trat einen Schritt zurück und musterte Katy prüfend. „Es gibt nicht ein Hochzeitskleid, in dem Sie nicht atemberaubend aussehen werden." Sie bedeutete ihnen, ihr zu folgen, und das Einzige, das mit der Geschwindigkeit ihrer

Schritte mithalten konnte, war der unaufhörliche Strom ihrer Worte. „Ich habe drei verschiedene Örtlichkeiten am Strand gebucht, ohne Namen zu nennen, auch nicht meinen, denn der ist gleichbedeutend mit Hochzeiten von großen Stars und …"

Als sie sich endlich auf Stühle um einen runden Tisch in einem kleinen Besprechungszimmer setzten, war Katy schwindelig von ihrem Versuch, mit Wilmas Tempo mitzuhalten.

Wilma hielt plötzlich inne und schaute von ihr zu Dayne. „Ich bin schon wieder zu schnell, nicht wahr?" Sie seufzte und ein nervöses Kichern kam aus ihrem Mund. „Entschuldigen Sie. Ich bin immer so aufgeregt, wenn es um Hochzeiten geht."

Unter dem Tisch griff Dayne nach Katys Hand. „Lassen Sie uns von vorne beginnen." Er lehnte sich auf seinem Stuhl zurück. Er sah entspannter aus, als er es zuvor im Auto gewesen war. „Keiner von uns beiden hat so etwas vorher schon einmal gemacht."

Katy spürte, wie ein Schauer über ihre Arme lief. Es geschah wirklich. Sie waren hier, weil sie und Dayne heiraten würden. Es hatte in ihrer Beziehung schon so viele Aufs und Abs gegeben, dass Katy oft bezweifelt hatte, dass sie jemals diesen Tag erleben würden. Aber jetzt und heute waren sie hier. Sie konzentrierte sich auf die vor Energie sprühende Frau vor ihr.

„… und nicht so viel Parkmöglichkeiten, was natürlich kein Thema wäre, wenn wir die Gäste einfliegen würden, aber trotzdem brauchen wir drei verschiedene Orte, drei Optionen. Ein Ort, der genau das für Ihre Hochzeit bietet, was Sie sich wünschen." Wilma schnappte nach Luft. „Haben Sie sich darüber schon Gedanken gemacht?"

Katy spürte, wie ein Gefühl des Friedens in ihr Herz einzog. Wegen Wilmas gutem Ruf als Hochzeitsplanerin und Daynes Auftrag, die Hochzeit absolut geheim zu halten, hatte Katy schon befürchtet, selbst gar nichts mehr entscheiden zu können. Doch offensichtlich tat Wilma alles, damit es wirklich *ihre* Hochzeit wurde. Katy lächelte die Hochzeitsplanerin schüchtern an. „Ich bin mir nicht sicher, ob wir wirklich drei Orte im Kopf haben." Sie wandte sich Dayne zu. „Oder haben wir?"

„Wir wollten einiges davon mit Ihnen durchsprechen –" Dayne setzte sich ein wenig aufrechter hin, „– da Sie am besten wissen, an welchen Orten eine heimliche Hochzeit wirklich möglich ist."

„Das stimmt." Wilma nickte, und ihr Gesichtsausdruck war sehr nachdenklich. „Nun, ich kann Ihnen jetzt schon sagen, dass eine Hochzeit in einer Kirche nicht möglich sein wird." Sie machte ein entschuldigendes Gesicht. „Tut mir leid."

„Das ist in Ordnung." Unter dem Tisch drückte Dayne Katys Hand. „Gott wird bei uns sein, egal wo wir heiraten."

„Und wir würden gerne irgendwo draußen heiraten." Katy tauschte einen Blick mit Dayne.

„Draußen und abgeschieden." Daynes Gesicht zeigte seine Beunruhigung, die er schon früher an diesem Tag gespürt hatte. „Wenn das möglich ist."

„Absolut möglich." Wilma notierte sich einige Dinge auf einem Notizblock vor ihr. „Also, lassen Sie uns mit Bloomington beginnen. Dort wohnen Sie, nicht wahr, Katy?"

„Ja."

„Genauer gesagt", schaltete sich Dayne wieder ein, „wohne ich auch dort. Die Presse weiß es bisher noch nicht, aber ich wohne dort bei meiner Familie. Noch vor Weihnachten allerdings werde ich in unser Haus am See einziehen, in dem ich dann gemeinsam mit Katy wohnen werde."

Wilma sah von ihrem Notizblock hoch. „Was sind die Möglichkeiten in Bloomington?"

Katy übernahm die Antwort. „Da wäre das Haus am See. Es ist vollkommen neu renoviert und der Garten bietet Platz genug für eine große Hochzeit."

„Gut." Wilma machte sich noch mehr Notizen.

„Und dann die Familie, wo ich zurzeit wohne. Sie haben ein Grundstück von knapp drei Hektar Fläche und wir könnten dort ohne Probleme eine Hochzeit draußen feiern." Über diese beiden Möglichkeiten hatten sie und Dayne gesprochen. „Darüber hinaus hat die Stadt den See und ein paar Parks. Nichts, was abgeschieden ist."

„Also gut, ich habe einen Vorschlag." Wilma faltete ihre Hände. „Sie planen mit ungefähr 150 Gästen. Stimmt das?"

„Ja." Dayne räusperte sich. „Katys Familie und Freunde aus Bloomington, einige der Familien vom Theater, mit denen sie zusammenarbeitet, und meine komplette leibliche Familie." Er zögerte. „Und mein Manager und mein Agent und meine engsten Freunde aus Hollywood."

Wilma schüttelte den Kopf, so wie Katy es bei Jenny gesehen hatte, wenn eines ihrer Kinder zum Beispiel die Idee hatte, eine Schlange mit ins Haus zu nehmen. „Wenn Sie so viele Gäste haben wollen, dann kommt Bloomington nicht infrage. Die Presse wird über das Haus am See in ein paar Wochen Bescheid wissen."

Katy biss sich auf ihre Lippe und versuchte, ihre Enttäuschung zu verbergen. Das Haus am See wäre ein wunderbarer Ort für eine Hochzeit gewesen. Doch Wilma hatte recht. Es war nur ein Fotograf nötig, der einem von ihnen zu dem Haus folgte, und die Neuigkeit wäre groß auf jeder Titelseite jeder Zeitschrift: „Dayne Matthews kauft ein Haus in Bloomington." Sie seufzte.

Wilma blickte zu ihr hinüber. „Das Haus Ihrer Freunde ist eine Möglichkeit. Aber ich würde sagen, dass wir diese Option als Tarnung benutzen."

Dayne blinzelte. „Tarnung?"

„Ja." Wilma strich eine Strähne ihres goldenen Haares hinter ihr Ohr. „Ich habe vorhin gesagt, dass wir drei Optionen brauchen. Hier ist der Grund." Sie erklärte, dass sie sich eine erste Möglichkeit überlegen würden – eine, die sie nur nachlässig geheim halten würden. Eine zweite Option, die geheim wäre und geheim bleiben sollte, eine, über die die Gäste informiert würden. Und dann die dritte Option. Sie lächelte. „Das ist dann der Ort, an dem die wirkliche Hochzeit stattfinden wird."

Drei Planungen für drei Orte? Und das alles, obwohl letztendlich nur ein Plan wirklich realisiert werden sollte? Katy war sich nicht sicher, ob sie alles richtig verstanden hatte. „Wem erzählen wir von der dritten Option?"

„Niemandem." Wilma hob einen Finger. Sie sah Katy und Dayne an und ihre Augen sagten unmissverständlich, dass sie das ernst meinte. „Absolut niemandem. Nicht Ihren besten Freunden, nicht Ihrer Familie. Keiner einzigen Person."

„Ist das nicht etwas … übertrieben?" Dayne verzog das Gesicht. „Ich meine, wir vertrauen unseren Familien voll und ganz."

Wilma lehnte sich zurück und warf ihre Hände in die Luft. „Möchten Sie nun eine absolut geheime Hochzeit oder nicht?" Zum ersten Mal wurde ihr Tonfall energisch. Doch das zeigte ihnen nur, dass Wilma ihnen geben konnte, was sie sich wünschten – wenn sie bereit wären, sich an ihre Regeln zu halten. „Sagen Sie Ihren Familien, dass Sie sie überraschen wollen. Das wird ein Abenteuer für alle."

Es dauerte ein paar Augenblicke, doch dann freundete sich Katy allmählich mit der Idee an. „Was ist mit dem Datum?"

„Ja." Wilma blätterte in ihrem Notizblock, bis sie zu einem Kalender kam. „Lassen Sie uns jetzt darüber reden."

Sie sprachen fünfzehn Minuten lang über Daynes Terminplan für seinen neuen Film und die Notwendigkeit, dass die drei Termine auch zu den drei ausgewählten Orten passten. Verschiedene Umstände hatten den Start der Dreharbeiten auf Mitte Mai verschoben.

„Wann möchten Sie denn heiraten?" Wilmas Bleistift schwebte über ihrem Kalender.

Dayne schaute zu Katy hinüber und bat sie mit seinem Blick, zu widersprechen, wenn sie anderer Meinung war. „Wir hatten erst über April oder Mai nachgedacht. Aber inzwischen tendieren wir eher zu März. Wir möchten einige Zeit schon als verheiratetes Paar in Bloomington verbringen, bevor ich meinen neuen Film beginne."

„Perfekt."

Noch ein paar Minuten Diskussion und Katy und Dayne stimmten zu, dass der 18. März der beste Termin für die eigentliche Hochzeit wäre.

Wilma kreiste das Datum ein. „Dayne, wir müssen noch über die Presse reden." Ihre Stimme zeigte Mitgefühl. „Ich habe Sie seit Ihrem Unfall nicht mehr getroffen und bevor wir weiterreden, möchte ich Ihnen noch sagen, wie sehr mir das leidgetan hat. Die Paparazzi haben den Unfall verursacht und Sie waren mittendrin. Ich kann sehr gut nachvollziehen, warum Sie die Hochzeit geheim halten wollen." Sie presste ihre Lippen zusammen und schüttelte leicht den Kopf. „Ich möchte genauso sehr wie Sie, dass diese Feier aus der Presse herausgehalten wird."

„Vielen Dank." Dayne war angespannt, vermutlich wegen der Erwähnung des Unfalls. „Wir schätzen alles, was Sie für uns tun!"

„Das bedeutet …" Wilma klopfte mit ihrem Stift auf den Notizblock, „… dass wir ein Interview mit der Presse brauchen oder sie werden alles tun, um irgendwelche Informationen zu bekommen."

„Genau darüber haben wir auf der Fahrt hierher gesprochen." Katy rückte ihren Stuhl ein wenig dichter an Dayne heran. Sie spürte, wie sich sein Körper wieder entspannte. „Vielleicht *Celebrity Life*."

„Gut." Wilma kritzelte etwas. „Ich werde die Herausgeberin gleich morgen früh anrufen. Sie beide werden in den nächsten Wochen also nach LA fliegen müssen und das Interview dazu benutzen, Ihre Verlobung bekannt zu geben. Sagen Sie, dass Sie über einen Hochzeitstermin Ende April nachdenken, vor Drehbeginn Ihres neuen Filmes."

Dayne schluckte. „Wir sollen so direkt lügen?"

„Ja." Wilma ließ sich nicht erweichen. „Diese Leute fressen Sie mit Haut und Haaren auf, Dayne." Sie wandte sich an Katy. „Gerade Sie beide sollten das besser wissen als jeder andere. Wenn Sie eine geheime Hochzeit wollen – und das wollen Sie doch unbedingt – dann müssen Sie ihnen Dinge erzählen, die einfach nicht wahr sind. Später wird es dann so aussehen, als hätten Sie Ihre Meinung geändert." Sie zuckte mit den Schultern. „Außerdem haben Sie ja *wirklich* angedacht, Ende April zu heiraten. Das ist genau das, was wir gerade hier tun."

Es war egal, wie Wilma es begründete oder beschönigte. Dayne hatte den Nagel auf den Kopf getroffen. Wilma wollte, dass sie logen. Katy spürte, wie sich ein Klumpen in ihrem Magen bildete. Lügen ging völlig gegen ihre Überzeugungen. Ehrlichkeit war das Fundament von allem, woran sie glaubte, alles, was sie ihre jungen Theaterschüler zu lehren versuchte. Der beste Schauspieler war derjenige, der absolut authentisch den Charakter darstellte, den er spielen sollte. Aber in dieser Situation hatten sie keine Wahl. Wilma hatte recht. Die Presse würde nicht nachlassen, bis sie wüsste, wo und wann Katy und Dayne heiraten würden. Sie würden die Geheimhaltung ihrer Hochzeit nicht durchziehen können, wenn sie nicht irgendetwas sagten, das die Presse ablenkte.

„Aber unseren Gästen sagen wir schon den richtigen Termin … oder?" Dayne schien zu resignieren, was das Lügen betraf. Er hatte wahrscheinlich den Vorschlag durchdacht und war zu dem gleichen Schluss gekommen: Es gab keine andere Möglichkeit.

„Gute Frage." Wilma holte tief Luft. „Also, wir werden folgendermaßen vorgehen …"

Der Plan war absolut faszinierend. Er beinhaltete ein Jonglieren mit Terminen und Abläufen, das stundenlanges Planen von Seiten Wilmas und ihrer zwei Mitarbeiter – ihres Ehemannes und ihrer Tochter erfordern würde. Katy tat ihr Bestes, um Wilmas Ausführungen zu folgen. Vier Wochen vor dem tatsächlichen Hochzeitsdatum würden Katy und

Dayne ihre Gäste bitten, sich ein bestimmtes Datum oder einige Tage für eine Vorhochzeitsparty freizuhalten. Dann, achtundvierzig Stunden vor der Hochzeit, würden die Einladungen persönlich von Wilma, ihrem Mann und ihrer Tochter an alle Gäste übergeben werden.

„In der Einladung wird stehen, wo und wann sie sich einfinden müssen." Wilma lächelte stolz. „Auf diese Weise machen wir es der Presse unmöglich, davon Wind zu bekommen."

„Sie werden wirklich glauben, dass es für eine Vorhochzeitsparty ist?" Katy war überwältigt davon, wie ausgefeilt Wilmas Pläne waren.

„Vermutlich werden die meisten ahnen, dass es um mehr geht. Aber wir werden es niemals direkt sagen." Wilma blätterte eine Seite in ihrem Block um.

Im gleichen Moment klopfte es an die Tür.

Wilma warf ihnen einen warnenden Blick zu. „Herein."

„Guten Tag." Eine Frau betrat den Raum. Ihr dunkles Haar war zu einem Haarknoten zusammengefasst und sie trug einen Rock und ein Jackett. Ihr Namensschild wies sie als die Bankettmanagerin aus. „Die Salate sind fertig, Mrs Waters." Als sie ein paar neugierige Blicke in Richtung Dayne warf, wurden ihre Wangen tiefrot. „Soll ich sie hereinbringen?"

„Ja, sehr gerne." Wilma lächelte die Frau an. „Vielen Dank."

Als die Frau sich umwandte und den Raum verließ, senkte Wilma ihre Stimme und lehnte sich über den Tisch. „Es war eine gute Idee, den Raum für heute zu mieten. Die Bankettmanagerin wird jedem in der Küche erzählen, dass Sie hier sind. Glauben Sie mir: Irgendjemand wird das an die Presse weitergeben und sie werden alle glauben, dass Sie in Indianapolis im Hyatt heiraten."

„Warum sind wir dann hier?" Daynes Tonfall klang frustriert. „Ich dachte, wir suchen nach etwas, das sich besser geheim halten lässt?"

„Das hier tun wir mit voller Absicht." Wilma lachte kurz auf, stolz auf das, was sie ihnen jetzt erklärte. „Indianapolis ist nicht weit von Bloomington entfernt und dicht genug an einem größeren Flughafen. Das Hyatt hat wunderschöne Räumlichkeiten und weil wir hier weit weg von Südkalifornien sind, werden niemals so viele Presseleute kommen wie nach LA." Sie klopfte auf den Tisch. „Das ist Möglichkeit eins."

„Hier?" Katy war überrascht. Das war keinesfalls ein Ort, den sie für die Hochzeit auch nur in Betracht gezogen hätten. „Das glauben uns die Leute?"

„Wenn man es aus der Sicht eines Klatschmagazins betrachtet, dann existiert in ganz Indianapolis kein passenderer Ort. Dieses Hotel hat einen traditionellen Touch und ist elegant genug, um für eine solche Hochzeit infrage zu kommen." Wilma blätterte in ihrem Notizblock, bis sie wieder zu ihrem Kalender kam. „Wir werden die Managerin bitten, alles geheim zu halten, und dann sagen wir ihr, dass wir einen Saal mieten wollen für ..." Sie ließ ihren Stift über die kleinen Quadrate in ihrem Kalender wandern. „ ... für den 22. April. Wir buchen den schönsten Saal, den sie haben, und bezahlen sie dafür, dass wir uns hier treffen konnten. Die Stornierungsgebühr wird zwar ziemlich hoch sein, aber es ist ein kleiner Preis für eine gute Ablenkung."

„Ich liebe es, dass Sie an alles gedacht haben." Dayne grinste. „Was ist mit Option Nummer zwei?"

„Das könnte schwieriger werden." Sie schloss ihre Augen, als ob die nächste Stufe ihres Planes ihr viel Arbeit abverlangen würde. Sie wandte ihre Aufmerksamkeit Katy zu. „Erzählen Sie mir von dem Haus Ihrer Freunde."

Katy schluckte. Diese ganze ausgefeilte Planung schien sich gerade zu verselbstständigen. Aber Jenny hatte bereits ihr Haus angeboten, also schien es nicht verkehrt zu sein, über diese Option zu sprechen. Sie erklärte Wilma, dass das Haus der Flanigans über 600 Quadratmeter groß war und genügend Platz zum Feiern bot.

„Würde es Ihnen gefallen, dort zu heiraten?"

„Ja, schon, aber ..." Katy sah zu Dayne, dann wieder zurück zu Wilma. „Ich dachte, Sie hätten vorhin gesagt, dass Bloomington nicht infrage kommt."

„Das stimmt. Wenn Sie es geheim halten wollen, können wir Bloomington nicht einplanen. Doch um unseren Plan glaubwürdig zu machen, muss es sich um einen Ort handeln, den Sie eventuell in Betracht ziehen könnten, um dort zu heiraten. So können Sie mit Freunden und Ihren Verwandten darüber reden, als ob Sie vielleicht – ganz vielleicht – dort feiern möchten."

Katy ließ Daynes Hand los und stützte ihre Arme auf den Tisch. Jetzt wurde es unangenehm. „Sollen wir sie auch anlügen?"

„Nein." Wilma schien zu ahnen, dass eine Lüge nicht das war, was

Katy wollte. „Höchstens ein kleiner Hinweis, dass das der Ort sein könnte, an dem die Hochzeit stattfindet. Und dann …" Ihr Gesichtsausdruck war hochkonzentriert, „… ziehen Sie eine oder höchstens zwei Personen ins Vertrauen, die Ihnen dabei helfen können, dass es wirklich danach aussieht, als würde dort eine Hochzeit stattfinden. Denken Sie daran, dass Ihre Freunde und Ihre Familien davon ausgehen, dass es eine Überraschung ist. Jeder Hinweis darauf, dass die Hochzeit in dem Haus stattfindet, in dem Sie gerade leben, ist eine perfekte falsche Fährte."

Also konnte Katy wenigstens Jenny und Jim Flanigan sagen, dass sie und Dayne ein paar Gerüchte streuen würden, dass die Hochzeit eventuell in ihrem Haus stattfände. Um das Spiel mitzuspielen, könnten Jenny und Jim darüber sprechen, dass sie einen LKW voll Klappstühle bestellen oder den Garten für ein großes Ereignis vorbereiten müssten. Die anderen würden das beobachten und überlegen, hey, vielleicht findet die Hochzeit bei den Flanigans statt.

„Nun zur dritten Option …" Wilmas Augen funkelten. „Lassen Sie vernünftige Überlegungen und den gesunden Menschenverstand außer Acht. Die Berge in West Virginia, ein Anwesen in den Kanadischen Rocky Mountains, die Karibik … Irgendein Ort, der Ihnen etwas bedeutet." Sie machte eine Pause. „Irgendwo, ungefähr einen halben Tag Flugzeit von Bloomington entfernt, sodass Ihre Gäste einfliegen, ein paar Tage bleiben und Ihre Hochzeit mitfeiern können."

Katy fühlte, wie ihre Augen feucht wurden. Sie starrte auf die leere Wand vor sich. Wilma sagte also, dass die Hochzeit überall stattfinden konnte, wo auch sie immer wollten. Ein Strand oder ein abgeschiedener Berggipfel, irgendwo in den Vereinigten Staaten oder in einem anderen Land. Wie verrückt war das? Sie blickte zu Dayne. „Hast du eine Idee?"

Sein Gesicht blieb für ein paar Augenblicke ausdruckslos, doch dann begannen seine Augen zu leuchten. „Mexiko. Das würde mir eine Menge bedeuten!" Er sah Katy tief in die Augen, und es schien, als blicke er ihr auf den Grund ihrer Seele. „In Mexiko habe ich Gott mein Leben übergeben." Seine Stimme wurde sanft, als ob er Wilma vergessen hätte. „Dort hat Gott mir klargemacht, dass ich nach Hause zurückkehren und dich heiraten soll." Es fühlte sich so an, als ob sie allein im Raum wären. „Was meinst du? Ein Strand, irgendwo in Mexiko?"

Tränen stiegen in Katys Augen. „Bob lebt auch in Mexiko. Er und seine Familie würden sich sicher wohlfühlen."

Dayne legte seine Hände über ihre und wandte sich dann zu Wilma. „Das ist es! Jetzt brauchen wir nur noch einen passenden Strand."

„Na dann schauen wir mal, was wir da so haben." Wilma zog einen Laptop aus ihrer Tasche und klappte ihn auf. In diesem Moment klopfte es erneut an der Tür.

Dirigiert von der Bankettmanagerin schob ein Angestellter einen Servierwagen herein. Er servierte für jeden einen Geflügelsalat. Als er Dayne den Teller reichte, grinste er. „Wir freuen uns, dass Sie bei uns sind, Mr Matthews."

„Vielen Dank." Dayne lächelte zurück.

Bevor die Hotelmitarbeiter den Raum verließen, stand Wilma auf und winkte die Managerin zu sich. „Bitte schärfen Sie Ihren Mitarbeitern nochmals ein, dass für die Planung dieses Ereignisses absolute Diskretion von Nöten ist."

„Ja, Madam." Die Frau verneigte sich fast. „Wir tun alles, was wir können, damit Sie ein ungestörtes Abendessen in unserem Haus genießen können."

Ein Abendessen. Katy lächelte. Als die Hotelmitarbeiter gegangen waren, sah sie Wilma an. „Haben Sie ihr das erzählt? Dass wir ein Abendessen planen?"

„Ja." Wilma setzte sich wieder hin und breitete ihre Serviette über ihrem Schoß aus. Sie sah sehr zufrieden mit sich aus. „Ich sagte ihr, dass ich ein Abendessen vorbereite, um zwei besondere Menschen zu feiern, zwei Kunden von mir."

„Die Bankettmanagerin schien nicht zu wissen, dass ich einer der beiden bin, bis sie vorhin hereinkam und mich sah." Dayne sah aus, als würde er an der ganzen Sache richtig Spaß finden. „Brillant. Ich bin begeistert."

Sie waren gerade mit ihrem Salat fertig, als Wilma online eine Landkarte von Mexiko aufrief. „Ein direkter Flug würde Sie nach Cancún bringen." Sie zog eine imaginäre Linie von Bloomington. „Ich schätze, wir könnten mit dem Flugzeug in weniger als vier Stunden dort sein."

„Sie meinen … wir sagen den Gästen nur, dass sie zum Flughafen kommen sollen? Und dann bringen wir sie nach Cancún?"

„Genau." Wilma setzte ihr Pokerface auf. Ihre Konzentration stieg und die Einzelheiten sprudelten noch schneller als zuvor aus ihr heraus. „Die Gäste erfahren den Zeitpunkt rechtzeitig genug, um sich vorzubereiten, und dann bekommen sie achtundvierzig Stunden vorher die Information, dass sie zum Flughafen in Indianapolis kommen sollen. Wir sagen ihnen, was sie mitbringen müssen – Krawatte, Abendkleidung, Badesachen und so weiter."

Katy lehnte sich in ihrem Stuhl zurück und atmete tief durch. Menschen aus Hollywood waren vielleicht an solche Überraschungshochzeiten gewöhnt, wenn einfach so ein Flugzeug gemietet wurde, dessen Ziel bis eine Stunde vor Abflug keiner der Mitreisenden kannte. Aber was war mit den Familien vom christlichen Kindertheater? Sie schloss ihre Augen für einen Moment und als sie sie wieder öffnete, sah sie, dass Dayne sie beobachtete.

„Das ist gerade alles ein bisschen viel, nicht wahr?"

„Ja." Katy sah zu Wilma herüber. „Entschuldigen Sie. Es klingt alles wundervoll. Ich bin mir nur noch nicht sicher, ob …"

Wilma trommelte ungeduldig mit ihren Fingern auf den Tisch. „Machen Sie sich um nichts Sorgen. Das ist mein Job. Deshalb haben Sie mich engagiert."

Katy hätte am liebsten gesagt, dass sie Wilma nicht engagiert hatte. Dayne hatte sich darum gekümmert. Es hatte noch nicht einmal ein Mittagessen lang gedauert, um die ganze Hochzeit als zu kompliziert zu empfinden, so als ob ihr alles aus den Händen glitt. Sie blickte zu Dayne. „Was denkst du?"

Die Ruhe und Zuversicht in seinen Augen verriet ihr die Antwort, bevor er etwas sagen konnte. „Wie Wilma sagt: Sie wird sich um alles kümmern." Seine Mundwinkel gingen nach oben. „Was ist mit Cancún?"

Wilma war damit beschäftigt, Bilder von den Stränden um Cancún herum zu finden. „Die gesamte Riviera Maya ist wunderschön. Ich kenne ein kleines, exklusives Fünf-Sterne-Resort, ungefähr eine halbe Stunde südlich vom Flughafen Cancún." Sie erklärte, dass sie dort anrufen und das gesamte Resort für das Hochzeitswochenende reservieren könnte. „Wir würden die Gäste am Donnerstagabend einfliegen. Am Freitag könnten Sie ein schickes Essen planen oder eine Party oder eine Probe und die Hochzeit dann am Samstag. Gegen Sonntagmittag könnten die Gäste nach Hause fliegen."

Katy riss ihre Augen weit auf. Es klang wie aus einem Märchen. Natürlich, das war der Lebensstil, den Dayne pflegte, und daran würde sie sich allmählich gewöhnen müssen.

Wilma fragte, ob ihnen die Idee gefiel. „Ich werde nicht anrufen, bevor Sie nicht entschieden haben, ob Sie in Mexiko feiern wollen."

„Nun ..." Dayne atmete aus, doch es klang eher wie ein Lachen. „Können wir uns bei Ihnen melden? Vielleicht in ein paar Tagen?"

Wilma sah aus wie ein kleines Mädchen, dem an seinem Geburtstag ein Luftballon geplatzt war. Doch sie fand schnell ihr Lächeln wieder und klappte ihren Laptop zu. „Selbstverständlich." Sie gab Dayne ihre Karte. „Sie wissen, wie Sie mich erreichen können."

Sie sprachen noch für ein paar Minuten über das Interview mit *Celebrity Life*. Katy stimmte zu, dass Wilma die Planung übernehmen und einen Termin vereinbaren sollte. Das Einzige, was sie sich für die nächsten Wochen vorgenommen hatten, war die Anschaffung von Möbeln für ihr Haus. Ein Flug nach Los Angeles würde auf jeden Fall in die Planung passen, besonders, wenn es sich nur um einen kurzen Aufenthalt handelte.

Trotzdem schien Dayne wieder nervös zu werden, als sie den Besprechungsraum verließen. Wilma hatte vor dem Hotel geparkt, sodass sie sich in der Lobby von ihr verabschiedeten. Dayne führte Katy zum Hinterausgang und blieb vorsichtig in der halb geöffneten Tür stehen. Nur wenige Autos standen auf diesem hinteren Parkplatz und von der Presse war keine Spur zu sehen.

Dayne nahm Katys Hand und sie eilten zu ihrem Auto. „Das Management des Hotels muss wirklich sehr daran interessiert sein, mit uns ins Geschäft zu kommen."

„Entweder das ..." Katy wartete, während er ihr die Autotür öffnete. Sie stieg ein und als er neben ihr Platz nahm, ließ sie den Gurt einrasten. „Oder es gibt in Indianapolis nicht genügend Fotografen, um jemanden so schnell hier herauszuschicken."

Dayne verriegelte die Türen, griff nach dem Lenkrad und ließ seinen Kopf sinken. „Warum habe ich nur das Gefühl, ich müsste mich ständig entschuldigen?"

„Hey ..." Sie war immer noch ganz durcheinander von dem Treffen mit Wilma, doch für Dayne stand mehr auf dem Spiel. Obwohl sie jeden Tag nach seinem Unfall damit verbracht hatte, zu beten und sich vor den Konsequenzen seines Unfalles zu fürchten, hatte sie dennoch genug Zeit gehabt, mit den Presseleuten ihren Frieden zu machen. Dayne jedoch nicht. Deshalb musste sie jetzt vorsichtig mit ihren Reaktionen auf die Hochzeitspläne sein. Ansonsten würde seine Wut auf die Presseleute noch größer werden.

Dayne drehte sich so weit herum, dass er sie direkt ansehen konnte. Dann wies er auf den Hintereingang des Hotels. „Dieses ganze Herumschleichen und Verstecken und verschiedene Optionen haben zu müssen ... das ist alles nur wegen der Paparazzi. Genau wie mein Unfall." Er spannte die Muskeln in seinem Kiefer an und starrte vor sich. „Das ist nicht fair."

„Nein." Im Stillen betete Katy um die richtigen Worte. „Aber wir haben immer noch andere Möglichkeiten."

„Welche zum Beispiel?"

„Eine kleinere Hochzeit." Sie berührte seinen Arm. „Ich brauche keine große Hochzeit. Wir können später noch eine Party mit den Familien vom Kindertheater feiern. Wenn nur wir dabei sind, die Baxters, meine Eltern und die Flanigans, dann reicht mir das vollkommen."

Sein Gesichtsausdruck verriet ihr, wie sehr ihn die Situation frustrierte. „Du wolltest doch eine große Hochzeit. Ich habe gehört, wie du es Ashley nach dem Abendessen vor ein paar Tagen erzählt hast."

„Aber ich könnte darauf verzichten ..." Ihre Stimme wurde leiser, „... wenn es das ist, was du dir wünschst."

„Das würde auch nichts ändern." Dayne lehnte sich zurück und ließ seine Hände auf den Schoß sinken. „Ohne Wilmas Hilfe werden die Paparazzi uns finden. Wie du gesagt hast – wenn wir weiter davonlaufen, haben sie nur noch mehr Gründe, uns zu verfolgen."

„Genau." Katy musste sich selbst genauso wie ihn von ihren Worten überzeugen. „Also lassen wir Wilma die Sache in die Hand nehmen, und wir beten dafür, dass alles unentdeckt bleibt." Ihr Tonfall wurde fröhlicher. „Das ist alles, was wir tun können, Dayne."

„Als wir drinnen waren, fand ich die Idee toll, dass wir hundertfünfzig Personen heimlich zu unserer Hochzeit nach Cancún fliegen." Er lachte, doch es klang nicht fröhlich. „Dann dachte ich darüber nach, dass wir nach LA fliegen und ein Interview mit einer großen Zeitschrift haben, um ein Geheimnis zu wahren, das sowieso aufgedeckt wird, sobald auch nur eine einzige Person etwas Falsches sagt." Er blickte sie lange an. „Und plötzlich hatte ich nur noch einen Gedanken."

„Welchen?"

„Dass du verrückt warst, als du ja gesagt hast." Dayne umfasste ihr Gesicht mit seinen Händen, doch seine Finger berührten kaum ihre Haut. „Du verdienst eine große Hochzeit, Katy."

„Alles, was ich will, bist du." Zuvor war ihr schwindelig gewesen bei dem Gedanken an das, was mit der Hochzeit alles auf sie zukommen würde, doch in diesem Moment waren ihr die Einzelheiten egal. Sollte Wilma sich darum kümmern. „Ich bin momentan so glücklich wie noch nie zuvor in meinem Leben. Wilma soll die Planung machen und wir sind einfach mit dabei."

Er presste seine Lippen aufeinander und sah ihr tief in die Augen. „Ich brauche dich so sehr, Katy." Noch immer hielt er ihr Gesicht so sanft umfasst, als sei sie eine unbezahlbare Kostbarkeit. „Wenn diese ganze Planerei mich nervt, ... wenn wir so vollkommen davon absorbiert sind, dann sag bitte etwas, das mich wieder daran erinnert, dass wir es gemeinsam schaffen werden."

Katy lachte und legte ihre Arme um seinen Hals. Sie würden das mit der Presse schon hinbekommen, das Interview durchziehen, und sie würden einander in den turbulenten Zeiten unterstützen – wenn auch das Ausmaß ihrer Pläne geradezu irrsinnig erschien. Sie legte ihre Wange an sein Gesicht. Sie konnte sein Aftershave und sein Shampoo riechen. Seine Nähe machte sie schwindelig. „Hey, ich weiß, was ich sagen werde. Und wann immer ich es ausspreche, musst du aufhören, dich zu ärgern." Sie lehnte sich etwas zurück und berührte seine Brust, genau über seinem Herzen. „Ansonsten wird es dich kaputtmachen."

Er lächelte ihr zu. Eine tiefe Liebe sprach aus seinen Augen. „Vergebt, so wie der Herr euch vergeben hat. Dieser Vers kommt mir immer wieder in den Sinn." Er strich mit seinem Daumen behutsam über ihr Gesicht. „Also, was ist das geheimnisvolle Zauberwort?"

„Das ist einfach." Sie rieb ihre Nase an seiner. „Wilma."

Sie lachten beide und Katy lehnte sich wieder in ihren Sitz zurück.

Dayne startete den Motor und auf dem Rest ihres Heimweges sprachen sie nicht mehr über Paparazzi oder über bevorstehende Ausflüge nach Los Angeles. Sie erwähnten kein Privatflugzeug oder Geheimnisse oder die Schwierigkeit, wie sie die Zeit von jetzt bis zum 18. März überstehen sollten.

Stattdessen sprachen sie über die Baxter-Enkelkinder, über den Vogel mit dem verletzten Flügel und wie Daynes Vater ihn in einem Karton gefangen hatte, so als ob er das jeden Tag machen würde. Sie redeten über die Vorschläge seiner Schwestern für eine Brautparty und wie begeistert Luke von seinem neuen Job war. Und immer wieder erinnerten sie sich gegenseitig daran, welche gute Wendung ihr Leben genommen hatte und wie wunderbar es war, dass sie nicht nur das Thanksgiving-Wochenende mit der Baxter-Familie verbringen würden … sondern ihr ganzes zukünftiges Leben.

Kapitel 10

In den Jahren, die sie schon als Ehefrau eines Trainers erlebt hatte, hatte Jenny Flanigan ab und zu einen Footballspieler weinen sehen. Zum Beispiel als der Star aus Jims Mannschaft, der Runningback, sich sein Knie so verletzt hatte, dass es das Ende seiner Karriere bedeutete. Oder dann wenn nach zehn Jahren Zugehörigkeit zur Mannschaft Auszeichnungen vergeben wurden. Aber sie hatte noch niemals einen Spieler so am Boden zerstört gesehen wie Cody Coleman.

Er war am Sonntagmorgen aus dem Krankenhaus entlassen worden und hatte den größten Teil des Tages verschlafen. Währenddessen hatten Jim und Jenny ihren Kindern erklärt, dass Cody momentan außer Gefahr war. „Aber er hat ein Alkoholproblem." Jims Stimme klang sehr ernst. „Wir werden mit ihm darüber reden und versuchen, einen Weg zu finden, um ihm da herauszuhelfen."

„Wird er weiter hier wohnen?" Justin sah besorgt aus.

Jennys Herz litt mit ihren Kindern mit. Sie hatten darüber gesprochen, ob Cody aufgrund seiner falschen Entscheidungen ihr Haus verlassen müsste. Sogar Bailey hatte danach gefragt.

„Er kann so lange bleiben, wie er bereit ist, sich bei seinem Alkoholproblem helfen zu lassen." Jim schien genauso verzweifelt zu sein wie die Kinder. „Es ist eine Entscheidung, ob man trinken will oder nicht, und wenn Cody keine Hilfe in Anspruch nimmt, muss er sich einen anderen Ort zum Wohnen suchen. Lasst uns beten, dass alles gut wird, ja? Vielleicht können auch wir aus diesen Ereignissen etwas lernen."

„Ja, zum Beispiel, nicht zu trinken, wenn wir in die Highschool kommen." Ricky nickte mit ernstem Gesicht. Er schaute zu seinen Brüdern hinüber und suchte nach Unterstützung, und sie murmelten ihre Zustimmung.

Es war gerade Zeit für das Abendessen, als Jenny hörte, wie Jim an Codys Zimmertür klopfte. „Zeit fürs Abendessen."

Aus dem Raum kam Codys kaum zu verstehende Antwort. „Ich habe keinen Hunger."

„Es ist mir egal, ob du etwas isst, aber ich möchte, dass du zum

Abendessen kommst." Jim war kurz angebunden. „Und am Dienstag oder Mittwoch wirst du auch wieder zur Schule gehen."

Codys Worte waren immer noch schwer zu verstehen, doch Jenny hörte in der Küche seine Antwort. „Ja, Sir. Ich komme."

Jenny war erleichtert. Sie hoffte, dass dies alles zu einem Wendepunkt in Codys Leben wurde, nicht zu einem Trennungsgrund.

Alle versammelten sich, um zum letzten Mal in diesem Jahr die Reste von Truthahn, Kartoffeln und Erbsen zu essen. Cody war sehr kleinlaut und fühlte sich offensichtlich unbehaglich. Die meiste Zeit vermied er jeglichen Augenkontakt. Die Kinder, die anscheinend spürten, dass Cody nicht reden wollte, unterhielten sich untereinander.

Nur Ricky erwähnte den Vorfall. Während einer Gesprächspause sah er zu Cody hinüber. „Wir haben für dich gebetet." Der Blick in seinen klaren Kinderaugen war teils verletzt, teils dankbar. Jenny beobachtete ihren jüngsten Sohn. Er fühlte sich, als sei er betrogen worden, er war wütend, weil Cody getrunken hatte, nachdem er Jim und Jenny versichert hatte, er würde es nicht tun. Für einen Augenblick sah es so aus, als ob Ricky fragen würde, warum Cody das getan hatte, warum er sich fast zu Tode getrunken hatte. Doch stattdessen wandte er seine Aufmerksamkeit wieder dem Essen zu und das Thema wurde für den Rest der Mahlzeit nicht mehr angesprochen.

Als sie mit dem Essen fertig waren und die Kinder ihr Geschirr weggeräumt und das Esszimmer verlassen hatten, wandte sich Jim Cody zu. „Wir müssen uns unterhalten."

„Ja, Sir." Cody kratzte immer noch mit seiner Gabel durch den Rest des wenigen Essens, das er auf seinen Teller genommen hatte.

„Sieh mich an, wenn ich mit dir rede." Jim klang genauso wie als Trainer, wenn er auf dem Spielfeld stand und seine Mannschaft kurz vor Spielende mit zwei Touchdowns in Rückstand war.

Jenny blieb still. Jim wusste besser als sie, wie er damit umgehen sollte.

Cody hob seinen Blick. „Entschuldigung."

Jim stützte seine Ellenbogen auf den Tisch. „Warum erzählst du mir nicht, was in jener Nacht passiert ist?"

„Sir …" Cody schluckte und hatte offensichtlich Probleme, die richtigen Worte zu finden. „Ich frage mich, ob wir … ob wir dieses Gespräch am Mittwochabend haben könnten?"

Jim sah misstrauisch aus. „Warum am Mittwoch?"

„Was ich getan habe, war dumm. Ich brauche Zeit, um darüber nachzudenken."

„Du musst mehr tun als nur darüber nachzudenken." Jim schien zu merken, dass er zu unfreundlich klang. Er bemühte sich, seine Stimme zu senken. „Du betest am besten dafür, dass Gott uns beiden einen guten Plan zeigt. Denn ansonsten können wir dich nicht länger hier behalten, Cody. Ich will auf keinen Fall, dass du in Gegenwart meiner Kinder Alkohol trinkst."

Tränen stiegen in die Augen des Jungen. „Ich verstehe das."

Jim knirschte mit den Zähnen und überlegte offenbar, wie er auf Codys Bitte reagieren sollte. Schließlich sackten seine Schultern ein wenig nach vorne. „Okay. Wir unterhalten uns am Mittwoch. Bis dahin kannst du dafür sorgen, dass du deine Hausaufgaben aufholst, damit du wieder bereit bist, zur Schule zu gehen. Ich möchte, dass du jeden Abend um zehn Uhr im Bett liegst."

„Ja, Sir." Cody hatte seine Augenbrauen hochgezogen und sah nervös aus. „Ich werde die Küche aufräumen."

„Das ist eine gute Idee."

Jenny sah zu, wie Cody die übrigen Teller und Schüsseln vom Tisch räumte.

Als Cody hinausgegangen war, warf Jim ihr einen unsicheren Blick zu. „War ich zu streng mit ihm?"

„Nein." Jenny griff über den Tisch und nahm Jims Hand. „Vielleicht können wir noch mit ihm beten, bevor er schlafen geht."

„Okay."

„Hey." Jenny fühlte tiefes Mitgefühl mit ihrem Mann. „Sei nicht so hart mit dir selbst. Ich glaube, er hat schon einiges daraus gelernt."

„Das werden wir sehen."

Jenny hoffte, dass Cody wirklich etwas gelernt hatte, und sie betete dafür, als sie später am Abend beide ihre Hände auf Codys Schultern legten und ihn segneten. Sie betete auch in den kommenden Tagen dafür, während sie und Jim sich insgeheim fragten, ob Cody wirklich klar war, was er getan hatte. In gewisser Weise waren ihnen die Hände gebunden. Cody war nicht ihr Sohn und deshalb konnten sie nicht so reagieren, wie sie es getan hätten, wenn er eines ihrer eigenen Kinder gewesen wäre.

Zum Beispiel besaß Cody ein Auto und ein Handy. Beides hatte er von seiner Mutter bekommen, bevor sie ins Gefängnis gekommen war. Cody arbeitete samstags im Baseball-Trainingscenter und verdiente genug Geld, um seine Ausgaben zu zahlen. Aber sein Auto und sein Handy gaben ihm auch eine gewisse Freiheit, die er offensichtlich dazu nutzte, sich in Schwierigkeiten zu bringen. Jenny war sich sicher, dass sie ihm beides abgenommen hätten, wenn er ihr eigener Sohn gewesen wäre.

Aber in dieser Situation konnten sie allein auf seinen gesunden Menschenverstand und das Eingreifen Gottes hoffen.

„Bete für mich, dass ich die richtigen Worte finde … und die richtige Einstellung“, hatte Jim vorher zu Jenny gesagt. „Ich bin manchmal zu hart zu den Jungs. Ich weiß das. Das Ganze macht mich so wütend – meine komplette Mannschaft trinkt Alkohol.“

Jenny verstand ihn. Cody war einer der Anführer der Mannschaft und sein schlechtes Vorbild hatte über die Jahre hinweg zumindest ein wenig zu der Entscheidung der übrigen Mannschaftskapitäne beigetragen, auf der Thanksgiving-Party zu trinken. Seit Sonntag hatte Jim seine Gefühle für sich behalten, doch sie brodelten ganz offensichtlich unter der Oberfläche. Es war eine gute Entscheidung gewesen, mit dem Gespräch bis heute zu warten.

Am Mittwochabend kam Cody zu Jim und Jenny, bevor das Abendessen begann. „Können wir nach dem Essen reden?“

Die Mahlzeit verlief ruhig, so wie die meisten Mahlzeiten verlaufen waren, seitdem Cody wieder zu Hause wohnte. Als sie fertig waren, nahm Bailey die Jungs mit in das Fernsehzimmer. Sie warf Jenny einen Blick zu, der ihr zu verstehen gab, dass sie für sie beten würde. Jenny machte sich große Sorgen um Cody. Sie befürchtete, er würde den Kontakt zur Familie abbrechen und in ein tiefes schwarzes Loch fallen, aus dem er ohne Hilfe nie wieder herauskommen würde.

Sie gingen in das Wohnzimmer hinüber und Cody setzte sich an das äußerste Ende des Sofas. Jenny nahm den Sessel beim Kamin und Jim saß beim Klavier auf dem Stuhl, der Cody am nächsten war.

Cody fuhr mit der Zunge über seine trockenen Lippen und balancierte seine Ellenbogen auf den Knien. Er sah aus, als würde er gleich vor Angst sterben. „Zuerst …“ Er schluckte schwer, „… möchte ich sagen, dass mir das alles sehr leidtut. Was ich getan habe, war … vollkommen falsch, und ich möchte, dass Sie … dass Sie wissen, dass …“ Seine Stimme brach und er ließ seinen Kopf hängen. Nach ein paar Sekunden rieb er sich die Nase und schüttelte den Kopf. Er sah nicht auf. „Es tut … es tut mir so leid.“

Jenny fühlte, wie Tränen in ihre Augen stiegen. Sie wollte so gerne zu ihm gehen, sich neben ihn setzen, ihn in die Arme nehmen. Doch sie überließ Jim die Führung des Gesprächs. Cody war sein Spieler und die beiden hatten eine besondere Verbindung. Wenn die Zeit für eine Umarmung gekommen war, würde Jim nicht zögern.

Nach einer endlos langen Minute rieb Cody endlich mit seinem Handrücken über die Wangen und hob den Kopf. Hoffnungslosigkeit stand in seinem Gesicht geschrieben. „Trinken … ist alles, was ich jemals gekannt habe.“

Jims Blick wurde weich. „Aber das muss aufhören. Das siehst du doch ein?“

„Natürlich.“ Wut flackerte kurz in seinem Blick auf und hinterließ einen Ausdruck des Schmerzes. „Meine Mutter hat mir und meinen Freunden Drinks gemixt, als ich zwölf Jahre war. Zwölf Jahre alt!“

Ein Knoten formte sich in Jennys Magen. Wenn sie Cody nur früher dort herausgeholt hätten, wenn sie das Jugendamt informiert und Cody aus dieser Wohnung gerettet hätten! „Hat deine Mutter damals auch schon Drogen genommen?“

„Auf jeden Fall.“ Cody winkte ab. „Sie hatte eine Schublade voll mit Nadeln und Tütchen. Sie versuchte immer, das vor mir zu verstecken, doch ich wusste, wo die Sachen lagen.“ Er verschränkte seine Arme. „Ich wusste auch, dass sie gestohlen hat. Manchmal tat sie das direkt vor meinen Augen.“

„Das war nicht fair und das war auch nicht richtig.“ Jenny wünschte, seine Mutter würde hier sitzen und mit eigenen Augen sehen, was ihr Egoismus und ihre Abhängigkeit bei ihrem Sohn verursacht hatten. „Du hättest bei uns bleiben sollen, als du das erste Mal kamst.“

„Ich weiß.“ Cody starrte auf seine Knie. Er war neu auf der Highschool gewesen, als er schon einmal drei Wochen bei ihnen gelebt hatte. Seine Mutter und er lebten in einer Wohnung nur ein paar Straßen weiter und Cody war ständig vorbeigekommen. Schon damals war Jim für Cody der Vater gewesen, den er nie gehabt hatte.

„Also, lass uns jetzt über die Party sprechen … Was ist passiert?“ Jim lehnte sich in seinem Stuhl zurück. Er legte ein Bein über das andere und wartete.

„Karls Eltern waren für ein paar Tage unterwegs. Er hatte Basketball-Training, deshalb blieb er allein zu Hause." Cody zuckte mit den Schultern, doch die Geste wirkte nicht trotzig. Er presste die Hände ineinander und versuchte, Jims Blick zu begegnen. „Karl lud das Team und ein paar Mädchen ein, und er sagte uns, dass er eine Menge zu trinken hätte."

Jenny sah zu ihrem Mann hinüber. Das war das, was er befürchtet hatte, und was seine Mannschaftsführer im Wartezimmer des Krankenhauses zugegeben hatten. Jenny war sich nicht sicher, wie sich die Dinge während des übrigen Schuljahres noch entwickeln würden, doch Jim hatte einen Plan. Irgendetwas mit dem ehemaligen Polizisten, der ehrenamtlich für die Sicherheit bei den Spielen der Clear Creek Highschool sorgte. Entweder ließen Jims Spieler die Finger vom Trinken oder sie würden aus dem Team ausgeschlossen werden. Da war sich Jenny ganz sicher.

„Lass mich erst einmal ein paar Dinge klarstellen." Jim kniff die Augen zusammen. „Du bist ein Alkoholiker. Das hast du mir schon vor Monaten gesagt, erinnerst du dich?" Er deutete auf einen leeren Stuhl. „Du hast genau dort gesessen und mir erzählt, dass du schon wieder einen Blackout hattest, dass du so viel getrunken hast, dass du fast gestorben wärst. Du hast gesagt, dass du eine neue Chance bräuchtest und hier wohnen bleiben wolltest und dass du nie, niemals wieder einen Tropfen Alkohol anrühren willst. Erinnerst du dich auch daran?"

Cody schien auf seinem Stuhl winzig klein zu werden. „Ja, Sir."

„Denkst du immer noch, dass du ein Alkoholiker bist?"

Der Junge zögerte nicht. „Ja, Sir."

„Also, einer der Jungs kommt an und lädt dich ein und sagt, dass es eine Menge zu trinken geben wird. Was hättest du tun sollen?"

„Mit Ihnen zu den Baxters gehen."

„Genau." Jims Blick war unruhig, so als ob er am liebsten aufspringen und auf und ab gehen wollte. „Nicht nur das, sondern du hättest mir auch von Karl erzählen sollen." Er wies mit seinem Finger auf Cody. „Du weißt, was ich vom Trinken halte. Und wenn jemand in dieser Nacht umgekommen wäre, vielleicht einer deiner Mitspieler oder jemand, den sie zufällig überfahren hätten? Dann hättest du für immer mit dem Gedanken leben müssen, dass du es mit zu verantworten hast."

Jenny spürte Mitleid in sich aufsteigen. Jim verstand besser als die meisten, welche Konsequenzen das Trinken hatte und was es einen Menschen kosten konnte. Er wollte Cody demnächst seine eigene Geschichte des Verlustes erzählen. Es würde für Jim alte Wunden aufreißen, doch Jenny hatte den Eindruck, dass Cody daraus lernen könnte.

Sie stimmte Jim zu, doch es war hart für einen Teenager, einen Klassenkameraden oder Mitspieler anzuschwärzen, vor allem für jemanden mit Codys Hintergrund. Sie rutschte bis zur Kante ihres Sessels vor. „Hattest du vor, uns die Wahrheit zu sagen?"

Eine plötzliche Röte stieg Cody ins Gesicht. „Nicht wirklich." Er wandte sich Jim zu. „Die Jungs haben Alkohol getrunken, seit die Saison vorbei ist."

„Und du?"

„Nein, Sir. Nichts bis Thanksgiving."

„Okay." Jim fuhr mit seinen Fingern durch die Haare und seufzte. „Also, wir haben eine Menge Probleme. Große Probleme." Er setzte sich aufrechter hin. „Ich werde mir das Team vornehmen, so oder so. Meine Aufgabe als Trainer bei Clear Creek ist es nicht nur, dass wir Spiele gewinnen. Aber du, Cody – du bist mein größtes Problem." Tränen erstickten seine Stimme. „Weißt du eigentlich, wie knapp es am Freitag für dich gewesen ist?"

Cody starrte auf den Plüschteppich unter seinen Füßen. Bedauern und Reue, Scham und Angst waren klar zu sehen. Jenny hatte schon früher gesehen, wenn Cody etwas bereut hatte. Doch diesmal war es anders. Als Cody seinen Blick wieder hob, sah er ängstlicher aus als jemals zuvor. „Ich bin fast gestorben."

„Wenn sie dir den Magen nur eine Stunde später ausgepumpt hätten, würdest du jetzt nicht hier sitzen." Jim stand auf und setzte sich neben Cody auf das Sofa. „Du brauchst Hilfe. Es gibt keinen anderen Weg."

Codys Kinn zitterte. Er nickte, doch seine Gefühle waren offenbar so aufgewühlt, dass er nichts sagen konnte.

„Jenny und ich haben mit Hilfe unserer Gemeinde ein Entzugsprogramm für dich gefunden."

„Das will ich machen." Cody sah Jim an. Dann zog er sein Handy aus der Hosentasche. „Ich habe meine Nummer ändern lassen." Er reichte Jim das Handy. „Sehen Sie sich die Namen an, die ich jetzt in meine Telefonliste aufgenommen habe."

Die Überraschung, die auf Jims Gesicht zu sehen war, entsprach den Gefühlen in Jennys Herz. Die Tatsache, dass Cody von sich aus Veränderungen in Angriff nahm, war eine gute Nachricht und ein Zeichen dafür, dass er es ernst meinte.

Jim öffnete das Handy und drückte einige Tasten. Nach ein paar Sekunden warf er Cody einen Blick zu. „Das ist aber eine kurze Liste!"

„Nur Ihre Nummer und die vom Jugendprediger der Gemeinde und die Nummer vom Gefängnis, in dem meine Mutter ist. Die anderen Nummern sind von Klassenkameraden, die niemals trinken würden."

Jim gab ihm das Handy zurück. „Brandon Reeves?" Er klang skeptisch. „Er ist ganz schön viel unterwegs."

„Er würde niemals trinken, Trainer. Der Typ hat seinen klaren Standpunkt." Cody nahm das Handy wieder an sich. „Er und JJ Warrick. Alle wissen, welche Meinung die beiden vertreten."

Jenny klatschte in die Hände. „Dann lade sie doch ein, Cody! Wir haben einen Swimmingpool und einen Billardtisch. Du brauchst solche Jungs als Freunde."

Cody hielt sein Handy hoch. „Deshalb habe ich ihre Nummern behalten."

„Ich will dir ein paar Sachen sagen, die wir über das Therapieprogramm in Erfahrung gebracht haben." Jim faltete seine Hände. Jenny wusste, dass er sich am Montag die Informationen besorgt hatte, und seitdem hatte er den richtigen Moment abgewartet, um sie an Cody weiterzugeben. Die Veranstaltungen fanden abends statt. In den ersten beiden Monaten wurde von den Teilnehmern erwartet, dass sie an vier Abenden in der Woche kamen. Die Treffen dauerten eine Stunde und anschließend fand stets ein dreißigminütiges Gespräch unter vier Augen mit einem der freiwilligen Mitarbeiter statt. Die ehrenamtlichen Mitarbeiter waren Therapeuten und Seelsorger, die einen Abend in der Woche opferten, um anderen zu helfen.

„Alles, was sie dir raten und was sie mit dir bearbeiten, kannst du nur mit der Hilfe von Jesus Christus wirklich durchziehen." Jim suchte Codys Blick. „Es gibt keinen anderen Weg, um gegen die Alkoholsucht zu kämpfen."

Wieder wirkte Cody ganz klein. Nicht wie der selbstbewusste starke

Footballspieler, als den ihn alle kannten. Trotzdem war seine Stimme fest. „Das weiß ich, Trainer."

„Nach den ersten beiden Monaten erwarten sie, dass du immerhin noch an zwei Treffen in der Woche teilnimmst. Und das ein Leben lang, Cody. Alkoholismus geht nicht einfach vorbei. Er liegt auf der Lauer und wartet nur auf den Moment, in dem du glaubst, alles im Griff zu haben. Dann schlägt er zu."

Als Jim fertig war, umklammerte Cody seine Knie. Er holte tief Luft. „Wann kann ich anfangen?"

„Morgen Abend." Jim schürzte seine Lippen. „Wenn du bereit bist."

„Das bin ich." Codys Gesichtsausdruck änderte sich und er zögerte einen Moment. Nach einigen Sekunden sah er Jim wieder an. „Ich habe schlechte Neuigkeiten, Trainer."

Jenny spürte, wie ihr Herzschlag einen Moment lang aussetzte. Schlechte Neuigkeiten konnten bei Cody alles bedeuten. War eines der Mädchen aus der Schule von ihm schwanger geworden oder war irgendetwas Schreckliches auf dem Weg von der Party nach Hause geschehen? Jenny hielt den Atem an.

„Möchtest du darüber reden?" Jim sah nicht beunruhigt aus. Nach all dem, was er in der letzten Woche über seine Mannschaft herausgefunden hatte, konnte nichts, was Cody jetzt sagen würde, ihn noch schockieren.

Cody presste seine Fäuste gegen seine Stirn. Er stieß einen tiefen Seufzer aus und als er wieder aufsah, blickte er Jenny an. „Ich habe mich mit meinen Lehrern unterhalten. Meine Noten sind grauenhaft. Schlimmer als ich es befürchtet habe."

Jenny atmete auf. Mit schlechten Noten konnten sie umgehen. „Was ist dein Notendurchschnitt?"

„Gerade noch so befriedigend." Er blinzelte. „Meine Klassenlehrerin war sehr direkt. Ich hatte einige Ungenügend und Mangelhaft. Sie sagte, ich hätte keine Chance auf ein Stipendium."

„Was wäre, wenn du in der Sommerakademie ein paar Kurse belegst?" Die Enttäuschung war Jim deutlich ins Gesicht geschrieben.

Jenny verstand seine Gefühle. Jim hatte gehofft, dass Cody irgendwo ein Stipendium für eine weiterführende Schule bekommen könnte. Er hatte schon mit ein paar befreundeten College-Trainern gesprochen, und sie hatten ihm zugesagt, Cody auf ihre Liste zu setzen. Er war so ein guter Footballspieler, dass er ein volles Stipendium bekommen könnte, selbst wenn sein Abschluss eher durchschnittlich war.

Aber nicht mit diesem Notenschnitt.

„Ehrlich gesagt, Trainer, habe ich mir etwas überlegt." Cody richtete sich auf. Diese Mal zögerte er nicht. „Am Ende dieses Schuljahres gehe ich zur Armee. Ende August beginnt das Ausbildungslager."

Die Armee. Jenny hatte den starken Impuls, Gott anzuflehen, dass er Cody beschützen möge. Doch sie wollte auch ihre Unterstützung zeigen. Die Armee würde Cody guttun, solange er sich vom Alkohol fernhielt.

Erinnerungen stiegen in ihr hoch aus der Zeit, als die Fernsehsender den ganzen Tag über Sondersendungen wegen der Terroranschläge in New York gezeigt hatten.

Damals war der kleine Cody aufgestanden und hatte das Zimmer verlassen. „Ich kann mir das nicht ansehen." Er hatte den Kopf geschüttelt. „Das ist mein Land, das sie angreifen. Niemand darf das meinem Land antun."

Einige Menschen kamen schon als Patrioten zur Welt und Cody Coleman gehörte eindeutig dazu.

„Ich bin stolz auf dich." Jenny stand auf und ging zu ihm.

Auch Cody erhob sich, ebenso wie Jim.

„Ich bin auch sehr stolz. Ich glaube, das ist eine gute Entscheidung!" Jim klopfte Cody anerkennend auf die Schulter.

Es gab nicht mehr viel zu sagen. Cody hatte bereits seine Entscheidung getroffen. Er hatte noch ein Schulhalbjahr und einen Sommer vor sich, und dann würde er Soldat werden. In der Zwischenzeit waren Jenny und Jim und ihre Kinder die einzige Familie, die Cody hatte. Jetzt war nicht der richtige Zeitpunkt, um über die Entscheidungen zu diskutieren, die zu diesem Moment geführt hatten.

Jetzt war der richtige Zeitpunkt für eine Umarmung.

Kapitel 11

Tränen liefen über Baileys Gesicht und sie zog sich leise von ihrem Horchposten zurück. Sie hatte sich gewundert, worüber ihre Eltern und Cody so lange sprachen. Also hatte sie die Jungs mit ihrer Sportsendung im Fernsehzimmer zurückgelassen und war durch den Flur geschlichen. Sie hatte sich über die leisen Stimmen und den ernsten Tonfall gewundert.

Ihre Eltern wollten Cody die Möglichkeit geben, selbst zu entscheiden: Entweder nahm er an einem Therapieprogramm teil und würde bei ihrer Familie wohnen bleiben. Oder er entschied sich auszuziehen und auf eigene Faust eine Lösung für sein Problem zu finden. Bailey hatte noch keine Gelegenheit gehabt, unter vier Augen mit Cody zu reden, nachdem er aus dem Krankenhaus entlassen worden war. Doch sie kannte ihn gut genug um zu wissen, wie er sich entscheiden würde. Er würde an dem Entzugsprogramm teilnehmen, das war keine Frage.

Warum also dauerte das Gespräch so lange?

Sie erreichte das Ende des Flurs und stellte sich neben die offene Tür des Gäste-Badezimmers. Sie fühlte sich ein wenig schuldig, weil sie lauschte, doch nachdem sie das Gespräch etwas verfolgt hatte, brachte sie es nicht fertig, wegzugehen. Und nun wusste sie es.

Cody ging zur Armee.

Sie wischte sich über die Augen und schniefte. Drei Schüler der Clear Creek Highschool hatten sich nach ihrem Schulabschluss bei der Armee verpflichtet.

Einer von ihnen hatte sein Bein verloren, als er auf eine Landmine getreten war. Seit ungefähr einem Jahr war er nun zurück und studierte an der Indiana University. Als Bailey und ihre Familie ihn einmal auf dem Markt gesehen hatten, hatte Bailey weggeschaut. Sie hatte nicht gewusst, ob er sie wiedererkannte, und selbst wenn, wäre ihr nichts eingefallen, was sie hätte sagen können. Er war jeden Sommer das Spielfeld ihres Vaters rauf und runter gerannt. Der Gedanke, dass er nun kein linkes Bein mehr hatte, war unvorstellbar.

Und nun bestand die Möglichkeit, dass Cody dasselbe passierte. Oder Schlimmeres.

Bailey schauderte und verließ ihren Lauschposten. Plötzlich vibrierte ihr Handy in der Hosentasche. Eine SMS. Bailey wartete, bis sie die Küche erreicht hatte. Dann lehnte sie sich an die Theke und öffnete ihr Handy. Die SMS kam von Bryan Smythe – das war der vierte Tag hintereinander, dass er ihr SMS schickte.

Wegen Bryan hatte sie in der vergangenen Woche schon etliche Gebete gesprochen. Als sie sich unterhalten hatten, hatte sie ihm erklärt, dass sie im Moment keinen Freund wollte. Das war die Wahrheit, aber außerdem wollte sie ihn ein wenig auf die Probe stellen. Wenn er wusste, dass sie momentan kein Interesse an einer Freundschaft hatte, würde er vielleicht aufhören, sie anzurufen.

Doch ihre Aussage schien Bryans Meinung nicht zu ändern. Genauer gesagt stimmte er ihr praktisch zu, wenn sie davon sprach, dass sie jetzt Single bleiben wollte. „Wir sind noch zu jung für eine ernsthafte Beziehung", hatte er ihr gestern gesagt, als sie miteinander telefoniert hatten. „Wenn wir Gott an die erste Stelle setzen, wird er unser Leben in die richtigen Bahnen lenken." Sie hatte das Lächeln in seiner Stimme gehört. „Abgesehen davon warte ich auf dich, wann immer du für eine Freundschaft bereit bist."

Gespräche wie dieses waren der Grund dafür, dass sie abends wach lag und über Bryan nachdachte, so wie sie es gestern Abend getan hatte. Denn vielleicht war er der Richtige – der eine Richtige unter den vielen. Wenn er bereit war, so lange zu warten, bis sie sich eine Freundschaft vorstellen konnte, dann war er nicht wie die anderen Jungen, die sie kannte. Außer vielleicht Tim Reed. Aber Tim zeigte nie länger als ein paar Tage wirkliches Interesse an ihr. Bevor sie gestern Abend eingeschlafen war, hatte sie den Eindruck gehabt, dass Gott sie ermutigte, mehr Zeit mit Bryan zu verbringen, um sich über ihre Gefühle klar zu werden.

Sie drückte auf *OK* und las die SMS. *Hey, Schönheit, bin draußen und versuche mir vorzustellen, wie ich diesen Abend rumkriegen soll, ohne dich zu sehen. Kannst du mir helfen?*

Bailey schniefte und wischte den Rest ihrer Tränen weg. Sie spürte, wie sich ein Lächeln auf ihre Lippen stahl. Ihre Finger flogen über die Tasten und ihre Antwort war kurz. *Dir ist wohl nicht mehr zu helfen.* Sie drückte *Senden* und nahm ein Glas aus dem Schrank. Sie füllte es mit Wasser, trank einen Schluck und spürte das vertraute Vibrieren ihres Handys.

Sie öffnete es wieder. *Treffen wir uns in fünf Minuten draußen an eurer Einfahrt? Ich bleibe nicht lange. Nur lang genug, um die Sterne in deinen Augen zu sehen.*

Bailey spürte, wie das Adrenalin durch ihre Adern rauschte. Bryan treffen? Jetzt? In der kalten Nacht, kurz vor dem Zubettgehen? Ihre Eltern würden das niemals gut finden. Aber ... sie waren völlig in ihre Unterhaltung mit Cody vertieft. Und Bryan wollte sie ja nur für eine Minute sehen.

Sie las die SMS noch einmal. *Nur lang genug, um die Sterne in deinen Augen zu sehen.* Ihr Herz klopfte heftig in ihrer Brust.

Sie musste Ja sagen. Es würde nicht lange dauern. Sie würde wieder drinnen sein, bevor ihre Eltern wussten, dass sie rausgegangen war. Außerdem würde sie das Grundstück nicht verlassen. Ihre Einfahrt war lang genug, dass sie Bryan treffen konnte, ohne dass jemand sein Auto hören würde. Danach könnte sie schnell wieder reingehen, ohne dass ihre Eltern etwas mitbekamen. Sie würde es ihrer Mutter später erzählen, so wie sie es immer tat, wenn es sich um ihre Freunde handelte.

Das Kribbeln eines geheimen Treffens war zu spannend, als dass sie ein Verbot ihrer Eltern riskieren wollte. Bailey öffnete ihr Handy und tippte ihre Antwort ein. *Ich warte draußen.* Dann schlüpfte sie in ihren Mantel und ihre Schuhe und ging zur Rückseite des Hauses.

Als sie durch das Fernsehzimmer lief, bemerkte Ricky sie. „Wo gehst du hin?"

„Nur mal eben raus." Sie eilte weiter.

„Wohin raus?" Ricky sprang auf. „Draußen ist es kalt."

Die anderen Jungs sahen in ihre Richtung.

„Ich will nur schnell einem Freund etwas sagen." Ihr Tonfall machte ihnen unmissverständlich klar, dass die Unterhaltung beendet war. Sie betrat den kleinen Vorraum und verließ das Haus durch die Seitentür, die sie als Nebeneingang nutzten.

Es war eisig kalt draußen, und ihr Atem hing wie dichter Nebel in der Luft. Bailey vergrub ihre Hände tief in den Manteltaschen und beeilte sich, zur Einfahrt zu kommen. Ihre Zähne klapperten und sie dachte, sie sähe den Schatten eines Kojoten hinter der Hecke, die die Einfahrt begrenzte.

Ein Rascheln im Gras neben dem Weg ließ ihr Herz für einen Moment aussetzen. Sie blieb stehen und sah sich vorsichtig um, doch im silbernen Mondlicht war nichts im Garten zu erkennen. Sie beschleunigte ihre Schritte. Ihre Mutter würde ärgerlich werden, wenn sie wüsste, dass sie sich auf diese Weise mit Bryan traf. Was tat sie hier draußen? Und was dachte sich Bryan dabei?

Seine Worte aus ihrem letzten Gespräch kamen ihr in den Sinn. *„Alles, was mir wichtig ist, ist meine Beziehung zu Gott … Für Mädchen habe ich später noch genug Zeit … Ich lese meine Bibel, wenn ich morgens aufwache und bevor ich schlafen gehe … Gott und ich, wir sind unzertrennlich."*

„Okay, Bryan … möchte Gott von dir, dass du hier draußen herumschleichst, um mich zu sehen?", flüsterte Bailey und lief weiter. Sie hatte die Straße fast erreicht, als sie Scheinwerferlicht über den Hügel huschen sah, der zu ihrem Haus führte. Ein paar Sekunden später fuhr ein kleiner Honda in ihre Einfahrt.

Bailey spürte, wie sie ruhiger wurde. Bryan war hier. Kein Kojote konnte ihr jetzt noch etwas tun. Sie rannte zu seinem Auto, während er den Motor ausmachte und die Lichter ausschaltete.

Er stieg aus, schloss die Autotür und lehnte sich dagegen. „Hallo."

Sogar in der Dunkelheit konnte Bailey sein Lächeln erkennen. Sie blieb ein paar Schritte vor ihm stehen und plötzlich bemerkte sie, dass sie völlig außer Atem war. Sie konnte nicht sagen, ob das von der kalten Luft kam oder von ihrem Lauf oder von Bryans Nähe. Sie schlang die Arme um sich und beschloss, dass alles zusammen an ihrer Atemnot schuld war. Sie fühlte sich schüchtern und unvorsichtig und schuldig. „Hallo Bryan."

„Ich habe eine Frage." Er steckte seine Hände in seine Jeanstaschen. Er trug seine schwarze Outdoorjacke und er sah atemberaubend gut aus, als er seinen Kopf zur Seite legte. „Was glaubst du, wie um Himmels willen soll ich so die Sterne in deinen Augen erkennen?"

Bailey kicherte. Dieser Moment schien wie aus einem Film zu sein. Ihr wurde schwindelig, als er sie so ansah. Seine Worte berührten etwas tief in ihrem Herzen, etwas von dem sie nicht gewusst hatte, dass es dort war. Sie trat einen Schritt näher. „Wie meinst du das?"

„Ich meine damit, dass ich nicht das sehen werde, weshalb ich gekommen bin, wenn du einen solchen Abstand zu mir hältst."

Bailey zwang sich, die Luft langsam wieder auszuatmen. Wie konnte ein Junge nur so wunderbar romantisch sein? Sie zitterte noch mehr als vorher, doch ihre Wangen fühlten sich an, als würden sie glühen. Sie ging noch ein paar Schritte näher. „Du kannst meine Augen sowieso nicht sehen. Es ist zu dunkel."

„Ich kann auf jeden Fall sehen, dass du frierst." Bryan streckte seine Hände aus. „Komm her. Ich halte dich warm."

Bailey holte tief Luft. Während der ganzen Zeit, in der sie Bryan jetzt kannte, hatte sie ihn höchstens einmal kurz umarmt, wenn sie sich von ihm verabschiedete. Sie waren nie im Mondschein spazieren gegangen oder hatten auf der Veranda gestanden. Ein Erlebnis fiel ihr ein: ihr Familienausflug im letzten Sommer, als sie zu einem Freizeitpark gefahren waren. Die Kurven in der Achterbahn schienen kein Ende zu nehmen, und Baileys Magen war so heftig auf- und abgehüpft wie noch nie zuvor. Genauso fühlte sie sich jetzt in Bryans Nähe.

Bailey trat noch einen Schritt näher. „Ist dir nicht kalt?"

Bryan kam zu ihr, griff nach den Gürtelschlaufen an ihrer Jeans und zog sie sanft zu sich. Er lehnte sich wieder an die Autotür und schloss sie in seine Arme. „Mmmmm. Das ist besser."

Seine Hände umfassten ihre Taille und sie legte ihre Arme um seinen Hals, so wie sie es immer tat, wenn sie jemanden umarmte. Doch das hier dauerte länger als eine normale Umarmung. Sie fühlte, wie Bryan atmete, wie sich seine Brust hob und senkte. Sein Atem mischte sich mit ihrem. Ihre Zähne klapperten immer noch, doch jetzt deshalb, weil sie Angst hatte. „Mir … mir ist nicht mehr kalt."

„Siehst du … das habe ich dir versprochen." Er sprach in dem gleichen warmen goldenen Tonfall, den er zum Singen benutzte. Bailey war sein Tonfall jedes Mal aufgefallen, wenn sie ihn auf der Bühne gesehen hatte. Doch hier hatte sie das Gefühl, als würde er direkt zu ihrer Seele sprechen.

Irgendetwas daran machte ihr Angst. Sie wollte sich am liebsten aus seiner Umarmung befreien und ihm für seinen Besuch danken. Es war Zeit für sie, nach Hause zu gehen. Aber ein anderer Teil von ihr konnte sich nicht aus seinen Armen lösen, selbst wenn sie es versucht hätte.

Bryan schien zu spüren, dass sie sich unbehaglich fühlte. Er legte seine Hände auf ihre Schultern und schob sie sacht ein wenig von sich weg. Ihre Augen hatten sich inzwischen an die Dunkelheit gewöhnt und sie konnte erkennen, dass er sie prüfend ansah. „Genau wie ich dachte."

„Was?“ Bailey benutzte ihre Singstimme, die sie sonst nur beim Vorsingen benutzte. Ansonsten würde er die Angst in ihrer Stimme hören.

„Du bist noch schöner, wenn sich die Sterne in deinen Augen spiegeln.“ Bryan fuhr mit seinem Daumen über ihre Wange. „Ich denke so oft an dich, Bailey. Weißt du das?“

Sie senkte ihren Kopf. Wollte er sie küssen? Und wenn ja, was sollte sie dann tun? Ihm sagen, dass sie dafür nicht bereit war? So schnell sie konnte zum Haus zurückrennen? Sie schluckte, schüchtern und nervös. Ihre Eltern wären wütend, wenn sie sie hier draußen entdecken würden. Sie ließ ihn los und nahm seine Hände von ihren Schultern. „Ich muss gehen. Meine Eltern wissen nicht, dass ich hier draußen bin.“

In einiger Entfernung begann ein Kojote zu heulen und zwei oder drei andere schlossen sich ihm an.

Bryan verschränkte seine Finger mit ihren. „Okay.“ Sein Lächeln ließ sie dahinschmelzen. „Ich war mir nur nicht sicher, ob ich einen weiteren Abend überstehen kann, ohne dich zu sehen.“

Es fühlte sich immer noch so an, als ob er sie küssen wollte. Doch das konnte nicht sein. Nicht hier draußen im Dunkeln, wenn sie ihren Eltern noch nicht einmal gesagt hatte, dass Bryan vorbeikommen würde. Sie waren nicht zusammen und gingen auch nicht miteinander aus. Außerdem wusste sie gar nicht, *wie* man küsste. Sie wollte, dass ihr erster Kuss etwas ganz Besonderes war, etwas, an das sie sich immer erinnern würde. Nichts Heimliches oder etwas, das aus dem Augenblick heraus entstand.

Bryan zog sie wieder enger an sich und sie fühlte Panik in sich aufsteigen. Sie brauchte eine Ablenkung. Sie könnte ihn fragen, wie es ihm gerade in seiner Beziehung zu Gott ging, welchen Bibelabschnitt er im Moment las und ob er Gott um Rat gefragt hatte, ob er vorbeikommen sollte oder nicht. Doch irgendwie schien es dafür nicht der richtige Zeitpunkt zu sein.

Stattdessen drückte Bailey seine Finger kurz, dann ließ sie seine Hand los. Sie umarmte ihn noch einmal, diesmal deutlich kürzer, und hoffte, dass er den Hinweis verstehen würde. Sie musste zurückgehen. „Danke, dass du vorbeigekommen bist.“

„Du musst es mir nicht zurückgeben.“ Bryan verschränkte seine Arme.

Bailey brachte etwas Abstand zwischen sich und ihn und sah Bryan an, während sie in der Kälte zitterte. Sie hatte keine Ahnung, wovon er sprach. „Was zurückgeben?"

„Mein Herz." Seine Lippen hoben sich zu einem leichten Lächeln. „Es gehört dir schon seit Langem." Er nickte in Richtung Haus. „Geh nur. Ich will nicht, dass du Schwierigkeiten bekommst." Er machte keine Anstalten, in sein Auto einzusteigen. „Ich bleibe hier, bis ich sehe, dass du sicher im Haus bist."

Das war das Netteste, was ein Junge jemals zu ihr gesagt oder für sie getan hatte. „Bryan ... das ist so süß von dir."

„Nicht so süß wie du." Er grinste. „Also los. Ich sehe dich morgen – entweder persönlich oder in meinen Träumen."

Bailey kicherte, drehte sich um und rannte die Einfahrt entlang, bis sie die Nebentür erreicht hatte. So etwas würde Dayne Matthews in einem seiner Filme sagen. Und sie war das glückliche Mädchen, das von Bryan solche Worte hörte. Sie hatte das Gefühl zu tanzen, während sie den Weg entlangflog. Der heutige Abend war unglaublich gewesen, auch wenn sie immer noch das schlechte Gewissen plagte.

Wenn sie Glück hatte, würden ihre Eltern immer noch mit Cody sprechen. Als sie die Veranda erreichte, wandte sie sich um und winkte. Dann ging sie die drei Stufen hinauf und schlüpfte ins Haus. Sobald sie die Tür hinter sich geschlossen hatte, lehnte sie sich gegen die Wand. Ihr Herz klopfte so heftig, dass sie Angst hatte, sie würde ohnmächtig werden.

Sie beugte sich vor und stemmte atemlos ihre Ellenbogen auf die Knie. Nach ein paar Sekunden konnte sie endlich tief Luft holen. Sie richtete sich wieder auf und wartete, bis sie nicht mehr so rasch atmete. Dann zog sie ihren Mantel aus und ging durch den Vorraum in das Haus. Die Jungs schauten sich immer noch Sportsendungen an.

Vorsichtig zog Bailey einen der Barhocker an der Wand des Billardzimmers hervor. Keine Spur von ihren Eltern. Das bedeutete hoffentlich, dass sie immer noch mit Cody sprachen. Sie lehnte ihren Kopf gegen die Wand und schloss die Augen.

Bryan Smythe war überwältigend.

Jedes Mal, wenn er seinen Mund öffnete, waren seine Worte fast ein Gedicht. In ihrem Kopf wirbelten die romantischen Sätze herum, die er zu ihr gesagt hatte. Und dieser letzte Satz, ... dass sie sein Herz mitnahm, wenn sie ging. Wow. Die anderen Jungs, die sie kannte, waren kaum in der Lage, ein vernünftiges Gespräch in Gang zu halten.

„Du warst ganz schön lange weg!"

Sie riss die Augen auf und sprang vom Stuhl. Ricky stand vor ihr, die Hände in die Hüften gestemmt. Sie versuchte, ihre Fassung wiederzubekommen. „Nicht … war nicht so lange."

Seine Augen sahen sie misstrauisch an. „Was war das für ein Freund?"

„Bryan Smythe." Es gab keinen Grund zu lügen. „Er wollte nur kurz vorbeikommen."

„Hast du Mama deswegen gefragt?"

Bailey spürte, wie ihr Herz einen Schlag aussetzte. „Hat Mama mich gesucht?"

„Nein. Aber … du musst sie fragen, wenn du abends noch rausgehen willst."

„Ich weiß, Kumpel. Ich werde ihr nachher davon erzählen."

Ricky sah immer noch zweifelnd aus. Er zuckte die Schultern und kehrte zu den anderen Brüdern zurück.

Bailey bemerkte, dass sie die Luft angehalten hatte, und atmete nun langsam wieder aus. *Ruhig bleiben,* ermahnte sie sich. *Ganz ruhig bleiben.* Sie hatte nicht gelogen. Sie würde ihrer Mutter wirklich später noch von Bryans Besuch erzählen. Sie ging durch die Küche und durch das Esszimmer zum Wohnzimmer, wo sich ihre Eltern immer noch aufhielten. Sie saßen neben Cody, hatten ihre Hände auf seine Schultern gelegt und die Köpfe gesenkt.

Sie beteten gerade und Bailey wusste, dass es besser war, sie jetzt nicht zu unterbrechen. Sie schlich auf Zehenspitzen durch das Esszimmer zurück und wollte sich eigentlich zu ihren Brüdern in das Fernsehzimmer setzen. Doch stattdessen steckte sie nur den Kopf durch den Türspalt und winkte ihnen zu. „Ich gehe ins Bett."

Connor schien sie jetzt erst zu bemerken. Er war immer so, wenn er Fernsehen schaute – total abwesend. „Hey, setz dich doch zu uns!"

„Nicht heute Abend." Sie winkte noch einmal. „Ich bin müde." Ohne abzuwarten, was er noch sagen würde, sprang sie die Stufen hinauf, wandte sich am Ende der Treppe nach links und ging in ihr Zimmer. Fünf Minuten lang saß sie nur auf ihrer Bettkante und dachte noch einmal an alles, was Bryan zu ihr gesagt hatte.

Sie wollte gerade ins Bad gehen, um ihre Zähne zu putzen, als ihr Handy vibrierte. Sie sprang auf und öffnete es.

Eine weitere SMS von Bryan. *Heute Abend war toll. Ich danke Gott für dich, Bailey Flanigan. Ich wünsche dir süße Träume ... meine werden es auf jeden Fall sein.*

Sie sank auf ihr Bett zurück und starrte auf die SMS. War dieser Typ wirklich echt? Er war so süß! Was für ein Junge sagte solche Dinge? Besonders dieser Satz, dass er Gott dankte. Wenn er das nicht gesagt hätte, hätte sie sich vermutlich gefragt, ob er es wirklich ernst meinte.

Aber wenn er Gott dankte, dann meinte er es wirklich ehrlich.

Sie seufzte verträumt und las seine SMS noch einmal. *Ich wünsche dir süße Träume ... meine werden es auf jeden Fall sein.*

Plötzlich konnte sie es nicht erwarten, ihn wiederzusehen. Sie drückte auf „Antworten" und ließ ihre Finger über die Tasten fliegen. *Mir geht's genauso. Danke, dass du vorbeigekommen bist, auch wenn es kalt war ... grins.*

Ein paar Sekunden, nachdem sie ihre Antwort gesendet hatte, bekam sie eine neue SMS. *Mir war erst kalt, als du gegangen bist. Nächstes Mal müssen wir uns einfach etwas länger umarmen.*

Sie kicherte und schloss ihr Handy. Darauf musste sie nichts mehr antworten. Außerdem fand sie es immer besser, wenn sie in einem Gespräch nicht diejenige war, die die letzte SMS schickte. Sollte er ruhig ein wenig zappeln. Das sagte ihre Mutter immer. Sie zögerte und holte tief Luft. Ihre Mutter! Wie in aller Welt sollte sie all das erklären, was in der letzten halben Stunde passiert war? Selbst wenn ihre Eltern endlich ihr Gespräch mit Cody beendeten und ihre Mutter noch in ihr Zimmer käme, könnte Bailey ihr nicht alles erzählen, was Bryan gesagt hatte oder wie sie sich jetzt fühlte.

Und sie war sich auch nicht ganz sicher, ob ihre Mutter sie vollkommen verstehen würde.

Bailey putzte ihre Zähne, wusch sich ihr Gesicht und zog ihr Nachthemd über. Zehn Minuten später – eine neue Rekordzeit! – lag sie im Bett, machte das Licht aus und dachte an all die süßen Dinge, die Bryan gesagt hatte. Es war für sie ein ganz neues Gefühl, sein Herz nah an ihrem schlagen zu hören. Sie hatten nichts Falsches getan. Sie war alt genug, dass ein Freund kurz vorbeikommen konnte, oder? Sie schob diesen Gedanken weg und versank wieder in der Erinnerung an

Bryans Worte über die Sterne und sein Herz und die süßen Träume, die er haben würde.

Sie konnte es ihrer Mutter irgendwann später erzählen.

Kapitel 12

John verbrachte nicht viel Zeit in Elaines Haus. Irgendwie fühlte es sich seltsam verboten an, dort zu sein, fast so, als hätten sie eine echte Beziehung. Als er jung gewesen war, ging ein Mann nicht in das Haus einer alleinstehenden Frau. Er holte sie vielleicht an der vorderen Veranda ab, aber er ging nicht ins Haus. Das gehörte sich früher einfach nicht.

Doch heute war es etwas anderes. Sein Besuch war ein reiner Freundschaftsdienst. Sie brauchte seine Hilfe, also würde er gehen. Ganz einfach.

Heute war der zweite Sonntag im Dezember und Elaines neuer Fernseher funktionierte immer noch nicht richtig. John nahm an, dass es sich um ein Problem mit den Kabeln handelte, die falsch verbunden waren. In der Zwischenzeit konnte Elaine kein Footballspiel ansehen. Und Elaine war verrückt nach Football. Sie hatte extra einen Vertrag abgeschlossen, der ihr ermöglichte, am Sonntag jedes Spiel der Profiliga im Fernsehen anzuschauen. Sie wusste alles über die Spieler und die Aufstellungen und war der festen Überzeugung, dass die Indianapolis Colts diese Saison den Super Bowl, das Finale, gewinnen würden.

Und vielleicht war *Überzeugung* noch zu schwach ausgedrückt.

John ging normalerweise zweimal in der Woche zum Gottesdienst – am Samstagabend mit Elaine und noch einmal am Sonntagvormittag mit seinen Kindern. Elaine tat alles dafür, dass sie ihre Sonntage nicht verplante. In den letzten vier Wochen war John zweimal bei ihr gewesen, hatte die Sonntagsspiele im Fernsehen angeschaut und mit ihr zu Abend gegessen.

Doch dann war ihr Gerät kaputtgegangen und ihre Kinder hatten ihr während der Sonderverkaufstage nach Thanksgiving ein neues gekauft. In der ersten Woche hatte es gut funktioniert, doch vor ein paar Tagen hatte Elaine versucht, etwas an der Einstellung zu ändern, und dadurch das Bild vollends verloren. Als John an diesem Morgen nach dem Gottesdienst nach Hause kam, hatte er eine lange Nachricht von Elaine auf seinem Anrufbeantworter. Könnte er vielleicht vorbeikommen? Er müsste sich dringend ihren Fernseher anschauen. Sie hatte immer noch kein Bild und sie brauchte doch wirklich eines. Am liebsten noch vor dem Anstoß. Oh, und könnte er zum Abendessen bleiben? Sie hatte Lasagne vorbereitet und sie könnten noch die Geschenke einpacken, die sie für ihre Enkel gekauft hatten.

John lächelte, als die Nachricht zu Ende war. Für eine Frau, die normalerweise eher schweigsam war, war eine Nachricht von einer Minute ziemlich lang. Sie hatte fast nervös geklungen, wie ein Mädchen im Teenageralter, das einen Grund suchte, um ihn einzuladen. Er rief sie zurück und lachte, als sie den Hörer abnahm. „Also lädst du mich eigentlich für den Rest des Tages und noch für den Abend ein."

„Eigentlich." Elaine lachte ebenfalls. „Ich dachte, das würde die Sache einfacher machen."

Sie sprachen noch für ein paar Minuten über praktische Dinge – dass er einige Rollen Geschenkpapier mitbringen würde und dass sie jede Menge Tesafilm hatte. Jetzt stellte er den Beutel mit seinen Weihnachtsgeschenken und das Geschenkpapier neben seine Garagentür. Er packte noch einige Fernsehkabel für den Fall ein, dass ihre Kabel kaputt waren.

Bevor John aufbrach, ging er in sein Badezimmer und starrte in den Spiegel. Ein paar Flaschen mit Rasierwasser standen schon seit Jahren auf dem Schränkchen neben seinem Waschbecken. Er nahm eines, das er lange nicht mehr aufgetragen hatte, und gab einige Spritzer auf sein Gesicht. Elaine hatte vor einiger Zeit nebenbei erwähnt, dass sie es mochte, wenn ein Mann Rasierwasser benutzte und dass es nicht mehr viele Männer gab, die das taten. Aber er tat das nicht für sie. Er hatte es in seinem Beruf als Arzt ständig mit Menschen zu tun. Schon deshalb benutzte er ab und zu Rasierwasser – mit oder ohne Elaine in seinem Leben.

Ganz bestimmt.

Als er die Flasche wieder abstellte und zur Garage ging, klingelte sein Handy. Die Nummer im Display sagte ihm, dass es Ashley war. Er nahm das Gespräch an. „Hallo?"

„Hallo, Papa … ich dachte eigentlich, dass ich dich nach dem Gottesdienst noch sehen würde."

„Oh … entschuldige." John öffnete den Kofferraum seines Wagens und hob den großen Beutel mit den Geschenken hinein. „Was gibt es?"

Ashley zögerte. „Ist alles in Ordnung? Du klingst so außer Atem."

„Ich bin nur dabei, meine Weihnachtsüberraschungen ins Auto zu laden.“ John lachte. „Das ist dieses Jahr eine ganz schöne Menge.“

„Hmmmm.“ Ashley klang verwirrt. „Wohin bringst du die Geschenke?“

„Zu Elaine. Wir wollen sie zusammen einpacken.“

Ashley holte so tief Luft, dass er es durch das Telefon hören konnte. „Na gut, ich dachte nur … du hättest vielleicht Lust zum Abendessen zu Kari zu kommen. Brooke und Kari und ich und unsere Familien. Es wird auch nicht spät werden. Kari und ich sind sowieso nicht so ganz fit. Wir haben uns offenbar eine Erkältung eingefangen.“

„Das tut mir leid zu hören.“ Diese Geste rührte John. Seine Kinder kümmerten sich so liebevoll um ihn seit Elizabeths Tod. Besonders Ashley. „Danke für das Angebot, Liebes. Wir müssen es auf ein anderes Mal verschieben.“

Ashley schien das nicht zu stören. Sie sprachen noch ein paar Augenblicke über die Freisprechanlage weiter, während er in sein Auto stieg und aus der Garage fuhr. Er hatte ungefähr die Hälfte des Weges bis zu Elaine zurückgelegt, als sie das Gespräch beendeten. Den Rest des Weges fuhr er schweigend und stellte sich selbst die Fragen, die Ashley nicht gestellt hatte.

Was waren seine wahren Gefühle für Elaine und warum freute er sich so sehr darauf, den Rest des Tages mit ihr zu verbringen? Er parkte vor ihrem Häuschen und starrte es an. Das war nicht das Haus, in dem sie während ihrer Ehe gelebt hatte. Elaine hatte jenes Haus vor einem Jahrzehnt verkauft, nachdem ihr Mann gestorben war.

„Zu viele Erinnerungen“, hatte sie ihm erklärt. „Ich behalte die Erinnerungen in meinem Herzen, aber ich muss in einem Haus wohnen, das meiner Lebenssituation entspricht. Ein Leben ohne meinen Mann bedeutet, ein neues Kapitel aufzuschlagen. Also brauchte ich auch ein neues Haus.“

Das kleine Haus war schon älter und hatte einen sehr gepflegten, großen Vorgarten. Elaines Nachbarschaft war ruhig und gediegen. John fühlte sich hier wohl. Er versuchte zu ignorieren, dass sein Puls schneller schlug als noch zu Hause. Er freute sich auf diesen Tag, das war alles. Außerdem war es grau und feucht und kalt hier draußen. Die Wettervorhersage hatte von Schnee gesprochen.

Er atmete tief die kalte Winterluft ein. Es war die richtige Entscheidung gewesen, was die Gestaltung dieses Tages betraf. Kari, Ashley und Brooke mussten auch mal unter sich bleiben. Vor allem, nachdem ihr Leben momentan ruhiger geworden war als in den letzten Wochen.

Erin und ihre Familie waren abgereist und Dayne war in sein Haus am See gezogen. Er und Katy hatten genügend Möbel gekauft, sodass Dayne alles hatte, was er brauchte, obwohl sie immer noch damit beschäftigt waren, jeden Raum fertig zu gestalten. Luke und seine Familie wohnten momentan in einer Wohnung im Süden von Indianapolis, die sie für sechs Monate gemietet hatten, während sie sich nach einem Haus umsahen. Ihr Umzugsgut war vor einigen Wochen angekommen, sodass sie sich nun einrichten und auf Weihnachten vorbereiten konnten.

Elaines Kinder lebten in Indianapolis und Michigan, sodass sie heute allein gewesen wäre, wenn er nicht zu Besuch käme. Es würde ihnen beiden guttun, den Tag gemeinsam zu verbringen. Er stellte den Geschenkesack neben das Auto und griff gerade nach dem Geschenkpapier, als er ihre Stimme hörte.

„Brauchst du Hilfe?" Elaine stand in der Tür und grinste ihn an. „Du siehst aus wie der Weihnachtsmann."

„Nach Thanksgiving habe ich mich auch wie er gefühlt." John hatte alle seine Geschenke in einen schwarzen Beutel für Gartenabfälle gestopft, der nun ungefähr so groß war wie er selbst. Seine Hände waren zu voll, als dass er ihre Hilfe hätte abwehren können. So sah er sie nur über den Sack hinweg an. „Bleib stehen. Ich habe es im Griff."

Sie lachte und kam die Stufen herunter. „Ich nehme wenigstens das Geschenkpapier." Als sie an ihm vorbeiging, berührte sie kurz seine Schulter. „Danke, dass du gekommen bist. Peyton Manning wird diese Saison Geschichte schreiben, wie du weißt. Ich kann unmöglich eine Minute davon verpassen."

„Kein Problem." John wankte in Richtung Haustür. „Wir haben das sofort im Griff." Er trat ein und sah sich in dem Zimmer um. Die Geschenke, die Elaine gekauft hatte, lagen ausgebreitet auf einem ihrer Sofas, die beide geschmackvoll aufeinander abgestimmt waren. Er legte seine Sachen auf das andere.

„Es ist ziemlich kalt draußen." Elaine kam mit dem Geschenkpapier herein und legte es auf einen Stuhl. „Sieht nach Schnee aus."

„Das haben sie in den Nachrichten auch gesagt." Er versuchte, wieder zu Atem zu kommen, und lächelte ihr zu. „Okay, dann zeig mir mal, was du deinem Fernseher angetan hast."

John zog nacheinander die Stecker aus dem Fernseher – Kabel, die zu dem Receiver, dem DVD-Player und zu den zwei großen Boxen führten, die im Zimmer standen. Während er arbeitete, kochte Elaine Kaffee und sie sprachen über ihre Kinder und Enkelkinder. Elaines Familie ging es gut. Eines ihrer Kinder würde an Heiligabend zu Besuch kommen und die Familie des anderen würde in der Woche danach da sein.

„Wie geht es Hayley?" Elaine saß auf der Lehne des alten Ledersofas, das in ihrem Fernsehzimmer stand. „Sie sieht jedes Mal besser aus, wenn ich sie sehe."

John lag auf dem Boden und suchte nach den richtigen Buchsen, um die Kabel wieder einzustecken. Er richtete sich ein wenig auf und schaute zu Elaine hinüber. „Sie ist unglaublich. Es gibt keine medizinische Erklärung dafür, wie ein kleines Mädchen, das so lange unter Wasser war, sich wieder so gut entwickeln kann."

„Es ist ein Wunder."

„Ja. Brooke sagte, dass sie jetzt mit dem Lesen angefangen hat, was bedeutet, dass ihr Gehirn immer noch einen Heilungsprozess durchläuft." John fand den richtigen Stecker und schloss das Kabel an. Dann setzte er sich auf und wandte sich wieder Elaine zu. „Und ich war schon bereit, sie aufzugeben." Er schauderte jedes Mal, wenn er sich an die dunklen Tage direkt nach Hayleys Unfall erinnerte. „Ich dachte, es gäbe keine Hoffnung mehr für sie. Dass sie für den Rest ihres Lebens blind und bettlägerig bleiben würde. Ich bat Gott, sie zu sich zu holen." Er blinzelte, als der Schmerz der Erinnerung ihn überfiel, und lächelte traurig. „Aber Gott hat mir gezeigt, dass er es besser wusste."

Elaines Augen zeigten tiefes Mitgefühl. „Er tut das immer wieder … Wie geht es Tommy? Hat Luke es inzwischen etwas einfacher mit ihm?"

John lachte. „Er ist ein Lausejunge, das auf jeden Fall. Typisch Kleinkind, er testet alle Grenzen aus." Er stand auf und nahm ein anderes Kabel aus der Box neben dem Fernsehschrank. „Er schießt immer noch auf Menschen. Doch inzwischen sieht es so aus, als würde er ihnen einen Kuss zupusten. Doch im letzten Moment macht er dann doch das Geräusch eines lauten Schusses."

Elaine versuchte, ihr Lachen zu unterdrücken. „Ich beneide Luke und Reagan nicht. Kindererziehung bedeutet eine Menge Arbeit."

„Das stimmt. Luke hat in ihrer neuen Gemeinde in Indianapolis eine Pfadfindergruppe gefunden. Sie sind vielleicht nicht mit allem vollkommen einverstanden, was dort gemacht wird, aber ich glaube, es wird Tommy guttun." Er lachte leise. „Ehrlich gesagt können es Luke und Reagan kaum abwarten, bis es losgeht."

„Und Ashley … ist sie okay?"

Elaine hatte seit dem „Restefest"-Treffen nicht mehr nach seiner mittleren Tochter gefragt. Sie hatte ihm versichert, dass sie sich keine Sorgen machen oder Fragen stellen würde, wenn sie bermerkte, dass eines seiner Kinder mit ihrer Freundschaft Probleme hätte. Doch offensichtlich beschäftigte Ashleys Gefühlsausbruch an jenem Abend Elaine immer noch.

„Ich hätte es dir schon längst sagen sollen." John kauerte sich wieder auf den Fußboden. „Es geht ihr gut." Er stützte sich auf seinen Ellenbogen, sodass er die Rückseite des Fernsehers erkennen konnte. „Sie hat sich eine Erkältung oder etwas Ähnliches eingefangen. Sie sieht aus, als hätte sie etwas abgenommen."

„Und ist bei ihr zu Hause alles in Ordnung?"

„Besser als jemals zuvor. Sie und Landon sind immer noch über beide Ohren verliebt. Ich kann immer noch nicht glauben, dass meine Tochter beinahe das Beste, was ihr je in ihrem Leben passieren konnte, abgewiesen hätte." Er grinste und beugte sich näher zu dem Fernseher vor. „Ich werde Gott bis in alle Ewigkeit dafür danken, dass Landon dickköpfig genug war, sich nicht vertreiben zu lassen."

„Sie sind ein ganz besonderes Paar." Elaine klang sehnsüchtig. „Genau wie Kari und Ryan."

„Und auch Brooke und Peter. Sie sind nur etwas sachlicher. Eher intellektuell, nehme ich an. Jetzt, nachdem sie die Schwierigkeiten überwunden haben, die sie nach Hayleys Unfall hatten, ist ihre Beziehung sehr eng und stabil geworden." John sah sich die Kabel genauer an und versuchte, die Worte neben den Steckern zu entziffern. „Ich mache mir eher um Sam und Erin Sorgen. Sie haben vier bezaubernde Töchter, doch manchmal frage ich mich, ob Erin wirklich glücklich ist. Sie redet nicht so viel, besonders seit Elizabeths Tod."

„So ist es mit meiner Ältesten auch. Deshalb bete ich so viel für sie."

„Amen."

Nach einer Stunde, nachdem sie über jedes ihrer Kinder und Enkelkinder gesprochen hatten, verband John schließlich Fernseher und Receiver mit einem Kabel und stemmte die Hände in die Seiten. „Das sollte es gewesen sein." Er drückte auf ein paar Knöpfe und der Bildschirm flackerte auf.

Elaine klatschte und sah auf ihre Uhr. „Fünfzehn Minuten, bis das Spiel beginnt."

Sie sahen sich das Spiel an, während der Duft von Elaines Lasagne im Herd das Haus erfüllte.

Nachdem die Colts schließlich einen weiteren Sieg verbuchen konnten und Peyton Manning noch ein Stück näher daran war, sich in den Annalen der Sportgeschichte zu verewigen, schob Elaine eine Lobpreis-CD in ihre Stereoanlage. Dann drückte sie auf einen Knopf neben ihrem Gaskamin, und die Flammen sprangen an. „Kennst du das Lied ‚Homesick'? Es ist auf dieser CD." Sie legte einige ihrer Geschenke auf den niedrigen Sofatisch und setzte sich auf den Boden davor.

„Ja. Es ist wunderschön. Es geht darum, jemanden zu verlieren und Heimweh nach dem Himmel zu haben."

„Mmmmm-hmmm." Sie nahm die Fernbedienung, um die CD zu starten. „Ich musste jedes Mal weinen, wenn ich dieses Lied gehört habe."

John wusste nicht, was er sagen sollte. Dieses Lied trieb ihm immer noch die Tränen in die Augen. Wie konnte man es hören, ohne zu weinen? Er legte einige seiner Geschenke auf die andere Seite des Tisches und ließ sich auf den Teppich fallen. So hatten sie beide Platz zum Einpacken. Er schwieg so lange, bis er ihr in die Augen sehen konnte. „Kannst du es inzwischen hören, ohne zu weinen?"

„Ich kann." Elaine schaute zum vorderen Fenster hinaus. „Ich höre es und ich spüre immer noch diese Liebe zu meinem Mann und die glücklichen Erinnerungen an unsere gemeinsamen Erlebnisse. An das Lachen und die Liebe. Aber ich bin jetzt fast glücklich für ihn, glaube ich. Er ist am Ziel." Sie hob ihre Hände und lächelte John an. In diesem Moment sah sie besonders schön aus. „Und ich bin noch hier. Denn Gott ist mit mir noch nicht fertig."

John hielt ihren Blick noch einen Moment länger fest. „Das gefällt mir." Sein Herz fühlte sich leicht an, nicht so gedrückt und schwer wie sonst, wenn er über Elizabeth sprach oder über den Verlust, den er erlitten hatte. Er lächelte. „Das gefällt mir sehr."

Sie packten eine Menge Sachen ein: Babyspielzeug und Lego-Boxen, „Unsere kleine Farm"-Bücher und Experimentierkästen, kleine Musikinstrumente und Bauklötze und einige Brettspiele. Sie redeten über Weihnachten, über ihre Lieblingstraditionen und über Katys und Daynes Hochzeit. Während der ganzen Zeit lief die CD im Hintergrund und das Feuer im Kamin flackerte am anderen Ende des Zimmers.

Nach einer Stunde begann es zu schneien. Es war Winter geworden, keine Frage.

Als sie mit dem Essen fertig waren, wusste John nicht, was mit ihm los war. Er konnte nicht aufhören zu lächeln. Alles an diesem Tag war genauso gewesen, wie er es sich vorgestellt hatte und was er brauchte, jetzt, wo Weihnachten so nahe war. Doch was sagte das über seine Gefühle für Elaine aus? Oder seine Gefühle für alles, was Elizabeth ihm je bedeutet hatte?

Als er ging, umarmte er Elaine ein wenig länger als sonst. „Es war ein wunderbarer Tag. Deine Lasagne war perfekt."

Sie errötete ein wenig. „Das ist das Mindeste, was ich für jemanden tun kann, der meinen Fernseher noch vor dem Anstoß in Gang bringt."

Er lachte. „Das war kein Problem. Nur ein paar gelockerte Verbindungen."

„So wird es uns auch eines Tages gehen." Ihre Augen funkelten. „Ein paar lose Schrauben."

Sie lachten beide und John merkte, wie gut es sich anfühlte. Er verabschiedete sich und lachte immer noch vor sich hin, als er in sein Auto stieg.

Doch auf dem Heimweg kam seine Unsicherheit zurück. Er seufzte und starrte auf die Straße vor sich. *Gott, wohin wird mich das führen? Ich habe keine Ahnung, ob ich jemals bereit bin, mehr als nur eine Freundschaft mit Elaine zu haben. Ist es falsch, dass ich einen Tag mit ihr verbringe?* Er wurde traurig bei dem Gedanken, ihre Beziehung wieder zu beenden. *Ich weiß nicht, was ich davon halten soll, Gott … Ich brauche deine Weisheit. Bitte …*

Mein Sohn … Mein Wort ist wahr.

Die Antwort hallte in seiner Seele wider und John spürte, wie sich seine Gedanken klärten. Gott war so treu, so gut. Natürlich war das der

Ort, an dem er seine Antworten finden würde – für dieses und für jedes andere Problem, mit dem er vor oder nach Elizabeths Tod gekämpft hatte. Gottes Wort. Die einzige Wahrheit, die sich nie ändern würde.

John erinnerte sich an das, was er an diesem Morgen in der Bibel gelesen hatte. Er hatte sich das dritte Kapitel des Buches Prediger angesehen. Alles, was er las, erinnerte ihn daran, dass Gottes Plan für sein Leben auch den richtigen Zeitplan beinhaltete, und dass er die Tage der Menschen lenkte. Es war die Rede davon, dass es eine Zeit des Klagens gab, aber auch eine Zeit des Tanzens und dass alles im Leben seine Zeit hatte. Als John diese Worte las, hatte er an seine Kinder denken müssen.

Doch jetzt sah er diese Bibelverse in einem ganz neuen Licht. Besonders den ersten Vers des dritten Kapitels: „Jedes Ereignis, alles auf der Welt hat seine Zeit."

War es nicht das, was Elaine gemeint hatte, als sie vorhin die Geschenke einpackten? Ihr Mann war im Himmel, am Ziel seines Lebens. Und sie war hier, weil Gott mit ihr noch etwas vorhatte. Die Zeit für John und Elizabeth war gekommen und gegangen – obwohl er sich an alles Gute, was er mit ihr erlebt hatte, bis zum Ende seines Lebens erinnern würde. Aber dieses Kapitel ... diese Zeit seines Lebens ohne sie ... war etwas Neues. Jeder Lebensabschnitt beinhaltete etwas Aktives, so wie er den Bibelvers verstand.

Vielleicht war jetzt die Zeit für ihn und Elaine gekommen.

Allein dieser Gedanke, ließ ihm bereits einen Schauer über den Rücken laufen. Nicht weil er von der Aussicht so begeistert war, sondern weil er sich davor fürchtete. Weniger vor der Freundschaft, als vor dem, was danach noch kommen mochte.

John dankte Gott im Stillen, dass er ihn an dieses Kapitel aus der Bibel erinnert und ihm gezeigt hatte, dass es nicht nur seine Kinder betraf, sondern auch ihn selbst. Unabhängig davon, wie hart es werden würde, den nächsten Abschnitt seines Lebens in Angriff zu nehmen.

Er spürte, wie er sich entspannte. Der Tag war wunderschön gewesen und als er nach Hause fuhr, dachte er noch einmal an die Zeit, die er mit Elaine verbracht hatte. Erst als er durch seine Haustür trat, bemerkte er etwas, das ihn schockierte und traurig machte. Er musste schon weiter in den nächsten Lebensabschnitt hineingegangen sein, als er es selbst für möglich gehalten hatte. Denn im Laufe des Nachmittags war die CD mit dem Lied „Homesick“ mindestens zweimal gelaufen.

Und Johns Augen waren nicht feucht geworden.

Kapitel 13

Auf diese Verabredung hatte sich Katy die ganze Woche über gefreut.

Früher, als sie noch Single gewesen war, hatte sie davon geträumt, mit jemand ganz Besonderem zu einem unvergesslichen Sportereignis zu gehen – zu einem Basketballspiel in der Sporthalle der Indiana University. Sie und Rhonda, die Choreografin des christlichen Kindertheaters, hatten oft darüber gesprochen, wie viel Spaß das machen würde und dass sie niemals einen Mann heiraten könnten, der sich nicht ab und zu ein Basketballspiel anschaute.

Sie hörte das Klopfen an der Tür der Flanigans. Sie hatte Dayne gestern nur kurz gesehen und heute noch gar nicht. Er war dabei, etliche Dinge mit seinem Agenten zu besprechen, die Premierentermine und Drehpläne betrafen.

Katy hatte die Zeit genutzt, um zum Friseur zu gehen und wieder mal ungestört Zeit mit den Flanigans zu verbringen. Den heutigen Abend verbrachten sie mit ihren Kindern und Cody war im Kino. Cody verhielt sich großartig, besuchte die Veranstaltungen seines Therapieprogramms und distanzierte sich von keinem in der Flanigan-Familie.

Katy rannte zur Tür, die Handtasche über der Schulter. Sie fühlte sich mit ihrem neuen Haarschnitt richtig hübsch. Sie trug einen roten Pullover, Jeans und ein Paar kniehohe Stiefel.

Als sie die Tür öffnete, trat Dayne einen Schritt zurück und pfiff leise. „Ich hatte gehofft, dass wir durch diesen Abend kommen, ohne dass uns jemand anspricht. Aber nicht, wenn du so umwerfend aussiehst. Sie werden sagen: ‚Dayne – wer ist Dayne? Ich will ein Autogramm von dieser geheimnisvollen Fremden.'"

Katy lachte und sah ihn verliebt an. „Stopp." Ihr Herz schlug unter seinen bewundernden Blicken etwas schneller und sie fragte sich, ob sie sich jemals an die Gefühle gewöhnen würde, die er bei ihr weckte. Sie bezweifelte das. „Geheimnisvolle Fremde! Inzwischen weiß doch jeder, dass es sich dabei um die gute alte Katy handelt."

„Hmmmm." Er musterte sie von oben bis unten. „Nichts an dir ist alt, Katy Hart. Ein Mädchen vom Land, ja." Er hob eine Augenbraue. „Aber alt definitiv nicht. Und mir gefällt deine Frisur."

„Danke." Katy nahm seine Hand und schloss die Tür hinter sich. „Weißt du was?" Die kalte Luft bildete einen Kontrast zu der Wärme seiner Finger in den ihren, als sie zu Daynes neuem Geländewagen gingen. Sie fühlte sich in seiner Gegenwart jedes Mal wie berauscht. Auch von der Tatsache, dass er in einigen Monaten endlich ihr Ehemann sein würde.

„Was denn?" Er öffnete die Autotür für sie und küsste ihre Wange. „Dass du für diese Momente lebst, genau wie ich?"

„Das stimmt." Sie lächelte ihn an, als er die Tür schloss und auf der Fahrerseite einstieg. „Das mit dem Verabreden und Ausgehen – das gefällt mir, Dayne." Sie schnallte sich an. „Ich glaube, ich habe nie für möglich gehalten, dass wir so ausgehen können ... wie ganz normale Menschen."

Ein leises Lachen kam von Dayne, aber es klang ein wenig frustriert. „Du meinst, wir hoffen, dass wir so ausgehen können." Er setzte seine Baseballkappe auf. „Wenn ich sie noch tiefer ins Gesicht ziehe, musst du mich herumführen."

„Das werde ich tun." Sie schenkte ihm ein hoffnungsvolles Lächeln. „Ich glaube, es wird gut gehen."

Sie blickte durch die Windschutzscheibe nach vorne. Sie hatten die vergangenen drei Wochen ohne einen einzigen Paparazzi verbracht. Ein paar Mal, als sie zum Möbelkaufen in Indianapolis gewesen waren, hatte jemand Dayne erkannt und um ein Autogramm gebeten. Aber niemand hatte die Presse informiert oder sich so sehr für sie interessiert, dass er einen Fotografen geholt hätte. Diese gemeinsame Zeit ohne öffentliche Aufmerksamkeit war wunderbar gewesen, unglaublich schön, wie in einem Traum. Es gab ihnen eine Ahnung davon, wie ihr Leben eines Tages aussehen könnte, wenn Dayne seinen Filmvertrag beendet hatte.

Katy wollte unbedingt zu diesem Basketballspiel gehen, doch Dayne hatte recht – es würde etwas anderes sein, ein öffentliches Spiel zu besuchen. Das Spiel wurde im Fernsehen übertragen, also bestand durchaus die Möglichkeit, dass ein Kameramann Dayne erkannte und seine Anwesenheit dem ganzen Land präsentierte. Doch Katy hatte es sich so sehr gewünscht, zu dem Spiel zu gehen, dass Dayne zugestimmt hatte. Ihre Plätze waren nicht direkt am Spielfeld. Sie saßen zwanzig Reihen weiter oben und sie würden sich mit Luke und Reagan treffen, die für heute Abend einen Babysitter gefunden hatten.

Dayne trug ein langärmliges Shirt und die gewohnte Baseballkappe. Der Abend heute war eine Art Experiment. Bloomington würde ihr Zuhause sein, deshalb mussten sie sich mit dem vertraut machen, was es an Möglichkeiten zum Ausgehen und an Veranstaltungen gab – und das bedeutete Restaurants und ab und zu ein Basketballspiel an der Universität. Demnächst würde die ganze Welt Bescheid wissen, dass Dayne Matthews hier lebte. Wenn die Situation sich so entwickeln würde wie bei anderen Stars, die nach Mittelamerika gezogen waren, würde die Neugier bald abflachen und nach vielleicht einem Jahr würden sie in der Lage sein, ein so normales Leben zu führen wie die anderen auch.

Sie fuhren durch die Stadt zu dem Encore Café an der Sixth Street, einem netten kleinen Restaurant mit einer großen Auswahl an frischem Essen, kleinen Nischen, in denen die Tische standen, und dem besten Baguette in ganz Bloomington. Es gab immer Livemusik und viele Studenten, die dort Kaffee tranken und Kuchen aßen, während sie ihre Bücher vor sich liegen hatten. Katy nahm an, dass sich an einem solchen Ort niemand für Dayne interessieren würde, besonders nicht, wenn sie in einer der kleinen Nischen saßen.

„Hey." Dayne sah zu ihr hinüber. Sein Gesichtsausdruck sagte ihr, dass er sich keine Gedanken um den Wirbel machte, dem sie sich vielleicht in den nächsten Stunden aussetzen würden. „Ich wollte diese Verabredung genauso sehr wie du. Wir finden schon einen Weg, damit es klappt."

Sie fuhren auf den Parkplatz und Katy entdeckte Lukes Auto. „Sie sind schon hier." Das war der Plan gewesen. Luke und Reagan sollten als Erste ankommen und einen Tisch reservieren. Weniger Zeit für Dayne, um erkannt zu werden.

Im Restaurant entdeckten sie Luke und Reagan sofort. Katy übernahm die Führung und bedeutete der Kellnerin, dass sie sich mit jemandem trafen, der bereits einen Tisch hatte.

Dayne hielt seinen Kopf gesenkt, sein Gesicht nach unten gerichtet. Sie erreichten ihre Plätze ohne jeglichen Zwischenfall.

„Sieg!" Katy hob einen Finger, als wollte sie einen Punktgewinn andeuten. „Seht ihr … die Menschen im Mittleren Westen haben Besseres zu tun. Keiner kümmert sich um Promis."

Reagan warf Katy einen Blick zu. „Es sei denn, sie erkennen *dich* zuerst."

Darüber hatte sich Katy keine Gedanken gemacht. Natürlich war ihr Gesicht für einige Wochen in den Magazinen zu sehen gewesen. Doch in letzter Zeit hatte es nur eine kurze Erwähnung gegeben – hauptsächlich Spekulationen darüber, ob Dayne wirklich vorhatte, sie zu heiraten. Und sie hatten geplant, sich mit diesem Thema in der ersten Januarwoche zu befassen. Wilma hatte bereits das Treffen mit *Celebrity Life* vereinbart.

„Wie geht es meinem Lieblingsanwalt?" Dayne setzte sich auf den Stuhl, der am besten von der kleinen Nische verdeckt wurde. Er richtete seine Kappe, sodass er Luke besser sehen konnte. „Hast du alles, was du im Büro brauchst?"

„Auf jeden Fall." Die Dankbarkeit in Lukes Stimme war unverkennbar. „Was du alles für uns getan hast, Dayne ..."

„Wir denken jeden Tag daran." Reagan streckte die Hand über den Tisch und griff nach Daynes Hand. „Es hat unser ganzes Leben verändert."

„Ich habe gehört, dass deine Mutter wieder heiratet." Katy hatte die Neuigkeit gestern von Ashley gehört.

„Ja." Ein Anflug von Traurigkeit schlich sich in Reagans Stimme. „Ich freue mich für sie."

Seit den Terroranschlägen von New York City waren Jahre vergangen. Reagans Vater hatte im 89. Stockwerk des Nordturms des World Trade Centers gearbeitet. Er hatte es nicht geschafft herauszukommen.

Katy schmiegte sich eng an Dayne. „Ashley sagt, dass er ein Freund deiner Mutter aus ihren Highschool-Tagen ist."

„Sie ist damals mit ihm sogar zwei Jahre lang ausgegangen." Reagan senkte ihren Kopf. „Das Leben ist manchmal wirklich verrückt."

Katy erzählte nicht, was Ashley außerdem gesagt hatte – wie sehr sie mit Reagan mitfühlte und wie schwierig es sein würde, wenn sie jemals die Nachricht erhalten sollte, dass ihr Vater wieder heiraten wollte.

Luke und Dayne vertieften sich in ein Gespräch über die Anwaltskanzlei und dass Luke sich nach und nach mit Daynes Investitionen und seinen Verträgen vertraut machen sollte.

Als die Kellnerin an ihren Tisch kam, sah sie Dayne zweimal an. Doch er vertiefte sich in die Karte und als er bestellte, schien sich die Kellnerin offenbar nicht länger Gedanken darüber zu machen, ob er

Dayne Matthews sein könnte. Denn was sollte ein Hollywoodstar schon im Encore Café wollen?

Katy lächelte, als die Kellnerin gegangen war. „Sieg Nummer zwei." Sie hakte sich bei Dayne ein. „Seht ihr? Es ist fast so, als ob du ein normaler Mensch wärst!"

„Vielen Dank." Dayne lachte und die anderen am Tisch stimmten mit ein. Er berührte Katys Gesicht und gab ihr einen raschen Kuss. „Überhaupt wollte ich euch noch danken, dass ihr mir die Möglichkeit gebt, es zu versuchen." Er warf Luke einen wachsamen Blick zu. „Ich hatte schon befürchtet, dass das hier zu einer Zirkusveranstaltung werden könnte."

Das Gespräch wandte sich Lukes und Reagans Kindern zu. Luke legte seinen Arm um Reagan. „Das Erziehungsseminar, das wir in der Gemeinde besuchen, ist unglaublich gut."

„Wir sehen auf einmal einen ganz neuen Ansatz, um unsere Kinder zu erziehen." Reagan hob ihre Hände, als ob sie sagen wollte: *Wer hätte das gedacht?* „Alles funktioniert seitdem viel besser."

Unter dem Tisch legte Dayne seine Hand auf Katys Knie und drückte es sanft. Sein Blick sagte ihr, dass er es nicht abwarten konnte, bis auch sie ein Gespräch über die Erziehung ihrer eigenen Kinder führen würden. So viel lag noch vor ihnen, so viele Jahre des Lernens und des Wachsens und der gegenseitigen Liebe. Katy lächelte ihn an. Vielleicht würde sie eines Tages wirklich begreifen, dass das kein Traum war. Dass nach allem, was sie gemeinsam durchgestanden hatten, dies hier tatsächlich der Anfang einer guten, gesegneten Zukunft war.

Ihr Essen wurde gebracht und sie unterhielten sich und lachten, als seien sie langjährige Freunde. Ab und zu beobachtete Katy, wie Dayne Luke einen Blick zuwarf. Jedes Mal dankte sie Gott im Stillen dafür, dass er es den beiden ermöglicht hatte, diese Beziehung zueinander zu finden. Es war mehr, als sie für möglich gehalten hätte. Besonders nachdem Luke herausgefunden hatte, dass er und Dayne Brüder waren. Seine Kommentare gegenüber den Paparazzi hatten Dayne zutiefst verletzt. Doch dieser Schmerz war nun Vergangenheit.

Als sie ihr Essen beendet hatten, beeilten sie sich, zu den Autos zu kommen und zum Universitätsgelände zu fahren. Zehn Minuten später befanden sie sich inmitten der anderen Fans, die vor der Halle warteten, und standen eng nebeneinander, um sich zu wärmen.

Dayne flüsterte Katy ins Ohr: „Das gefällt mir am besten."

Katy stand direkt vor ihm und sie sahen beide in die gleiche Richtung. Dayne hatte seine Hände um ihre Taille gelegt und wenn sich die Menge vor ihnen bewegte, bewegten auch sie sich, als wären sie zusammengewachsen. Sie lehnte ihren Kopf an seine Brust. „Mir auch."

Je näher sie dem Eingang kamen, umso aufgeregter und elektrisierender wurde die Atmosphäre um sie herum. Indiana stand in der Tabelle auf Platz sechs und wie in vergangenen Spielzeiten hatten sie auch diesmal eine echte Chance auf den Titelgewinn. Sogar Katys Theaterkinder verfolgten die Spiele. Die ganze Stadt war stolz auf ihr Basketballteam.

Als sie endlich ihre Plätze gefunden hatten, lächelte Katy. „Wir haben es geschafft. Drei Siege und das Spiel hat noch nicht einmal angefangen. Na, wie ist das?"

Dayne grinste, doch er rutschte noch tiefer in seinen Sitz und behielt seine Kappe auf dem Kopf. „Ich bin mir ziemlich sicher, dass die Indiana Hoosiers heute einen neuen Sieg einfahren."

„Auf jeden Fall!" Luke lehnte sich vor und stützte die Ellenbogen auf die Knie, sodass er Dayne sehen konnte. Die beiden Brüder saßen nebeneinander in der Mitte, während Katy und Reagan sie flankierten. „Das könnte ihr Jahr werden." Luke blickte zum Spielfeld hinab. „Die Mannschaft ist sehr gut aufgestellt."

„Du hast selbst gespielt, nicht wahr?" Wieder hatte Dayne diesen Blick in seinen Augen, der verriet, wie sehr er es liebte, einen Bruder zu haben. Das hatte er Katy gesagt. Er wollte alles über Luke wissen, alles, was er verpasst hatte, als er noch nicht Teil der Baxter-Familie gewesen war.

„Ich habe in der Highschool gespielt und in Indianas Reservemannschaft. Ich war aber zu beschäftigt mit dem Studium, als dass ich mich zu sehr verpflichten wollte." Luke grinste und sah zu den Spielern in den roten und weißen Trikots auf dem Spielfeld. „Es hätte sicher Spaß gemacht."

„Im Internat gab es kein Basketball." Dayne klang, als würde ihn diese Tatsache nicht stören. „Manchmal frage ich mich, was passiert wäre, wenn es das dort gegeben hätte." Er rieb sich über sein Kinn. „Ich glaube, ich wäre ziemlich gut gewesen."

„Also dann … diese Herausforderung nehme ich an." Luke stieß ihn mit seinem Ellenbogen in die Rippen. „Papa hat einen Korb neben der Garage aufgehängt, wie du weißt."

„Das habe ich gemerkt." Er zwinkerte Luke zu. „Sag mir Bescheid, wann du Zeit hast. Ein kleiner Zweikampf sollte mir zeigen, wie gut ich wirklich bin."

Das Spiel war vom ersten Viertel an sehr spannend und Katy genoss jede Sekunde davon – die Musik, die Cheerleaders, die Tanzeinlagen und der Jubel der Fans – alle in leuchtendes Rot gekleidet. Katy liebte Basketball, aber seitdem sie in Bloomington lebte, war sie so sehr mit dem Theater beschäftigt gewesen, dass sie nur wenige Spiele gesehen hatte. Normalerweise mit Rhonda.

Katy ließ sich auf ihren Platz zurückfallen. Die Gedanken an Rhonda erinnerten sie daran, dass sie ihre Freundin anrufen musste, um sich vielleicht mal wieder zum Essen mit ihr zu verabreden. Bei ihrem letzten Treffen hatte Rhonda irgendwie niedergedrückt gewirkt. Kurz angebunden, so als ob sie denken würde, Katy sei zu beschäftigt, als wolle sie nicht zu viel von ihrer Zeit beanspruchen. Wenn Rhonda sich unsicher oder zurückgesetzt fühlte, wollte Katy das wissen. Rhondas Freundschaft bedeutete ihr zu viel, als dass sie sie verlieren wollte.

Dayne schaffte es, sogar während der Halbzeitpause unerkannt zu bleiben. Während Luke und Reagan Popcorn holten, zog Dayne seine Kappe ins Gesicht und vertiefte sich mit Katy in ein Gespräch über die Strategie des Trainers von Indiana und warum er es bevorzugte, dass der Ball über eine gezielte Vier-Mann-Offensive direkt zum Korb gespielt wurde.

Als er ausführlich über die Vorteile der Raumdeckung gegenüber der Personendeckung sprach, brach Katy in lautes Lachen aus. „Glaubst du ernsthaft, dass ich dir immer noch zuhöre?"

Seine Nase berührte ihre. Seine Augen funkelten, so wie sie es in den letzten Wochen häufig getan hatten. „Ist das wichtig?" Er hauchte seine Antwort nahe an ihrem Gesicht. „Das hilft uns, das Spiel zu überstehen."

Katy kicherte und gab sich Mühe, weiter zuzuhören. Sie wusste, was der eigentliche Grund für seine Anspannung war. In der Halbzeitpause schwenkte die Kamera über die Zuschauerreihen und jemand könnte ihn erkennen und einen Aufruhr verursachen.

Als das dritte Viertel startete, ließ Dayne langsam seinen Atem entweichen. „Noch ein Sieg."

„Ja. Und eine Vorlesung über Basketball." Sie grinste an den Männern vorbei zu Reagan. „Du hast eine absolut faszinierende Unterhaltung über Punkte und Strategien verpasst. Offensive und Defensive. Gegenangriffe. Solche Dinge."

„Hmmmm. Wir hätten hierbleiben sollen."

Die gute Stimmung hielt das Spiel über an und wie Dayne und Luke vorhergesagt hatten, gewannen die Hoosiers gegen Kentucky mit zwanzig Punkten Vorsprung. Während der letzten Minuten waren alle aufgesprungen, jubelten und schwenkten ihre Fahnen und ihre großen bunten Pompons, als sei mitten im Dezember der Karneval ausgebrochen.

Auf dem Weg nach draußen, als sie durch die Vorhalle in Richtung Hauptausgang gingen, bemerkte Katy, dass Dayne nicht mehr so sehr darauf achtete, sein Gesicht zu verstecken. Sie unterhielt sich mit Reagan über die Hochzeit und über die neuesten Informationen von Wilma Waters.

Währenddessen sprachen die Männer vor ihnen über das Spiel und die Chancen von Indianapolis, den Titel zu gewinnen. „Ich dachte schon, der Assistenztrainer würde während des dritten Viertels auf das Feld springen, so aufgeregt lief er an der Seitenlinie auf und ab."

„Ja, das war offensichtlich." Dayne lachte und warf seinen Kopf zurück.

Katy sah es kommen, bevor Dayne es bemerkte. Als er seinen Kopf hob, überholte ihn gerade eine Gruppe von Studentinnen. Zwei von ihnen blieben gleichzeitig stehen und eine deutete auf ihn. „Dayne Matthews!", kreischte sie. „Hey, das ist Dayne Matthews!"

Katy wandte sich um und suchte nach einem Ausweg durch den Hinterausgang. Sie waren eingekreist, doch wenigstens waren keine Fotografen zu sehen. Die Kamerateams waren noch in der Halle auf dem Spielfeld.

Dayne wandte sich Luke zu und versuchte, die Studentinnen zu ignorieren, doch sie ließen sich nicht abhalten. Die ganze Gruppe sprang inzwischen vor Aufregung auf und ab und drängte sich um Dayne. Er blieb stehen und spielte an dem Schild seiner Kappe herum.

„Dayne … Dayne, dürfen wir ein Foto von dir machen?" Eine der Studentinnen stürzte vor und griff nach seinem Arm. Sie gab ihrer Freundin ihre Kamera. Sie zitterte vor Aufregung am ganzen Körper. „Mach eines. Schnell, mach ein Foto!"

Dayne blickte über seine Schulter und warf Katy einen hilflosen Blick zu.

Sie lächelte, um ihm zu signalisieren, dass es ihr nichts ausmachte. Mit dieser Aufregung konnte sie umgehen. Katy ging mit Reagan ein paar Schritte weiter und wartete.

Das Mädchen war immer noch völlig aufgelöst. Sie schaffte es, so lange stillzustehen, um ihren Arm ums Daynes Taille zu legen und zu lächeln, während ihre Freundin das Foto schoss. Das war das Zeichen für die anderen Mädchen, sich ebenfalls mit Dayne fotografieren zu lassen, und am Schluss wurde noch ein Gruppenfoto gemacht. Als sie damit fertig waren, zog eines der Mädchen einen Notizblock aus ihrem Rucksack. Eine andere fand einen Bleistift in ihrer Handtasche.

„Können wir dein Autogramm haben, Dayne?" Eine Brünette schob sich so dicht an ihn heran, wie es nur ging. „Du siehst in Wirklichkeit noch viel besser aus. Aber das hörst du vermutlich immer, nicht wahr?"

Eines der Mädchen ließ seine Hand über seinen Arm gleiten. „Ich hätte nicht gedacht, dass du so gut gebaut bist."

Dayne ging allmählich Schritt für Schritt zurück, um etwas Abstand zwischen sich und die Mädchen zu bringen. Katy bemerkte das und war im Stillen sehr froh darüber. Sie vertraute Dayne, doch es war schön zu sehen, dass er diese Art der Aufmerksamkeit nicht besonders mochte. Es gehörte zu seinem Job dazu, doch das war auch schon alles. Er würde sich immer bemühen, Distanz zu seinen weiblichen Fans zu wahren.

Eines der Mädchen griff nach Lukes Arm. „Hey, du bist sein Bruder! Der aus den Zeitschriften!" Sie quietschte. „Mädels, das hier ist sein Bruder!"

Luke fühlte sich offensichtlich nicht wohl in seiner Haut. Er sah zu Reagan hinüber, doch er schien zu wissen, dass es nicht sehr klug wäre, Dayne im Stich zu lassen und sich zu den beiden Frauen zu gesellen. So konnte wenigstens Katy der allgemeinen Aufmerksamkeit entgehen. Sie würde mit Sicherheit von den Mädchen erkannt werden, die offenbar die Klatschzeitungen lasen.

Reagan kicherte. „Immer mit der Ruhe, Mädels. Sie sind beide vergeben."

„Mach dir keine Gedanken." Katy lachte leise. Sie schien sich inzwischen doch schon ein wenig an das seltsame Leben an der Seite von

Dayne Matthews gewöhnt zu haben. „In ein paar Minuten sind sie weg."

„Ich weiß." Reagans Stimme klang ungläubig. „Ich kann es immer noch nicht fassen, dass du ständig solche Auftritte erlebst."

„Das passiert nicht oft. Dayne ist normalerweise sehr vorsichtig." Katy beobachtete, wie er Autogramme schrieb und dabei ausreichend Abstand zu den Mädchen wahrte. Sie sah zu Reagan. „Jungs können Mädchen nicht leiden, die sich so an sie ranschmeißen. Sie mögen diejenigen, die schwer zu kriegen sind." Sie grinste. „So wie wir."

„Das stimmt."

Das Problem war, dass die Mädchen durch ihre Aufregung die Aufmerksamkeit auf sie gelenkt hatten. Nun kamen immer mehr Menschen und bemerkten, dass sich der Hollywoodstar Dayne Matthews unter ihnen befand. Pärchen und Gruppen von Studenten blieben einen Moment stehen und gingen dann weiter.

Doch gerade als Dayne fertig war, erschien eine andere Gruppe Mädchen. Sie quietschten und lachten und sprangen auf und ab und zogen ihre Kameras heraus. Ein Mädchen fiel auf die Knie und legte die Hand über ihren Mund, geschockt und völlig unfähig, einen Schritt weiterzugehen. Sie schrie: „Dayne Matthews! ... Ich kann es nicht fassen, es ist Dayne Matthews!"

„Du liebe Güte." Reagan lachte wieder und verdrehte ihre Augen. „Ich bin mir nicht sicher, ob ich das noch aushalte."

„Es ist nicht sein Fehler." Katy verschränkte ihre Arme. Sie litt mit Dayne mit. Er wäre fast von den Paparazzi getötet worden, von der Faszination, die Prominente auf ganz normale Leute ausübten. Dennoch würde er nicht einen Fan abweisen, so wie es andere Schauspieler taten. Er könnte genauso gut freundlich winken, wegsehen und verschwinden. Die Menschen würden zwar denken, er sei hochnäsig und eingebildet, doch er könnte es tun, wenn er es wollte. Viele Stars verhielten sich so.

Doch Dayne nicht. Er verstand die Faszination seiner Fans, und obwohl er sie nicht noch verstärken wollte, respektierte er sie und widmete ihnen seine Zeit.

„Das sind seine Fans. Sie gehen in seine Filme und kaufen die Kinokarten dafür." Katy lehnte sich an die kalte Steinmauer. „Ohne sie hätte er nicht diesen Job."

Reagan nickte. „So habe ich das noch nie gesehen."

Katy schaute zu Dayne hinüber und sah, wie er ihr wieder einen hilflosen Blick zuwarf. Sie winkte, um ihm zu versichern, dass es ihr gut ging. Er sollte sich Zeit für seine Fans nehmen und dann könnten sie gehen.

Endlich, nachdem er etwa dreißig Autogramme geschrieben und mindestens genauso viele Fotos von sich hatte machen lassen, schob sich Dayne zu Katy und nahm ihre Hand. „Lass uns hier verschwinden."

Es war nicht zu übersehen, dass Dayne nicht nur bekannt, sondern auch unglaublich beliebt war. Obwohl diese Gruppe Mädchen nun gegangen war, würden sie garantiert ihre Freundinnen anrufen, und wenn er nicht aufpasste, würde bald eine riesige Menschenmenge Schlange stehen.

Dayne zog seine Baseballkappe tief ins Gesicht und beschleunigte sein Tempo, sodass Katy und Reagan gerade noch so mithalten konnten. Er hielt immer noch Katys Hand und wandte sich Luke zu. „Wenn da draußen eine Menschenmenge wartet, dann kümmere ich mich allein darum. Du bleibst bei Katy und Reagan."

Luke sah nicht überrascht aus. Immerhin war er während des Prozesses in LA an Daynes Seite gewesen. Er kannte Daynes Tricks, um einen Ausweg zu finden. Er salutierte spielerisch. „Verstanden, Bruder!"

Sie schafften es, den Parkplatz zu erreichen, ohne weitere Fans auf sich aufmerksam zu machen. Als sie endlich bei den Autos ankamen, waren sich alle einig, dass es dennoch ein toller Abend gewesen war.

Bevor sie aufbrachen, umarmte Dayne seinen Bruder Luke. „Lasst uns so etwas bald wieder machen, okay?"

Ihre Worte waren leise und Reagan saß bereits im Auto, sodass sie nichts hörte. Nur Katy stand noch neben der Beifahrertür und lauschte dem freundschaftlichen Gespräch der zwei Brüder.

„Das fände ich toll." Luke begegnete Daynes Blick. „Hey … Ich bin so froh, dass wir uns gefunden haben. Wenn ich es auch nicht so oft sage, denke ich es doch immer."

Dayne lächelte. „Das weiß ich, Luke." Er presste seine Faust an seine Brust. „Und ich spüre es." Er winkte und kam um das Auto herum, um die Tür für Katy zu öffnen.

Es war nicht schlimm, dass ein spontaner Ausbruch von Fanbegeisterung ihnen Unannehmlichkeiten verursacht hatte. Katy hätte die ganze Nacht hier gestanden und gewartet, wenn das nötig war, um mit Dayne Matthews zusammen zu sein. Seine Fans kannten nur das, was sie auf der Leinwand sahen – seine Schauspieler-Persönlichkeit. Der harte Kerl und sanfte Liebhaber, den er im Film zum Besten gab. Sie wussten nicht, wie er wirklich war, wie er sich bewegte und wie seine Stimme klang. Sie kannten nur den Herzensbrecher Dayne Matthews.

Sie wussten nicht, wie sein Lachen klang, wenn er Cole einen Frosch fangen sah, und sie sahen seine Tränen nicht, wenn er über seine leibliche Mutter Elizabeth sprach, die er nur so kurz hatte kennen dürfen. Sie wussten nicht, dass er davon träumte, in dem Haus am See zu leben, dort Grillpartys für seine Familie zu veranstalten und eine große Schar Kinder zu erziehen. Und sie hatten keine Ahnung davon, wie sehr er seine Familie liebte. Seine neue Familie. Die Fans kannten den wahren Dayne nicht. Sie kannten nicht sein Herz.

Nur Katy kannte es. Sie würde den wahren Dayne immer besser kennenlernen – so wie heute Abend, im innigen Gespräch mit seinem Bruder Luke – solange sie lebte.

Kapitel 14

Dayne konnte es nicht erwarten, mit Katy allein zu sein. Doch im Auto, abgelenkt durch Gespräche über das Spiel und die schöne Zeit, die sie mit Luke und Reagan verbracht hatten, war nicht der passende Zeitpunkt. Denn er hatte einen Vorschlag zu machen, den er den ganzen Abend über in seinem Herzen bewegt hatte.

Der Gedanke war nicht neu. Doch dieses Mal wurde es ernst und sehr konkret. Er hatte mit seinem Agenten gesprochen und mit dem Direktor seines nächsten Films. Jetzt musste er mit Katy reden.

Als sie das Haus der Flanigans erreichten, stand Bailey draußen und unterhielt sich mit einem Jungen, der an einem kleinen Auto lehnte. Sie schien erschrocken zu sein, als sie Dayne und Katy in die Einfahrt biegen sah. Als die beiden den gekiesten Platz vor dem Haus erreicht hatten, war der Junge bereits in sein Auto gestiegen und fluchtartig davongefahren.

„Das war ein schneller Abgang!“ Dayne spähte durch sein Fenster und versuchte, den Fahrer zu erkennen. „Wer ist der Kerl?“

„Bryan Smythe.“ Katys Tonfall verriet ihm, dass sie dem Jungen nicht traute. „Er interessiert sich sehr für Bailey, aber Jenny und ich fürchten, dass er nicht ehrlich ist. Er schwingt große Reden über Gott und Gottes Willen und die Bibel. Aber in Wahrheit möchte er am liebsten die ganze Zeit alleine mit Bailey draußen an seinem Auto sprechen.“

„Hmmmm. Hüte dich vor den Jungen, die mit dir zu viel Zeit draußen verbringen wollen.“ Dayne nickte energisch. „Das verheißt nichts Gutes. Vor allem, wenn es um so ein süßes Mädchen geht wie Bailey.“

„Es ist momentan schwierig. Normalerweise reden Jenny und Bailey über alles miteinander.“ Katy runzelte die Stirn. „Doch Cody nimmt eine Menge von Jennys und Jims Zeit in Anspruch. Es scheint fast so, als hätten sie Bailey vergessen.“

„Sie denken wahrscheinlich, dass bei ihr alles in Ordnung ist. Und dass nur Cody derjenige ist, der gerade eine Krise durchmacht.“

„Im Moment.“ Katy seufzte. „Ich habe kein gutes Gefühl, was Bryan betrifft.“

„Er ist eines der Kinder vom Theater, nicht wahr?“ Allmählich fiel es Dayne wieder ein.

„Auf der Bühne ist er großartig. Aber ich mache mir Sorgen, dass er auch im echten Leben ein Schauspieler ist. Er sagt eine Menge Sachen, die sich toll anhören, doch ich bin mir nicht sicher, ob er es wirklich ernst meint. Bailey hat gestern mit mir über ihn gesprochen und manches von dem, was er ihr sagt, klingt wie aus einem schlechten Drehbuch.“

Sie gingen ins Haus und Dayne sah, dass Bailey durch die Eingangshalle eilte, ihnen rasch zuwinkte und die Treppe hinaufrannte. Wie Katy gesagt hatte, waren Jenny und Jim in ein Gespräch mit Cody im Fernsehzimmer vertieft. Die Jungen waren wahrscheinlich bereits im Bett.

Dayne berührte Katys Arm, als sie durch das Fernsehzimmer in die Küche gingen. „Möchtest du draußen sitzen?“

Sie warf ihm einen verschmitzten Blick zu. „Sagtest du nicht, ich sollte mich vor den Jungen hüten, die zu viel Zeit draußen verbringen wollen?“

„Außer mir natürlich.“ Er grinste wie ein Schuljunge. „Du kannst mir vertrauen.“

„Nicht ohne eine Tasse Kaffee.“ Katy nahm zwei Becher aus dem Schrank und füllte einen Beutel Instantpulver in jeden. Sie goss heißes Wasser darüber. In ihre Tasse gab sie ein wenig Milch und einen Löffel Zucker in Daynes.

Sie gingen zum Schrank und nahmen dicke Mäntel, Schals und eine Wolldecke heraus. Dann gingen sie hinaus und setzten sich auf die Verandaschaukel. Dayne platzte fast vor Aufregung wegen seines Vorschlags. Er hoffte nur, dass Katy sich ebenso darüber freuen würde.

Als sie nebeneinander saßen, breitete Katy die Decke über ihre Beine aus. „Der Schnee sieht so schön aus. Ich liebe es, wie er im Mondlicht glänzt.“

„Für einen Jungen aus LA ist es hier ganz schön kalt.“ Er schauderte und rückte ein wenig dichter an Katy heran. „Ich hoffe, dass ich mich daran gewöhnen werde. Vielleicht in fünf Jahren oder so.“

„Das wird schneller gehen.“ Sie lachte und sah ihn an. „So wie ich mich schon an die vielen Mädchen gewöhnt habe.“

„Es sind nicht einfach nur Mädchen. Es sind Fans.“ Diesen Satz hatte er schon mehrmals gesagt, doch sie wussten beide, dass er nicht stimmte. Er konnte nicht ernst bleiben. „Okay, okay! Du hast recht."

Sie riss übertrieben weit ihre Augen auf. „Dayne … Dayne …" Sie benutzte den gleichen quietschenden Tonfall wie zuvor die Mädchen beim Basketballspiel. „Ich kann es nicht glauben!" Sie schlug die Hände vor den Mund. „Du bist Dayne Matthews!"

„Okay, okay." Er zog ihre Hände von ihrem Mund fort und beugte sich vor, um sie zu küssen.

„Mmmm." Sie sah ihn an. „Stell dir ihre Reaktion vor, wenn du das bei einer von ihnen getan hättest."

„Niemals." Dayne küsste sie wieder. „Und du hast recht. Wenn du dich an ein solches Theater gewöhnen kannst, kann ich mich auch mit ein bisschen Schnee anfreunden."

Katy lachte leise. „Da hast du aber bisher noch nicht viel gesehen. Diese paar Schneeflocken sind erst der Anfang!"

Dayne zog die Decke ein wenig höher und legte den Arm um sie. „Solange ich dich zum Warmhalten habe."

„Entweder das … oder wir verlegen unsere Gespräche nach drinnen." Sie rieb ihre Wange an seinem Gesicht. „Natürlich … würde das nicht annähernd so viel Spaß machen."

Dayne schwieg und genoss ihre Nähe. Doch er konnte sich jetzt nicht ablenken lassen. Er musste mit ihr reden. Der Direktor wollte morgen eine Antwort hören.

„Dayne?" Sie hob ihren Kopf, sodass sie ihn anschauen konnte.

„Was ist?"

„Warum habe ich nur das Gefühl, dass du mir etwas zu sagen hast?" Katy sah ihm tief in die Augen, vorbei an dem Lachen und Scherzen und der Fröhlichkeit, direkt in sein Herz. „Was beschäftigt dich?"

„Mich?" Er küsste sie erneut, länger diesmal, dann versuchte er vergeblich, unschuldig zu schauen. „Ach, ich habe nur den ganzen Abend auf diesen Moment gewartet, das ist alles."

Sie sah ihn beunruhigt an. „Ist etwas nicht in Ordnung?"

„Ganz im Gegenteil." Dayne umfasste ihr Gesicht mit seinen Händen. „Alles ist besser, als ich es mir je erträumt habe, Katy. Das ist mein voller Ernst."

„Gut." Sie suchte seinen Blick. „Ich stimme dir zu, was den Teil mit dem „besser als erträumt" betrifft."

Dayne konnte keine Minute länger warten. „Ich habe gestern mit dem Regisseur gesprochen, du weißt schon, von meinem nächsten Film."

„Das hast du mir bereits erzählt." Katys Mundwinkel hoben sich. „Erinnerst du dich?"

„Ich habe dir aber nicht erzählt, worüber wir gesprochen haben." Dayne berührte ihre Wange mit seinem Handrücken. „Denn wir haben über dich gesprochen."

„Wirklich?" Sie zog ihre Nase kraus. „Über die Hochzeit, meinst du?"

„Nein. Darüber, wie ich eine Lösung für mein Problem finden könnte, das ich mit den Liebesszenen im Film habe."

Katy starrte ihn an. „Das ist nicht dein Ernst!"

„Doch." Er begann, ihr von den Einzelheiten des Gesprächs zu erzählen. „Der Regisseur ist ein guter Freund von dem Typ, bei dem du damals vorgesprochen hast, dem Regisseur von *Dream On.*"

Jetzt hatte er ihre ungeteilte Aufmerksamkeit. Sie zog die Decke bis zu ihrem Kinn hoch und ließ ihn alles erklären.

Da die Schauspielerin, die ursprünglich für die weibliche Hauptrolle neben Dayne vorgesehen war, sich in einer Klinik befand und für ein Jahr keine Filme drehen wollte, war die Rolle immer noch nicht besetzt.

„Was wäre mit Katy Hart?", hatte Dayne den Regisseur gefragt. Sein Name war Stephen Petrel, ein ehemaliger Drehbuchautor, dessen oscarprämierte Drehbücher ihm die Chance eröffnet hatten, seine eigenen Filme zu drehen. Inzwischen waren seine Erfolge legendär. Ganz Amerika stand Schlange, um seine Filme zu sehen. Dayne war ziemlich nervös gewesen, als er Katy ihm gegenüber erwähnte. Er hatte für gewöhnlich sehr genaue Vorstellungen, wer eine bestimmte Rolle übernehmen konnte und wer nicht.

Doch sobald Stephen Katys Name hörte, hatte sich der Tonfall seiner Stimme geändert. „Meinst du, sie würde es machen?"

Dayne war sich nicht sicher gewesen und hatte das Stephen auch gesagt. Alles, was er tun konnte, war, sie zu fragen, und wenn Katy ablehnen würde … könnte er nur noch darum betteln. Denn wenn er sie geheiratet und die Flitterwochen mit ihr verbracht hatte, würde er sich ein Dutzend Gründe überlegen, warum er jeden Augenblick mit ihr am Set verbringen wollte. Dass sie vor der Kamera authentisch und ehrlich und absolut umwerfend wirkte, waren nur einige davon.

„Also liegt es an dir." Dayne hielt den Atem an. „Mach mit mir den Film, Katy. Es wäre der perfekte Weg, um unsere Ehe zu beginnen – Seite an Seite auf der Leinwand."

Ihre Augen waren weit aufgerissen und sie vergrub ihr Kinn in der Decke. Offensichtlich wog sie die Möglichkeiten ab. „Worum geht es in dem Film?"

Dayne griff nach ihren Händen. „Es ist eine Liebesgeschichte." Er hob ihre Finger zu seinen Lippen und küsste sie. „Aber nicht so wundervoll wie unsere."

„Oh nein." Katy lachte. „Jetzt klingst du schon wie Bryan Smythe."

Er zog eine Grimasse. „So schlimm?"

„Ja." Sie nickte. „Ernsthaft, Dayne. Erzähl mir, worum es geht."

„Es ist wirklich eine Liebesgeschichte!"

„Natürlich." Sie schenkte ihm ihr süßestes sarkastisches Lächeln. „*Du* spielst in dem Film. Natürlich ist es eine Liebesgeschichte. Solche Mädchen wie die von heute Abend zahlen doch dafür, dass sie deine Filme sehen."

Ein Lachen stieg in ihm hoch, das er nicht unterdrücken konnte. „Entschuldigung." Er holte tief Luft und kehrte zu der Geschichte zurück. „Der Film heißt *But Then Again No*. Es geht um einen Jungen und ein Mädchen, die in der Highschool unzertrennlich gewesen sind. Sie wird schwanger, doch sie sind zu jung, also geben sie das Baby zur Adoption frei, trennen sich und ziehen in verschiedene Ecken des Landes, so weit voneinander entfernt wie möglich."

„Das ist das Ende der Geschichte?"

„Das ist der Anfang." Dayne wollte, dass sie sich in diese Geschichte so verliebte, wie er es getan hatte. „Es beginnt damit, dass ihre Tochter ein Praktikum in einem Zeitschriftenverlag beginnt und dabei herausfindet, dass die Herausgeberin ihre Mutter ist. Sie entwickelt die Idee, dass sie ihre Eltern wieder zusammenbringen will."

„Und das schafft sie." Das Funkeln war in Katys Augen zurückgekehrt.

„Sie schafft es, doch es ist sehr kompliziert."

Katy hob ihre Augenbrauen. „Kompliziert kann wirklich richtig gut sein."

„Ja, das kann es." Seine Stimme wurde sanft. „Zwei Menschen verlieben sich ineinander, obwohl sie nicht unterschiedlicher sein könnten."

„Also ist die Botschaft des Films, dass die Liebe ausreicht, um sie wieder zusammenzubringen …"

„Genau."

Sie kräuselte ihre Lippen. „Das gefällt mir."

„Du wirst das Drehbuch lieben. Es ist brillant. Stephen hat es selbst geschrieben."

Katy legte ihren Kopf auf die Seite. In ihren Augen war Zweifel zu lesen. „Er zieht mich ernsthaft in Erwägung?"

Dayne wollte ihr nicht genau sagen, was der Regisseur ihm gesagt hatte, denn es würde sie nur einschüchtern. Er hatte sinngemäß gesagt, dass – aufgrund ihres unglaublichen Castings, von dem er gehört hatte, und der Tatsache, dass die Chemie zwischen ihr und Dayne unübertrefflich sein würde – Katy die Rolle bekommen würde, wenn sie ihn beim ersten Vorsprechen überzeugen könnte. Dayne hielt diese Information für einen anderen Zeitpunkt zurück. „Wir sind sowieso im Januar in LA für das Zeitschrifteninterview. Wir könnten beim Studio vorbeigehen und du könntest für ihn vorsprechen." Dayne hob seine Hände. „Nichts weiter."

„Er wird mich nicht wollen." Katy zog ein Knie an und schlang ihre Arme darum. „Ich habe keinerlei Erfahrung."

„Für diese Rolle könnte das sogar ein Vorteil sein. Denn es gibt eine Seite in der weiblichen Darstellerin, die hart und abgestumpft ist. Doch wenn sie mit dem Mann zusammen ist, den sie liebt, ist sie so unschuldig …" Er erlaubte es sich, in ihren Augen zu versinken. „… so unschuldig wie du."

Eine Minute lang sagte keiner etwas. Katy ließ ihren Kopf an seine Schulter sinken und er ließ sich von dem gleichmäßigen Rhythmus ihres Atems gefangen nehmen.

Nach einer Weile sah sie zu ihm auf. „Wie wäre es, wenn wir zusammenarbeiten? Ich meine, falls ich – was nicht sehr wahrscheinlich ist – die Rolle bekomme?"

Dayne drehte seinen Kopf, sodass er dicht bei ihr war, und küsste sie. „Ich kann mir nichts Besseres vorstellen. Dieser Film ist fest für mich eingeplant. Ich werde sechs Wochen in Los Angeles sein und drei weitere in Arizona für die Außendrehs." Er ließ seine Finger über ihren Arm wandern. „Wir haben drei Möglichkeiten. Du bleibst hier und ich lasse dich für mehr als zwei Monate allein. Oder du kommst mit mir, bleibst im Haus in Malibu und kommst mit zu den Dreharbeiten. Du siehst mir zu, wie ich Tausende Liebesszenen mit jemand anderem drehe. Du stehst die ganzen Wochen daneben."

„Nicht schlecht." Katy rieb ihr Gesicht an seinem. „Immer, wenn ich bei dir bin, bin ich glücklich."

Seine Lippen fanden ihre und es dauerte ein paar Sekunden, bis er sich wieder daran erinnerte, was er hatte sagen wollen. „Die dritte Möglichkeit ist, dass wir …", er küsste sie noch einmal, „… dieses hier tun …", ein weiterer Kuss, „… und es Arbeit nennen."

„Da gibt es nur ein Problem." Sie fuhr mit ihren Fingern durch sein Haar und strich über seinen Nacken.

„Welches?" Seine Stimme war zu einem leisen Flüstern geworden, voller Sehnsucht und Leidenschaft.

Katy kuschelte sich näher an ihn. „Ich könnte kein Geld für etwas nehmen, was ich so liebend gerne tue."

Dayne schob sich ein wenig von ihr weg, sodass etwas Abstand zwischen ihnen entstand. Er richtete sich auf. „Ich glaube, das mit den Liebesszenen bekommst du hin."

Ihre Augen sahen so unschuldig drein, doch er bezweifelte, dass sie sich so fühlte. „Übung ist immer gut."

„Nicht immer." Dayne drohte ihr mit dem Finger. Sie neckte ihn nur, zögerte den bevorstehenden Abschied heraus. Er küsste ihre Finger und presste sie fest an seine Lippen. „Es ist spät, ich muss gehen." Er stand auf. „Kann ich dem Regisseur sagen, dass du für die Rolle vorsprichst, wenn wir im Januar dort sind?"

Katy sah nicht so aus, als wäre sie bereit, Dayne jetzt schon gehen zu lassen, doch sie erhob sich langsam. „Ja. Ich werde es für dich tun." Sie lächelte, doch sie hatte offenbar mit den gleichen Gefühlen zu kämpfen wie er. Sich zu verabschieden war niemals einfach, doch in drei Monaten würden sie sich nicht mehr verabschieden müssen. Jedenfalls nicht so.

Plötzlich verstand er, was sie gerade gesagt hatte. „Du wirst es machen?" Er hatte erwartet, dass sie ablehnen würde, dass sie lieber mitkommen und zuschauen wollte, dass sie nach allem, was sie mit der Stalkerin und den Paparazzi erlebt hatte, nicht im Licht der Öffentlichkeit stehen mochte.

Was war geschehen, dass sie ihre Meinung geändert hatte? Dayne umarmte sie, doch nicht mit der Leidenschaft von eben. Es war Dankbarkeit, denn die junge Frau, die er in seinen Armen hielt, war bereit, aus dem Schutz herauszutreten, den Bloomington ihr bot, und einen Schritt zu wagen, der ihr Leben verändern würde. Für immer. Solange sie diesen Schritt gemeinsam mit ihm tat, konnte es eigentlich nur besser werden.

Als Katy seine Umarmung erwiderte, fand er die Antwort, die er gesucht hatte. Den Grund, warum sie bereit war, dem Regisseur vorzusprechen oder die Rolle in dem Film zu übernehmen, obwohl sie die Aufmerksamkeit der Presse lieber vermied. Er wusste, was ihre Meinung geändert hatte, denn es war in ihrer Stimme, in ihrer Berührung und in ihren Augen zu erkennen.

Katy liebte ihn und er liebte sie. Und kein Film, kein Casting, keine Stalkerin und kein Ruhm würde jemals etwas daran ändern können.

Kapitel 15

Anpfiff für Coles erstes Basketballspiel als Teammitglied der Peewee Cougars war Punkt siebzehn Uhr am Freitagnachmittag, etwas mehr als eine Woche vor Weihnachten. Viele der Baxters und die komplette Flanigan-Familie waren bei dem großen Ereignis anwesend und Ashley platzte fast vor Stolz. Sie stand auf und klatschte, die Hände hoch erhoben. „Auf geht's, Coley! Los, ihr Cougars!"

Neben ihr hatte sich Landon ebenfalls erhoben. „Du schaffst es, Kumpel!" Er formte mit seinen Händen einen Trichter um seinen Mund. „Denk an das, was wir besprochen haben!"

Das kurze Gespräch hatte etwa eine halbe Stunde, bevor sie zu dem Spiel aufgebrochen waren, stattgefunden. Landon hatte sich herabgebeugt, sodass er mit Cole auf Augenhöhe war. „Du spielst gerne Basketball, stimmt's?"

„Ja." Cole sah bereits hochkonzentriert aus, seine Augen blickten ernst, die Augenbrauen waren zusammengezogen wie bei einem Eroberer, der zum Kampf ausziehen wollte. „Ich steh total drauf!"

„Also gut." Landon stand auf und wuschelte mit seinen Fingern durch Coles Haare. „Dann geh aufs Spielfeld und spiele so entschlossen, wie du es jetzt bist. Hab keine Angst und denk immer daran, dass du jedes Mal, wenn Gott dir eine besondere Gabe schenkt, sie nach besten Kräften einsetzen sollst. Also, wenn du rausgehst … dann spiele für Jesus!"

„Okay. Danke." Nach dieser Anweisung reckte Cole seine Hände in die Luft, rannte ein paar Schritte und sprang dann hoch, sodass seine Brust gegen Landons Brust stieß. „So machen sie es in der echten Basketball-Liga vor einem Spiel, Papa."

Ashley wäre am liebsten in die Knie gesunken und zerschmolzen wie Eis in der Sonne. Jedes Mal, wenn Cole Landon *Papa* nannte, raubte ihr das den Atem. So viele Jahre hatten sie und Cole allein gelebt und sich gefragt, ob ein Papa jemals Teil ihres Lebens sein würde! Und jetzt schien es, als hätte es diese Zeit niemals gegeben – doch Ashley hatte sie aus einem Grund nicht völlig vergessen.

An jedem Tag ihres Lebens würde Ashley daran denken, wie gesegnet sie war, wie sehr Gott sie mit der Gegenwart von Landon Blake in ihrem Leben beschenkt hatte.

Jetzt, als Cole auf das Spielfeld kam, sah er zu Landon hoch und reckte wieder die Fäuste in die Luft. Sein Grinsen sagte ihnen, dass er die Ermahnung seines Vaters, sein Bestes zu geben und für Jesus zu spielen, nicht vergessen hatte. Ashley drehte sich zu ihrem Vater und Dayne und Katy herum, die direkt hinter ihr saßen. Sie senkte ihre Stimme, sodass die anderen Eltern sie nicht hören konnten. „Das ist erst der Anfang, glaubt mir!" Sie zeigte auf Cole, der seine Position in der Mitte des Spielfeldes einnahm. Dann zog sie an Landons Ärmel. „Ich wusste, dass er Talent hat."

Ashley winkte hinüber zu Ryan, Kari und ihren beiden Kindern, die am anderen Ende der Zuschauerreihen saßen. Kari fühlte sich immer noch nicht gut. Sie wollten in der Nähe des Ausgangs sitzen, falls sie plötzlich hinausmüsste. Kari bemerkte sie und lächelte und Ashley rief ihr zu: „Das ist Coles großer Tag!"

Ashley schaute hinab auf das Spielfeld und sah dann zu Landon. „Siehst du nicht auch schon vor dir, wie Cole eines Tages für die Hoosiers aufläuft? Ich meine, schau ihn dir doch nur an, Landon! Sieh nur, wie er den Ball hält. Er ist ein Naturtalent. Er hat eine Gabe, wirklich!"

„Ashley, das Spiel hat gerade erst angefangen." Landon warf ihr einen belustigten Blick zu, der verriet, dass er sie für albern hielt. „Jedes Kind, das einigermaßen geradeaus laufen kann, hat ein Talent für Basketball. Wir sind in Indiana, der Heimat der Hoosiers." Er legte seinen Arm um ihre Schultern. „Vielleicht sollten wir ein oder zwei Spiele abwarten, bevor wir die Presse informieren."

Ashley lachte, doch in diesem Moment eroberte Cole den Ball, dribbelte über den Platz und versenkte den Ball im Korb. „Da! Siehst du!" Sie sprang auf der Tribüne auf und ab und warf die Hände in die Luft. Sie jubelte und klatschte. „Das war super, Coley! Das ist mein Junge!"

Ashley schaute sich um. Alle anderen saßen auf ihren Plätzen. Sie schluckte und ließ sich schnell auf ihren Platz neben Landon fallen.

„Erinnere dich doch bitte daran, dass Trainer Troy uns gesagt hat, dass wir die *Mannschaft* anfeuern sollen." Landon warf ihr einen amüsiert-ermahnenden Blick zu und nickte zu der Ersatzbank hinunter.

„Alle diese kleinen Jungs haben noch nicht einmal auf dem Spielfeld gestanden."

„Das stimmt." Sie sank tiefer in ihren Sitz und analysierte ihre Gefühle. Sie hatte diese überschäumenden Emotionen nicht erwartet, die sie jetzt empfand, wenn sie Cole spielen sah.

In der Reihe unter ihr saßen Jenny und Jim Flanigan mit Cody Coleman und dem Rest ihrer Kinder.

Die Spieler rannten das Feld auf und ab und versuchten manchmal etwas halbherzig, einen Angriff zu starten, doch sie hatten nicht oft Erfolg. Ricky Flanigan war in der Anfangsformation zusammen mit Cole und als diesmal das andere Team im Ballbesitz war, sprang Ricky dazwischen, schnappte sich den Ball und passte ihn zu Cole.

„Auf geht's, Coley!" Wieder sprang Ashley auf.

Landon bekam sie am Ärmel zu fassen und zupfte ermahnend daran.

Sie setzte sich hin, doch in diesem Moment stolperte Cole und fiel auf den Boden. Der Ball prallte vom Absatz seiner neuen Schuhe ab und rollte ins Aus.

„Auswechseln, Trainer!" Eine laute Stimme schallte von einer der hinteren Reihen durch die ganze Halle. „Geben Sie den Jungs auf der Bank eine Chance!"

Ashley schnappte nach Luft. Meinte der Typ das ernst? Sie wandte sich entrüstet Landon zu. „Hast du das gehört?"

„Ja." Landons Gesichtsausdruck sagte ihr, dass sie sich an so etwas gewöhnen müsste. „Willkommen bei einer Sportveranstaltung der Jugendmannschaften."

Ärger und Wut schwappten in Ashley hoch. „Wie kann er so etwas verlangen?", flüsterte sie empört. „Das ging direkt gegen Cole."

Landon flüsterte zurück: „Vielleicht sieht er seinen Jungen auch schon als Profispieler."

Sie beruhigte sich ein wenig und wandte sich wieder dem Spielfeld zu. Cole war wieder zurück im Spiel und versuchte, sich den Ball von der gegnerischen Mannschaft zu holen. Die Jungs warfen sich den Ball zu und jubelten über jeden gelungenen Pass. Doch als sie nahe genug am Korb waren und der am besten positionierte Spieler versuchte, einen Treffer zu landen, verfehlte er den Korb.

Ein Chor von Eltern auf der anderen Seite der Tribüne klatschte. „Guter Versuch! … Beim nächsten Mal klappt es!"

Ashley hörte es sich aufmerksam an. Ja, so war es richtig. Die Anfeuerung und Ermutigung sollte sich an die Mannschaft richten, nicht persönlich an einen der Jungen. Auf diese Weise würde sich niemand ausgeschlossen fühlen.

Ricky hatte nun den Ball und Ashley beobachtete, wie Jim Flanigan auf seinem Sitz vorrutschte, bereit, jeden Moment aufzuspringen. „Auf geht's, Cougars! Jetzt seid ihr dran!", rief er.

Landon lehnte sich vor. „Hast du gemerkt, dass er Rickys Namen nicht erwähnt hat?"

„Danke für den Hinweis!" Sie schenkte ihm ein rasches sarkastisches Lächeln und ließ das Spiel nicht aus den Augen.

Ricky warf den Ball zu einem kleinen Jungen, der nahe der Grundlinie stand, und für einen Moment sah es so aus, als könnte er einen Korb werfen. Aufgeregte Stimmen der Eltern feuerten ihn an, doch der Junge warf den Ball zu weit über den Korb und ein Spieler der anderen Mannschaft schnappte ihn sich noch in der Luft.

„Auf geht's, Bulls!", jubelten die anderen Eltern.

„Die Kinder sind müde, Trainer. Nehmen Sie eine Auszeit!" Das war wieder der schlecht gelaunte Vater von den oberen Sitzreihen.

Ashley wollte sich nicht umdrehen und ihn anstarren. Das wäre zu offensichtlich.

In diesem Moment, als hätte er die Beschwerde des Vaters gehört, winkte Trainer Troy eine Gruppe von fünf Jungen von der Auswechselbank zu sich. Ashley saß nahe genug, um ihn zu hören. „Seid ihr bereit, Jungs?"

„Ja, Trainer!"

„Ja, Sir!"

„Oh ja!"

Die Stimmen der Jungen vermischten sich miteinander und der Trainer schickte sie zu dem Assistenten des Schiedsrichters, um ihre Einwechslung anzumelden. Als der Ball das nächste Mal ins Aus flog, pfiff der Schiedsrichter und die fünf Spieler der Cougars, die auf dem Spielfeld waren, setzten sich auf die Auswechselbank, während die Gruppe, die am Rand gewartet hatte, aufs Feld rannte. Der Schiedsrichter half den Jungen, bis jeder den Gegner gefunden hatte, gegen den er verteidigen sollte, und das Spiel ging weiter.

Zuerst hatten die Bulls nach der Spielunterbrechung den Ball. Die fünf neuen Spieler hatten sich kaum auf dem Spielfeld zurecht gefunden, als die laute Stimme von oben wieder über den Platz dröhnte. „Aggressiver, Billy! Nimm deine Position ein." Der Mann stöhnte. „Nicht so. Stell dich vor deinen Gegner, Sohn. Muss ich runterkommen und es dir zeigen?"

Ashley konnte nicht länger widerstehen. Sie spähte über ihre Schulter und plötzlich begriff sie, wer dieser Vater war. Es war der Mann, der schon bei einer der Trainingsstunden für einen Aufruhr gesorgt hatte. Die Eltern, die dem Training zuschauen wollten, mussten sich an einer der Seitenlinien aufstellen. Trainer Troy hatte die Offensive geübt – wie ein Spieler dem anderen den Ball zuwarf, während gleichzeitig der Spieler an der Grundlinie das Feld durchqueren würde, um so die Positionen der Spieler zu verändern und möglicherweise die entscheidende Lücke für einen Wurf zu schaffen.

Doch der Mann, der sich auch heute nicht zurückhalten konnte, war mit dieser Offensivstrategie nicht einverstanden gewesen. Er stürmte über das halbe Spielfeld und machte eine abschätzige Handbewegung in Richtung Trainer Troy. „Wir sind in Indiana, mein Freund. So ein Offensivspiel können Sie in Indiana nicht bringen. Sie werden Sie über den Haufen rennen."

Trainer Troy hatte den Basketball aufgehoben, ihn unter den Arm geklemmt und den anderen Mann angestarrt. Ashley erinnerte sich, dass sie gedacht hatte, er sei zu schockiert, um zu reden.

„Sie haben mich doch gehört." Der Mann war groß gewachsen und kräftig. „Das hier ist ein Laufsport." Er schlug dem Trainer mit seiner Hand auf die Schulter und ging langsam zu seinem Platz zurück. „Wenn Sie ihnen nicht beibringen können, wie sie das Spiel schnell umstellen, dann sollten Sie das hier nicht machen."

Ashley hatte an jenem Tag nicht glauben können, was sich vor ihren Augen abspielte, und dem Blick der anderen Eltern nach zu urteilen, waren sie genauso schockiert gewesen. Doch erst nach dem Training hatte Ashley gemerkt, wer letztendlich den Preis für den Ehrgeiz dieses Mannes zahlen würde. Als Ashley und Cole auf dem Weg nach draußen waren, gingen sie an dem Mann vorbei. Er hatte sich vor seinem Sohn in der ersten Reihe der Sitzplätze aufgebaut.

„Es ist mir egal, was du sagst, Billy. Du hast dich nicht durchgesetzt!" Er schlug sich gegen die Brust. „Ich habe vier Jahre lang im College

Basketball gespielt, doch du wirst nicht einen Tag auf demselben Niveau spielen können, wenn du dich nicht mehr anstrengst.“

Er versuchte offenbar, unbemerkt zu bleiben, denn er spähte immer wieder über seine Schulter. Der Mann hatte offensichtlich keine Ahnung, wie laut er sprach. Alle Eltern, die nach jenem Training an ihm vorbeigingen, schüttelten traurig den Kopf.

Ashley war stehen geblieben und hatte den Rücken des Mannes angestarrt. Sein Tonfall war grausam und sie überlegte, ob sie zurückgehen und mit dem Trainer sprechen sollte. Aber es ging sie nichts an. Schließlich schlug der Mann seinen Sohn nicht. Er verletzte ihn nur mit seinen Worten. Das war eindeutig, als Billy während der Ermahnungen seines Vaters still nickte, während ihm die Tränen über die Wangen liefen.

Ashley hätte sich den Mann am liebsten geschnappt und ordentlich geschüttelt. Bevor sie die Halle verließ, blieb sie ein paar Schritte von dem Jungen entfernt stehen. „Tschüss, Billy.“

„Ja, tschüss, Billy!“ Cole grinste. Er schien nicht zu verstehen, was dort gerade passierte, nur dass Billy offenbar traurig war. „Gutes Training.“

Billy schniefte ein paar Mal. „Du … du warst auch gut.“

Der Mann zögerte und wartete offenbar, dass sie weitergingen. Schließlich sah er Ashley wütend an. „Wir brauchen hier noch eine Minute für uns, okay?“

Ashley sah den Mann an und warf Billy ein trauriges Lächeln zu. „Ich fand, dass du dich heute Abend gut durchgesetzt hast, Billy.“

„D-d-d-danke.“ Der Junge sah aus, als würde er sich so sehr schämen, dass er seinen Vater enttäuscht hatte, sodass er kaum den Blick heben konnte. Und was war mit seiner Sprache? Stotterte er immer oder nur dann, wenn er angebrüllt wurde?

Der Vater hatte Ashley einen sarkastischen Blick zugeworfen. „Ja, vielen Dank auch. Warum kümmern Sie sich nicht um Ihre eigenen Angelegenheiten?“

Seitdem war Ashley bei keinem weiteren Training dabei gewesen und sie hatte Billy und seinen zornigen Vater schon fast vergessen. Als das Spiel weiterging, fing ein anderer Junge – nicht Billy – den Ball nach einem missglückten Korbversuch ab, dribbelte das Spielfeld entlang und warf einen Korb.

Doch während die Fans der Cougars über den Punktgewinn jubelten, schrie Billys Vater: „Das hätte dein Punkt sein sollen, Billy!" Dann stürmte der Mann an den Zuschauerreihen entlang in eine Ecke der Halle, dicht neben dem Korb der Bulls. Hier lief er wie ein Löwe im Käfig auf und ab.

„Seht euch das an!" Ashley wandte sich entsetzt zu ihrem Vater, Dayne und Katy um. „Wenn er jetzt zu seinem Auto geht, dann habe ich eine Todesangst. Er kommt vielleicht zurück und schießt noch jemanden nieder."

„Der Schiedsrichter sollte etwas sagen." Ihr Vater war ebenfalls betroffen. „Der arme kleine Kerl."

Billy sah total verängstigt aus und die Spieler auf der Auswechselbank, unter ihnen Cole und Ricky, beobachteten das Drama, das sich zwischen Billy und seinem Vater abspielte. Bisher hatte sich Billy auf das Spiel konzentriert, hatte sein Bestes gegeben, um mit seinen Mitspielern mitzuhalten, offensiv zu spielen, doch jetzt schien er von seinem Vater vollkommen abgelenkt zu werden.

Die Bulls verfehlten den Korb und der größte Junge im Team der Cougars fing den Ball auf. Er gab ihn sofort an Billy weiter, der ein Dribbling in Richtung der Grundlinie der Bulls begann. Billy wand sich sehr geschickt durch die Reihen der Gegner. Möglicherweise waren die Gene seines Vaters – wenn er wirklich im College Basketball gespielt hatte – doch an seinen Sohn vererbt worden.

„Ja, Billy … das ist super!" Sein Vater klatschte laut und anhaltend. So wütend, wie er zuvor gewesen war, so begeistert war er jetzt. Seine Hände reckten sich triumphierend in die Luft. „Mach den Korb!"

Doch je näher Billy seinem Vater kam, umso langsamer und nervöser wurde er. Als er die Drei-Punkte-Linie fast erreicht hatte, wurde er panisch und warf den Ball direkt in die Hände eines Gegenspielers.

„Was war das?" Sein Vater presste die Hände an die Seiten seines Kopfes. „Ohh! Du bringst mich noch um, Billy!"

Billys Augen waren weit aufgerissen und es sah aus, als ob er weinte. Billy lief langsamer, während seine Mitspieler ihn überholten, um ihre Gegenspieler zu verfolgen. Dann blieb der arme Junge stehen und zuckte mit den Schultern. „Entschuldigung, Papa!", rief er. „Es tut mir leid."

Das Gesicht des Mannes war inzwischen feuerrot. Er deutete auf die andere Seite des Spielfeldes. „Steh nicht so herum! Hol ihn dir wieder! Schnell!“

Jeder in der Halle sah der Szene zu und als der Ball das nächste Mal ins Aus kullerte, pfiff der Schiedsrichter. Er klopfte sich auf beide Schultern. „Meine Auszeit!“

Trainer Troy nutzte die Gelegenheit, um seine Spieler auszutauschen, offensichtlich um die Jungs von dem Geschehen auf dem Platz abzulenken.

Der Schiedsrichter ging zielstrebig auf Billys Vater zu. Als er nur noch ein paar Schritte von ihm entfernt war, sagte der Schiedsrichter etwas, das niemand sonst hören konnte.

„Er ist mein Sohn“, blaffte der Mann zurück. Die Antwort klang laut durch die ruhige Halle. „Wenn er sich nicht durchsetzt, dann ist es mein Job, ihn anzutreiben.“

Der Schiedsrichter sagte wieder etwas und zeigte zu der Tür.

„Sie können mich nicht rausschmeißen!“, schnaubte Billys Vater. „Das ist eine öffentliche Schule.“ Seine Worte klangen schroff, doch was auch immer der Schiedsrichter gesagt hatte, musste ihn irgendwie beeindruckt haben, denn Billys Vater machte eine abfällige Geste in seine Richtung. Dann ging er hinaus in den Vorraum und lehnte sich neben dem Wasserspender an die Wand. Er war weit genug weg, sodass er das Geschehen auf dem Platz nicht mehr kommentieren konnte, doch nah genug, um noch alles sehen zu können.

Ashley hatte sich zunächst noch Sorgen gemacht, dass jemand von den Zuschauern Dayne erkennen könnte, obwohl er ein altes Sweatshirt, Jeans und eine Baseballkappe trug, die er tief ins Gesicht gezogen hatte. Doch es stellte sich heraus, dass Billys Vater für genügend Ablenkung sorgte. Die Zuschauer waren so sehr damit beschäftigt, ihn zu beobachten, dass sie den Filmstar nicht bemerkten, der in ihrer Mitte saß.

Kurz darauf verließen Kari und Ryan mit Jessie und RJ die Halle. Sie winkten, doch Ryan sah beunruhigt aus. Er warf Billys Vater beim Hinausgehen einen Blick zu und Ashley hielt die Luft an. Ryan war ebenfalls ein Trainer. Wenn irgendeiner den Mann herausfordern würde, dann Ryan. Ashley sah, wie Kari ihren Arm durch Ryans schob und ihn zu der nächsten Tür lotste, ohne ihm die Chance zu geben, etwas zu sagen.

Ashleys Herz schlug schneller als gewöhnlich und sie fühlte sich nervös und angespannt. Und ihr war ein wenig übel.

Billys Vater wahrte den Abstand und sagte kein weiteres Wort während des restlichen Spiels. Doch wenn Billy auf dem Spielfeld war, dann lief er auf und ab und hob verzweifelt die Hände in die Luft, machte abschätzige Gesten oder wandte dem Spiel den Rücken zu, damit seine Körpersprache auch jedem Zuschauer in der Halle verkündete, dass ihn das alles anwiderte.

Ashley legte ihre Hand auf Landons Knie. Wut brodelte in ihr und sie wünschte sich für Billy eine Erleichterung der Situation. „Der Schiedsrichter sollte ihn ganz aus der Halle werfen." Ihr Herz klopfte heftig. Sie war so entrüstet, so besorgt um Billy, dass sie ganz vergaß, nach Cole zu schauen.

In diesem Moment glitt der Ball ins Netz und die Fans der Cougars sprangen auf. „Los geht's, Cougars!"

„Toller Wurf!", rief Landon.

Vor ihnen stimmte Jim Flanigan ein. „Gutes Passspiel, Jungs!"

„Was ist passiert?" Ashley blinzelte. Sie hatte nichts mitbekommen. Sie hatte praktisch alle anderen Spieler außer Billy völlig vergessen.

„Ricky hat einen Dreier geworfen." Landon lachte und schlug Jim auf den Rücken. „Der Junge hat einen tollen Wurf."

„Danke." Jim drehte sich herum und grinste. „Ich kann es kaum abwarten, ihn mit einem Football zu sehen, wenn er älter ist."

Ashleys Ärger hatte sich noch nicht beruhigt. „Und was ist mit Billys Vater?" Sie sah zu dem Mann hinüber. Sein Gesicht war immer noch gerötet, sein Blick starr auf seinen Sohn geheftet. „Gibt es nicht irgendetwas, das wir tun können?"

Jim wandte sich erneut um und warf ihr einen verständnisvollen Blick zu. Auf dem Spielfeld ging es immer noch hin und her, doch er war ruhig und konzentriert. Genau wie Landon. Sie waren das genaue Gegenteil des Mannes auf der anderen Seite der Halle. „Solche Väter gibt es in jeder Mannschaft. So ist der Jugendsport, fürchte ich. Ab und zu geht einer zu weit und dann muss der Trainer oder ein Schiedsrichter eingreifen. Doch dieser Typ ..." Er nickte in die Richtung von Billys Vater. „In meiner Zeit als Trainer habe ich einige von dieser Sorte in jeder Saison gesehen."

„Im Highschool-Sport ist es noch schlimmer." Landon stemmte seine Füße gegen die Rückenlehne des Sitzes vor sich. „Ich erinnere mich, dass mir ein paar meiner Freunde solche Geschichten erzählt haben."

„Es ist deutlich schlimmer." Jim sah zunächst Landon und dann Ashley an. „Ich erinnere mich noch an den Vater einer meiner Spieler, der sich bei jedem Training und jedem Spiel Notizen über das Spielverhalten seines Sohnes machte. Der Junge konnte einfach nichts richtig machen. Und am Ende von jedem Spiel nahm der Mann seinen Sohn zur Seite und hat ihn mit seiner Kritik zum Weinen gebracht."

„Hat er ihn geschlagen?" Ashley schnappte nach Luft.

„Nicht mit seinen Fäusten." Jenny wandte sich um. „Mit seinen Worten. Ich war dabei. Ich habe es bei jedem Spiel beobachtet."

Jims Gesichtsausdruck war traurig. „Einmal waren die Mannschaft und ich noch in der Umkleide und der Mann fing draußen an, über die Trainer zu reden."

„Er hat über Jim und die anderen Trainer in Gegenwart der gesamten Eltern gelästert, die dort auf ihre Kinder gewartet haben." Bei der Erinnerung an diesen Vorfall war Jenny unbehaglich zumute. „Ich ging zu ihm und sagte ihm, dass er doch versuchen sollte, ein wenig positiver zu sein."

Jim sah immer noch ungläubig aus. „Der Kerl hat sie weggeschubst, hat sie an den Schultern gepackt und ihr gesagt, dass sie sich nicht in die Angelegenheiten der Mannschaft einmischen sollte."

„Einer der anderen Eltern rief die Polizei an und der Kerl wurde festgenommen." Jenny schüttelte den Kopf. „Sie haben ihn wieder freigelassen und der sportliche Leiter der Highschool, hat ihm für die nächsten zwei Spiele Stadionverbot erteilt."

„Lasst mich raten." Landon beobachtete das Spiel weiter. „Er hat nicht damit aufgehört, seinen Sohn zu kritisieren."

„Genau." Jim klang erschöpft bei der Erinnerung an diesen Vorfall. „Es ist wirklich traurig. Ich habe diesen Vater vor einem Monat getroffen und ihn nach seinem Sohn gefragt. Er hatte ihn für die Indiana Hoosiers oder die Duke Blue Devils oder die Kansas Jayhawks angemeldet." Er zog die Schultern hoch. „Der Junge war wirklich kein schlechter Sportler und ich hatte nicht mitbekommen, wo er dann letztendlich hingegangen war."

„Doch der Vater schüttelte nur enttäuscht den Kopf." Jennys Augen glitzerten feucht. „Er sagte, er hätte mit seinem Sohn seit dem Schulabschluss kein Wort mehr geredet. Der Sohn war nicht zum College gegangen, sondern hat eine Lehre zum Mechatroniker gemacht."

Ashleys Herz sank. „Dieser ganze Druck hat ihre Beziehung zerstört?"

„Ja. Genau wie die Beziehung zwischen Billy und seinem Vater zerstört werden wird und zwischen so vielen anderen Kindern und ihren Eltern." Jim holte tief Luft. „Ich habe lange genug mit Profisportlern gearbeitet, um eines zu wissen: Die Fähigkeit, dass sie es so weit gebracht haben, hat nichts damit zu tun, dass ihre Eltern sie gedrängt hätten. Kinder haben entweder die Begabung oder sie haben sie nicht und normalerweise merkt man das schon lange vor der Highschool."

„Das war das letzte Mal, dass dieser Junge damals Football gespielt hat." Jenny sah traurig aus. „Sein Vater hat ihm den ganzen Spaß daran verdorben. Mittlerweile hasst der Junge vielleicht sogar den Sport."

„Das ist genau das Entscheidende." Landon faltete die Hände und stützte die Ellenbogen auf seine Knie. „Sport kann Kindern so guttun. Doch wenn die Eltern anfangen, nach einem Stipendium zu schielen oder nach der Eintrittskarte in den Profisport, dann kann der Sport die Kinder zerstören."

Ashley war tief beunruhigt. Sie schluckte schwer und sah Cole, der auf der Auswechselbank neben Ricky saß. Die beiden kicherten zusammen und stießen sich gegenseitig mit den Beinen an, so wie Jungs es gerne taten. Sie ermahnte sich selbst, Cole später zu fragen, ob er wirklich an einem Freitagabend in einer Sporthalle sein wollte, um Basketball zu spielen.

Denn jetzt, wo sie das erste Mal in die Welt des Jugendsportes hineinschnupperte, wurde ihr klar, dass sie ihn nicht zu etwas überreden wollte, zu dem er nicht bereit war. Wenn er lieber im Garten seines Großvaters spielen wollte, um Raupen zu fangen und zuzuschauen, wie sie durch eine Schlammpfütze krochen, dann war das auch in Ordnung.

Sie schauderte und während des restlichen Spiels sprang sie kein einziges Mal mehr auf. Stattdessen klatschte sie und jubelte und feuerte die Spieler an, nicht nur Cole, sondern auch Billy und Ricky und Lance und Johnny.

Die ganze Mannschaft.

Nach dem Spiel suchte Ashley sich einen Platz, von dem aus sie Billy beobachten konnte, wie er – mit hängenden Schultern – seine Sporttasche nahm und zu seinem Vater schlich. Er hielt den Kopf gesenkt und wischte sich bei seinem Weg über das Spielfeld wiederholt die Augen.

Das war mehr, als Ashley ertragen konnte, und sie war nicht die Einzige. Bevor sie zu dem Jungen gehen konnte, liefen drei andere Elternpaare zu ihm und klopften ihm auf die Schulter. Ashley stand nahe genug, um sie zu hören.

„Gutes Spiel, Billy", sagte einer der Väter.

„Du hast gut verteidigt." Ein anderer Vater blieb genau vor Billy stehen und wartete, bis das Kind ihn ansah. „Denk daran, dass du spielst, weil es dir Spaß macht."

Etwas weiter entfernt wurde Billys Vater gerade durch den Schiedsrichter abgelenkt, der dem Mann offenbar eine ordentliche Standpauke hielt. Gut. Ansonsten wäre der Vater womöglich durch die ermutigenden Kommentare der anderen Eltern, dass Sport etwas mit Spaß zu tun haben sollte, noch mehr gereizt worden.

Als Billy seinen Vater erreichte, hielt der Mann in einer verzweifelten Geste die Hände hoch. Mit einer Stimme, die weithin zu hören war, sagte er: „Was ist da draußen geschehen?"

In diesem Augenblick stürmte Cole heran und schlang seine Arme um Ashleys Taille. „Wir haben selbst gemachte Schokoladenkekse für ein Picknick!" Er hielt eine Dose mit drei riesigen Plätzchen darin hoch. „Und ein Saftpäckchen! Ist das nicht toll?"

Ashley wurde schwer ums Herz. Sie verurteilte Billys Vater, doch sie hatte während der ersten Minuten des Spiels genau die gleiche Einstellung wie er gehabt. Sie war so stolz gewesen, dass Cole in der Startaufstellung gewesen war, und hatte sich schon eine goldene Zukunft als Basketballprofi für ihn ausgemalt. Landon hatte recht gehabt, als er sie beschwichtigt hatte.

Cole freute sich viel mehr über die Plätzchen.

Sie rieb seine Schulter. „Schokoladenkekse mag ich nämlich am liebsten."

„Ich weiß." Er griff in die Dose, holte einen heraus und gab ihn ihr. „Dieser hier ist für dich."

Landon und Jim kamen mit Ashleys Vater dazu. Sie hatten ein selbstgefälliges Lächeln aufgesetzt.

„Okay …" Sie zuckte hilflos mit den Schultern, „… ihr hattet recht. Es ist zu früh, um wegen der ganzen Talentgeschichte etwas zu entscheiden." Sie klatschte ein paar Mal betont lustlos mit den Händen und sah Landon an. „Seht ihr? Ich kann auch ruhig bleiben." Besonders nach dem abstoßenden Schauspiel, das Billys Vater geboten hatte. „Auf geht's, Jungs!"

Cole rannte zu Landon und die beiden klatschten sich ab. „Ich habe es so gemacht, wie du gesagt hast, ich habe für Jesus gespielt!" Cole schlug sich ein paar Mal gegen die Brust. „Und es hat so viel Spaß gemacht, Papa." Sein Lächeln verschwand, als er flüsterte: „Aber Billy hat geweint. Hast du ihn gesehen?"

„Ja, das habe ich." In Landons Augen trat ein besorgter Ausdruck.

„Ich glaube, sein Vater war nicht besonders nett zu ihm." Coles Mund blieb für ein paar Sekunden offen stehen. „Ich habe gehört, wie er ihn ein paar Mal angebrüllt hat."

Nur ein paar Mal? Also hatte Cole den ganzen Temperamentsausbruch und Wutanfall nicht mitbekommen? Im Stillen dankte Ashley Gott. Coles erste Erfahrungen mit Sportwettkämpfen, sein erstes Basketballspiel, sollte nicht von einem verrückten Vater zerstört werden. Er hatte so viel Spaß beim Spielen gehabt, dass er den Mann nur am Rande bemerkt hatte. Er hatte seinen Freund Ricky dabei und einen Trainer, den er bewunderte, und seine Familie, die ihn unterstützte. Das alles und selbst gemachte Schokoladenkekse.

Als sie den Parkplatz erreichten, sah Ashley, wie Billy und sein Vater zu einem Auto gingen, das etwas abseits stand. Sein Vater brüllte den Jungen nicht mehr an, doch er schien ihm gerade eine Lektion über Basketball zu erteilen. Der Mann blieb alle paar Schritte stehen und schien die einzelnen Fehlwürfe und falschen Pässe auf dem Spielfeld nachzustellen. Ashley beobachtete ihn, Coles Hand in ihrer, und zum ersten Mal starrte sie ihn nicht wütend an.

Sie bemitleidete ihn.

Welchen Preis war er dafür bereit zu zahlen, dass sein Sohn vielleicht ein wenig sportliches Talent hatte? Eines Tages würde Billy vielleicht lieber Flugzeugmotoren bauen oder Patienten versorgen, Plädoyers im Gerichtssaal halten oder einen LKW fahren. Doch das war noch nicht alles.

Er würde nicht nur den Basketball, sondern auch seinen Vater hassen.

Kapitel 16

Das Treffen war für Mittwoch geplant, den letzten Schultag vor den Weihnachtsferien. Jim Flanigan hatte im Hintergrund einen Plan mit seinem Freund Joe Agueda, dem ehemaligen Polizisten, ausgearbeitet. Jim hatte eine Leinwand und einen DVD-Player im Umkleideraum aufgebaut. Denn Joe hatte versprochen, etwas mitzubringen, das einen nachhaltigen Eindruck auf die Jungs hinterlassen würde.

Doch es gab etwas, das Jim noch erledigen musste, bevor er seinen Spielern gegenübertreten konnte. Er fand Jenny in der Küche am Telefon. Sie war umgeben von ihren Kindern, die ihren alljährlichen Lebkuchenhaus-Wettbewerb austrugen. In diesem Jahr bildeten Bailey und Connor, Ricky und BJ sowie Shawn und Justin die Teams. Alle Kinder redeten gleichzeitig und diskutierten über die Zusammensetzung des weißen Zuckergusses, der als Klebstoff für die großen Lebkuchenstücke dienen sollte.

Jenny sagte gerade irgendetwas davon, dass die nächste Aufführung des christlichen Kindertheaters das Musical *Oliver!* sein sollte und dass die Besitzer das Theater nicht einfach so verkaufen könnten.

Jim holte tief Luft. In diesem verrückten Moment brauchten er und Jenny dringend ein wenig Zeit mit Gott. Ansonsten konnte er seinen Spielern nicht das Ultimatum stellen, das er sich überlegt hatte. Er winkte, sodass Jenny auf ihn aufmerksam wurde, und machte ihr ein Zeichen, dass sie das Gespräch beenden sollte.

Sie nickte. „Hey, Ashley, ich muss aufhören." Das Gespräch dauerte noch eine Minute, dann legte Jenny auf. Sie ermahnte ihre Kinder: „Esst den Kleber für das Lebkuchenhaus nicht auf."

„Ich dachte, das sei Zuckerguss, kein Kleber!" BJ hatte genug Glasur an den Fingern, um das halbe Dach seines Hauses zu verzieren.

„Es ist eher Klebstoff als Zuckerguss." Sie sah sich nacheinander die Ergebnisse der verschiedenen Teams an. „Niemand von euch isst dieses Zeug. Es ist schlecht für euch!"

„Es klebt eure Innereien zusammen." Ricky zog eine Grimasse. Dann brach er in albernes Kichern aus.

„Das stimmt." Shawn blickte seine Geschwister an. „Jedes Jahr sterben in Brasilien z. B. Ameisen, weil Menschen Mehl in die Nähe der Ameisenhaufen streuen."

Jenny zögerte und war sich nicht sicher, ob sie sich seine Erklärung noch anhören sollte oder nicht. Sie trat einen Schritt näher zu Jim und ließ den ältesten ihrer Adoptivsöhne nicht aus den Augen.

Shawn legte das Dach seines Lebkuchenhauses hin, um seine Erklärung mit den Händen besser illustrieren zu können. „Die Ameisen laufen über das Mehl und dann denken sie natürlich, dass es etwas zu essen ist, also fressen sie es und in ihrem Magen vermischt es sich mit den Magensäften zu einer klebrigen Masse, sodass ihre Mägen zusammenkleben." Er nickte bestätigend. „Es bringt sie um."

Jennys Mund stand halb offen. Sie zwinkerte und schaute hinüber zu den drei Schüsseln mit Zuckerguss, den die Kuchenbäcker als Klebstoff benutzten. „Das einfache Fazit ist: Esst den Kleber nicht!"

Bailey verzog das Gesicht. „Als ob wir das tun würden. Das Zeug stinkt."

„Ich glaube, es schmeckt so gut, wie es riecht." Justin beugte sich über die Schüsseln und atmete mit seligem Gesichtsaudruck tief ein. Doch dann schüttelte er den Kopf. „Aber nicht, wenn es deine Innereien zusammenklebt."

Jenny hob ihren Zeigefinger. „Ich bin gleich zurück."

Jim lächelte, als er sie in das Fernsehzimmer schob. „Es ist, als ob man mitten in einer Fernsehserie leben würde."

„Jeden Tag im Jahr." Sie wischte sich über die Augen und suchte seinen Blick. „Was ist los?"

„Das Treffen mit meiner Mannschaft ist in einer Stunde." Er fühlte den Druck schon, wenn er die Worte nur aussprach. „Das wird für viele die letzte Chance sein."

„Wird Joe kommen?" Sie hatten in der letzten Woche zweimal darüber gesprochen. Jenny hatte Jim bereits gesagt, dass sie das Gefühl hatte, dass Joe sehr wichtig für das Treffen sein würde.

„Er wird da sein. Er sagte mir, dass ich nicht viel essen sollte. Das Video ist von der Schulverwaltung genehmigt worden, doch es schlägt einem offensichtlich sehr auf den Magen."

„Gut." Sie legte die Hand auf seine Schulter. „Die Jungs brauchen etwas, das sie endlich wachrüttelt." Sie lehnte sich vor, küsste ihren

Mann und blieb für ein paar Sekunden nahe bei ihm stehen. „Du weißt selbst, wie das ist."

„Ja." Er seufzte und fühlte sich plötzlich müde und alt. „Ich hoffe, dass die Geschichte eines alten Mannes aus längst vergangenen Tagen heute noch etwas bewirken kann. Gerade dann, wenn diese Kinder es am meisten brauchen."

„Sie wird etwas verändern." Jenny schlang ihre Arme um seinen Hals und lehnte sich gegen ihn. „Du machst eine gute Arbeit, Jim. Gott wird heute Abend bei euch sein."

„Betest du mit mir?"

Sie fasste nach seinen Händen. Abwechselnd baten sie Gott, dass das Treffen mit den Footballspielern der Clear Creek Highschool von den Jungs nicht als bloße Zurechtweisung oder eine weitere Strafpredigt empfunden werden würde. Sondern dass das, was sie heute Abend sehen und hören und wozu sie sich verpflichten würden, ihr Leben veränderte. Vielleicht sogar rettete.

Als sie das Gebet beendet hatten, schwieg Jim für ein paar Augenblicke. Er ließ seine Finger über Jennys rechten Daumen gleiten, den, der etwas kürzer als der andere war. Sie konnte ihn ganz normal benutzen, sie konnte immer noch schreiben und arbeiten und spielen, als ob sie nie die obere Hälfte verloren hätte. Aber ein Teil des Daumens fehlte. Das würde immer eine Erinnerung an all das sein, was Gott ihnen in einer klaren Frühlingsnacht gezeigt hatte, als sie noch in der Highschool gewesen waren. Er hob ihre Hand an seine Lippen und küsste den vernarbten Daumen. Dann betete er: „Und noch etwas, Herr. Ich danke dir für eine Frau, die in den dunkelsten und hellsten Zeiten meines Lebens an meiner Seite war. Danke, dass sie mich unterstützt und an mich glaubt. Ich spüre ihre Gebete in allem, was ich tue. Amen."

Jenny hatte Tränen in den Augen, als er einen Schritt zurücktrat und sie zum Abschied küsste.

Auf dem Weg zur Schule dachte Jim noch einmal daran, wie wahr sein Gebet war. Jenny hatte immer an ihn geglaubt, hatte ihn immer ermutigt. Natürlich gab es Dinge, in denen sie nicht übereinstimmten, vor allem, was die Kinder betraf. Er war der Meinung, dass sie zu viel Geld für Bailey ausgab und zu nachgiebig war, wenn die Kinder das Licht anließen oder ihre Zimmer nicht aufräumten. Jenny nannte Jim einen Einzelgänger, wenn er sich ab und zu zurückzog, um während einer Veranstaltung des Kindertheaters ein Footballspiel im Fernsehen anzusehen.

Es hatte eine Zeit gegeben, in der sein Glaube noch nicht so stark gewesen war wie heute. Doch sogar während jener Zeit war Jenny geduldig geblieben, hatte ihn ab und zu mit einem Bibelvers ermutigt oder ihn für seine Trainerarbeit gelobt und ihm versichert, dass sie für ihn betete.

Nach Baileys Geburt hatte Jim sich viele Gedanken über sein Leben und über das Sterben gemacht. Er hatte gemerkt, dass er – wenn er sich nicht klar entschied – nicht sicher sein konnte, ob er eines Tages wirklich bei Gott sein würde. Er begleitete Jenny in die Gemeinde und nahm an einem „Grundkurs Bibel" teil. Er lernte viel über Gott und kam Jenny in dieser Zeit immer näher.

Jim war nicht perfekt. Ab und zu brüllte er seine Spieler zu heftig an oder beschwerte sich darüber, welche Vorgaben die Schulleitung für den Sportunterricht machte.

Doch in den letzten sechzehn Jahren hatte er keine Angst mehr gehabt, ins Bett zu gehen und einzuschlafen.

Er hoffte nur, dass nach diesem Abend seine Spieler das Gleiche sagen würden.

Kapitel 17

Es musste sich schnell herumgesprochen haben, denn zu dem Treffen um sieben Uhr hatte sich jeder einzelne der Footballspieler der Clear Creek Highschool im Umkleideraum eingefunden. Die Weihnachtsferien hatten offiziell schon begonnen und die Schüler waren heute vor dem Mittagessen aus der Schule entlassen worden. Jim war sich nicht sicher gewesen, wie viele der Spieler noch bereit wären, zur Schule zurückzukommen.

Doch sie waren alle gekommen. Die Spielführer Tanner Williams, Jack Spencer und Todd Carson. Brandon Reeves, der Kicker der Mannschaft, und die kleine Gruppe der Jungs, die während der ganzen Saison keinen Alkohol angerührt hatten. Und, etwas abseits von den anderen, ein bleicher Cody Coleman.

Jim ließ seine Blicke durch den Raum schweifen, zählte noch einmal und sah seinen Spielern, die sich überall verteilt hatten ernst in die Augen: Er hatte tatsächlich beim ersten Mal schon richtig gezählt. Alle waren gekommen.

Offensichtlich war es egal, dass das Footballtraining offiziell schon vor Wochen beendet worden war. Der Umkleideraum roch so, wie er immer roch – nach Schweiß und dicken Gummimatten und einem schwachen Hauch von Putzmittel. Die Jungs setzten sich, und sogar das Geflüster und das gelegentliche Quietschen einer offen stehenden Schranktür machten einer erwartungsvollen Stille Platz.

Jim stand in einer Ecke und beobachtete seine Mannschaft, die Jungs, die während der Saison jedes einzelne Wort von ihm aufgesaugt hatten. *Lass sie heute besser denn je zuhören, Herr. Bitte …*

Jim hatte mit Ryan über das Treffen gesprochen und darüber, dass Joe Agueda mit dabei sein würde. Ryan war verhindert und konnte nicht teilnehmen, doch er war mit Jims Vorhaben einverstanden.

Jim hatte Joe gebeten anzufangen. An der Seitenlinie war Joe normalerweise ein umgänglicher Typ. Die Spieler bekamen jedes Mal einen Händedruck oder einen lustigen Kommentar von ihm. Doch jetzt sah er sie mit unnachgiebigem Blick an, und er war wieder ganz der harte Polizist aus seinen besten Tagen. Er stand breitbeinig, mit verschränkten Armen, vor den Spielern. „Euer Trainer hat mich gebeten, dass ich euch ein bisschen aus meiner Zeit als Polizist erzähle, als ich auf den Straßen von LA unterwegs war." Seine Stimme klang voll und tief.

Jim sah, wie sich einige der Spieler aufrechter hinsetzten und interessiert zuhörten.

„Es geht das Gerücht an der Schule um, dass diese Mannschaft ein Alkoholproblem hat." Joe blickte zuerst Cody an, dann Tanner Williams. „Die Kapitäne, die Anführer ... gehen zu Partys, betrinken sich." Sein Tonfall änderte sich, wurde beinahe anklagend. „Jungs in eurem Alter denken, dass sie unbezwingbar sind. Große, starke Footballspieler. Dritter Platz in der Regionalmeisterschaft." Er ging vor ihnen auf und ab und schaute Jack Spencer und Todd Carson an. „Sie glauben, es wird immer so weitergehen."

Jim beobachtete seine Footballspieler. Einige von ihnen starrten auf ihre Schuhe und zählten offenbar die Minuten, bis das Treffen vorbei sein würde. Doch Cody hörte aufmerksam zu. Tanner ebenfalls und vielleicht ein Drittel der anderen. Jim betete weiter.

Joe blieb stehen und sah sie wieder eindringlich an. „Du glaubst, dass du immer das Privileg haben wirst, die blaugraue Uniform der Clear Creek Highschool zu tragen, weil du so supersportlich bist. Du glaubst vielleicht auch, dass die Spiele und das Training und die Mädchen, die versuchen, deine Aufmerksamkeit zu bekommen, einfach ein Riesenspaß sind. Und wie so viele Footballspieler zu allen Zeiten im ganzen Land denkst du, dass es cool ist zu trinken. Dass es nicht schadet, einfach ein paar Bierchen bei einer Party zu kippen, bis du so besoffen bist, dass man dir am nächsten Tag erzählen muss, wie du in deiner Unterhose einen Baum raufgeklettert bist, bevor dir schlecht wurde."

Leises Gelächter kam von den Spielern.

„Genau." Joe grinste und deutete auf einen der Spieler. „Siehst du? Das ist alles ein großer Spaß, nicht wahr? ‚Lass es einfach, Joe ... Lassen Sie uns in Ruhe, Trainer.'" Joes Grinsen verschwand. „Nur dass es etwas daran gibt, das überhaupt nicht lustig ist." Seine Miene wurde hart und streng. „Es ist nicht lustig, wenn du frühmorgens einen Anruf bekommst und auf der Straße die Überreste von zwei Autos findest, die mit Tempo 80 frontal zusammengeprallt sind." Er schlug die Hände zusammen und streckte sie wieder aus. „Die ganze Gehirnmasse in deinem Kopf passt danach hier in meine Handflächen."

Ein paar der Jungs sahen zu Boden. Jetzt lachte keiner mehr.

„Ja, seht nur weg. Bei diesen bescheuerten Alkoholpartys spricht doch nie jemand darüber, wie es ist, wenn man das Gehirn eines Jungen quer über die Straße verteilt sieht, während sein Körper zwischen zerbeulten Stoßstangen und Glasscherben und leeren Bierdosen liegt." Joe biss sich auf seine Lippe und wurde für einen Moment ruhiger. „Ich könnte euch die ganze Nacht davon erzählen, was ich gesehen habe, zum Beispiel von den hysterischen Eltern, die in die Notaufnahme des Krankenhauses rennen, wenn es längst zu spät ist, um sich zu verabschieden. Und das alles nur, weil ein paar Footballspieler der Meinung waren, dass es cool sei zu trinken."

Die Jungs waren ganz bei der Sache. Das spürte Jim. Gott war hier am Werk, auch wenn seine Spieler das jetzt noch nicht wussten.

Joe schüttelte den Kopf. „Das werde ich aber nicht tun. Dafür reicht unsere Zeit nicht." Er ging zu dem DVD-Player. „Alles, was ihr über Alkohol am Steuer wissen müsst, ist hier in diesem Film zu sehen." Er nickte Jim zu und Jim schaltete das Licht aus. Dann betätigte Joe ein paar Knöpfe an dem Gerät, stellte die Lautstärke ein und lehnte sich an die Wand.

Auf der Leinwand – noch bevor irgendwelche Informationen oder Filmtitel zu sehen waren – sah man ein Auto voll mit Jugendlichen. Der Fahrer und zwei Jungs auf dem Rücksitz tranken Bier, während sie eine zweispurige Schnellstraße entlangrasten. Musik dröhnte laut. Das Einzige, was noch lauter war, war das Gelächter der Jungs, als sie sich über ihre Party unterhielten und wie schnell sie die Mädchen abgefüllt hatten, bis sie vollkommen betrunken auf den Sofas eingeschlafen waren.

Es war eine typische Szene – Jungs, die große Sprüche klopften. Jim vermutete, dass jeder Spieler in der Umkleide sich mit ihnen identifizieren konnte.

Nach vielleicht fünfzehn Sekunden drehte sich der Fahrer nach einem seiner Kumpel auf der Rückbank um und verriss im selben Moment das Lenkrad, sodass das Auto direkt in den Gegenverkehr und auf die Lichter eines entgegenkommenden Minivans zusteuerte. Das Geräusch von splitterndem Glas, zusammengedrücktem Metall und quietschenden Reifen wurden immer lauter, während die Kamera in Zeitlupe, den Horror festhielt, der sich in dem Auto voller Jugendlicher abspielte.

Dieser Teil des Filmes war nachgestellt worden, verlangsamt und mit verschwommenen Bildern. Doch als die zerstörten Autos endlich zum Stehen kamen und der Lärm abebbte, wurden echte Bilder gezeigt. Die Aufnahmen der Videokamera aus einem Einsatzwagen der Polizei nahmen jeden aus der Umkleide mit auf den Weg zum Unfallort der beiden Autos. Einer der Polizisten in dem Wagen war Joe Agueda. Eine Stimme aus dem Hintergrund erklärte, dass mit einem speziellen Programm in Los Angeles versucht wurde, Teenager über die Gefahren von Alkohol am Steuer aufzuklären. Deshalb begleiteten Filmstudenten die Polizisten bei Einsätzen am Wochenende.

Getrieben von Adrenalin und Eile und der Notwendigkeit zu schnellem Handeln waren die Polizisten die Ersten am Unfallort. Die Kamera fokussierte die Beamten, als sie aus dem Auto sprangen und für einen Moment schockiert stehen blieben.

„Lieber Gott“, flüsterte Joe in dem Film. „Such nach Überlebenden!“

Sein Kollege rannte zu dem, was von dem Auto noch übrig geblieben war. „Zwei Jugendliche auf dem Rücksitz. Wir brauchen schweres Gerät.“

In dem Autowrack war ein unvorstellbares Blutbad und abgetrennte Körperteile zu sehen.

Einige der Jungs im Raum mussten vor Entsetzen heftig schlucken und ihre Augen bedecken.

„Guckt nicht weg“, bellte Joe sie an. „Das ist doch cool, oder nicht? Mit euren Saufkumpanen am Wochenende um die Häuser ziehen. In der Unterhose auf Bäume klettern.“

Niemand lachte.

Im Hintergrund des Videos war zunächst ein Martinshorn zu hören, dann noch eines. Aus dem Inneren des Minivans klang das Schreien eines Babys. Als die Kamera einen Körper einblendete, sagte ein Sprecher. „Johnny Harris war siebzehn. Er war in der Footballmannschaft der Western Highschool, einer der Spielführer, ein Runningback. Unter sein Foto für das Jahrbuch, das eine Woche zuvor aufgenommen worden war, hatte er geschrieben: ‚Carpe diem – nutze den Tag.‘ Johnny wollte zum College gehen und Wirtschaft studieren. Er ging gerne mit seinem Vater fischen, spielte Playstation mit seinem kleinen Bruder und liebte es, mit seiner Freundin Filme anzusehen.“

Die Kamera schwenkte weiter und ein weiterer Körper kam ins Bild. „Andy Bennett war achtzehn Jahre alt. Als Quarterback der Western

High hatte Andy während seiner Highschool-Zeit bisher noch keinen Alkohol getrunken. Seine Freunde sagten später, er hätte, seit er in der Abschlussklasse war, das Gefühl gehabt, er müsse endlich ein wenig Spaß haben. Außerdem wollte er gerne Astronaut werden ..."

Die Stimme hielt einen Nachruf auf jeden der Jugendlichen, die alle auf der Stelle tot gewesen waren. In dem Minivan war eine junge Mutter gestorben. Ihre beiden Kinder – ein Baby und ein Kleinkind – hatten den Unfall überlebt.

Der Film endete mit dem ergreifenden Bild des Ehemanns der jungen Frau, der bei ihrer Beerdigung sprach. „Sie lebte nicht lange genug, um zu erleben, wie unsere Kinder laufen und lesen lernen. Sie wird niemals miterleben, wie sie aufwachsen und die Schule beenden und heiraten." Er ließ den Kopf sinken und Tränen strömten über sein Gesicht. „Ich werde den Rest meines Lebens versuchen, das hier zu verstehen ... und versuchen, zu vergeben."

Das Lied „Far Away" begleitete die Fotos der Jugendlichen, die zum Abspann eingeblendet wurden – ihre Schulbilder und Schnappschüsse von ihnen mit ihren Freunden oder beim Sport. Jede Fotoreihe endete mit dem Bild des Körpers des Jugendlichen, wie er nach dem Unfall ausgesehen hatte.

Als das Lied endete und das letzte der Bilder allmählich ausgeblendet wurde, schaltete Joe den DVD-Player aus. Im dunklen Umkleideraum herrschte vollständige und bedrückte Stille. An seinem Platz im Hintergrund des Raumes schloss Jim die Augen. Joe hatte recht gehabt. Der Film schlug wirklich auf den Magen. Aber er war genau das, was seine Spieler sehen mussten.

Nach einer langen Minute der Stille schaltete Jim das Licht wieder an.

Joe stand immer noch vorne, seine eigenen Augen waren feucht. „Ich muss immerzu daran denken, was wäre, wenn ihr in diesem Auto gesessen hättet. Was, wenn es Cody Coleman oder Tanner Williams oder Jack Spencer oder Todd Carson gewesen wären?" Er blickte in die tränennassen Augen vor sich. „Oder ein anderer von euch?" Er hielt inne und sein Kinn zitterte. Das war der nette Joe, so wie sie ihn kannten. Doch er knirschte mit den Zähnen und seine Stimme klang wütend, leidenschaftlich und verzweifelt, als er seinen Vortrag beendete. „Bitte trinkt nicht, Jungs. Lasst es bleiben!"

Joe trat zurück an seinen Platz und Jim übernahm. Er ging an einigen der Spieler vorbei und nahm seinen gewohnten Platz neben dem Flipchart ein. Er stellte sich so, dass er sie anschauen konnte, und fragte sich, ob sie hören würden, wie sein Herz klopfte. Er war von dem Film noch völlig mitgenommen, doch es war der richtige Augenblick an der Zeit. Es gab keine bessere Zeit, um seine eigene Geschichte zu erzählen, die, die er fast nie erzählte.

„Als ich an der Highschool war, spielte ich Football, so wie ihr. Ich war ein Linebacker, und ich war so gut, dass sich verschiedene Colleges für mich interessierten." Jim lehnte sich an das Flipchart. „In jenem Jahr habe ich Jenny, meine Frau, kennengelernt."

Er wollte die Geschichte so kurz wie möglich halten. Es war wichtig, dass die Jungs die Eindrücke von dem Video behielten. Er trat vor und suchte den Blick seiner Spieler. Sie waren neugierig, was gut war. Sie mussten endlich über diesen Teil seiner Vergangenheit Bescheid wissen.

Jim holte tief Luft. „An einem Frühlingsabend trafen sich ein paar von uns in einem Park in der Nähe der Schule. Alle wussten, dass die Schüler dort herumhingen und Alkohol tranken." Er presste seinen Kiefer zusammen. „An diesem Abend entschloss ich mich zum ersten Mal, auch dorthin zu gehen. Ich war zu viele Jahre lang der Spielverderber gewesen, der einzige Spieler, der keinen Alkohol trank."

Auf Brandon Reeves Gesicht zeigte sich Verständnis. Genauso hätte Jim vor diesem schrecklichen Abend ausgesehen.

„Ich hatte zwei Bier, vielleicht drei getrunken, als es Zeit war, nach Hause zu gehen. Jenny war auch da – sie wollte mich im Auge behalten. Sie hatte nichts getrunken und sie trinkt auch bis heute nichts. Als wir zu meinem Auto gingen, stritten wir uns. Sie sagte mir, dass sie nicht mehr mit mir ausgehen würde, wenn ich Alkohol trank und dass es so traurig war, weil ich dem Zeug doch so lange widerstanden hatte." Er blickte zu einigen seiner Spieler, die in der hinteren Reihe saßen. „Ihr wisst, wie das ist."

Jim ließ sich von seiner Geschichte gefangen nehmen. Als er an jenem Abend in sein Auto stieg, überkam ihn das Gefühl, dass Jenny vielleicht recht hatte. Vielleicht hatte er wirklich zu viel getrunken, sodass er nicht mehr fahren sollte. In diesem Moment kam sein bester Freund Trent Tinley vorbei, der nach einer Mitfahrgelegenheit nach Hause suchte. Trent und Jim kannten sich schon aus ihrer gemeinsamen Grundschulzeit, als sie zusammen auf dem Schulhof gespielt hatten und im Sportverein gewesen waren. Trent war nicht besonders sportlich, doch er liebte Football. Er war ein Genie in Mathe und Spanisch und garantiert der fröhlichste Typ, den Jim kannte. Die anderen nannten sie „die Brüder", da sie so viel Zeit zusammen verbrachten.

Jim spürte, wie die Gefühle dieser Nacht wieder in ihm aufstiegen. Er hatte Trent das Steuer überlassen. „Ich kann nicht mehr fahren, Mann. Fahr du. Du kannst heute Nacht bei mir schlafen."

„Klar, Mann. Vielleicht glauben die Mädels ja, die Kiste gehört mir." Trent war von dem Vorschlag begeistert gewesen. Jim konnte immer noch die Stimme seines Freundes hören und sein Grinsen sehen. Er spürte einen Kloß in seinem Hals. Er hatte so oft über das nachgedacht, was in der nächsten halben Stunde passiert war, und gehofft, es hätte ein anderes Ende genommen.

Doch so war es nicht.

Was dann passiert war, würde für immer in seiner Erinnerung eingebrannt bleiben. Jim ließ seinen Blick über seine Spieler wandern, als er den nächsten Teil der Geschichte erzählte. Trent hatte sich hinter das Steuer gesetzt und über einen seiner Klassenkameraden gelacht, der im Chemieunterricht am letzten Tag vor den Osterferien die Uhr verstellt hatte, sodass alle früher in die Ferien entlassen worden waren. Wie immer war sein Lachen ansteckend gewesen und als er von dem Parkplatz herunterfuhr, lachten sie alle – Trent, Jim und Jenny.

Was Jim nicht bemerkt hatte, weil er schon zu betrunken gewesen war, war die Tatsache, dass auch Trent Alkohol getrunken hatte. Bestimmt doppelt so viel wie Jim. Doch das merkte er nicht, selbst als Trent viel zu schnell die Hauptstraße entlangraste.

„Hey, mach langsamer", hatte Jim ihn aufgefordert. Er saß neben der Beifahrertür und Jenny zwischen ihnen. Er hielt ihre Hand in seiner.

Trent hatte an Jenny vorbei auf Jims Knie geklopft. „Entspann dich, Kumpel. Lass uns mal ausprobieren, was dieses Baby hier draufhat." Trent lachte sich schlapp, als sei es das Witzigste, was er je gesagt hatte. Dann nahm er den Fuß vom Gas. „War nur ein Spaß, Freunde. Ich bin schon vorsichtig."

Jenny hatte noch keinen Führerschein, und ihre Eltern waren strikt gegen Alkohol. Sie flüsterte Jim ins Ohr: „Trent hat getrunken, Jim."

Jim blickte zu seinen Spielern. Sie hingen an jedem Wort, das er sagte. Einige der Gesichter wirkten überrascht, andere hatten einen wissenden Blick, der besagte, dass sie schon selbst in einer solchen Situation gewesen waren.

Jim schüttelte den Kopf. „Ich sagte ihr, dass sie sich keine Sorgen machen sollte. Wir würden sie zuerst nach Hause bringen und wären schon bald da." Er seufzte. „Damals hatten wir noch keine Handys, sodass wir nicht zu Hause anrufen und jemanden bitten konnten, uns abzuholen." Jim holte tief Luft, als die Erinnerung an die nächsten Minuten lebendig wurde.

Sie waren ungefähr auf halbem Weg zu Jennys Elternhaus, in einer langgestreckten Kurve, als Trent die Kontrolle verlor. „Jim ... Hilfe!", schrie er.

Jim griff nach dem Steuer, doch es war zu spät. Das waren Trents letzte Worte. Er verriss das Steuer und das Auto überschlug sich zweimal, kam von der Straße ab und rollte einige Meter die Böschung hinunter. Das Auto kam auf dem Dach am Fuß eines Hügels zum Liegen. Da war Trent bereits tot. Der Unfall hatte ihm das Genick gebrochen.

Jim verschloss die Erinnerung daran wieder in seinem Herzen, wo sie für immer sein würde. Er schluckte schwer. Sein Leben lang würde er die Entscheidungen dieses Abends bereuen. Wenn er nur Trent nicht gefragt hätte, ob er fahren wollte. „Wenn ich an diesem Abend nüchtern gewesen wäre, hätte ich Trent nach Hause bringen können. Vielleicht würde er dann jetzt neben mir sitzen und euch sagen, wie dumm es ist zu trinken." Er spürte, dass seine Lippen ein wenig zitterten, und er versuchte, sich wieder in den Griff zu bekommen. „Trent war mein bester Freund. Ich vermisse ihn immer noch."

Die Augen von Tanner und Cody füllten sich mit Mitleid, ein paar der Spieler starrten auf den Fußboden.

Jim war noch nicht fertig. Er füllte seine Lungen mit Luft und betete um Kraft, damit er fortfahren konnte. Vor allem, da Trents Lächeln immer noch so deutlich vor seinem inneren Auge zu sehen war. „Der Unfall hat Jennys Daumen beinahe abgetrennt. Als der Notarzt bei uns ankam, war Trent bereits gestorben und der Arzt konnte den oberen Teil von Jennys Daumen nicht mehr retten."

Cole lehnte sich vor und sah erstaunt aus, als könnte er es nicht glauben. Vermutlich hatte er Jennys Daumen schon bemerkt – dafür war er zu oft mit ihr zusammen, um das zu übersehen. Doch jetzt kannte er die Geschichte, die hinter dieser Verletzung stand, und er sah aus, als würde er vor Erstaunen gleich vom Stuhl fallen.

„Als sie uns aus dem Autowrack geholt hatten, versuchte ich aufzustehen, doch ich fiel immer wieder um. Ich konnte meine Beine nicht spüren. Sie brachten uns ins Krankenhaus und die nächsten zwei Tage lang dachten die Ärzte, ich wäre querschnittsgelähmt."

Jim würde niemals vergessen, wie sein Vater in das Krankenzimmer kam, seine Augen rot geschwollen vom Weinen. Sein Vater hielt ihm keine Strafpredigt oder machte ihm Vorwürfe. Er beugte sich nur hinab, nahm Jim in die Arme und weinte mit ihm über das, was er in jener Nacht verloren hatte. Und das alles wegen eines dummen Fehlers, wegen eines Abends, an dem er Alkohol getrunken hatte.

Zwei Tage später begann die Schwellung an einem der Nackenwirbel der bei dem Unfall verletzt worden war, zurückzugehen. Das Gefühl kehrte in Jims Arme und Beine zurück, und im nächsten Schuljahr – seinem Abschlussjahr – konnte er wieder in der Footballmannschaft spielen.

„Aber seit diesem Abend bin ich nicht mehr derselbe gewesen." Jim unterdrückte seine Tränen. „Und ich habe seitdem keinen Tropfen Alkohol mehr angerührt."

Es war so still im Raum, dass Jim das Atmen der Jugendlichen hören konnte. Jetzt kam der entscheidende Teil des Abends. Er hatte einen Stapel Verträge zu dem Treffen mitgebracht und nahm sie jetzt von einem kleinen Tisch. „Ich habe um diese Entscheidung lange im Gebet gerungen und das sage ich auch ganz offen. Wir geben uns sehr viel Mühe, Gott aus der offiziellen Schulpolitik herauszuhalten. Doch wenn ein Trainer herausfindet, dass die meisten seiner Spieler trinken, ist es an der Zeit, Gott wieder ins Boot zu holen."

Seine Spieler nickten zustimmend.

„Ich gebe euch hier einen Vertrag." Jim reichte einigen Spielern die Papiere mit dem Hinweis, sich ein Blatt zu nehmen und den Stapel dann weiterzugeben. „Jeder von euch wird sich diesen Vertrag durchlesen und unterschreiben." Seine Stimme klang streng, gestärkt durch die Leidenschaft, die er bei diesem Thema empfand. „Ihr unterschreibt, oder ihr werdet nicht mehr Football an der Clear Creek Highschool spielen."

Der Vertrag war einfach. Dort, wo der Spieler seinen Namen eintragen sollte, war eine Lücke. Der Vertrag enthielt die Verpflichtung, dass der Spieler keinen Alkohol mehr trinken würde, während er in der Highschool war. Keinen Tropfen. Wenn dieses Versprechen nicht eingehalten wurde, so würde der Spieler aus der Mannschaft ausgeschlossen und hätte keine Berechtigung mehr, weiterhin für Clear Creek zu spielen. Am unteren Rand war Platz für die Unterschrift des Spielers.

Joe nahm eine Tüte mit Kugelschreibern und ging durch den Raum, während er jedem der Spieler einen Stift gab. „Denkt an den Film", sagte er einigen von ihnen.

„Diese Mannschaft ist dafür bekannt, dass sie das, was sie tut, auch richtig macht. Wenn ihr mit diesen Vorschriften nicht einverstanden seid, dann geht jetzt." Jim sah seine Spieler genau an. Er nahm an, dass vielleicht vier oder fünf gehen würden, die nicht bereit waren, Football zu spielen ohne die anschließenden wilden Partys. Doch abgesehen von einem kurzen Zögern bei einigen Spielern lasen sich alle die Verträge schweigend durch und unterschrieben.

„Wenn ihr fertig seid, könnt ihr nach vorne kommen und eure Verträge auf den Tisch legen. Bevor wir dieses Treffen beenden, möchte ich euch noch sagen, dass Brandon Reeves einen Team-Bibelkreis beginnen wird." Jim sah seinen Spieler an. Er war sehr dankbar für den Jungen und für die Gespräche, die sie in dieser Woche geführt hatten. „Er findet mittwochabends bei uns zu Hause statt."

Jim schloss seine Augen. Der nächste Teil würde nicht einfach werden. „Schließlich habe ich eure Spielführer gebeten, von ihrem Amt zurückzutreten. Jetzt ist die Saison vorbei und nächstes Jahr geht es von Neuem los. Für die Zeit bis dahin haben Tanner, Jack und Todd zugestimmt, Brandon zum Mannschaftskapitän zu ernennen."

Brandon sah aus, als sei ihm diese Ankündigung unangenehm, obwohl er gewusst hatte, dass Jim das sagen würde. Er war ein zurückhaltender Anführer. Dieses Amt würde ihn mehr ins Rampenlicht stellen als alles, was er bisher auf dem Spielfeld geleistet hatte.

Jim sah die Überraschung auf den Gesichtern der Jungs. Aber es war keine Überraschung, weil sie schockiert waren. Sondern nun dämmerte auch dem letzten Spieler, dass Trainer Flanigan es ernst meinte. Die Veränderungen waren weitreichend und sie betrafen alle aus der Mannschaft.

„Brandon hat angeboten, dass er noch bleibt und mit denjenigen betet, die das wollen." Jim sah diejenigen an, von denen er annahm, dass sie von dem Vorschlag einer Gebetsgemeinschaft im Umkleideraum nicht begeistert wären. „Das ist freiwillig. Geht also nicht nach Hause und erzählt euren Eltern, dass der Trainer euch zum Beten gezwungen hat. Brandon hat es angeboten und ich glaube, dass eine Menge von euch Jungs etwas Hilfe von oben gebrauchen könnten, um ihr Leben auf die Reihe zu kriegen."

Das Treffen endete und die Jungen brachten ihre unterschriebenen Verträge schweigend nach vorne, die Köpfe gesenkt, die Augen abgewandt. Sechs Spieler gingen sofort danach, diejenigen, die Jim im Verdacht hatte, dass sie sogar während der Saison Alkohol tranken. Die anderen blieben und stellten sich mit Brandon in einem Kreis auf.

„Gott, unsere Mannschaft ist im Moment ganz schön durcheinander." Brandons Stimme war klar und bestimmt. „Wir wissen, wie ernst es der Trainer meint und wie gefährlich Alkohol sein kann. Hilf bitte jedem aus der Mannschaft, dass wir uns an den Vertrag halten können, den wir gerade unterschrieben haben." Er machte eine Pause. „Und für die Jungs, die gerade gegangen sind, bete ich, dass du ihre Herzen veränderst. Denn ich glaube, dass wir dich alle dringend nötig haben. Amen."

Die Spieler verließen den Umkleideraum, wobei Tanner, Jack und Todd sich von Jim verabschiedeten und sich noch einmal für ihr Verhalten entschuldigten.

Tanner war offensichtlich sehr bewegt von dem Treffen. Er räusperte sich. „Das heute Abend war genau das, was wir gebraucht haben." Er streckte seine Hand aus, um Jims Hand zu schütteln, doch dann überlegte er es sich anders und umarmte ihn stattdessen. „Danke, Trainer."

Cody wollte mit Jim fahren, also war er der letzte Spieler, der noch in der Umkleide blieb.

Jim bedankte sich bei Joe, als sie abgeschlossen hatten und zum Parkplatz gingen. „Der Film war genau so, wie du es beschrieben hast." Jim rieb sich den Hinterkopf. Er fühlte sich völlig ausgelaugt. „Ich könnte ihn mir nicht noch einmal ansehen."

„Ich erinnere mich an diesen Abend, als wäre es gestern gewesen." Joes Augen spiegelten den Schmerz wider, den er damals empfunden hatte. „Ich hoffe nur, dass er hier einige Sachen in Gang bringen und verändern wird."

Als sie allein im Auto waren, lehnte sich Cody gegen die Beifahrertür und begann leise zu weinen. Die Tränen strömten über seine Wangen. Nach einer Weile sah er Jim an. „Ich werde Alkohol von jetzt ab ganz anders sehen."

Jim fühlte, wie ihn eine Welle der Gefühle überrollte. Obwohl er die Erlaubnis der Verwaltung hatte, dass seine Spieler die Verträge unterzeichneten, und obwohl er klargestellt hatte, dass der Vorschlag mit dem Beten und Bibellesen freiwillig war, gab es in einem Punkt keine Frage. Er hatte mit dem heutigen Abend seinen Job als Trainer aufs Spiel gesetzt. Wenn er ihn verlieren würde, wenn die ganze Geschichte auf ihn zurückfallen würde, dann sollte es so sein. Gott würde sich um die Einzelheiten kümmern. Wenigstens waren seine eigenen Teenager nicht der Versuchung ausgesetzt, Alkohol zu trinken. Er dankte Gott dafür, dass er so weiter in Bloomington sein konnte, sodass sie mit dem christlichen Kindertheater weitermachen konnten.

Und was das Treffen betraf – alles, was wichtig war, waren die Worte, die Cody gerade gesagt hatte. Jetzt konnte Jim nur noch dafür beten, dass der Rest seiner Mannschaft genau das Gleiche fühlte.

Kapitel 18

Katy beschloss, die Besprechung in ein Café zu verlegen.

Seit Daynes Unfall hatte sie ihre Aufgaben als Leiterin des christlichen Kindertheaters vernachlässigt und jetzt benötigte sie weitere Unterstützung mit den Kindern, zumindest bis nach ihren Flitterwochen. Es war noch zu früh, um zu erwähnen, dass sie eventuell danach damit beschäftigt sein würde, einen Film zu drehen.

Sie musste ihr Team zusammenrufen und fragen, wie es ihnen ging und was sie von *Oliver!*, der nächsten CKT-Show, hielten. Katy würde während der ganzen Spielzeit dabei sein und auch Dayne hatte seine Hilfe zugesagt. Doch zwischen den Hochzeitsvorbereitungen und zwei oder drei Reisen nach Los Angeles brauchten sie Unterstützung. Und dann kam die Frühjahrssaison, die Rhonda zu leiten hatte.

Sie mussten zudem über Gerüchte sprechen, dass die Besitzer des Theaters Pläne zum Verkauf hatten und dass an Stelle des Theaters Wohnblocks gebaut werden sollten. Die Bezirkskoordinatorin hatte einige Informationen, die sie weitergeben wollte. Katys Herz brach allein bei dem Gedanken daran, dass das christliche Kindertheater eventuell aufhören müsste.

Der Nachmittag war strahlend schön und kalt. Es lag ein wenig Schnee, doch die Straßen waren frei. Katy kam als Erste an und atmete den warmen Geruch von Kaffee und frisch gebackenen Croissants ein. Sie fand einen leeren Tisch und breitete ihre Unterlagen für die Besprechung aus. Sie hatte Kopien für Rhonda, Ashley, Al und Nancy Helmes gemacht, die für die Musik verantwortlich waren, und auch für Bethany Allen, die Bezirkskoordinatorin. Dayne hatte eine Telefonkonferenz mit seinem Agenten und dem Produzenten, doch vielleicht würde er später noch dazukommen. Sie hatte vorsichtshalber eine zusätzliche Kopie mitgebracht.

Es würde guttun, alles zu besprechen und einen Plan zu entwerfen. Denn die Zeit bis zu ihrer Hochzeit würde voller Aufregungen und Überraschungen stecken und im Nu vergehen. Sie liebte Dayne mehr als je zuvor und sie war sich sicher, dass ihre Zukunft sich so entwickeln würde, wie sie es sich erträumten.

Doch Katy hatte sich dem Theater und den Kindern verpflichtet und da Wilma Waters die Hochzeit plante, musste sie sich jetzt auf die Aufgaben konzentrieren, die Gott ihr gegeben hatte. Und darauf, wie es nach der nächsten Spielzeit weitergehen würde.

Das Café war nicht sehr voll. Nur ein paar Menschen waren in ihre Zeitungen vertieft oder unterhielten sich leise an den Tischen in den kleinen Nischen.

Katy ließ ihre Notizen auf dem Tisch liegen und ging an die Theke um etwas zu bestellen. „Einen große Café Latte, bitte, mit extra viel Schaum."

Das Mädchen hinter der Theke, vielleicht eine College-Studentin, sah sie einen Moment länger an als nötig und als sie das Getränk brachte, zögerte sie. „Sind Sie Katy Hart?"

„Ja." Katy bezahlte ihren Kaffee und lächelte. „Sie kennen vermutlich jemanden aus dem christlichen Kindertheater."

„Nein." Das Mädchen starrte sie mit offenem Mund an. „Es ist nur … Ich habe Ihr Foto in den Zeitschriften gesehen und ich wusste, dass Sie hier leben." Ihre Hände zitterten, als sie Katy das Wechselgeld gab. „Sie sind mit Dayne Matthews zusammen, nicht wahr?"

Katy spürte, wie ihre Wangen heiß wurden. Das war bisher noch niemals in Bloomington passiert – dass sie jemand aufgrund der Bilder in den Zeitschriften erkannte. Sie wusste zwar, dass sie nun eine Person war, für die sich die Presse interessierte. Doch so etwas hatte sie nicht erwartet.

Die Bedienung hob ihre Hände. „Ist schon okay. Sie müssen nicht antworten. Ich … ich kann es nur nicht fassen, dass Sie mit ihm zusammen sind. Er ist so … so absolut überwältigend."

Einerseits hätte Katy liebend gern ihre Hand mit dem Verlobungsring gehoben und dem Mädchen gezeigt, dass sie nicht nur mit Dayne Matthews *zusammen war*. Sie war mit ihm *verlobt*. Doch stattdessen lächelte sie höflich. „Ja, wir gehen zusammen aus."

Die junge Frau lehnte sich weiter vor, ihre Hände auf die Theke gestützt, und senkte ihre Stimme. „Wie ist er so? Ich meine, ist er in Wirklichkeit genauso umwerfend wie im Film?"

Katy hätte beinahe gekichert, doch sie beherrschte sich gerade noch. Wenn Paparazzi ihr Fragen stellten, ging sie nicht auf Einzelheiten ein, ohne dass Dayne dabei war. Doch hier war es in Ordnung. „Dayne liebt Gott und er liebt mich. Das ist alles, was ich mir wünsche."

Der Mund des Mädchens blieb offen stehen. „Er liebt Gott wirklich? Aber darüber haben sie in den Zeitschriften nichts geschrieben."

„Ja, Dayne versucht Gott mit allem, was er tut, Freude zu machen."

„Wow." Das Mädchen sah aus, als würde es gleich in Ohnmacht fallen. Sie streckte ihre Hand aus und berührte Katys Hand. „Ich habe gerade die Hand der Frau berührt, die Dayne Matthews liebt. Ich kann es nicht glauben." Sie blinzelte und richtete sich auf, als ob sie wieder zu Bewusstsein käme. „Wissen Sie was? Vielleicht gehe ich auch mal zur Kirche." Sie grinste. „Ich meine, wenn Gott für Dayne gut ist, ist er vielleicht auch für mich gut."

Katy trat einen Schritt zurück. „Gott ist gut für uns alle." Inzwischen stand ein Pärchen hinter ihr an und sie wollte kein Aufsehen erregen. Sie winkte dem Mädchen und trug ihren Kaffee zurück zu ihrem Tisch. Wie verrückt war das denn? Das Mädchen wollte zur Kirche gehen, nur weil Dayne es auch tat? Ein Schauer lief über ihren Rücken. Die Verantwortung, die man trug, wenn man so in der Öffentlichkeit stand, war riesig. Größer als sie es bisher gedacht hatte.

Sie hatte sich gerade gesetzt, als Ashley und Rhonda durch die vordere Tür eintraten. Ashley trug einen schwarzen Wollmantel und einen Schal. Katy hoffte nur, dass die Angestellte sie nicht auch erkennen würde. In den letzten Wochen hatte Ashley sich nicht gut gefühlt. Sie brauchte jetzt keine Szene an der Kaffeetheke.

Katy beobachtete sie, doch ihre Freundinnen bestellten ihren Kaffee und bekamen ihn ohne Zwischenfall. Sie entdeckten sie und kamen zu ihrem Tisch. „Wollt ihr etwas Verrücktes hören?"

Ashley sah erschöpft aus, als sie sich auf einen Stuhl fallen ließ und sich gegen die Wand lehnte. „Ich hoffe, es ist etwas Schönes. Ich könnte etwas zum Lachen gebrauchen."

„Ich auch." Um Rhondas Augen lagen Schatten, die vorher nicht dort gewesen waren. Sie vermied es, Katys Blick zu begegnen, fast wirkte es, als täte sie es mit Absicht. Sie sagte nichts dazu, doch sie würden später darüber reden. Dafür würde Katy schon sorgen.

Sie erzählte ihnen von dem Mädchen an der Theke.

Ashley war genauso entgeistert wie sie. „Die Menschen beten ihn fast schon an."

„Er ist halt ein toller Kerl, sogar ohne die ganze Schauspielerei." Rhonda lächelte, doch ihre Augen blieben umwölkt.

Katy sah ihre Freundin forschend an. Rhonda hatte recht, was Dayne betraf, aber ihre Worte enthielten eine Spur Bitterkeit. Sie nippte an ihrem Kaffee. „Wie läuft es mit Aaron?"

Rhonda zuckte mit den Schultern. „Wir sind gute Freunde. Nicht mehr."

Ashley sah überrascht aus. „Er hat beim Teencamp mitgearbeitet, nicht wahr?"

„Ja." Rhonda brachte ein leichtes Lächeln zustande. „Wir hatten Spaß, als wir dort waren. Aber es ist nicht mehr daraus geworden."

„Ich dachte, er wäre an dir interessiert." Katy grinste Rhonda an. Sie wollte sie so gerne aus ihrer melancholischen Stimmung herausholen, in der sie gefangen war. „Er besucht dich doch immer noch bei der Arbeit, oder?"

Rhonda lachte. „Das macht er." Das war der erste Riss in der Spannung, die zwischen ihnen herrschte. „Doch er schafft es nicht, mich zu fragen, ob wir ausgehen wollen."

„Vielleicht ist er schüchtern." Ashley lehnte immer noch ihren Kopf gegen die Wand.

„Ich weiß es nicht." Rhonda legte ihren Kopf nachdenklich zur Seite. Sie ließ ihren Blick auf Ashley ruhen. „Ich glaube, ich suche nach dem Besonderen, nach der wahren Liebe. Ich meine, Aaron ist eben nicht Dayne Matthews."

„Rhonda, sei vorsichtig." Ashley setzte sich auf. Ihr Gesichtsausdruck und ihr Tonfall besagten, dass sie sich über diese Bemerkung ärgerte, egal ob sie müde war oder nicht. „Ein Mann muss nicht Dayne Matthews heißen, um ein guter Freund oder ein guter Ehemann zu sein. Es geht nur darum, dass ihr zusammenpasst, und dass jeder von euch etwas in die Beziehung einbringt, das euer Leben besser macht." Ashley schien sich zu beruhigen und lächelte. „Also solltest du dir Aaron Woods vielleicht doch noch mal genauer ansehen."

„Vielleicht." Rhondas Stimme klang fröhlicher als zuvor, doch ihre Worte enthielten immer noch ein wenig Bitterkeit. „Wir können schließlich nicht alle mit einem Hollywoodstar ausgehen."

Ashley sah aus, als würde sie das Thema nur zu gerne vertiefen.

Doch Katy wollte das Thema wechseln. „Hier." Sie gab jedem eine Kopie der Tagesordnung. Das war leider genau das, was sie befürchtet hatte – dass Rhonda möglicherweise eifersüchtig auf ihre Beziehung zu

Dayne und ihre bevorstehende Hochzeit war und es nicht mochte, dass Katy nun nicht mehr so viel Zeit für sie hatte wie früher. „Wir haben eine Menge zu besprechen."

„Ich bin froh, dass wir uns treffen." Ashley stützte ihre Arme auf den Tisch. „Wegen des ganzen Trubels mit der Renovierung von eurem Haus und wegen Devin, der meine Zeit in Anspruch nimmt, habe ich dem Kindertheater in letzter Zeit nicht genug Aufmerksamkeit gewidmet."

„Und ich ganz bestimmt auch nicht." Katy sah, wie Nancy, Al und Bethany hereinkamen. Sie bedeuteten ihr, dass sie sich zuerst etwas zu trinken holen wollten.

„Erzähl uns von den Hochzeitsvorbereitungen." Ashleys Augen strahlten. „Hilft euch diese Hochzeitsplanerin immer noch?"

„Sie ist wunderbar." Katy versuchte keine Notiz davon zu nehmen, wie Rhonda zur Seite blickte. „Wir sind dabei, die Möglichkeiten abzuwägen." Sie streckte ihre Hand aus und legte sie über Ashleys Hand. „Du siehst gar nicht gut aus, Ash. Willst du lieber nach Hause gehen? Ich kann dich später informieren, worüber wir gesprochen haben."

„Mir geht es gut. Dieser Grippevirus hat einige Leute erwischt. Kari fühlt sich genauso und sie hat es ungefähr zur gleichen Zeit bekommen wie ich." Ashley wurde ein bisschen munterer. „Landon passt auf die Jungs auf. Ich habe ihm gesagt, dass ich nicht lange weg bin."

Die anderen gesellten sich zu ihnen und die Besprechung begann.

„Lasst uns zuerst über *Oliver!* reden." Das war der Teil, auf den sich Katy am meisten freute. Sie liebte die Geschichte von Oliver Twist, seit sie ein kleines Mädchen gewesen war. Sie jetzt zu inszenieren – mit Daynes Hilfe und in dem Jahr ihrer Hochzeit – würde für alle Beteiligten wunderbar werden. Unabhängig davon, was die Zukunft für das christliche Kindertheater bringen würde.

„Wir stehen voll hinter *Oliver!*" Al und Nancy Helmes saßen neben Rhonda. „Wir können es euch genauso gut jetzt schon sagen." Al wechselte einen Blick mit seiner Frau. Dann wandte er sich an Katy. „Wir werden im April nach Phoenix umziehen. Unsere Kinder leben dort und das Klima ist wärmer als hier. Wir kaufen uns eine kleine Eigentumswohnung, damit wir flexibel sind und gut verreisen können."

Nancys Augen spiegelten die verschiedensten Gefühle wider. „Am schwersten fällt es uns, unsere Freunde im Kindertheater zurückzulassen. Vor allem euch alle hier."

Tiefes Bedauern stieg in Katy auf. Al und Nancy Helmes waren seit Jahren für die Musik beim christlichen Kindertheater verantwortlich. Sie ausgerechnet in diesem Jahr zu verlieren, wo so vieles in Bezug auf das Theater unsicher war, gab Katy das Gefühl, eine Niederlage zu erleben. Doch sie lächelte tapfer. Sie griff über den Tisch und streichelte Nancys Hand. „Wir sind so froh, dass ihr euch so lange und intensiv in das Theater eingebracht habt. Wenn Gott euch sagt, dass es für euch an der Zeit ist, aufzubrechen, dann werden wir für euch beten und euch das Beste wünschen."

Nancys Augen füllten sich mit Tränen. „Lasst uns jetzt aber erst mal über *Oliver!* reden."

„Die gute Nachricht ist, dass Katy die Leitung übernehmen wird." Bethany sah glücklich und erleichtert aus. „Ihre Hochzeit findet irgendwann nach der letzten Aufführung statt."

Rhonda sagte zu, die Aufgaben der Choreografin und als Assistentin von Katy zu übernehmen.

Ashley würde sich um die Bühnenbilder kümmern. „Mit ein bisschen Unterstützung von meinem Bruder." Ein verschmitztes Lächeln spielte um ihre Lippen.

„Er wollte schon immer Bühnenbilder malen." Katy machte sich eine Notiz. „Ich kann mir vorstellen, dass seine Wünsche in Erfüllung gehen."

Alle lachten, sogar Rhonda.

Die Spannung, die Katy zwischen ihnen empfand, löste sich, als sie über *Oliver!* sprachen und darüber, wie sie sich die Bühne vorstellte. „Ich habe mit Bill Shaffer gesprochen." Katy klebte ein Post-it neben das Wort *Requisite* auf ihren Notizen. „Er stellt sich eine Brücke als erstes Bühnenbild vor." Sie zeichnete eine Skizze, um es zu verdeutlichen. „Auf der einen Seite kommen Stufen herunter, sodass wir die Möglichkeit haben, die Darsteller auf den Boden oder auf die Brücke zu postieren – vor allem für die Szenen, wo alle auf der Bühne sind."

„Das ist eine Herausforderung." Al legte seinen Arm um seine Frau. „Achte darauf, dass ein Geländer an der Treppe ist, damit die Kinder abgesichert sind."

„Auf jeden Fall. Bill baut die besten Bühnen, die ich je gesehen habe." Katy klopfte mit ihrem Stift auf die Stelle ihrer Skizze, wo sie die Treppenstufen eingezeichnet hatte. „Das wird der aufwendigste Bühnenaufbau, den wir je hatten, doch Bill ist ein Genie. Er wird es schon hinkriegen."

Anschließend sprachen sie über die Musik und die Choreografie. „Fagins Bande müssen die Jungen spielen, die tanzen können. Die meisten der schnellen Lieder werden von ihnen gesungen."

„Wann sind die Termine zum Vorsingen?" Ashley hatte ihren Taschenkalender vor sich liegen. Sie hatte sich bereits einige Notizen gemacht.

„Am ersten Freitag im Januar." Bethany holte ebenfalls ihren Kalender hervor. „Wenn wir die Show vor der Hochzeit von Katy und Dayne beenden wollen, dann müssen wir eine Woche früher anfangen."

Die Jury würden Katy, Rhonda und die Helmes bilden. „Die Kinder singen eine Minute lang ihr Lied, so wie immer." Katy spürte, wie es bei dem Gedanken daran in ihr kribbelte. Sie liebte das Vorsingen. „Wir schauen uns die Ergebnisse an und rufen abends die Kinder zurück, die wir noch einmal hören wollen. Das zweite Vorsingen findet dann am nächsten Morgen statt."

Nachdem die Einzelheiten zu *Oliver!* geklärt waren, ging Katy zum nächsten Punkt auf ihrer Tagesordnung über. Die Themen wurden immer schwerer, je weiter sie die Liste abarbeitete. „Das führt uns zu der Frühlingsaufführung." Bethany wusste bereits, was Katy sagen würde, und schaute zu Ashley und dann zu Rhonda hinüber. „Ich habe mit Dayne gesprochen und ich kann nicht fest zusagen, dass ich bei dieser Show dabei sein werde. Da ist die Hochzeit, dann die Flitterwochen und Dayne möchte, dass ich mit ihm in LA bleibe, wenn er seinen nächsten Film dreht." Sie erwähnte nicht, dass sie sich bereit erklärt hatte, selbst für eine Rolle vorzusprechen. Auf jeden Fall würde sie nicht in Bloomington sein.

Bethany übernahm das Gespräch. „Wir wollen keine dauerhaften Veränderungen vornehmen – jedenfalls nicht, solange Katy nach dem Sommer wieder in die Herbstproduktion mit einsteigt. Aber wir möchten Rhonda fragen, ob sie bereit wäre, die Verantwortung für die Frühlingsshow zu übernehmen. Das Stück wird *Seussical* sein – alle Kinder lieben es!"

Katy sah, wie Rhondas Augen aufleuchteten. „Ernsthaft?"

„Kannst du es mit deiner Arbeit koordinieren?"

Rhonda arbeitete tagsüber in einem Büro. Sie grinste. „Ich nehme an, das ist der Punkt, an dem das Singledasein seine Vorteile hat." Sie schlug ihre Hände zusammen. „Kindertheater ist abends und an den Wochenenden. Das sollte kein Problem sein."

„Gut." Bethany sah in ihre Unterlagen. „Jetzt zu deiner Unterstützung. Das christliche Kindertheater in Cleveland ist schon länger dabei als wir. Sie haben einen Studenten der Theaterwissenschaften, der sehr an Regiearbeit interessiert ist. Ich habe bereits mit ihm gesprochen und er ist bereit, für die Frühjahrsproduktion hierherzukommen und auch beim Sommercamp mit dabei zu sein. Und jetzt kommt das Beste: Ich habe auch mit den Flanigans gesprochen. Katy wird bis dahin ausgezogen sein und Jim und Jenny haben zugesagt, dass er in ihrem Apartment über der Garage wohnen kann."

„Ist das wahr?" Von diesen Einzelheiten hatte Katy bisher noch nichts gehört. Und jetzt, in wenigen Sekunden, waren alle Einzelheiten perfekt zusammengekommen. Rhonda würde die Aufführung leiten, unterstützt von einem Mitarbeiter der besten Kindertheatergruppe im ganzen Land. Und nicht nur das – da man in diesem Job so gut wie nichts verdiente, hatte er sogar bereits einen kostenlosen Platz zum Wohnen. So wie es damals bei ihr gewesen war, als sie nach Bloomington kam. „Das ist perfekt! Erzähl uns von dem Studenten."

„Ich weiß nicht viel über ihn. Er heißt Chad Jennings. Er ist achtundzwanzig, hat einen tiefen Glauben und eine große Begeisterung für das Theater. Sein Lebenslauf ist beeindruckend." Bethany konzentrierte sich auf Rhonda. „Eines Tages möchte er selbst ein Theater leiten."

„Okay." Ashley hob ihre Hand, als könnte sie keinen Moment länger dem Gespräch zuhören, ohne ihre eigene Meinung zu äußern. „Ich werde fragen, wenn es sonst keiner tut." Sie machte eine Pause. „Wenn er mit Rhonda zusammenarbeitet – ist er Single?"

Alle kicherten.

Sie tranken ihren Kaffee aus und überlegten dabei, wer Rhonda außerdem bei der Frühlingsaufführung unterstützen könnte.

Katy dankte Gott im Stillen, dass die Einzelheiten sich so schnell klärten. „Noch etwas. Bailey Flanigan nimmt seit Jahren Tanzunterricht."

„Sie ist zweifellos die beste Tänzerin im Kindertheater." Rhondas Stimme war genauso aufgeregt wie sie selbst.

Katy hatte die Vor- und Nachteile dessen, was sie jetzt sagen würde, wochenlang erwogen. „Sie könnte dazu in der Lage sein, eine Show zu choreografieren."

Rhonda schnappte nach Luft. „Das ist eine tolle Idee. Ich könnte ihr dabei helfen, doch sie würde alle Freiheiten haben, selbst kreativ zu sein."

Nun sprachen alle aufgeregt durcheinander und genau in diesem Moment kam Dayne herein. Katy sah ihn und lächelte. Er trug einen Wollmantel, auf dem sich Schneeflocken gesammelt hatten. Er entdeckte sie sofort und ihre Blicke trafen sich. Katy spürte, wie ihr Herz schneller schlug. Sie konnte es nicht erwarten, ihn zu heiraten. Jeder Tag fühlte sich an wie ein ganzes Jahr.

Plötzlich fiel ihr das Mädchen an der Theke ein. Sie schlüpfte an Bethany vorbei und entschuldigte sich kurz. Wenn die Angestellte Dayne erkennen würde, würde es mit jeglicher Normalität vorbei sein. Doch Katy wollte nicht, dass Dayne von den guten Ergebnissen der Besprechung abgelenkt wurde.

Die Angestellte war glücklicherweise damit beschäftigt, etwas zu trinken zuzubereiten. Katy eilte zu Dayne, griff nach seinem Arm und zerrte ihn zu ihrem Tisch. Unterwegs sah sie zu ihm auf. „Du riechst gut."

„Es ist auch schön, dich zu sehen." Er lachte. „Habe ich etwas verpasst?"

„Das Mädchen an der Theke. Sie ist verrückt nach dir." Katy ließ Dayne neben Bethany Platz nehmen, sodass die Angestellte nur seinen Rücken erkennen konnte, wenn sie zu ihnen hinübersah. Als sie wieder saßen, erzählte Katy ihr Erlebnis – dass das Mädchen an der Theke Katy berühren wollte, nur weil Katy Dayne berührt hatte.

„Na großartig." Er wandte sich den anderen zu. „Also, wo seid ihr stehen geblieben?"

„Du hast einen Job." Ashley spähte an Bethany vorbei. Ihre Augen funkelten, so wie sie es immer taten, wenn sie mit Dayne zusammen war.

„Bühnenbilder?" Dayne sah aus wie ein erwartungsvoller Schuljunge, der hoffte, dass er Spielführer der Fußballmannschaft werden würde.

„Ja, du und ich." Ashley klatschte ihn ab. „Bill Shaffer baut die Bühne, du bist für die Routinearbeiten zuständig und ich male."

„Routinearbeiten!" Daynes Stimme triefte vor Sarkasmus. „Mein Traumjob!"

Alle brachen in lautes Gelächter aus. Katy war froh darüber, wie tief die Beziehung zwischen Dayne und Ashley mittlerweile geworden war. Mehr als alle anderen ihrer Geschwister hatte Ashley es sich gewünscht, ihren älteren Bruder zu treffen. Katy erinnerte sich noch gut daran. Und jetzt arbeiteten sie Seite an Seite, um Bühnenbilder zu gestalten. Von einer solchen Konstellation hatte weder sie noch Ashley jemals zu träumen gewagt.

Katy machte Dayne mit Al und Nancy bekannt und informierte ihn über das, was sie zu *Oliver!* und *Seussical* schon besprochen hatten. „Also haben wir die Winter- und Frühlingsproduktion schon geklärt." Katy sah in ihre Notizen. Vor diesem Teil der Besprechung fürchtete sie sich am meisten. „Jetzt sollten wir über das Theater sprechen." Bethany hatte Unterlagen mit den Einzelheiten mitgebracht. Katy hatte das starke Gefühl, dass es keine guten Neuigkeiten waren. „Bitte, Bethany."

Bethany blätterte ihre Unterlagen durch und zog drei zusammengeheftete Blätter heraus.

Die ganze Gruppe wurde auf einmal sehr still, als ob sich jeder vor dem fürchtete, was in diesem Teil der Besprechung kommen würde.

„Ich möchte es kurz machen. Ich habe einen Bericht von den Besitzern des Bloomingtoner Theaters bekommen. Es bestätigt die Gerüchte, die wir alle gehört haben."

Unter dem Tisch fasste Dayne nach Katys Fingern und drückte sie sanft.

„Sie haben vor, das Theater am Ende des kommenden Sommers zum Verkauf anzubieten." Die Gefühle schienen Bethany zu überwältigen und sie schloss die Augen. Als sie sie wieder öffnete, waren sie nass und traurig. „Ein Investor ist daran interessiert und möchte das Theater abreißen und Wohnblocks mit Eigentumswohnungen bauen. Da das Grundstück an den Park grenzt, ist ein solches Vorhaben offenbar sehr lukrativ."

Katy fühlte sich so schlecht, dass sie nichts sagen konnte. Sie würde heiraten, Nancy und Al zogen fort und jetzt sah es so aus, als würden sie auch noch ihr Theater verlieren.

Rhonda war die Erste, die etwas sagen konnte. „Das bedeutet aber, dass noch nichts definitiv beschlossen ist, oder?"

„Sie bieten es zum Verkauf an. Was sie mir sagen, klingt so, als hätten sie den Beschluss schon gefasst."

„Wie ist es mit anderen Theatern oder anderen Möglichkeiten?" Daynes Stimme klang mitfühlend. Er hatte sich selbst noch nicht direkt am christlichen Kindertheater beteiligt, doch er dachte wahrscheinlich daran, wie viel das Theater für Katy und die Menschen in Bloomington bedeutete.

„Das einzige andere Theater in der Stadt, das groß genug für unsere Aufführungen wäre, ist das an der Universität. Und ihr Belegungsplan ist schon für ein Jahr im Voraus voll." Bethany schaute ihre Notizen durch. „Der Verwalter sagte mir, dass Theatergruppen, die bereits Aufführungen an ihrem Theater gemacht haben, bei der Buchung den Vorrang bekommen."

Katy spürte, wie ihr Tränen in die Augen stiegen. Sie hatte tausend kostbare Erinnerungen an dieses Theater. Sarah Jo Stryker, die neben Tim Reed in *Tom Sawyer* sang. Bailey Flanigan, die die Weiße Hexe in *Narnia* spielte. Die Probe für den Schwertkampf in *Robin Hood.* Hunderte Stunden von Frust und Schweiß und Tränen und doppelt so viele Stunden mit Lachen und Musik und Tanz. In diesem Theater hatte sie Dayne das erste Mal gesehen, und hier hatte er ihr auch den Heiratsantrag gemacht.

Sie konnte sich einfach nicht vorstellen, dass nun jemand dieses Gebäude abreißen und Wohnblocks bauen würde.

„Ich habe diesen Bericht so lange angestarrt, bis ich ihn auswendig konnte." Bethany gab die Blätter an Katy weiter. „Momentan können wir erst mal nur beten, dass die Besitzer ihre Meinung ändern." Sie räusperte sich, und Katy wusste, dass das Schicksal des Theaters ihrer Chefin genauso naheging wie ihr selbst. „Wenn sie das Theater verkaufen, müssen wir in Erwägung ziehen, das christliche Kindertheater zu schließen. Natürlich ist das jetzt noch streng vertraulich. Ich möchte nicht, dass irgendjemand außerhalb unserer Gruppe davon hört, dass diese Möglichkeit im Raum steht."

„Wir können nicht schließen!" Ashley sah aus, als würde sie ebenfalls gleich in Tränen ausbrechen. „Die Baxter-Enkelkinder haben noch nicht für eine Aufführung vorgesungen!"

„Eine Menge Kinder haben das noch nicht." Bethany schloss ihr Notizbuch und faltete die Hände. „Mich beschäftigt die Sache sehr. Ich wollte euch davon erzählen, damit ihr ebenfalls dafür beten und euch nach einer anderen Möglichkeit umsehen könnt, damit wir das CKT erhalten können."

Schock und Traurigkeit senkten sich über die Gruppe. Sie beendeten die Besprechung mit einem Gebet, denn Beten war nicht nur die beste Möglichkeit, die sie hatten. Es war ihre *einzige* Möglichkeit.

Al betete stellvertretend für alle. „Herr, wir befinden uns mit dem Kindertheater in einer seltsamen Situation. Einerseits scheint es, als ob wir gerade die schönste Zeit erleben, doch andererseits scheint es auch, als sei es der Anfang vom Ende. Und das möchte niemand von uns." Er hustete und es klang, als müsste er um Fassung ringen. „Wir bitten dich, Gott, dass du die Meinung der Theaterbesitzer änderst. Bloomington braucht das Theater, die Kinder brauchen das Theater. Bitte, Vater, ändere du die Herzen der Besitzer, und wenn das nicht geschieht, so gib unseren lieben Freunden hier eine andere Möglichkeit, um das Kindertheater weiterzuführen."

Ganz egal, wie gut die Besprechung bis dahin verlaufen war, so blieb doch der Abschluss wie eine dunkle Wolke über allen hängen, als sie auseinandergingen. Sie umarmten sich zum Abschied und obwohl Katy bemerkte, dass mit Rhonda immer noch nicht alles in Ordnung war, wirkte ihre Freundin fröhlicher als vorher. „Wir müssen uns bald mal treffen." Katy suchte ihren Blick. „Das will ich wirklich!"

„Okay." Rhondas Lächeln war authentisch. „Es tut mir leid, Katy. Ich war in letzter Zeit nicht ich selbst."

„Das ist schon in Ordnung." Katy umarmte sie. „Lass uns bald mal reden."

Sie verließen das Café in dem Moment, als die Angestellte Dayne erkannte. „Hey!", schrie sie. „Hey, das ist Dayne Matthews!"

Dayne griff nach Katys Hand und zog sie durch die tanzenden Schneeflocken zu ihrem Auto. Dann zog er sie an sich und sie schob ihre Arme unter seinen Mantel und um seinen Nacken. „Es bricht mir das Herz, Dayne."

„Ich weiß." Er küsste sie auf den Kopf. „Doch warst du nicht diejenige, die mir erklärt hat, dass Gott niemals eine Tür schließt, ohne eine andere Tür zu öffnen?"

Katy schmiegte sich dichter an ihn. „Ich möchte keine andere Tür. Ich will, dass das christliche Kindertheater in Bloomington bleiben kann."

„Doch was ist, wenn ..." Seine Stimme blieb so sanft, wie sie eben geklungen hatte, „... wenn du einen Film mit mir machst und das auch gerne tust? Deine musikalischen Leiter verlassen das Theater, die Besitzer wollen das Gebäude verkaufen und wir beginnen unsere gemeinsame Zukunft ... Vielleicht ist die Zeit des Kindertheaters vorbei? Vielleicht ist das Gottes Plan?"

Diese Möglichkeit war Katy auch schon in den Sinn gekommen, doch sie hasste es, das zuzugeben. „Rhonda kann es fortführen. Sie hat sich so gefreut, als wir sie gefragt haben, ob sie *Seussical* leiten will."

Dayne streichelte ihr über den Rücken. „Ich nehme an, dass Gott uns rechtzeitig zeigen wird, was dran ist."

Sie hatten vor, zusammen zu den Flanigans zu fahren, um Plätzchen für das Weihnachtssingen zu backen, das die Baxters für morgen geplant hatten. Doch momentan war Katy überhaupt nicht nach Backen zumute. Sie kämpfte gegen einen neuen Ansturm von Tränen. „Wir haben noch Zeit bis zum Sommer. Jetzt kann ich noch nicht daran denken."

„Denn wir haben zuerst einmal *Oliver!* vor uns." Er benutzte seinen besten englischen Akzent und riss die Augen in gespielter Begeisterung weit auf. „Und ich habe einen Haufen Bühnenbilder zu grundieren."

Katy lachte trotz ihrer Tränen. „Ich liebe dich, Dayne Matthews. So sehr. Du bringst mich jederzeit zum Lachen."

Dayne trat zurück und verbeugte sich elegant. „Stets zu Ihren Diensten, Mylady. Das ist mein Job." Er öffnete die Autotür. „Ihr Gepäck, Madam?"

Katy kicherte immer noch, als er ihre Autotür schloss und über die schneebedeckte Straße zu seinem Geländewagen rannte.

Für den Rest des Abends blieb Katy bei ihrer Entscheidung, nicht über das Kindertheater nachzudenken. Sie konnten vor den Flanigans sowieso nicht darüber sprechen. Stattdessen backten sie Plätzchen, sangen Weihnachtslieder und hörten zu, wie die Flanigan-Brüder für ihren Klaviervortrag im Januar übten.

Trotz des fröhlichen Abends dachte Katy wieder an die Besprechung, als sie sich zum Schlafengehen fertig machte. So viele gute Neuigkeiten. Doch letztendlich würde das alles nichts mehr bedeuten oder einen Unterschied machen. Nicht, wenn am Ende des Sommers das Theater an einen Immobilienmakler verkauft und abgerissen wurde, um Wohnblocks zu errichten. Sie dachte an das, was Dayne gesagt hatte. Dass Gott sie vielleicht alle zu einem neuen Lebensabschnitt führen wollte. Dass das christliche Kindertheater vielleicht seine Pflicht getan hatte. Und dass Gott, wann immer er eine Tür schloss, eine andere öffnete. Katy glaubte das im Grunde genommen ja auch, doch gerade wollte sie nicht an diese Möglichkeit denken.

Wenn das Theater schloss, würden die Erwachsenen, die mitarbeiteten, eine neue und aufregende Aufgabe für sich finden. Doch eine Frage quälte sie schon den ganzen Abend, als sie gehört hatte, wie Bailey und Connor im oberen Stockwerk ihre Lieder für das Vorsingen übten und Bilder von Tim Reed, den Shaffers und Dutzenden anderer Kinder vor ihrem inneren Auge aufgetaucht waren.

Was würde mit *ihnen* geschehen?

Kapitel 19

Auf diesen Tag hatte sich John seit einem Monat gefreut. Es war Elaines Idee gewesen, gemeinsam zu einem Seniorenheim zu gehen und Weihnachtslieder vorzutragen. Mit ihrer Familie hatte sie das früher oft getan. Jetzt, kurz bevor sie aufbrechen wollten, waren die Kinder in der Küche und legten Frischhaltefolien über die letzten Teller mit Gebäck.

Gelächter, Gespräche und Singen erfüllten das Haus und mischten sich mit dem Duft der frisch gebackenen Plätzchen. Kari, Ashley und Brooke waren schon den ganzen Tag hier gewesen und hatten Elizabeths traditionelle Zuckerplätzchen in Form von Rentieren, Weihnachtsbäumen und Sternen gebacken.

Diese Atmosphäre wollte John sich tief einprägen. Als Hayley zu ihm kam, machte er sich eine innere Notiz, dass sie dies im nächsten Jahr wiederholen mussten.

„Opa?" Hayley hielt ihm ihre Nikolausmütze hin. „Kannst du mir helfen?"

„Natürlich, meine Süße." Er beugte sich hinab und zog die Mütze über ihren Kopf. Alle Kinder trugen solche Mützen, wobei Cole, Jessie und Maddie sie sich gegenseitig wegnahmen und damit Verstecken neben dem Weihnachtsbaum spielten. John lächelte seine kleine Enkeltochter an. „Hier, mein Liebling. Du siehst perfekt aus."

„Weißt du was?" Sie sprach langsam, doch sorgfältig und gewichtig. Jedes Wort klang wie ein Wunder. „Ich kann ‚Stille Nacht' singen!"

„Gut, meine Kleine." Er küsste ihre Wange. „Ich kann es kaum erwarten, dich zu hören."

John stand auf und zählte erneut die Häupter seiner Lieben. Ashley, Kari, Brooke und ihre Männer und Kinder, die Flanigans und Cody Coleman sowie Katy und Dayne. Sogar Luke und Reagan und ihre Kinder waren für dieses Ereignis gekommen. Und Elaine natürlich. Sie half Jessie dabei, ihre Handschuhe zu suchen, die sie vor einer halben Stunde noch getragen hatte, als sie gekommen war.

„Hey, Papa … wohin gehen wir zuerst?" Ashley sah wunderbar aus, viel besser als in letzter Zeit. Devin saß auf ihrer Hüfte und sie trug einen roten Schal und eine Mütze.

„Zum Seniorenheim in Knollwood – das große am anderen Ende der Stadt." Er legte seine Hand auf ihre Schulter. „Du siehst schick aus."

„Danke." Sie rieb mit ihrem Daumen über einen Schmutzfleck auf Devins Wange und zog eine Grimasse. „Irgendjemand muss die Jungs einfangen."

Es dauerte fünfzehn Minuten, bis alle Kinder und Plätzchenteller in den Autos verstaut waren. Elaine fuhr bei John mit und er bemerkte etwas an ihr, das anders war als sonst. Sie sah glücklicher aus, als sie es in der letzten Zeit seit Thanksgiving getan hatte. Er sah zu ihr hinüber, als er an der Spitze der Autokolonne fuhr. „Danke, dass du Jessies Handschuhe gefunden hast."

„Cole hatte sie unter dem Sofa versteckt. Er dachte, das sei ein ganz toller Spaß."

John lachte. Er erinnerte sich an seinen Angelwettbewerb mit Landon im letzten Sommer. „Er ist immer sehr ehrlich, was seine Scherze betrifft."

„Das stimmt." Sie lächelte. „Das wird sehr lustig werden. Alle zusammen beim Weihnachtsliedersingen. Wir waren nie eine so große Gruppe, wenn unsere Familie singen ging."

„Ich glaube, wir sind alle keine großartigen Sänger, doch wenn du sagst, dass sie sich über *jeden* Sänger freuen, sind wir vielleicht doch geeignet."

„Die Menschen in Knollwood haben ein kurzes Gedächtnis und schwerhörige Ohren." Elaines Stimme klang leicht und unbeschwert. „Wir könnten die gleichen drei Lieder viermal hintereinander singen und sie würden sich über jede Note freuen."

„Mit diesem Haufen Kinder mit Nikolausmützen ist es wahrscheinlich sowieso egal, ob wir überhaupt etwas singen." John lehnte sich zurück und konzentrierte sich auf die Straße. Der gestrige Sturm hatte nachgelassen und die Straßen waren frei und der Himmel klar. Ein kalter Wind fegte durch die Stadt und durch den Schnee, der überall die Erde bedeckte, fühlte es sich schon sehr nach Weihnachten an.

Sie schwiegen für ein paar Minuten, das vertraute Schweigen, das John von Elaine kannte. John stellte das Radio an und der bewegende Refrain von „O Holy Night" erklang.

Elaine sah durch die Frontscheibe zum sternenübersäten Himmel hinauf. „Ich liebe dieses Lied."

„Ich auch." John erwähnte nicht, dass dieses Lied immer sein Lieblingslied gewesen war, während Elizabeth „Away in a Manger" geliebt hatte. Er registrierte lediglich Elaines Bemerkung und lächelte vor sich hin.

Ungefähr eine Meile vor Knollwood holte Elaine tief Luft. „Ashley hat heute Abend mit mir gesprochen." Ihre Stimme klang ruhig und friedlich. „Es hat mich überrascht."

„Das habe ich nicht bemerkt. Was hat sie gesagt?"

„Sie nahm mich zur Seite, bevor wir aufbrachen, und sagte mir, dass es ihr leidtue, dass sie an dem Thanksgiving-Wochenende so emotional gewesen sei." Elaine faltete entspannt ihre Hände. „Sie wollte nicht, dass ich glaube, dass sie über meine Anwesenheit wütend gewesen sei."

„Das ist gut." John spürte ein tiefes Gefühl der Erleichterung. Er hatte Elaines Gesellschaft in dieser Vorweihnachtszeit so sehr genossen, doch insgeheim hatte er befürchtet, dass seine Kinder Probleme damit haben könnten. Elizabeth war inzwischen seit zweieinhalb Jahren verstorben, doch jedes seiner Kinder hatte das Gefühl, als sei es erst letzte Woche gewesen. Ihm ging es genauso. Nur inzwischen nicht mehr ganz so oft wie vorher.

„Jingle Bells" lief im Radio, als sie das Auto auf dem Parkplatz abstellten und durch den kalten Wind eilten. John und Elaine warteten neben der Tür auf die anderen und als alle angekommen waren, gingen sie hinein und meldeten sich an. Das Haus duftete nach frischen Pinienzweigen und Zimt, Weihnachtskränze und andere Dekorationen schmückten jeden Tisch und die Regale. Ein riesiger Weihnachtsbaum mit funkelnden Lichtern stand in der Ecke des Foyers neben einem Kaminfeuer und zwei großen gemütlichen Sesseln.

„Der Name Ihrer Gruppe?" Die Frau am Empfang spähte über ihre dünnen Brillengläser hinweg in ihre Richtung.

John sah sich seine bunt gemischte Familie an, bestehend aus schlafenden Babys und übermütigen Kindern und mehr als einem Dutzend Erwachsener. Er wandte sich wieder an die Frau. „Nennen Sie uns die Baxter-Bande."

„Sehr gut. Sie können in den Speisesaal gehen. Die Bewohner erwarten Sie."

John und Elaine gingen voran und als sie die große Doppeltür öffneten, die in den Speisesaal führte, sahen sie Dutzende der Bewohner in festlicher Kleidung erwartungsvoll dasitzen, die Hände sorgfältig im Schoß gefaltet. Einige der Frauen hatten frisch gelegte Dauerwellen.

Im selben Moment, als die Bewohner die Kinder entdeckten, die in den Saal trippelten, ging ein Raunen durch den Raum. Einige holten erstaunt Luft und andere wandten sich aufgeregt ihren Sitznachbarn zu. Es waren Kinder gekommen!

Eine zerbrechliche alte Dame, vielleicht schon über neunzig, saß in der ersten Reihe. Tränen stiegen in ihre Augen, als sie Cole und Maddie sah, die sich in einem seltenen Moment der Einmütigkeit an den Händen hielten. Die alte Dame senkte ihren Kopf und winkte die Kinder mit ihrem knochigen Finger herbei.

Maddie winkte zurück, ging aber sofort zu Brooke und versteckte sich hinter ihr. Cole hingegen erinnerte sich vermutlich an die Bewohner des Pflegeheims in Sunset Hills, denn er ging direkt zu der alten Dame und umarmte sie. Sie streichelte sanft über Coles Haare, ohne sich um die Tränen zu kümmern, die über ihre faltigen Wangen rollten.

John war von der Szene sehr berührt. Cole würde immer einen besonderen Platz in seinem Herzen haben. Die ersten vier Jahre seines Lebens – während Ashley versucht hatte herauszufinden, wie sie ihm eine gute Mutter sein konnte – war Cole die meiste Zeit im Haus seiner Großeltern unter der liebevollen Aufsicht von Elizabeth gewesen. Die Einfühlsamkeit, die er jetzt zeigte, war auf bittersüße Weise sehr vertraut.

Als sich die ganze Gruppe endlich um den Flügel versammelt hatte, setzte sich Connor Flanigan vor die Tasten. Er hatte sein Weihnachtsliederbuch mitgebracht, doch die einzige Probe des bunt zusammengewürfelten Chores hatte vor einer Stunde mit dem alten verstimmten Klavier der Baxters stattgefunden.

Connor war ein gut aussehender Junge mit dunklen Haaren und blauen Augen. Im letzten Jahr war er fünfzehn Zentimeter gewachsen, sodass er inzwischen über 1,80 Meter groß war. Seine Stimme veränderte sich ebenfalls und selbst mit dem besten Training und bei größter Anstrengung kippte sie manchmal. Während ihrer kurzen Probe hatte Connor seine Sorgen geäußert, dass ihm das beim Singen passieren könnte, und John hatte ihm versichert, dass sie alle für ihn beten würden. Connors Vater hatte sinngemäß das gesagt, was Elaine auch vorhin im Auto erwähnt hatte: Die Bewohner von Knollwood konnten nicht sehr gut hören, und es würde ihnen bestimmt nicht unangenehm auffallen.

Jetzt flüsterte Connor der Gruppe zu: „‚Stille Nacht', okay?"

John war sich ziemlich sicher, dass die Kinder, die vorne standen, nichts gehört hatten, doch es wurde von ihnen auch keine große Gesangsleistung erwartet.

Connor begann zu spielen und die Musik füllte den Saal. Einige der Bewohner zogen Taschentücher aus ihren Handtaschen oder Hosentaschen und trockneten sich die Augen.

„‚Stille Nacht, heilige Nacht …'" Die Baxter-Bande sang einstimmig in einer Stimmlage, die fast richtig war. Und im ganzen Saal sangen die Bewohner des Seniorenheimes mit.

John fasste vorsichtig nach Elaines Hand und weil sie so dicht beisammenstanden, war er sich sicher, dass niemand aus ihrer Gruppe es bemerkte. Es fühlte sich richtig an, hier an diesem emotionsgeladenen Ort, dass er sich auf diese Weise mit der Frau verband, die etwas so Besonderes für ihn geworden war. John blickte in die Gesichter der Bewohner vor ihm. Er konnte die Geschichten nur ahnen, die jeder von ihnen zu erzählen hatte. Lebensgeschichten, von Kindern, die erwachsen geworden waren, und von geliebten Menschen, die gestorben waren.

Und vielleicht – bei einigen von ihnen – Geschichten von einer neuen großen Liebe in ihrem Leben.

* * *

Ashley setzte Devin auf ihre andere Hüfte und gab ihm einen Kuss. Sie konnte kaum singen.

Die Bewohner betrachteten sie mit verzückter Aufmerksamkeit, nickten im Takt zu dem langsamen, gleichmäßigen Rhythmus von „Stille Nacht", während Tränen des Glücks über ihre Wangen strömten. In ihren Augen war ein seliges Strahlen zu erkennen, das erahnen ließ, wie das Lied sie zu lang vergangenen Weihnachtsfesten zurückversetzte, als sie jung und voller Leben gewesen waren, umgeben von Menschen, die sie liebten.

„‚Schlaf in himmlischer Ruh-hu …'" Connors Stimme brach, als die Töne höher wurden, doch niemand lachte. Keiner der Zuhörer schien es zu bemerken. Das hier war keine Aufführung. Es war ein Geschenk, Zeit mit diesen alten Menschen verbringen zu dürfen, Männern und Frauen mit einer Weisheit und Lebenserfahrung, die an diesem Ort fast immer unbemerkt blieben.

Ashley strich mit ihrer freien Hand über Devins flaumige Haare. Die Bewohner erinnerten sie so sehr an ihre geliebten Freunde im Sunset Hills Pflegeheim. Sie hatte immer noch Kontakt zu Lu, der Eigentümerin. Von den Bewohnern, die Ashley in Sunset Hills betreut hatte, war nur noch Helen am Leben. Sie hatte immer weniger klare Momente als früher, die schönen, liebevollen Begegnungen mit ihrer Tochter Sue waren für immer vorbei.

Als sie mit dem zweiten Vers von „Stille Nacht" begannen, konzentrierte sich Ashley auf die Zuhörer, die vor ihr saßen. An einem Tisch etwas weiter weg saß ein Paar – eines der wenigen in diesem Raum. Sie mussten Ende achtzig oder sogar schon über neunzig sein und trugen die gleichen roten Pullover. Sie saßen Seite an Seite und hatten sich eingehakt. Als sie das Lied zur Hälfte gesungen hatten, lehnte die Frau ihren Kopf an die Schulter des Mannes.

Wie traurig, dachte Ashley. Ihre Eltern würden niemals einen solchen Moment teilen. Ganz egal, wie alt ihr Vater werden würde, er würde niemals diese ruhigen Jahre der Erinnerung in der Gesellschaft der Frau verbringen können, die er so tief geliebt hatte. Ashley spähte zu ihrem Vater und zu Elaine. Sie standen so dicht beieinander, dass man fast denken könnte, dass sie sich an den Händen hielten. Doch Ashley zweifelte daran, dass sie in ihren Gefühlen füreinander schon so weit waren.

Und selbst wenn sie es wären, könnte sie nichts daran ändern. Sie wollte das auch gar nicht. Ihr Vater hatte das Recht, sein eigenes Leben zu führen. Landon hatte ihr geholfen, zu dieser Erkenntnis zu kommen. Als sie sich vorhin am frühen Abend mit Elaine unterhalten hatte, war das ein gutes Gefühl gewesen. Die Frau war freundlich und liebevoll und darin erinnerte sie Ashley an ihre eigene Mutter. Doch sie war auch ganz anders. Sie war zurückhaltender und sprach weniger.

Doch sie verdiente Ashleys Freundschaft und Respekt, denn so hatte sie es in ihrer Familie gelernt. Jeder von ihnen vermisste ihre Mutter, besonders in dieser Jahreszeit. Doch niemand sollte für den Rest seines Lebens im Bett liegen und sich selbst bedauern und den Tod herbeiwünschen. Das Leben war da, um gelebt zu werden. Das hatte Landon ihr ebenfalls gesagt.

Jetzt stand er neben ihr und sang kräftig und wohlklingend. Ashley fühlte sich gesegnet und war zutiefst dankbar. Ihre Beziehung hätte so leicht anders ausgehen können. Das ließ sie an Irvel denken, die Bewohnerin aus Sunset Hills, die ihr am meisten bedeutet hatte. Diese Frau hatte Hank, ihren Ehemann, schon vor langer Zeit verloren, doch sie lebte jeden Tag in der Vorstellung, dass er nur gerade mal mit den Jungs zum Angeln gegangen war. Er war zwar schon gestorben, doch Irvels Liebe zu ihm und ihre Überzeugung, dass er noch da war, starb niemals.

So wollte Ashley ihr Leben auch verbringen – sie wollte Landon so lieben, wie Irvel ihren Hank geliebt hatte.

Landon schien zu spüren, dass sie über ihn nachdachte. Er beugte sich an ihr Ohr und flüsterte: „Du hast das schönste Haar, das ich je gesehen habe. Hat dir das schon mal jemand gesagt?"

„Hmmm." Sie lächelte unter Tränen. Ashley blickte zu einer Frau, die fast Irvel hätte sein können. Die liebe Irvel hatte an Alzheimer gelitten und sofort wieder vergessen, was sie eine Minute zuvor erst gesagt hatte. Sie war von Ashleys Haaren fasziniert gewesen und hatte ihren Kommentar dazu manchmal achtmal in einer Stunde abgegeben. Damit hatte Landon Ashley immer aufgezogen, als sie noch in Sunset Hills gearbeitet hatte.

Devin hatte einen Schnuller im Mund, doch er nahm ihn jetzt heraus und winkte damit ins Publikum. Sein fröhliches Kreischen mischte sich mit den letzten Tönen des Liedes und einige der Zuhörer klatschten vor Begeisterung über die fröhlichen Geräusche, die er machte.

Erst da bemerkte Ashley den weißhaarigen Mann im Rollstuhl. Er saß an der Rückwand des Speisesaals. Er trug einen blassblauen Pullover, der ihm um die abgemagerten Schultern hing. Er saß allein und als sie das Lied beendet hatten, weinte er keine stillen Tränen. Er schluchzte laut.

Landon stieß sie sacht mit dem Ellenbogen an und nickte in Richtung des alten Mannes. Sie bedeutete ihm mit ihrem Blick, dass sie ihn ebenfalls bemerkt hatte. Während der nächsten dreißig Minuten, als sie weiter sangen, konnte Ashley ihre Augen nicht von ihm wenden. Was war seine Lebensgeschichte? Warum berührten ihn ihre Lieder, ihr

Besuch so sehr? Vielleicht gab es Dinge in seinem Leben, die er bereute, oder seine Familie kam nie zu Besuch. Ashley wusste es nicht, doch sie wollte es gerne herausfinden.

Als sie ihre Lieder beendet hatten, gingen sie zum zweiten Teil ihres Besuches über. Die Bewohner von Knollwood durften zwar wegen der Diabetesgefahr keine Plätzchen essen. Doch sie freuten sich über eine Umarmung oder einen Händedruck.

Als Connor die letzten Töne von „Es ist ein Ros' entsprungen" gespielt hatte, verteilten sich alle in dem Speisesaal, wobei sie darauf achteten, dass mit jedem der Bewohner gesprochen wurde. Cole, Maddie, Hayley und Jessie waren wunderbar. Sie machten die Runde und sprachen mit jedem Einzelnen.

Nachdem sie sich kurz zu einigen älteren Damen an einem der vorderen Tische gesetzt hatte, reichte Ashley Devin an ihren Vater weiter und nahm Landons Hand. Zusammen bahnten sie sich ihren Weg durch den Raum zu dem Tisch im Hintergrund, wo der zerbrechliche alte Mann in dem blassblauen Pullover immer noch alleine saß und herzzerreißend schluchzte.

Ashley ging voraus. Sie stellte einen Stuhl neben ihn und legte ihre Hand auf seine Schulter. „Hallo. Ich bin Ashley." Sie sah zu Landon auf. „Das ist mein Mann Landon."

Der Mann schien plötzlich seine Tränen zu bemerken und die Tatsache, dass seine Nase lief. Er tastete über den Tisch, bis er eine Serviette gefunden hatte. Dann wischte er sich die Tränen ab und schneuzte sich die Nase. „Ich bin Eddie. Eddie Buckley." Er streckte seine zitternde Hand aus und schüttelte ihre Hände. Dann wies er auf seine Gürtelschnalle.

Ashley war sich nicht sicher, ob der Mann nur aufgeregt war oder vielleicht verwirrt, doch sie und Landon sahen sich beide die Gürtelschnalle an. Darin war ein Zeichen eingraviert, das Ashley nicht erkannte.

Landon begriff es zuerst. „Sie sind ein Feuerwehrmann!" Er legte seine Hand auf die Schulter des Mannes. „Stimmt das?"

Ashley bemerkte, wie sich das Gesicht des Mannes aufhellte. „Ja. Ein Feuerwehrmann." Er presste die Hand an seine Brust. „Ich bin ein Feuerwehrmann."

Landon zog sich einen Stuhl an Eddies andere Seite. „Bei der Bloomingtoner Feuerwache? Vierte Straße?"

„Ja, Sir. Ich habe 1932 angefangen."

„Ich wette, Sie haben eine Menge Veränderungen erlebt."

Eddie versuchte zu sprechen. Er öffnete den Mund, doch wieder liefen Tränen über seine Wangen.

Ashley wechselte das Thema. „Seit wann leben Sie in Knollwood, Eddie?"

Ein besorgter Ausdruck trat auf sein Gesicht. Er sah sich hilflos im Speisesaal um. „Sie wissen, wo ich wohne? Dort, wo die Rosen sind? In der Straße mit den Rosen?"

Ashley und Landon wechselten einen Blick. Ashley wusste, wie man in einer solchen Situation richtig reagierte. Genau das hatte sie in Sunset Hills täglich getan. „Ja, Eddie." Sie strich über seine Hand. „Ich kenne die Straße. Wohnen Sie dort?"

„Ja." Sein Körper entspannte sich. „Vierte Straße. Wo die Rosen sind."

Landon flüsterte Ashley zu: „Die Feuerwache."

Und da begriff sie es ebenfalls. Eddie glaubte, er würde auf der Feuerwache wohnen. Ashley bemerkte, dass sich die anderen ebenfalls noch mit den Bewohnern unterhielten. Sie war dankbar dafür. Sie wollte Eddie Buckley noch nicht verlassen.

„Ja, den Ort kenne ich, Eddie. Erzählen Sie mir von Ihrer Arbeit." Landon lehnte sich vor und es war offensichtlich, dass er nicht ein Wort verpassen wollte.

„Das erste große Feuer war im Indiana-Theater. Es breitete sich bis zum Juwelier und zum Sportwarengeschäft aus." Eddie war wieder ruhiger geworden. „Es gab eine Menge Schaden, doch wir konnten das Gebäude retten. Wir haben gute Arbeit geleistet."

„Davon habe ich gehört."

„Und dann der 6. Februar 1935." Seine Worte kamen nun langsamer und waren nicht immer zu verstehen. Doch die Erinnerungen an die Feuer waren sehr klar. „Ein großes Feuer im Bezirksgefängnis." Er schloss die Augen. „Haben Sie davon gehört?"

„Das Dach stürzte ein." Landon kannte die Geschichte.

Ashley saß fasziniert daneben. Abgesehen von den Jahrzehnten, die sie trennten, hätten Landon und Eddie Kollegen sein können. Mitglieder derselben Gemeinschaft, die fest in ihrer Feuerwache verankert war.

„Das Dach brach zusammen und fünf von uns rannten um ihr Leben." Eddie schüttelte sich bei der Erinnerung. „Das Feuer war nicht in den Griff zu kriegen. Ich war einer der fünf, die es raus geschafft haben. Wir haben unser Leben gerettet, doch das Gebäude verloren."

Landons Stimme wurde sanfter. „Und … erinnern Sie sich an den Unfall mit dem Reisebus … 1950, glaube ich."

Eddie senkte den Kopf. Für einen Moment blieb sein Mund offen stehen und er fing wieder an zu weinen. Tiefe Schluchzer schüttelten ihn und er hob seine Hand in Landons Richtung, als ob er etwas sagen wollte.

Ashley überlegte, ob sie das Gespräch in eine andere Richtung lenken sollte, doch der Mann wollte offenbar unbedingt etwas loswerden.

Eddie schluckte ein paar Mal und fand endlich seine Stimme wieder. „10. August … 1949. Der Bus verunglückte und fing Feuer. Ich war dort und …" Er schniefte und tastete nach seiner Serviette. „Ich hatte schon einen Fuß in den Bus gesetzt … einen Fuß." Er kniff seine Augen zusammen und schluchzte erneut. Als er seine Augen öffnete, schien es, als würde er das Feuer wieder vor sich sehen. „Ich hörte das Mädchen … weinen, nach Hilfe schreien. Ich konnte sie nicht erreichen … ich konnte nicht durch die Flammen hindurch."

Landon half Eddie, mit der Serviette sein nasses Gesicht abzuwischen. „Sechzehn Menschen starben."

„Sechzehn." Eddie schloss wieder seine Augen und schüttelte verzweifelt den Kopf. „Ich kann … ich kann sie immer noch schreien hören."

Wieder war Ashley überwältigt. Der Mann wusste nicht mehr, wo er wohnte, doch die Erinnerung an Ereignisse und Brände, die ein halbes Jahrhundert zurücklagen, war klar und deutlich. Das bestätigte ihre Erfahrungen. Was immer das Leben eines Menschen geprägt hatte, geriet auch am Lebensende nicht in Vergessenheit. Sie war dankbar für Landons Interesse an diesem Mann. Es berührte sie zu sehen, wie er sich für ihn Zeit nahm und seine Anerkennung und seinen Respekt für den alten Mann ausdrückte. Denn das war es, wonach sich der alte Mann sehnte.

Nur seine Erinnerungen und seine Gürtelschnalle waren ihm noch von einem bewegten Leben im Einsatz für andere geblieben.

Ein Leben als Feuerwehrmann war weniger ein Beruf als vielmehr eine Berufung. Ashley konnte sich vorstellen, wie Landon eines Tages sein würde, wenn er fünfundneunzig war – er würde von dem Brand in dem Apartmenthaus erzählen, bei dem er das Leben eines kleinen Jungen gerettet hatte und beinahe selbst gestorben wäre, oder wie er am Ground Zero gearbeitet hatte, wo er drei Monate lang die sterblichen Überreste seines Freundes Jalen gesucht hatte.

Ashley konnte nur dafür beten, dass – wenn dieser Zeitpunkt eines Tages kommen sollte – sie neben Landon sitzen und seine Hand halten dürfte. Dass Landon, wenn Cole und Devin erwachsen geworden waren und ihre eigenen Familien hatten, an einem Ort wie Knollwood oder Sunset Hills an ihrer Seite sein würde. Und an Weihnachten, wenn eine Gruppe Sänger mit kleinen Kindern käme, würden sie und Landon mit nassen Augen zuhören, wie sie „Stille Nacht" vortrügen, und Landon würde einem jungen Mann von seinen Erlebnissen als Feuerwehrmann erzählen.

Als sie mit ihrer Familie Knollwood verließen, um nun bei ihren Freunden und Bekannten zu singen und Plätzchen vorbeizubringen, dankte sie Gott dafür, dass Landon und sie in den Dingen übereinstimmten, die die größte Bedeutung für sie hatten.

Ihr Glaube, ihre Familie … und für Landon – seine Arbeit als Feuerwehrmann.

Kapitel 20

Sein ganzes Leben lang hatte Dayne von einem Weihnachtsfest wie diesem geträumt. Er hatte Filme gedreht, in denen er mit Frau und Kindern und einem Weihnachtsbaum ein traditionelles Weihnachtsfest feierte. Doch er hatte es nie selbst erlebt. Er hatte nie einen Weihnachtsbaum gehabt – abgesehen von dem Plastikbaum, den er jedes Jahr in dem Wohnzimmer seines Hauses in Malibu aufgestellt hatte – er war niemals zum Weihnachtssingen gegangen und hatte nie einen Weihnachtsgottesdienst erlebt. Und er hatte sich ganz sicher nie vorgestellt, wie es wohl sein würde, ein Weihnachtsessen im Kreis seiner eigenen, großen Familie zu feiern.

Er und Katy betraten den Gottesdienstraum der Bloomingtoner Kirche als Teil einer Gruppe von beinahe zwanzig Menschen, alles Familienmitglieder, und Dayne verschwand vollständig darin. Zuerst das Weihnachtssingen und jetzt das. Nach und nach füllten immer mehr Familien die Kirche – alle waren hier, um die Geburt von Jesus Christus zu feiern.

So, wie dieses Ereignis gefeiert werden sollte.

Dayne hielt seinen Kopf gesenkt, als sie hereinkamen. Er war mit Katy jeden Sonntag seit Thanksgiving zum Gottesdienst gegangen und sie hatten immer eine ruhige Ecke für sich gefunden. Er hatte ein paar erstaunte und überraschte Blicke von einigen Besuchern geerntet, doch keiner hatte ihn aufgehalten oder wegen seiner Popularität angesprochen. Er hatte keine Anfragen nach Autogrammen bekommen.

„Daran könnte ich mich gewöhnen", flüsterte er Katy zu. „Ich fühle mich fast normal."

Katy grinste ihn an. „So weit würde ich noch nicht gehen."

Dayne legte seinen Arm um sie und als sie sich in eine Bank in der Mitte des Raumes setzten, fühlte er das Herz in seiner Brust vor Glück fast explodieren. Er war umgeben von seinen Schwestern, seinem Bruder und ihren Familien, und von einem Vater, der ihn sein ganzes Leben lang geliebt hatte, ohne dass er ihm je begegnet war.

Als sie sich setzten, als die sanfte Melodie von „O little Town of Bethlehem" gespielt wurde und die Kerzen vorne in der Kirche knisternd flackerten, erinnerte sich Dayne an ein ganz besonderes Weihnachtsfest. Er war vierzehn Jahre alt gewesen, zu alt, um bei dem alljährlichen Krippenspiel des Internats mitzumachen, und zu jung, um zu der Teenager-Weihnachtsparty zu gehen, die im ersten Stock des Schlafraumtraktes stattfand. Weder seine Eltern noch die Eltern von Bob Asher hatten es geschafft, an diesem Weihnachtswochenende vorbeizukommen.

Er und Bob waren gleich alt und in jenem Jahr – in dem Gefühl, nirgendwo richtig dazuzugehören – hatten sie sich auf zwei alte Stühle vor der Cafeteria gesetzt und den Weihnachtsabend damit verbracht, in den sternenübersäten Himmel zu starren und davon zu träumen, wie sie sich ein richtiges Weihnachtsfest vorstellen.

„Ich stelle mir eine Menge Rot und Grün vor“, hatte Bob gesagt. „Und einen Weihnachtsgottesdienst im Kerzenlicht, so wie in den Filmen.“

„Ja.“ Dayne hatte eine Sternschnuppe beobachtet. „Ich sehe eine Familie. Mama, Papa und einen Haufen Kinder um den Weihnachtsbaum. Es gibt Geschenke und Musik und selbst gebackene Plätzchen, doch nichts davon ist so wichtig wie die Menschen.“ Er hatte sich zu Bob umgedreht. „Verstehst du, was ich meine?“

„Eine ganze Familie. Schwestern und Brüder und Tanten und so ein Zeug.“

Dayne hatte gelächelt. „Das wird nie passieren. Doch ich mag diese Vorstellung von Weihnachten.“

Die Erinnerung verschwand und Dayne verschränkte seine Finger mit Katys. „Ich habe hiervon geträumt.“

Katy rückte noch ein wenig näher zu ihm. „Vor Kurzem?“

„Als ich vierzehn war.“ Wie hätte er damals ahnen können, dass sein Traum eines Tages wahr werden würde? Damals, als er keinerlei Verbindung zu einer Familie hatte, außer zu einem Elternpaar, das es nur ab und zu schaffte, rechtzeitig zu Weihnachten aus dem Dschungel aufzutauchen?

Dayne fragte sich, wie er jemals zurück nach Hollywood gehen sollte.

Neben ihm flüsterte Katy: „Ist das nicht wunderschön?“

Er blickte sie an und sah die junge blonde Regisseurin eines Kindertheaters in einer Kleinstadt, die inmitten einer Gruppe Kinder stand. Er sah die Sorge auf ihrem Gesicht, als sie zusammen um den Lake

Monroe wanderten und sie ihn wegen der Kabbalah-Lehre warnte. Und er sah die Zärtlichkeit in ihren Augen, als sie sich zum ersten Mal geküsst hatten. Er konnte sie vor sich sehen, wie sie im Licht der Blitze ausgesehen hatte, als sie beim Stromausfall während des Gewitters im Haus der Flanigans beisammen waren. Und er sah sie vor sich, wie sie auf der Bühne des Bloomingtoner Theaters unter einem staubigen Weihnachtsbaum begraben worden war, nur wenige Augenblicke, bevor er ihr einen Heiratsantrag machte. Und schließlich sah er sie hier, im sanften Licht der Kerzen und des Weihnachtsbaumes, umgeben von der Baxter-Familie.

„Ja." Er lächelte sie an. „Es ist das Schönste, was ich je gesehen habe."

* * *

Im Morgengrauen rannten die Flanigan-Jungs die Treppe vor Katys Wohnung hinauf und hämmerten an ihre Tür. „Wach auf, Katy! Fröhliche Weihnachten!"

Sie wohnte lange genug bei ihnen, um die Rituale zu kennen. Nach einem flüchtigen Blick in den Spiegel schlüpfte sie in ihren Bademantel und in die Hausschuhe und eilte zu den Kindern, die bereits im Treppenhaus warteten. „Auf geht's! Wo sind Bailey und Connor?"

Ricky sah entrüstet aus. „Wir haben sie geweckt und dann haben sie gesagt: ‚Nur noch fünf Minuten! Holt erst mal Katy!'" Er sah seine Brüder an. „Am Weihnachtsmorgen? Wer will da noch schlafen?"

Die Fünf polterten die Treppe hinunter durch das Fernsehzimmer und die nächste Treppe hinauf zu Baileys Zimmer. „Fröhliche Weihnachten! Zeit zum Aufstehen!"

Katy lächelte über die Reaktion der beiden Älteren. Alle sechs Geschwister hatten in Schlafsäcken auf dem Fußboden von Baileys Zimmer übernachtet. Gestern, an Heiligabend, hatten sie eine weitere Tradition befolgt: Sie waren bis in die frühen Morgenstunden wach geblieben, hatten geredet und Musik gehört.

Jetzt war es kurz vor sieben Uhr. Kein Wunder, dass Bailey und Connor Probleme hatten, wach zu werden. Trotzdem setzten sie sich auf und streckten sich.

„Fröhliche Weihnachten!" Bailey lächelte sie mit verschlafenen Augen an.

„Ich warte noch darauf, dass ihr vernünftig werdet und am Heiligen Abend um Mitternacht das Licht ausmacht." Katy setzte sich auf Baileys Bettkante. „Selbst schuld, wenn ihr die ganze Nacht aufbleibt und nur ein paar Stunden Schlaf bekommt."

Connor war ebenfalls wach und nach wenigen Minuten genauso aufgeregt wie seine Brüder.

Als Bailey sich aufgerappelt hatte, bedeutete sie den anderen, ihr zu folgen. „Zeit für die Geschichte. Auf geht's."

Diesen Teil der Tradition liebte Katy am meisten. Die Tatsache, dass diese sechs Kinder – obwohl sie sehr wohl wussten, dass unten die Geschenke auf sie warteten – zuerst zu dem Schlafzimmer ihrer Eltern gingen. Denn dort würde Jim ihnen die Weihnachtsgeschichte aus der Bibel vorlesen. Jim und Jenny blieben an jedem Heiligabend lange wach, bauten Tischhockeyspiele auf, schraubten Fahrräder zusammen oder packten andere Spielsachen und Geschenke ein. Eine weitere Tradition war, dass sie in T-Shirt und Jogginghosen schliefen, damit sie gleich bereit waren, wenn die Kinder morgens erschienen.

Die Kinder wurden immer schneller, als sie durch die Eingangshalle rasten und mit lauten Rufen in das Elternschlafzimmer stürmten: „Fröhliche Weihnachten!" und „Aufwachen!"

Katy sah zu, wie die Kinder auf das große Bett ihrer Eltern sprangen und jeden noch freien Platz belegten. Ricky kuschelte sich zwischen Jim und Jenny, die anderen Kinder setzten sich auf den Rand der Matratzen oder zwischen die Knie der Eltern.

Jim war noch nicht ganz wach, doch er zeigte mit gespielter Entrüstung auf seine Kinder. „Eine Herde Elefanten! Wir werden von einer Herde Elefanten angegriffen!"

„Rette mich!" Jenny öffnete ein Auge, dann zog sie die Decke über ihren Kopf.

Ricky hielt die Zipfel fest und berührte mit seiner Nase die Nase seiner Mutter. „Fröhliche Weihnachten, Mama!"

„Ja!" Justin kitzelte ihre Zehen. „Zeit zum Aufstehen!"

Ein gequälter Laut kam von Jenny und sie wehrte mit ihrem anderen Fuß einen weiteren Angriff ab. Sie setzte sich auf und blinzelte ihre Kinder an. „Ist es nicht immer noch mitten in der Nacht?"

„Nein!" BJ legte den Kopf in den Nacken und reckte beide Fäuste in die Luft. „Es ist Weihnachtsmorgen! Der beste Tag des Jahres."

Jim setzte sich ebenfalls auf. „Ich war mir wirklich sicher, dass ihr eine Herde Elefanten seid." Er streckte seine Arme zu Shawn aus, der ihm am nächsten saß, und rubbelte mit seinen Fingerknöcheln über Shawns Kopf, wobei der Junge fröhlich lachte. „Ich war schon drauf und dran, mich euch entgegenzuwerfen!"

„Ich hätte mich auch auf dich geworfen." Shawn schlang seine Arme um Jims Taille und versuchte, ihn zurück aufs Bett zu stoßen.

„Keine Kämpfe." Bailey sandte einen warnenden Blick in Richtung ihres Vaters und Bruders. „An Weihnachten soll nicht gekämpft werden."

„Jedenfalls nicht, bevor die Geschenke ausgepackt sind!" Ricky kicherte. „Nicht wahr, Papa?"

Jim zwinkerte seinem jüngsten Sohn zu. „Kämpfchen nach dem Geschenkeauspacken sind definitiv erlaubt." Er setzte sich wieder auf und tat so, als würde er den Staub von seinen Armen klopfen. „Okay, wer hat die Bibel?"

Bailey fand sie auf dem Nachttisch und reichte sie Jim.

„Katy, komm zu uns." Jim deutete auf die gepolsterte Bank am Fußende des Bettes. „Für die Geschichte wollen wir alle zusammen sein."

Plötzlich schnappte Justin nach Luft. „Cody! Wir haben Cody vergessen!"

Eine Lawine von Kindern rollte vom Bett herunter und landete auf den Füßen, um die Treppe hinab zu Codys Zimmer zu rasen. Katy blieb bei Jenny und Jim und lachte, als sie die trommelnden Füße hörte, die zu Codys Zimmer stürmten, das direkt unter dem Schlafzimmer von Jim und Jenny lag.

„Fröhliche Weihnachten!", brüllten die Kinder. Es war so laut, dass Katy sich wünschte, sie wäre mit nach unten gerannt, nur um Codys Reaktion zu sehen. Wenige Sekunden später hörten sie, wie die Kinder die Treppe heraufstürmten, und als sie ins Schlafzimmer kamen, zog BJ einen halb verschlafenen Cody hinter sich her.

„Oh nein … ist es wirklich schon Morgen?"

„Komm schon, Coleman!" Jim lachte. „Wir haben dich ausschlafen lassen."

Cody setzte sich in den Sessel neben der Heizung und als das Gelächter und die Gespräche langsam verstummten, öffnete Jim die Bibel und blätterte, bis er fand, was er gesucht hatte. „Jedes Jahr lesen wir diese

Verse", sagte er den Kindern. Seine Augen leuchteten. „Und wir werden es auch in Zukunft jedes Jahr tun." Er blickte auf die aufgeschlagene Seite vor sich. „Ich lese aus dem zweiten Kapitel des Evangeliums von Lukas." Er holte tief Luft. „Es begab sich aber zu der Zeit, dass ein Gebot von dem Kaiser Augustus ausging, dass alle Welt geschätzt würde …"

Katy beobachtete die Gesichter der Flanigan-Kinder. Und das von Cody Coleman. Abgesehen davon, dass sie ein paarmal kräftig gähnten, waren sie wach und aufmerksam, völlig gefesselt von der Geschichte. Und es war ja auch eine unglaubliche Geschichte. Eine junge schwangere Frau, die von Begegnungen mit Engeln erzählte, und ihr verwirrter, verängstigter Mann, der sich zunächst betrogen geglaubt hatte, nahmen auf einem Esel eine mühsame Reise zu einer Volkszählung auf sich.

Hatten die Menschen in Bethlehem gewusst, dass der König der Könige geboren werden würde? Hatten sie deshalb die junge schwangere Frau abgewiesen, weil sie glaubten, das Baby, das sie zur Welt bringen würde, wäre ein Nichts, ein Niemand?

„Siehe, ich verkündige euch große Freude, die allem Volk widerfahren wird", las Jim, „denn euch ist heute der Heiland geboren, welcher ist Christus, der Herr …"

Katy konnte nicht anders, sie musste Gott im Stillen für die Szene danken, die sich vor ihren Augen abspielte. Wenn doch nur jede Familie in diesem Land am Weihnachtsmorgen so innehalten und sich zuerst an den eigentlichen Grund für dieses Fest erinnern würde. Sie wünschte sich, dass Dayne dabei sein könnte, doch sie würde ihm von den Traditionen der Flanigans später erzählen. Er wollte an diesem Morgen mit John frühstücken und später zu ihr kommen.

Jim beendete die Geschichte. „Maria aber behielt alle diese Worte und bewegte sie in ihrem Herzen." Er schloss seine Bibel und sah jedem seiner Kinder nacheinander in die Augen. „Was bewegt ihr heute an diesem Weihnachtsmorgen in eurem Herzen?"

Katy lächelte. Diese Tradition liebte sie ebenfalls. In jedem Jahr, seitdem sie bei den Flanigans wohnte, hatte Jim die Weihnachtsgeschichte mit diesem Vers beendet und dann den Kindern diese Frage gestellt. Manchmal waren ihre Antworten tiefgehend und treffend. Ein anderes Mal sagten die Kinder etwas, über das die Familie noch tagelang lachte.

„Ich frage mich, warum Maria ein langes Kleid getragen hat, wenn sie den ganzen Weg auf einem Esel geritten ist." Justin zog eine Grimasse. „Ich meine, ein langes Kleid? Wären Jeans und ein Pullover nicht viel praktischer gewesen?"

„Alle Menschen haben damals lange Kleider getragen. Männer und Frauen trugen gleichermaßen Gewänder mit Gürteln um die Taille." Jenny hatte ihre Arme um Ricky und BJ gelegt. „Aber das ist dennoch eine gute Frage."

„Ist das Baby Jesus nicht von Holzsplittern verletzt worden, als es in der hölzernen Krippe lag?" BJ sah besorgt aus. „Das würde einem Baby ganz schön wehtun!"

Jims Blick wurde noch sanfter als zuvor. „Jesus war ein Mensch, der die Schmerzen eines Holzsplitters in seinem Körper gut kannte. Erst als Baby und später … am Kreuz."

Darüber dachten alle ein paar Augenblicke lang nach. Dann stellte Shawn die Frage, ob die Tiere wohl gewusst hätten, dass dieses Baby wirklich Gott, der Schöpfer aller Dinge, war. Und Ricky überlegte, warum sich die Menschen gegenseitig Geschenke machten, wo es doch eigentlich der Geburtstag von Jesus war.

„Jesus gab uns das Beispiel." Jenny streichelte die Schulter ihres Sohnes. „Er hat uns das größte Geschenk gemacht, als er als Baby auf unsere Welt kam. Jetzt machen wir uns gegenseitig Geschenke, um uns daran zu erinnern, was für einem großartigen Gott wir dienen."

Bailey schien gedankenverloren, als sie ihre Frage stellte. „Ich überlege mir, wie der Stern über Bethlehem wohl ausgesehen haben mag." Sie blickte verträumt. „Und ob er so war wie die Sterne über Bloomington."

„Nun … um einiges größer, glaube ich." Jim zog eine Grimasse in Baileys Richtung, und alle lachten.

Katys Blick blieb noch etwas länger an Bailey haften, auch als die Aufmerksamkeit sich wieder anderen Dingen zuwandte. Ihre Bemerkung hatte vermutlich irgendetwas mit Bryan Smythe zu tun, der sie nach wie vor faszinierte. Der Kerl sagte ihr ständig solche oder ähnliche Komplimente, wie etwa, dass die Sterne nicht annähernd so schön seien wie ihre Augen. Wenn es sich herausstellte, dass er es wirklich ernst meinte, dann war es ja in Ordnung. Baileys Augen leuchteten heute Morgen tatsächlich wie die Sterne. Doch Katy hatte ihre Zweifel. Sie würde Bailey später ein bisschen ausfragen.

Als jedes der Kinder etwas gesagt hatte und Jim aufhörte, Bailey wegen ihrer Bemerkung über die Größe des Sterns von Bethlehem zu necken, breitete sich in dem Zimmer eine erwartungsvolle Stille aus.

Jim zog seine Augenbrauen hoch, und seine Augen funkelten. „Was meint ihr, ist es jetzt an der Zeit, nach unten zu gehen?"

Ein lautes zustimmendes Gebrüll kam von den Kindern und alle sprangen vom Bett auf und rannten zur Tür.

„Halt!" Jims Stimme dröhnte durch das Zimmer, wie sie sonst nur auf dem Footballfeld zu hören war. Als die Kinder stehen blieben und ihn erstaunt anschauten, grinste er und deutete auf Jenny. „Eure Mutter geht als Erste. Sie macht die Fotos."

Die Kinder blieben dort, wo sie standen, während Jenny die Kameratasche von der Kommode nahm und nach unten rannte. Nach einer Minute rief sie: „Okay, ich bin fertig!"

Und dann rannten die Kinder nach unten. Verschwunden waren die engelsgleichen Gesichter mit den weit aufgerissenen Augen und die tiefsinnigen Gedanken über die Geburt von Jesus. Jetzt glichen sie viel mehr dem, wofür Jim sie ursprünglich gehalten hatte.

Einer donnernden Herde Elefanten.

* * *

Ashley glaubte eigentlich nicht, dass das möglich war, doch sie musste es herausfinden. Sie war bereits drei Wochen über die Zeit und wenn sie nun keinen Test machte, würde sie sich jede Minute den Kopf zerbrechen. Gestern Abend nach dem Weihnachtsgottesdienst hatten sie an dem einzigen Supermarkt gehalten, der noch offen hatte, um Milch und Eier zu kaufen. Während Landon mit den Jungs im Auto saß, hatte Ashley außerdem noch einen Test gekauft.

Die Anweisungen waren wohlvertraut, da es ja noch nicht sehr lange her war, dass sie einen Test gemacht hatte. Morgens würde der Test am genausten sein. Als Ashley jetzt aus dem Bett kroch, schliefen Landon und die Jungs noch, und sie nahm die Packung aus ihrem Versteck im Badezimmerschrank, und folgte den einfachen Anweisungen.

Fünf Minuten später starrte sie mit Tränen in den Augen auf das schmale weiße Fenster, in dem zwei rosafarbene Linien erschienen waren. Sie war schwanger! Devin war inzwischen acht Monate alt und sie und Landon hatten darüber gesprochen, dass sie sich noch mehr Kinder wünschten. Doch sie hatten noch keine Entscheidung getroffen, wann sie ernsthaft auf eine weitere Schwangerschaft zugehen wollten.

Nun hatte Gott die Planung für sie übernommen.

Ihre Hand zitterte, als sie hier, auf den kalten Badezimmerfliesen, auf ihre Knie sank. Sie verdiente nichts von dem, was Gott ihr geschenkt hatte. Vor neun Jahren war sie in eine Abtreibungsklinik in Frankreich gegangen mit der Absicht, das Leben in ihr zu zerstören. Doch Gott hatte sie im letztmöglichen Moment aufgehalten und ihre Meinung geändert. Dafür war sie unendlich dankbar, wann immer sie jetzt in Coles blaue Augen schaute.

Die Fliesen des Fußbodens drückten schmerzhaft in ihre Knie, doch das störte sie nicht. Sie schlug die Hände vor ihr Gesicht. Der Schwangerschaftstest lag immer noch in ihrer Hand. *Herr, ein weiteres Kind … ich kann es nicht glauben. Ein neues Leben entsteht in mir, jetzt, hier, an diesem Weihnachtsmorgen. Dir einfach nur danke zu sagen, reicht nicht aus.* Sie dachte an Cole und Devin, an die Beziehung, die sie hatten. Sie blinzelte und heiße Tränen liefen über ihr Gesicht. *Lass dieses Baby noch mehr Licht und Liebe in unser Zuhause bringen. Danke, Gott … danke.* Sie hätte beinahe hinzugefügt: *Und lass es bitte ein Mädchen sein.* Doch das wagte sie nicht.

Jedes Kind würde eine Freude und ein Wunder sein. Besonders, wenn sie an den weiten Weg dachte, den sie von den Türen der Abtreibungsklinik bis hierher zurückgelegt hatte. Hierher, in das Badezimmer eines Zuhauses, das sie mit Landon, Cole und Devin teilte. Als sie ihr Gebet beendet hatte und wieder aufgestanden war, sah sie auch die letzten Wochen in einem neuen Licht. Kein Wunder, dass sie so müde gewesen war und mit Übelkeit gekämpft hatte.

Eine Idee blitzte in ihr auf. Sie schlich auf Zehenspitzen durch das Badezimmer, vorbei an Landon, der immer noch schlief, und in den Flur zu einem Schrank. Sie öffnete ihn und zog ein paar Taschentücher und eine Rolle Geschenkpapier heraus. Eilig wickelte sie den Tester ein und fand eine rot-grüne Schleife. Auf den Geschenkanhänger schrieb sie eine einfache Botschaft.

Für Papa …

* * *

Dayne traf ein, als die Flanigan-Kinder mit dem Geschenkeauspacken fertig waren. Als die Klingel ertönte, war Katy gerade unter einer Decke begraben und umgeben von Bergen von Geschenkpapier.

Bailey sprang auf. „Ich gehe schon." Sie rannte in die Eingangshalle und Katy konnte ihren Seufzer hören, als sie die Haustür öffnete. „Oh Mann! Weißt du eigentlich, wie viele Mädchen sich wünschen, an Weihnachten die Tür zu öffnen und Dayne Matthews davor zu finden?"

Katy lachte leise. Natürlich hatte Bailey recht. Dieser letzte Monat in Bloomington hatte Katy beinahe vergessen lassen, dass der Mann, den sie liebte, von Frauen auf der ganzen Welt angehimmelt wurde. Doch Katy hörte auch den scherzhaften Tonfall in Baileys Stimme.

Schon kamen die beiden ins Zimmer. Dayne grinste Katy an. Dann erst schien er den Zauber des Zimmers wahrzunehmen – den fast vier Meter hohen Weihnachtsbaum in der Ecke und die große Fensterfront, die bis zu der gewölbten Decke reichte. Draußen lag Schnee und das Haus duftete köstlich – nach dem geheimnisvollen Rezept für Zimtschnecken, die Jenny immer an Weihnachten machte. Die Kinder begrüßten Dayne und wandten sich dann wieder kichernd und staunend ihren Geschenken zu, die sie gerade ausgepackt hatten.

Katy wartete, bis Dayne sie wieder anschaute. Dann erwiderte sie verschmitzt seinen Blick. „Erst wenn du mit den Flanigans feierst, weißt du, was Weihnachten ist."

Dayne lachte. „Das stimmt." Er suchte sich einen Stuhl auf der anderen Seite des Zimmers, neben dem Kamin, und für den Rest des Morgens genossen sie das Weihnachtsfest der Flanigans.

Katy war sich nicht sicher, was ihr mehr Vergnügen bereitete: das gemeinsame Frühstück in der Küche mit Kaffee, Kuchen und Eiern, bei dem Dayne neben sich einen Platz für Ricky frei hielt – oder wie Dayne und die Jungen mit den neuen ferngesteuerten Autos spielten.

Sie hatte ihn in Hollywood beim Filmdreh erlebt und als er hier in Bloomington gearbeitet hatte – den Dayne Matthews, den die Welt kannte. Doch hier bei den Flanigans an einem gemütlichen Weihnachtsmorgen verhielt er sich so, als ob er den Weg nach Hause gefunden hätte. Als ob ein Leben ohne Stress, ohne Paparazzi und ohne die Fans, alles war, was er sich wirklich wünschte. Und das war auch kein Wunder. Hier konnte er frei atmen, hier konnte er endlich er selbst sein.

„Ich liebe das hier", flüsterte er ihr zu, als sie zum Tisch gingen.

Katy lächelte ihn an, und ihre Augen trafen sich für einen langen Moment. „Fröhliche Weihnachten."

Dayne sah aus, als würde er sie am liebsten küssen, doch sein Blick war ausdrucksstark genug. „Ich dachte immer, solche Weihnachtsfeste gäbe es nur im Kino." Er genoss den kurzen innigen Moment mit Katy. „Ich habe mein ganzes Leben als Erwachsener in Hollywood verbracht und ich habe niemals etwas Ähnliches erlebt."

„Der Grund dafür ist ..." Sie berührte seinen Arm, „... dass die besten Storys, aus denen Hollywood Drehbücher macht, an Orten wie Bloomington *wirklich* passieren."

Nach dem Frühstück, als sich die Aufregung ein wenig gelegt hatte, versammelten sich alle im Fernsehzimmer, um *Ist das Leben nicht schön?* anzuschauen. Als sie zu der Filmszene kamen, in dem sich die ganze Stadt versammelt, um James Stewart zu überzeugen, dass sein Leben für viele Menschen eine große Bedeutung hat, lehnte sich Dayne zu Katy hinüber. „Das bist du ... mit allen Theater-Kindern."

Seine Bemerkung berührte sie und erinnerte sie daran, dass die Schüler des christlichen Kindertheaters wirklich auf sie zählten. Bailey hatte ihr erzählt, dass es unter den älteren Kindern bereits Gerüchte gab. Sie machten sich Sorgen, dass Katy nicht im Haus am See wohnen bleiben würde, nachdem sie Dayne geheiratet hatte, sondern dass sie nach Los Angeles ziehen, selbst Filme drehen und darüber das Kindertheater vergessen würde.

Katy konnte sich das nicht vorstellen. Ihr Herz schlug für das Kindertheater. Doch nach dem gestrigen Treffen im Café sah es so aus, als ob sie sich vielleicht wirklich mit dem Ende des christlichen Kindertheaters in Bloomington auseinandersetzen mussten. Und wenn Katy alle paar Monate nach Hollywood ging, um bei Dayne zu sein oder wenn – was eher unwahrscheinlich erschien – sie sogar selbst bei seinen Filmen mitspielen würde, dann müsste jemand anderes herkommen, um sie zu ersetzen. Doch wenn Gott es zuließ, dass der Investor das Theater kaufte, dann würde die Gruppe keinen Platz mehr für die Aufführungen haben.

Darüber konnte sie jetzt nicht nachdenken – nicht wenn alles an diesem Tag so wundervoll war. Sie kuschelte sich enger an Dayne.

Als der Film vorüber war, brachen Katy und Dayne auf, um zu den

Baxters zum Abendessen zu gehen. Alle saßen in einer großen Runde um die Tische herum, außer Erin und ihrer Familie, die nicht kommen konnten, da Sam nur zwei Tage freihatte. Die Atmosphäre war warm und voller Lachen und Gespräche – so wie es an dem Thanksgiving-Wochenende gewesen war. Daynes Vater hatte Apfelsaft in einem großen Topf heiß gemacht und der Geruch von frischem Zimt erfüllte das Haus.

Katy bemerkte, dass Ashley und Landon während des Essens miteinander flüsterten. Sie und Dayne saßen ihnen gegenüber und Katy fragte sich, was Ashley wohl vorhatte. Ihre Freundin war so spontan, so voller Leben. Vielleicht hatte sie ein Gemälde als Geschenk für ihren Vater. Sie hatte schon vor einigen Monaten erzählt, dass sie daran arbeitete.

Katy betrachtete die Gesichter, die um ihren Tisch herum saßen, die Menschen, die sehr bald ein Teil ihrer Familie sein würden. Sie freute sich schon darauf, Feiertage und Geburtstage und die Aufs und Abs des Lebens mit Dayne, den Baxters und den Flanigans zu teilen, die immer wie ihre eigene Familie für sie sein würden.

Ihr Blick blieb an Kari und Ryan hängen. Ryan half dem kleinen RJ mit seinen Kartoffeln, während Kari sich mit Elaine unterhielt. Kari sah immer noch nicht besonders gut aus – ein wenig zu blass und nicht so lebhaft wie sonst. Sie hatte zur gleichen Zeit wie Ashley die Grippe gehabt, vielleicht war es das.

Katy lehnte sich dichter an Dayne. Sie könnte hundert Jahre alt werden und niemals genug davon bekommen, ihn an ihrer Seite zu haben, seinen kräftigen Arm um sich zu spüren oder den Klang seiner Stimme zu hören. Sie warf ihm ein flüchtiges Lächeln zu, das er erwiderte. Er sprach mit Luke und Reagan, die ebenfalls an ihrem Tisch saßen.

Luke hob eine Augenbraue und sah Dayne an. „Ich habe gestern eine sehr interessante E-Mail von deinem Agenten bekommen."

„Ja." Dayne lachte. „Wegen Katy?"

Luke grinste. „Ich war mir nicht sicher, ob ich etwas sagen darf. Er schien sich seiner Sache sehr sicher zu sein."

Katy ließ ihre Gabel sinken. „Was ist mit mir?"

Dayne legte seinen Arm auf die Rückenlehne ihres Stuhls. „Mein Agent kümmert sich um den Papierkram. Wenn du die Rolle bekommst, würde er sich auch gerne um deine Sachen kümmern." Er zwinkerte Luke zu. „Was bedeuten würde, dass Luke zwei Klienten statt einem hätte."

Die verschiedensten Gefühle kämpften in Katy miteinander. Dayne meinte es ernster, als sie vermutet hatte. Sie dachte immer noch an die kommenden Monate – die nächste Inszenierung von *Oliver!* mit dem Kindertheater, die Hochzeit und die Flitterwochen und dann der Film – als Ashley und Landon aufstanden. Landon war den ganzen Abend schon aufgeregt und fröhlich gewesen, doch jetzt sah er aus, als könne er nicht mehr an sich halten. Was auch immer die beiden sagen würden – Katy hatte das Gefühl, es würde etwas Wunderbares sein.

Landon legte seinen Arm um Ashley. „Wir haben Neuigkeiten." Er lächelte Ashley zu, als ob niemand sonst im Raum wäre.

Am anderen Tisch schnappte Kari nach Luft und tauschte mit Ryan einen neugierigen Blick.

Landon wandte seine Aufmerksamkeit wieder den anderen zu. Seine Augen funkelten und es war unübersehbar, wie stolz er war. „Ashley und ich werden ein weiteres Baby bekommen ... das habe ich heute Morgen erfahren."

„Das Baby wird im August geboren werden." Ashleys Augen schimmerten feucht. „Wir dachten, jetzt wäre ein guter Zeitpunkt, um es euch zu erzählen."

Die Familie jubelte und laute Glückwünsche kamen von beiden Tischen.

Dayne schaute zu Katy hinüber und in seinen Augen spiegelte sich alles, was sie fühlte. Es würde wunderbar sein, eines Tages inmitten dieser Familie zu stehen und ihnen die Neuigkeit mitzuteilen, dass sie ein Kind erwarteten. Diese Vorstellung war genug, um Katy den Atem zu rauben. Doch bevor sie etwas sagen konnte, bevor irgendjemand auch nur die Möglichkeit hatte, mehr als spontanen Applaus auszudrücken, erhoben sich Kari und Ryan langsam von ihren Stühlen.

Zum zweiten Mal senkte sich erwartungsvolle Stille über den Raum.

„Eigentlich wollten wir bis zum Nachtisch warten." Ryan lachte.

Neben ihm schlug Kari die Hand vor den Mund und brach ebenfalls in Lachen aus. „Ich kann es nicht glauben."

„Soll das heißen, dass ..." In Lukes Stimme schwang ungläubiges Staunen mit, das widerspiegelte, wie sie alle sich vermutlich gerade fühlten. Er sah von Kari zu Ashley, dann wieder zurück zu Kari.

„Jetzt erzählt mir nicht, dass zwei meiner Schwestern zur gleichen Zeit schwanger sind!"

„Ich habe es vor ein paar Tagen herausgefunden." Kari zuckte die Schultern und legte ihren Arm um Ryans Taille. „Wir haben ebenfalls im August Geburtstermin!"

Brooke, Reagan und Ashley schrien begeistert auf, und der Rest der Familie sprang unter lautem Jubel auf die Füße.

Ashley bahnte sich zwischen den Tischen einen Weg zu Kari und die beiden umarmten sich. „Das glaube ich nicht!"

Die anderen umringten sie, klopften ihnen fröhlich auf die Schultern und umarmten Ryan und Landon.

„Im nächsten Jahr werden wir zwei Babys an Weihnachten haben." Johns Stimme übertönte die anderen. „Danke, Gott!"

„Ich bekomme eine Schwester!", verkündete Jessie. Sie rannte im angrenzenden Wohnzimmer im Kreis herum. „Eine Schwester ... eine Schwester ... eine Schwester!"

Cole rannte hinter ihr her. „Ich werde noch einen Bruder bekommen!" Er reckte die Fäuste in die Luft. „Und Brüder sind viel besser!"

Sie rannten ein paar weitere Runden, bis Landon in den Raum kam und sie bat, sich etwas zu beruhigen. „Bis jetzt weiß noch keiner, ob es Mädchen oder Jungen werden. In ein paar Monaten lüftet sich das Geheimnis."

„Gott weiß es." Maddie trat neben Landon und grinste. „Nicht wahr, Onkel Landon?"

Landon lächelte. „Natürlich! Gott weiß es."

Katy umarmte zuerst Ashley, dann Kari, gratulierte und versicherte ihnen, wie glücklich sie für die beiden war. Doch als sich die Aufregung etwas gelegt hatte, als sich alle wieder zu Kaffee und Kuchen hingesetzt hatten, spürte sie, dass sie etwas neidisch war. Wie lange würde es dauern, bis eine solche Ankündigung von ihr kam?

Sie war immer noch in Gedanken versunken, als Dayne sie am späten Abend zu den Flanigans zurückbrachte. Auf dem Heimweg lachten sie über Jessie, die einen ganzen Apfelkuchen samt Tortenplatte fallen gelassen und dann angeboten hatte, die Glasscherben herauszusammeln, sodass die anderen den Kuchen vom Boden essen könnten. Doch die zweifache Neuigkeit spukte immer noch durch ihren Kopf.

„Du denkst über irgendetwas nach." Dayne warf ihr einen Blick zu, als er seinen Geländewagen in die Einfahrt lenkte. Er griff nach ihrer Hand. „Was geht dir durch den Kopf?“

„Mmmm.“ Katy drehte sich etwas, sodass sie ihn besser sehen konnte. „Ich dachte an die Babys.“ Sie lächelte und versank im Blick von Daynes Augen. „Wie wunderbar ist es für Kari und Ashley, dass sie zur gleichen Zeit schwanger sind, dass sie gleichzeitig ihre Babys bekommen.“

„Ich dachte mir schon, dass es das ist.“ Dayne legte seine Hände zärtlich um ihr Gesicht. „Du fragst dich, wann wir an der Reihe sind.“

„Wir haben noch eine Menge vor uns, bevor wir das erleben.“ Sie flüsterte ihre Antwort.

„Doch unser Tag wird kommen.“ Er küsste sie, langsam und zärtlich. „Gott hat uns bis hierher gebracht. Er wird uns zeigen, wann es für uns dran ist, Eltern zu werden.“

Seine Nähe holte sie ins Hier und Jetzt zurück und ließ ihre Fragen an die Zukunft verstummen. Sie küsste ihn, ein Kuss, der nicht sehr lange dauerte, doch einer, der ihr Herz schneller schlagen ließ. Das Gespräch über Babys erinnerte sie an ihre innigen Momente, und an die Leidenschaft, die noch auf sie wartete. Sie flüsterte ganz dicht an seinem Ohr. „Ich kann es kaum erwarten ... du weißt, was ich meine?“

Ein tiefer Seufzer kam aus seiner Kehle. Er zog sie noch ein wenig dichter an sich und küsste sie wieder. Als er sich zurücklehnte, suchte er ihren Blick, sah bis in die Tiefen ihrer Seele. „Wie kannst du das fragen? Jeden Abend wünsche ich mir, ich dürfte dich mit nach Hause nehmen.“ Er setzte sich auf, sodass etwas Abstand zwischen ihnen entstand, und lehnte sich gegen die Autotür. Der Seufzer, der über seine Lippen kam, sagte ihr, wie sehr er jeden Tag damit zu kämpfen hatte, dass er ihre Unberührtheit respektieren wollte. Er lächelte und schien seine Fassung wiederzufinden. „Deshalb ... deshalb sollten wir über die Hochzeit reden.“

Katy presste ihre Lippen fest zusammen und atmete tief aus. „Ganz genau.“ Sie war dankbar für Daynes Entschluss, ihre gemeinsame Entscheidung zu respektieren. Dankbarer, als Worte es ausdrücken konnten. Und in solchen Momenten war es eine gute Idee, das Gesprächsthema zu wechseln, so wie er es jetzt tat.

„Was gibt es denn Neues von Wilma?“ Katy lehnte sich ebenfalls zurück. Dabei bemerkte sie, dass es zu schneien begonnen hatte.

Nicht der übliche dichte Schneefall, der die Erde in nur einer halben Stunde vollständig bedeckte. Sondern es schneite fast wie in Zeitlupe in dicken Flocken, die im Licht, das aus den Fenstern des Hauses drang, wirbelten und tanzten. „Wir haben uns wegen der Blumen entschieden – weiße Rosen und Schleierkraut – und auch wegen der Farben."

„Kornblumenblau und Korallenrot." Dayne hob den Kopf und neckte sie. „Ich glaube, ich habe es begriffen." Er mochte die frischen und kräftigen Farben und stimmte Katy zu, dass sie mit den weißen Blumen zusammen wundervoll aussehen würden. Doch bisher hatte er immer nur von *Blau* und *Orange* gesprochen. „Nun, Wilma hat mich angerufen und mir versichert, dass wir völlig im Zeitplan sind. Die Dinge, nach denen wir gefragt haben, sind im Hotel vorhanden."

Katy sah für einige Augenblicke in den Schnee hinaus. Es wurde allmählich kalt im Auto und sie musste ins Haus gehen. Sie sprachen noch kurz über die Einkäufe, die sie in dieser Woche wegen der Kleider für die Brautjungfern erledigen musste. Katy hatte bisher noch kein Brautkleid gefunden, doch es wurde Zeit, sich bald für eines zu entscheiden.

Schließlich begleitete Dayne sie zur Tür und legte seine Arme um sie. „Danke."

„Wofür?" Sie kuschelte sich enger an ihn und wünschte sich, sie müsste nicht hineingehen.

„Für das wunderbarste Weihnachtsfest, das ich je erlebt habe." Sein Gesichtsausdruck zeigte, wie ernst er diese Bemerkung meinte. „Ich werde niemals eine Minute davon vergessen."

Sie lehnte ihr Gesicht an seines. „Es wird noch viel schöner werden."

Und das war die Wahrheit. Noch lange, nachdem Dayne weggefahren war, träumte Katy von den Jahren, die vor ihnen lagen. Sie hatten noch so viel zu tun, bevor sie sich Gedanken über ein Baby machen konnten. Die Hochzeit und der Rest seines Filmvertrags. Wenn sie tatsächlich anfing, zusammen mit Dayne Filme zu drehen, dann würde eine Schwangerschaft in weite Ferne rücken. Doch auch das würde irgendwann kommen. Und eines Tages – inmitten der Menschen, die sie liebten – würde die Neuigkeit nicht von Ashley oder Kari oder irgendjemand anderem kommen.

Jetzt wollte sie ihre Gedanken darauf konzentrieren, dass sie sich für

Ashley und Kari und ihre Babys mitfreute, die für Katy viel mehr als nur weitere Kinder in der Baxter-Familie waren.

Sie würden ihre Nichten und Neffen sein.

Kapitel 21

Jenny machte sich Sorgen um ihre Tochter.

Ihre jährliche Silvesterparty war in vollem Gang und Bailey war irgendwo im Haus verschwunden, zusammen mit einer Handvoll ihrer Freunde, die ohne eine Kiste Bier in das neue Jahr hineinfeiern wollten. Bryan Smythe war einer der Jugendlichen, die gekommen waren, und er wich nicht von Baileys Seite.

Doch Jenny hatte Andeutungen über den Jungen gehört, die ihr Sorgen machten. Brandon Reeves, einer der Spieler des Footballteams, der nicht an der Thanksgiving-Party mitgetrunken hatte, war letzte Woche vorbeigekommen und hatte erzählt, dass er Bryan Smythe schon seit Jahren kannte. Sie hatten gemeinsam Tennis gespielt und waren auf der gleichen Schule gewesen.

„Ich war ziemlich geschockt, als ich gehört habe, dass er und Bailey Zeit miteinander verbringen", hatte Brandon zu Jenny gesagt. „Er hat sich in letzter Zeit sehr verändert. Das weiß jeder."

Jenny hatte gefragt, ob Brandon das näher erklären könnte.

„Klar. Er trifft sich mit einem halben Dutzend Mädchen. Bailey ist nur eine von ihnen. Und einige der Mädchen sind … nun ja … sind nicht die beste Gesellschaft. Wenn Sie verstehen, was ich meine."

Diese Neuigkeiten hatten Jenny beunruhigt. Wenn Brandon recht hatte, dann konnte Bryan andere manipulieren. Und da er dazu noch äußerst redegewandt war, könnte das zu einem großen Problem werden.

Brandons Worte klangen in Jenny nach und sie achtete darauf, sich regelmäßig durch Gruppen von Nachbarn und Freunden ihren Weg zum Wohnzimmer zu bahnen, wo sich ein Dutzend Jugendlicher um das Klavier versammelt hatte. Connor spielte Musik aus dem *Phantom der Oper* und zwei Mädchen standen neben dem Klavier und sangen.

Bryan saß neben Bailey auf dem Sofa, seinen Arm um ihre Schultern gelegt. Das hätte Jenny nicht weiter beunruhigt, wenn da nicht dieser Ausdruck auf Baileys Gesicht gewesen wäre. Sie lächelte, doch sie sah auch angespannt aus – zu angespannt für jemanden, der eine Party mit einem guten Bekannten genoss.

„Hey, Mrs Flanigan ... diese Hackfleischbällchen waren unglaublich." Bryan lächelte ihr zu. „Ich sage meiner Mutter immer, dass sie doch kochen lernen sollte wie Sie!"

Jenny lächelte höflich, doch nur äußerlich. „Danke sehr. Doch ich glaube, dass deine Mutter sehr gut kochen kann."

„Wie Sie meinen." Er sprach lauter als alle anderen im Raum. So als ob er sichergehen wollte, dass alle hörten, was er zu sagen hatte. „Solange Sie kochen, komme ich gerne, Mrs Flanigan. Sie sind wunderbar!"

Sie nickte ihm höflich zu und bemerkte, dass Tim Reed auf der anderen Seite des Raumes saß. Er war den ganzen Abend sehr ruhig gewesen und Jenny hatte das Gefühl, dass er sich über Bryan ärgerte, der nicht von Baileys Seite wich und ihr keine Möglichkeit ließ, sich auch mit anderen Freunden zu unterhalten.

„Tim, komm doch mal kurz her." Jenny winkte ihn heran.

Er sprang auf und folgte ihr in das Esszimmer.

Sie fand eine Schüssel mit Knallfröschen und reichte sie ihm. „Kannst du die kurz vor Mitternacht verteilen?"

„Klar, mach ich." Tim wandte sich herum, um wieder ins Wohnzimmer zu gehen, doch dann hielt er inne und senkte seine Stimme. „Hey, was geht da mit Bryan Smythe vor sich?"

Jenny spähte in das Zimmer, doch von ihrem Platz aus konnte sie Bailey und Bryan nicht sehen. „Ich weiß es nicht genau. Er hat sich in letzter Zeit oft gemeldet. Angerufen, SMS geschickt und so. Ich glaube, er mag sie."

„Sieht aus, als beruhe das auf Gegenseitigkeit." Eine Empfindsamkeit war in seinen Augen zu lesen, die er nur selten zuließ. „Ich hatte eigentlich gedacht, dass Bailey schlauer ist."

Jennys Herz setzte einen Moment aus. „Warum?"

„Haben Sie seine Facebook-Seite gesehen?" Tim lachte, doch es klang nicht im Geringsten fröhlich. „Unter Beruf steht *Spieler*. Und er redet hier nicht vom Tennis. Er gibt ebenfalls zu, dass er Gras raucht."

Ein unbehagliches Gefühl beschlich Jenny. Sie wollte Tim danken, ins Wohnzimmer zurückkehren und Bailey bitten, mit ihr einen kurzen Spaziergang zu machen. Es war egal, dass es sechs Grad unter Null war. Bailey musste wissen, was Tim auf Facebook gesehen hatte. Doch bevor sie sich rühren konnte, trat Cody durch die zweite Tür ins Esszimmer.

„Kann ich kurz mit Ihnen reden?" Er bemerkte Tim und trat einen halben Schritt zurück. „Ich meine, wenn Sie Zeit hätten."

„Habe ich." Jenny wandte sich an Tim. „Sprich mit ihr, okay? Und bete für sie."

„Das tue ich." Tim hielt ihren Blick noch einen Moment länger fest. „Ich bete sowieso schon die ganze Zeit für sie."

Jenny zögerte, dann zog ein Lächeln ihre Mundwinkel nach oben. „Das habe ich nicht gewusst. Danke."

„Kein Problem!"

Tim verließ das Zimmer und Jenny ging zu Cody hinüber. Seitdem er aus dem Krankenhaus entlassen worden war und die Therapiegruppe besuchte, verhielt er sich großartig. Und mindestens genauso beeindruckend war die Tatsache, dass sich die gesamte Footballmannschaft seit dem Gespräch mit Jim im Umkleideraum verändert zu haben schien. Die meisten von ihnen wollten heute Abend irgendwann zur Party dazukommen.

Cody lehnte sich gegen den Türrahmen. Dann erst bemerkte Jenny die Sorge in seinen Augen. „Ich habe etwas herausgefunden. Ich möchte zuerst mit Ihnen reden, dann mit dem Trainer."

Jenny unterdrückte ihr Bedürfnis zu seufzen. Sie liebte es, Cody zu helfen, doch sie hatte allmählich das Gefühl, dass sie darüber ihre eigenen Kinder vernachlässigte.

Bailey zum Beispiel. So viel passierte gerade in ihrem Leben und bevor Codys Probleme zutage getreten waren, hatte Bailey jedes Gespräch und jede Veränderung in einer ihrer Freundschaften Jenny anvertraut. Jetzt konnten Tage verstreichen, bevor sie zu einem solchen vertrauten Gespräch kamen.

Wenn Jenny sie darauf ansprach, wischte Bailey die Einladung einfach beiseite. „Mir geht's gut", hatte sie gestern gesagt, als Jenny ihre Befürchtungen zur Sprache gebracht hatte. „Ich weiß, dass Cody dich gerade braucht. Außerdem sind am Ende der Woche die Vorsingtermine. Ich muss an meinem Lied arbeiten und will mich mit Freunden treffen."

Jenny war sich nicht so sicher, ob das eine gute Idee war.

Sie blickte Cody ein paar Momente aufmerksam an. „Lass uns ins Büro gehen." Sie ging voraus und als sie den Raum betreten hatte, schaltete sie das Licht an und schloss die Doppeltür sorgfältig. „Was ist los?"

Er starrte hinab auf seine Schuhe und rieb ein Stück Papier zwischen seinen Fingern, das auf dem Schreibtisch lag. „Ich kann nicht glauben, dass ich das jetzt wirklich tue."

Sie verschränkte ihre Arme. „Sag es mir, Cody!"

„Es geht um die Mannschaft." Er fuhr sich mit der Hand über die Stirn und dann in seine Haare. Es war beunruhigend, seine Angst zu sehen. „Eine Menge Jungs wollen heute Abend trinken. Der Trainer sagte, wenn irgendjemand was trinkt, dann will er es wissen."

Jenny hatte das Gefühl, als hätte jemand nassen Beton auf ihre Schultern gekippt. *Bitte, Gott … nicht noch einmal. Bitte …* „Bist du dir sicher?"

„Ja. Wenn ich es ihm sage, wird er dorthin fahren. Ich weiß, dass er das tun wird."

So hatte sie sich den Verlauf des Abends nicht vorgestellt. Angst mischte sich mit Gefühlen von Enttäuschung und Frustration. Wenn Jim eine Alkohol-Party der Mannschaft beenden würde, müsste er einige Spieler aus der Mannschaft werfen. Und wenn er das tat, würde er sich in sehr gefährliche Gewässer begeben, was die Eltern und einige seiner Kollegen betraf. Jenny holte tief Luft. „Wenn er dich danach fragt, dann erzähle es ihm. Gott wird sich um die Einzelheiten kümmern."

Cody nickte. „Die Jungs werden mich dafür hassen."

„Zunächst, vielleicht." Jenny berührte seinen Arm und lächelte traurig. „Trotzdem ist es richtig, was du tust."

Zusammen gingen sie, um Jim zu suchen, und Jenny sah, wie sich Ärger und Enttäuschung auf seinem Gesicht zeigten.

„Ich brauche eine Wegbeschreibung zu dem Haus." Jim griff nach einem Stück Papier und einem Stift. Als Cody ihm die nötigen Informationen gegeben hatte, stand Jim auf und umarmte ihn. „Wir stehen das gemeinsam durch. Ich will nur verhindern, dass wir uns zu einer Beerdigung eines unserer Spieler treffen müssen."

„Ich muss immer daran denken, wie ich mich gefühlt habe, bevor ich bewusstlos geworden bin. Sie wissen schon, am Thanksgiving-Abend." Cody sah noch blasser aus als zuvor und die Erinnerung ließ ihn erschauern. „Als ich dachte, dass ich sterben müsste." Er zuckte die Schultern. „Ich mache mir Sorgen um die Jungs, das ist alles."

Als Cody das Zimmer verlassen hatte, wandte Jim sich an Jenny. „Ich muss das jetzt tun."

„Ich werde beten." Jenny biss sich auf die Unterlippe. Sie wollte ihn bitten, vorsichtig zu sein, ihn daran erinnern, dass – wenn er einen seiner Spieler auch nur verdächtigte – dieser es vielleicht seinen Eltern erzählte und sie dann dafür sorgen könnten, dass Jim entlassen wurde. Das geschah ständig bei Trainern, die versuchten, an ihre Spieler eine etwas höhere Messlatte anzulegen.

Doch Jim wusste um all das.

Jetzt ging es nur noch darum, Gott das anzuvertrauen, was dabei herauskommen würde.

* * *

Jims Herz klopfte heftig auf der kurzen Fahrt zur Party. Er hatte sein Handy bei sich und eine Mappe mit den Namen und Telefonnummern aller seiner Spieler.

Auf dem ganzen Weg hinterfragte er seine bisherige Vorgehensweise. War das Video nicht schockierend genug gewesen? Hatte er irgendetwas verpasst? Einen Hinweis oder ein Zeichen, wie er diese Kinder am besten erreichen konnte? Oder war vielleicht der einzige Weg, sie vom Trinken abzuhalten, der harte Weg – dass sie den Schmerz selbst durchleben mussten? Er atmete tief durch und zwang sich, zu entspannen. *Gott, sei jetzt bei mir. Gib mir Weisheit, damit die Jungs verstehen, warum ich das jetzt tue.*

In seinem Inneren hörte Jim eine leise Stimme: *Mein Sohn, in der Welt werdet ihr von allen Seiten bedrängt, aber vertraue darauf: Ich habe die Welt besiegt.*

Diese Worte beruhigten sein Herz, seine Gedanken und seine Seele. Es war ein Vers aus dem Johannesevangelium, Worte, die er tausend Mal zuvor gelesen hatte, angefangen in jener Zeit, als Trent gestorben war. Auch nach Codys Alkoholvergiftung hatte er sie wieder gelesen. Jetzt war er dankbar für die Erinnerung. Gott gab ihm Kraft, das auszuführen, was er sich vorgenommen hatte.

Jim bog in die Straße ein und hatte keine Probleme, das richtige Haus zu finden. Dutzende Autos parkten an der Straße und in der Einfahrt, sogar im Vorgarten. Schon jetzt konnte er den hämmernden Bass der Musik hören, die innen gespielt wurde. Ein Pärchen stand an einen Baum gelehnt und küsste sich heftig.

Er musste jetzt eine Entscheidung treffen. Er könnte die Polizei anrufen und warten, bis sie eintraf. Dann, wenn die Jugendlichen herauskamen, könnte er die Namen seiner Spieler aufschreiben und sie nach den Weihnachtsferien aus seiner Mannschaft ausschließen. Doch dann würde er nicht wissen, welche Jugendlichen wirklich Alkohol tranken. Und die Schulverwaltung würde sich an diesem Detail festbeißen.

Jim holte tief Luft. Bevor er aus dem Auto ausstieg, griff er nach seinem Handy, seiner Mappe und einem Stift und sah auf die Uhr – 22.45. Die Spieler, die sich entschieden hatten, ihren Vertrag zu brechen, würden jetzt vermutlich so richtig am Feiern sein. Jim ging an dem küssenden Pärchen vorbei – keiner der beiden schien ihn zu bemerken. Diese Szene erinnerte ihn an jene Nacht im Park vor langer Zeit und daran, wie betrunkene Jugendliche jegliches Gespür für die Realität und ihre Umgebung verloren.

Er ging die Einfahrt zur Haustür hinauf und klopfte, doch nach einigen Augenblicken wurde ihm klar, dass ihn niemand auf der Party gehört hatte. Die Musik dröhnte so laut, dass das Haus erzitterte, und er hörte, wie drin gelacht und geschrien wurde. Er versuchte es noch einmal, doch nach einer Minute sagte er sich, dass er nichts zu verlieren hatte. Er öffnete die Haustür und trat ein.

Das Haus war voll von Jugendlichen, die zur Musik tanzten, und Pärchen, die sich leidenschaftlich küssten, ohne sich um die anderen zu kümmern.

Jim biss die Zähne zusammen und blieb an der Tür stehen. Bierflaschen lagen überall herum und in der Küche standen die Jugendlichen Schlange, um den nächsten Bierkasten zu leeren. Auf dem Tisch standen weitere Flaschen, die nach Gin und Wodka aussahen.

Er entdeckte Jack Spencer in einem Sessel in der Ecke des Raumes. Jims Verteidiger hielt in einer Hand eine Flasche Bier und hatte seinen anderen Arm um ein blondes Mädchen gelegt, das auf seinem Schoß saß und kicherte.

Jim war sich nicht sicher gewesen, wie er vorgehen sollte. Doch jetzt war es offensichtlich. Er öffnete seinen Ordner und schrieb auf ein leeres Blatt Papier die Worte: *Jack Spencer – trinkt eine Flasche Bier.* Dann suchte er die Nummer von Jacks Eltern. Er rief zuerst bei ihnen zu Hause an. Nach und nach bemerkten ihn die Jugendlichen.

„Trainer!" Der Aufschrei kam von einem großen Jungen, der mit einem Mädchen tanzte, das ungefähr halb so groß war wie er. Er hatte in seinem ersten Jahr an der Highschool Football gespielt, doch er hatte damit aufgehört. Sein verschwommener Blick sagte Jim, dass er vermutlich sein viertes oder fünftes Bier in Arbeit hatte. Mindestens.

Der Anruf wurde vom Anrufbeantworter von Jacks Eltern entgegengenommen. Die Jugendlichen hielten inne, wandten sich zu ihm um, doch Jim ignorierte sie. Er handelte viel ruhiger, als es in ihm drinnen aussah, und beendete den Anruf, um die Handynummer von Jacks Vater zu wählen.

In dem Moment, als der Mann an sein Handy ging, sprang Jack auf. Er versuchte, sein Bier auf dem Kaminsims abzustellen, der in seiner Nähe war, doch er verfehlte sein Ziel. Die Flasche fiel zu Boden und zerschellte, Bier und Glasscherben spritzten in alle Richtungen.

„Hallo, hier ist Jim Flanigan, Jacks Footballtrainer."

„Ja." Der Mann klang verwirrt und irritiert. „Ich weiß, wer Sie sind."

Für ein paar Sekunden starrte Jack hilflos auf das Chaos, das er angerichtet hatte. Dann richtete er sich auf und sah zu Jim. Seine Augen waren weit aufgerissen und überall im Raum realisierten auch die anderen allmählich, was gerade geschah. Trainer Flanigan war hier auf ihrer Party!

Jim suchte die Gruppe mit seinen Augen ab. Bisher hatte er keine weiteren Spieler seiner Mannschaft entdeckt. Zugleich presste er das Handy fester an sein Ohr. „Ich fürchte, ich habe schlechte Neuigkeiten." Er erklärte, wo er sich gerade befand. „Jack ist hier und trinkt Alkohol, Mr Spencer. Sie müssen ihn abholen."

Der Mann hörte sich an, als wolle er widersprechen, doch er hielt sich zurück. „Wir sind sofort da."

Mit jeder Sekunde, die verstrich, senkte sich die Erkenntnis, dass Trainer Flanigan neben der Haustür stand, schwerer auf jeden Anwesenden herab. Irgendjemand stellte die Musik aus und überall sah Jim Jugendliche wie angewurzelt stehen und ihn anstarren. Die meisten von ihnen hielten einen Drink in der Hand. Plötzlich wusste er, dass es länger dauern würde, als er gedacht hatte. Er konnte nicht einen dieser Jugendlichen alleine nach Hause fahren lassen – Footballspieler oder nicht.

„Keiner geht ohne seine Eltern." Jims Stimme dröhnte durch den

Raum und füllte das ganze Haus. Er war nicht länger unsicher oder ängstlich. Genau hier musste er jetzt sein und egal, welche Konsequenzen auch immer seine Anwesenheit hier haben würde, sie würden es wert sein. Er stemmte seine Hände in die Hüften und richtete sich noch ein wenig mehr auf, sodass ihn jeder sehen konnte. „Wenn auch nur einer geht, dann rufe ich die Polizei."

Die Jugendlichen standen da wie erstarrt. Einige von ihnen hielten die Luft an und Jim hörte ein Geräusch, als ob die Hintertür vorsichtig geöffnet würde. Wenn jemand versuchte, sich heimlich davonzuschleichen, wollte er es wissen.

Jim eilte durch die Menge und war dankbar, dass offenbar kein weiterer seiner Spieler bei der Party war. Doch als er um die Ecke bog, erhaschte er einen Blick auf einen Spieler, den er hier nicht hatte sehen wollen, absolut nicht. Der Junge, der bei ihm zu Hause seit vielen Jahren ein- und ausgegangen war, derjenige, mit dem Bailey aufwuchs und der ihr so viel bedeutet hatte. Seine große Gestalt stand in der offenen Tür. Er hielt eine Bierflasche in der Hand.

„Tanner." Jim griff nicht nach seinem Arm, rannte nicht hinter ihm her.

Und Tanner Williams, sein Quarterback, lief nicht weg. Er trat langsam in das Haus zurück und stellte das Bier auf dem nächstbesten Tisch ab. Er schaute für einen Moment nach unten, offensichtlich zerknirscht. Ob es ihm leidtat, dass er erwischt worden war, oder ob er sich für sein Verhalten ehrlich schämte, war nicht zu erkennen. Schließlich sah er auf. „Trainer ..."

Jim hielt seinen Blick ein paar Herzschläge lang fest. „Ich kann dir gar nicht sagen, wie enttäuscht ich bin, Tanner."

Tanner sagte nichts, weder dass es ihm leidtat noch dass es sich um einen Fehler handelte. Gar nichts. Und dann, in dem Moment, als Jim die Telefonnummer von Tanners Eltern wählte, wurden ihm einige Dinge bewusst. Zunächst einmal die Tatsache, dass das Alkoholproblem seiner Mannschaft nicht nach einem einzigen Treffen gelöst war, wie er es gehofft hatte. Wenn Jack Spencer und Tanner Williams sich entschieden hatten, heute Abend zu trinken – obwohl sie das Video gesehen und ihre Namen unter einen Vertrag gesetzt hatten – dann würden sie aus der Mannschaft ausgeschlossen werden. Jim und Ryan hatten bereits beschlossen, dass dies die einzige Möglichkeit war. Jim würde sich um die Einzelheiten kümmern, sobald die Schule wieder begonnen hatte.

Doch noch schlimmer war etwas, was er in den Augen seiner beiden Spieler heute Abend gesehen hatte – etwas, das er niemals von seinen besten Spielern erwartet hätte. Es war weder Bedauern noch Angst oder die Tatsache, dass sie eine Niederlage hatten einstecken müssen.

Sondern einfach nur große Gleichgültigkeit.

Kapitel 22

Irgendwann nach elf Uhr an diesem Abend nahm Bryan Baileys Hand und führte sie wie zufällig durch das Wohnzimmer und die Küche zur Haustür. Er hatte schon den ganzen Abend versucht, sie zu einem Spaziergang zu zweit zu überreden, doch sie hatte immer ein komisches Gefühl dabei gehabt, einfach die Gemeinschaft zu verlassen. Oder vielleicht hatte sie sich bei dem Gedanken, mit ihm allein zu sein, unwohl gefühlt. Immerhin war dies die Silvesterparty ihrer Eltern, nicht wahr? Sie sollte drinnen bei den Gästen bleiben. Vor allem, da gerade in dem Moment, als ihr Vater weggefahren war, viele aus dem Footballteam gekommen waren.

Ein Dutzend ihrer Freunde saß um den riesigen Kaffeetisch im Familienzimmer und spielte *Teekesselchen* und vier weitere saßen um einen der Computer herum und verglichen ihre Facebook-Seiten. Connor und einige seiner Freunde waren im Wohnzimmer um das Klavier versammelt und die Männer der Baxter-Familie spielten ein Tischbillard-Turnier mit offensichtlich komplizierten Regeln, großem Ehrgeiz und lautem Gelächter. Baileys Mutter und die meisten Frauen standen in der Küche, kochten Kaffee und bereiteten Platten mit Schokoladenkeksen vor.

Sie gingen an Baileys vier jüngeren Brüdern vorbei, die mit Cody Coleman ein Computerspiel spielten. Cody hatte sich im letzten Monat wirklich tadellos verhalten. Er lachte gerade mit Shawn und deutete auf irgendetwas auf dem Bildschirm. Als Bryan und Bailey vorbeigingen, wandte sich Cody um. Sein Gesichtsausdruck änderte sich im Bruchteil einer Sekunde, noch bevor sie Luft holen konnte. Aus irgendwelchen Gründen konnte Cody Bryan nicht leiden. Das hatte er durch seine Kommentare und den Tonfall seiner Stimme schon oft mehr als deutlich gemacht. Bailey machte sich eine innere Notiz, dass sie ihn später danach fragen wollte.

„Vielleicht sollten wir drinnen bleiben." Bailey blieb ein paar Schritte vor der Tür stehen. „Es ist ziemlich kalt da draußen."

„Ich werde dich schon warmhalten." Bryan schien sich sehr sicher zu sein. Er lächelte sie an, seine Stimme klang samtweich. „Bitte, Bailey …"

Sie suchte gerade fieberhaft nach einem besseren Argument, warum es sinnvoller war, drinnen zu bleiben, als ihr Handy in ihrer Jeanstasche vibrierte. Mit ihrer freien Hand zog sie es heraus und klappte es auf. Es war eine SMS von Cody. Sie starrte zu ihm hinüber, doch er hatte ihr den Rücken zugewandt und schien sich völlig auf den Computerbildschirm und ihre kleinen Brüder zu konzentrieren.

„Von wem ist die SMS?“

„Von Cody.“ Ihr Blick traf Bryans Augen. Sie wollte nicht, dass er sich in alles einmischte, doch sie hatte auch nichts zu verbergen. Sie las den Text. *Der Kerl ist ein Spieler, Bailey. Geh bitte nicht mit ihm raus.*

Bailey spürte, wie Ärger in ihr aufstieg. Wie konnte Cody es wagen, ihr zu sagen, was sie zu tun hatte, wenn er sich doch selbst durch seine Alkoholeskapaden fast zu Tode getrunken hatte? Energisch und wütend flogen ihre Finger über das Handy, um eine Antwort zu tippen. *Als ob es dich etwas angehen würde …* Sie fügte ein „grins“ hinzu, denn er sollte nicht glauben, dass sie ihm böse war. Doch sie war sauer auf ihn. Natürlich, sie wusste, dass ihre Eltern sie vor Cody gewarnt hatten und dass er nicht der Typ Mann war, den sie heiraten würde. Dennoch hatte sie schon immer eine Schwäche für ihn gehabt. Aber bis jetzt hatte er nie Interesse an ihr gezeigt.

Wie auch immer, jetzt war es zu spät. Sie löschte Codys SMS und schob ihr Handy zurück in die Tasche.

„Was hat er geschrieben?“ Der neckende Tonfall in Bryans Stimme war verschwunden. Jetzt schien es so, als könne er seinen Ärger kaum noch verbergen.

„Nichts.“ Sie würde tun, was sie tun wollte. Bailey und ihre Mutter hatten lange nicht mehr miteinander gesprochen, weil sie immer viel zu beschäftigt damit war, Cody zu helfen und mit Cody zu beten und Cody zuzuhören. Was Bailey betraf, so konnte er getrost zum Mond fliegen und aus ihrem Leben verschwinden. Und außerdem war Bryan ein viel besserer Christ, als Cody es jemals werden würde.

Bailey lächelte Bryan zu und versuchte, mit einem Funkeln ihrer Augen und einer anmutigen Bewegung ihres Kopfes seinen Groll hinwegzufegen. „Ziemlich warm hier drinnen.“

Bryans Miene entspannte sich. Ein Lächeln spielte um seine Mundwinkel und seine Augen begannen zu leuchten, wie sie es zuvor schon getan hatten. Er ließ ihre Hand gerade so lange los, um ihren Mantel und Schal von der Garderobe neben der Haustür zu nehmen. „Es schneit nicht. Ich habe schon nachgesehen."

„Das ist gut." Sie erlaubte ihm, ihr in den Mantel zu helfen. Er war lang und aus warmer Wolle gemacht, und dennoch fühlte Bailey einen Schauer über ihre Arme laufen. *Wir sollten drinnen bleiben,* dachte sie. *Nur weil ich auf Cody sauer bin, rechtfertigt das nicht, dass ich allein mit Bryan rausgehe.* Als Bryan ihre Hand nahm und sie auf die Veranda traten, richtete Bailey ein Stoßgebet an Gott. *Bewahre mich davor, dass ich in irgendetwas hereingezogen werde, okay, Gott?*

Bailey hoffte irgendwie, dass der Herr ihr eine Antwort geben würde, doch das einzige Geräusch war der säuselnde Wind, der durch die Bäume fuhr, die die Einfahrt säumten. Sie zog ihren Mantel enger um sich herum. „Es ist kälter, als ich dachte."

Bryan legte seinen Arm um ihre Schultern. Er blieb dicht an ihrer Seite, als sie die Stufen hinabstiegen und in die kreisrunde Auffahrt traten. „Ich habe dir versprochen, dass ich dich warmhalten werde. Vertrau mir."

Zweifel stiegen in ihr hoch. Fünfzehn Zentimeter Schnee lagen auf der Erde. Sie gingen die geräumte Auffahrt hinunter, doch heute Abend schien der Weg länger zu sein als normalerweise. Viel länger. Und viel dunkler. Sie blieb stehen und sah ihn nervös an. „Wir sollten zurückgehen. Ich habe meiner Mutter nicht Bescheid gesagt."

Er zog ihre Hände aus der Manteltasche und umfasste sie, seine Finger, die in Handschuhen steckten, glitten über ihren Handrücken. „Du hast Angst." Seine Stimme war freundlich und sanft. Er klang wie der vertrauenswürdigste Mensch auf der Welt. Er sah ihr tief in die Augen. „Warum?"

„Ich weiß es nicht." Bailey spürte, wie ihre Wangen erröteten. „Ich fühle mich schuldig, glaube ich."

„Du bist immer noch zu Hause." Bryan zog sie ein wenig näher. Sie konnte den Ledergeruch seiner Jacke riechen. „In eurem Haus war es zu warm. Außerdem kann ich hier draußen im Mondlicht deine Augen besser erkennen und bis in dein Herz hinein schauen."

„Wirklich?" Seine Worte wärmten und beruhigten sie. Sie fühlte, wie ihre Schultern sich entspannten. Als er sie noch ein wenig näher an sich zog, wehrte sie sich nicht. Sie musste sich keine Sorgen machen. Er hatte recht: Sie standen immer noch in ihrer eigenen Auffahrt. „Warum bist du so liebenswürdig und charmant?"

„Du bedeutest mir so viel. Und ich habe dich vermisst." Er ließ ihre Hände los und zog sie langsam in eine Umarmung. „Mehr als du ahnst."

Ein plötzlicher Windstoß fuhr durch die Einfahrt und Bryan streichelte ihren Rücken. Seine Arme fühlten sich nicht fordernd oder aufdringlich an – so wie manche anderen Jungs ihre Freundinnen umarmten. „Du hältst mich schön warm."

„Das habe ich dir doch versprochen." Bryan lehnte sich ein wenig zurück und lächelte sie an. Dann, als ob er nichts anderes im Sinn hatte, als mit ihr zu plaudern, brachte er das Gespräch auf das christliche Kindertheater und darauf, dass er Schauspielunterricht am College studieren wollte. Sie sprachen über die Gerüchte, die in der Schule umgingen, dass er sich mit einem halben Dutzend Mädchen treffen würde.

„Alle Mädchen sind verrückt nach dir." Bailey kuschelte sich dichter an ihn.

„Und alle Jungs sind verrückt nach dir." Er blickte zum Haus zurück. „Inklusive Cody Coleman."

„Nein." Bailey genoss den Moment. Sie wollte jetzt nicht über Cody reden. „Er behandelt mich, als wäre ich seine kleine Schwester."

Ein verträumter Blick trat in Bryans Augen. „Du wirkst auf mich nicht wie eine kleine Schwester."

Eine Welle der unterschiedlichsten Gefühle schwappte über Bailey hinweg. Was sagte er da? Und meinte er es wirklich so, wie sie es vermutete? War das gut? Sie schluckte. Sie wusste nichts zu erwidern, also sah sie ihn weiter an und erlaubte ihm, tief in ihre Augen bis in ihr Herz zu schauen. Sie war immer noch in seinem Blick verloren, als er sich ihrem Gesicht näherte.

„Bailey, kann ich dir ein gutes neues Jahr wünschen …" Sein Gesicht war nun so dicht, dass sie seinen Atem auf ihrer Haut spürte, „… so wie ich es gerne tun würde?"

Ihr Herz raste und ihr Mund war zu trocken, um etwas zu sagen. Wollte er sie jetzt küssen? Hier draußen in der Kälte am Silvesterabend?

Bevor noch weitere Fragen durch ihren Kopf wirbeln konnten, tat Bryan es einfach. Er berührte ihren Mund mit seinen Lippen. Bailey war sich nicht sicher, was sie tun sollte oder wie man überhaupt küsste. Sie war sich nicht sicher, ob sie dafür schon bereit war, aber das war egal. Er küsste sie! Er küsste sie und sie küsste ihn zurück und obwohl ihr so schwindelig war, dass sie beinahe umgefallen wäre, war das Gefühl seiner Lippen auf ihrem Mund das wundervollste Gefühl, das sie je erlebt hatte.

Angst und Staunen und etwas wie Liebe mischte sich in ihrem Herzen. So war also Küssen! Ihr erster Kuss! Dieses verrückte, atemlose Gefühl ... die Wärme auf ihrem Gesicht und das Herzklopfen. Aber war es auch das, was sie wollte? Hatte sie ihm überhaupt erlaubt, sie zu küssen?

Bailey löste sich ein wenig von ihm und war plötzlich wütend auf Bryan und noch mehr auf sich selbst. Sie war nicht mit Bryan Smythe zusammen, also warum sollte sie ihn küssen?

Ein merkwürdiger Blick trat in Bryans Augen. Er umfasste ihre Handgelenke, dann beugte er sich vor und presste seinen Mund auf ihren. Als sie versuchte, sich zu befreien, ließ er sie nicht los und zwang ihr weiterhin seinen Kuss auf.

„Bryan!" Bailey trat mit Mühe einen großen Schritt zurück. Sie schnappte nach Luft, fassungslos, und plötzlich war ihr übel. „Was tust du da?" Sie wich noch weiter vor ihm zurück. „Warum tust du das?" Sie bekam kaum Luft. „Du weißt, dass ich nicht so ein Mädchen bin!"

„Hey ... ich habe gar nichts damit gemeint." Der seltsame begehrende Blick von eben war aus seinen Augen verschwunden. Jetzt tat Bryan völlig verwirrt und unschuldig. Er hob entschuldigend seine Hände. „Ich dachte, du magst es." Er lachte, doch es klang, als würde er sich über sie lustig machen. „Ich wollte dich nicht zu etwas zwingen, was du nicht tun willst."

„Doch das hast du!" Sie schrie ihn praktisch an. „Ich bin zurückgewichen und du bist hinterhergekommen und hast mich geküsst ... geküsst, ohne zu wissen, ob ich dich überhaupt küssen *will.* Ich habe versucht, mich loszumachen, und du ... du wolltest mich nicht gehen lassen." Sie schüttelte ihren Kopf und ging noch weiter auf Abstand zu ihm. „Alle haben recht, was dich betrifft. Die schönen Worte, die du sagst, entsprechen nicht der Wahrheit."

Sie starrte ihn wütend an und wirbelte herum. Sie konnte gar nicht schnell genug ins Haus zurückkommen. Der schneidend kalte Wind tat auf der Haut weh, doch die Tränen in ihren Augen kamen nicht wegen der eisigen Luft. „Ich kann es nicht glauben", murmelte sie zu sich selbst.

Bryan rannte hinter ihr her, um sie aufzuhalten. „Bailey, du übertreibst völlig. Ich habe dich nicht zu irgendetwas gezwungen." Er lachte, doch jetzt hörte es sich so an, als habe er Angst. Sie liefen immer schneller. „Ich meine es ernst. Es kam mir eigentlich ganz natürlich vor."

Bailey blieb stehen. „Geh nach Hause!" Ihr Arm zitterte, als sie zu seinem Auto deutete. „Ich meine es wirklich so – geh nach Hause! Ich hätte damals beim ersten Mal niemals zu dir hinausgehen sollen."

„Es sind nur noch zehn Minuten bis Mitternacht." Er versuchte, wieder zu lachen. „Du kannst mich jetzt nicht rausschmeißen! Jetzt krieg dich mal wieder ein. Du benimmst dich wie eine bockige kleine Schwester."

Für einen Moment vergaß Bailey ihre Wut und Tränen liefen ihr über das Gesicht. „Machst du Witze? Es ist mir völlig egal, wie viel Uhr es ist." Sie trat ein paar Schritte zurück. „Du redest von Gott und Glauben und wie viel er dir bedeutet und dann … dann tust du so etwas?"

Ein Geräusch war hinter ihr zu hören und sie drehte sich um.

Cody stand in der Tür. „Bailey?"

Sie sah Bryan ein letztes Mal an. Dann, ohne ein weiteres Wort zu sagen, rannte sie die Stufen hinauf und an Cody vorbei. Sie wollte mit niemandem reden, nicht, wenn ihr Herz so raste wie gerade jetzt. Sie flog die Stufen hinauf, den Flur entlang und in ihr Zimmer, schlug die Tür hinter sich zu und ließ sich gegen die Wand sinken.

Was war gerade passiert?

In einem winzigen Moment war sie von der Aufregung über ihren ersten Kuss, den sie mit Bryan Smythe teilte, zu der niederschmetternden Erkenntnis gekommen, dass er sie zu mehr als nur einem Kuss zwingen wollte. Und nun fühlte sie sich billig, benutzt und belogen. Er konnte ihre Augen im Mondlicht besser erkennen? Aber natürlich! Das war jedenfalls nicht der Grund gewesen, weshalb er sie nach draußen geschleppt hatte. Doch sie war dumm genug gewesen, um ihm zu glauben – und jetzt?

Ihre Tränen flossen schneller. Sie brauchte ihre Mama, ihre Umarmung und die Gelegenheit, jedes noch so peinliche Detail zu erzählen. Und sie wollte ihren Kuss zurück. Ihren ersten Kuss. Sie wandte sich zur Wand und vergrub ihr Gesicht in den Armen. *Gott, warum hast du mich nicht gewarnt?*

Dann, mit schmerzhaftem Bedauern, trat ihr die Antwort so deutlich vor die Augen wie das Bild, das an der Wand hing. Der Herr *hatte* sie gewarnt. Sie hatte von dem Moment an, als Bryan vorschlug, nach draußen zu gehen, ein komisches Gefühl gehabt. *Es tut mir leid, Gott … Es tut mir so leid. Vergib mir, dass ich so blind gewesen bin. Du hast mich gewarnt und ich habe dir nicht zugehört.*

In diesem Moment schien Gott zu schweigen. Doch Bailey hatte ihr Gebet ernst gemeint. Es tat ihr leid. Sie würde die Zeit mit Bryan draußen vor dem Haus am liebsten ungeschehen machen, wenn sie das könnte. Er hatte sie zum Narren gehalten. Die Gerüchte in der Schule, dass er mit einem der anderen Mädchen geschlafen hatte, mussten wahr sein. Und nun hatte er sie auch dazu bringen wollen. In ihrem Kopf drehte sich alles. Bailey stieß sich von der Wand ab, ging in ihr Badezimmer und ließ die Tür offen. Im Spiegel sah sie ihr tränenüberströmtes Gesicht. Ihre Wangen glühten.

Plötzlich spürte sie eine Hand auf ihrer Schulter. „Mama …" Sie drehte sich um, doch es war nicht ihre Mutter.

Cody stand im Türrahmen. Er erstarrte, als er ihr gerötetes Gesicht sah. Sorge stand in seinen Augen geschrieben. „Oh ..." Er sah aus, als wüsste er nicht, was er tun sollte, wie er ihr helfen könnte. „Ich wollte dich nicht erschrecken. Ich habe nur … keiner außer mir hat gesehen, dass du nach oben gegangen bist … was ist da draußen passiert?"

Einerseits hätte sie ihn am liebsten aus ihrem Zimmer geschmissen. Doch andererseits hatte er Recht gehabt, was Bryan betraf. Aber in diesem Moment wünschte sie sich ihre Mutter oder vielleicht ein bisschen Zeit für sich allein, um sich einzuprägen, was gerade geschehen war, damit ihr so etwas nicht noch einmal passierte. Doch der Ausdruck in Codys Augen überraschte sie. Da war keine Überheblichkeit und er machte sich auch nicht über sie lustig.

Alle Gründe, warum Bailey auf Cody sauer sein könnte, waren mit einem Mal verschwunden. Trotzdem konnte sie nicht darüber reden, konnte nicht in Worte fassen, was gerade geschehen war. Wieder verschwamm ihr Blick vor Tränen und ihre Nase tropfte. Sie schniefte und zog ihre Schultern ein paar Mal hoch, um ihm zu zeigen, dass sie zu aufgewühlt war, um zu antworten.

„Komm her.“ Cody breitete seine Arme aus.

Sie umarmte ihn und das Gefühl dabei war ein völlig anderes als zuvor in Bryans Armen. Cody wollte sie nur trösten, so wie Connor oder ihre Eltern es getan hätten, wenn sie hier gewesen wären. Doch Bailey wollte nicht, dass sie wussten, dass sie hier oben war und weinte. Jedenfalls nicht während die Party unten noch in vollem Gange war.

Cody hielt sie für einen langen Moment fest, dann führte er sie zu dem Sofa, das an der äußeren Wand ihres Zimmers neben dem Fenster stand. Er ließ seine Hand auf ihrer Schulter liegen, bis sie sich gesetzt hatte, und nahm dann neben ihr Platz. Er ließ etwas Abstand zwischen ihnen. „Hat er dir wehgetan?“

„Er …“ Bailey konnte ihm nicht die Wahrheit sagen. Sonst würde sie ihm nie wieder in die Augen schauen können. Sie hätte es nicht zulassen dürfen, dass Bryan sie küsste, geschweige denn ihr seinen Kuss aufzwang … Sie erinnerte sich an Gespräche mit Cody, in denen sie ihn wegen der vielen Mädchen geneckt hatte, die er schon geküsst hatte. „Ich könnte das niemals, Cody“, hatte sie ihm mehr als einmal versichert. „Irgendjemanden zu küssen, der mir gerade über den Weg läuft.“

Doch jetzt saß sie hier. Bryan war weder ehrlich noch vertrauenswürdig. Sie hatte ihn nicht gut genug gekannt, als dass sie ihren ersten Kuss mit ihm hätte teilen sollen, doch sie hatte es trotzdem getan und sie wusste auch, warum. Denn er hatte ihr die Dinge gesagt, die sie hören wollte – zum Beispiel, wie wunderschön ihre Augen im Mondlicht schimmerten.

Bailey ließ ihren Kopf hängen. Nein, das konnte sie Cody nicht erzählen. „Du hattest recht.“ Eine Träne tropfte auf ihre Jeans. Sie kratzte mit ihrem Fingernagel darüber. „Er meint es nicht ehrlich.“ Sie wartete auf ein „Ich-hab's-dir-doch-gleich-gesagt“, doch es kam nicht.

Ein Seufzen füllte den Raum, und Cody verschränkte seine Arme. Sie konnte spüren, wie er ärgerlich wurde. „Wenn er dir etwas angetan hat, dann suche ich ihn auf der Stelle und falte den Kerl zusammen.“ Beschützerinstinkt lag in Codys Stimme. Er wollte aufstehen.

„Nein.“ Sie hob ihren Kopf. „Es war mein Fehler. Ich hätte niemals mit ihm hinausgehen sollen. Du hast mich gewarnt.“

Cody sah sie finster an. „Ich habe Dinge über ihn gehört.“ Der Ausdruck seiner Augen wurde wieder sanft. „Nichts Gutes, Bailey.“

„Ich dachte, du wolltest mir mit deiner SMS nur ein schlechtes Gewissen machen."

„Du willst mir nicht erzählen, was passiert ist, oder?"

Bevor Bailey antworten konnte, brandete von unten lauter Jubel und das Geräusch dröhnender Partytröten hinauf. Sie konnte hören, wie jemand auf etwas schlug, das sich nach Töpfen und Deckeln anhörte, und in den ganzen Lärm mischten sich noch die Stimmen der Footballspieler, die so brüllten, als hätte ihnen ein Touchdown gerade den Sieg gebracht.

Cody sah zwar immer noch traurig aus, doch er lächelte ein wenig. „Ein gutes neues Jahr, Bailey!"

„Gutes neues Jahr." Ihre Wangen waren jetzt trocken und sie fuhr mit ihren Fingern unter ihren Augen entlang, um zu prüfen, ob sich ihr Mascara aufgelöst hatte. Als sie ihre Fingerspitzen ansah, waren sie schwarz. „Ich muss furchtbar aussehen."

„Das ist egal." Er rutschte ein wenig näher und legte seinen Arm um sie. „Es ist viel wichtiger, dass es dir gut geht."

Sie schniefte wieder und nickte. „Ich kann es nicht fassen, dass ich so dumm war, ihm zu glauben."

„Manchen Kerlen kann man einfach nicht über den Weg trauen." Cody dachte für einen Moment nach. „Ich fürchte, ich war früher genauso. Vor ..."

Er musste seinen Satz nicht beenden. Bailey wusste, was er sagen wollte. Bevor die Art und Weise, wie er sein Leben führte, ihn beinahe umgebracht hätte. „Also ... was sind deine guten Vorsätze für das neue Jahr?" Weder Codys Alkoholkonsum noch seine Entscheidung, mit dem Trinken aufzuhören, hatte etwas an der Menge der Mädchen geändert, die an ihm interessiert waren.

Doch jetzt sah er so unschuldig aus wie der kleine Ricky. „Keine Mädchen. Ich muss erst mal mein Leben auf die Reihe kriegen und daran arbeiten, vom Alkohol loszukommen und Gott näherzukommen. Weißt du, was ich meine?" Er nahm seine Hand von ihrer Schulter und lehnte sich gegen die Armlehne des Sofas.

Sie nickte und spielte mit ihren Fingern.

„Außerdem habe ich mir selber versprochen, dass ich mich auf keine Beziehung einlassen will, bevor ich mein Jahr beim Militär absolviert habe."

Bailey war beeindruckt. Sie setzte sich ein wenig auf. „Liest du immer noch jeden Tag in der Bibel?" Das gehörte zu seiner Alkoholtherapie. Doch sie war sich nicht sicher, ob die Bibel ein Teil des Lösungskonzeptes war.

„Genau –" Er stand auf und schnippte mit den Fingern – „ich bin gleich zurück. Ich will dir etwas zeigen."

Sie lehnte sich in die dicken Sofakissen zurück und wartete. Cody war heute ein besserer Freund für sie, als er es bisher je gewesen war. Das lag wahrscheinlich daran, dass er immer noch in der Bibel las. Gott veränderte ihn und vielleicht war der heutige Abend, selbst ihr trauriges Erlebnis mit Bryan, ein Teil von Gottes Plan. So konnte Cody erkennen, wie sich manche Mädchen nach einer Verabredung mit ihm gefühlt hatten.

Codys Schritte hallten im Flur und als er zurück ins Zimmer kam, hielt er seine Bibel in der Hand – die, die ihre Eltern ihm gegeben hatten. Er setzte sich wieder und lächelte sie an. „Ich habe das gerade heute gelesen. Ich denke, es passt zu dir, Bailey."

Cody öffnete seine Bibel. Er war immer noch atemlos, weil er so schnell die Treppe hinunter- und wieder hinaufgerannt war. Die Seiten klebten aneinander, sodass es ein paar Augenblicke dauerte, bis er sie durchgeblättert hatte. „Hör dir das an." Er hatte die richtige Stelle gefunden. „Es steht in Jesaja 43. ‚Bleibt nicht bei der Vergangenheit stehen!'" Er machte eine Pause und ihre Blicke begegneten sich. „‚Schaut nach vorne, denn ich will etwas Neues tun!'"

Bailey ließ diese Worte wie Balsam auf ihre Seele wirken. Nach all dem, was heute Abend passiert war, waren sie so heilsam, als wäre Gott höchstpersönlich vorbeigekommen und hätte sie liebevoll umarmt. „Das habe ich noch nie vorher gelesen." Sie versuchte sich zu erinnern. „Zumindest glaube ich das."

„Das hat mich auch ziemlich getroffen." Cody schloss die Bibel und legte sie auf den Fußboden neben dem Sofa. „Ich habe eine Menge Dinge in meiner Vergangenheit, die ich hinter mir lassen möchte."

Bailey wurde mit einem Mal etwas bewusst: An diesem Abend hatte sie einen Freund verloren, der nie ein echter Freund gewesen war. Doch sie hatte einen neuen Freund in Cody gefunden. Sie lehnte sich vor und umarmte ihn. „Danke, Cody", flüsterte sie nahe an seinem Ohr. „Danke, dass du mir gefolgt bist und mich ermutigt hast."

Sie löste sich gerade aus seinen Armen, als ihre Mutter in der Tür erschien und fassungslos stehen blieb. Sie starrte sie ungläubig an: „Was geht denn hier vor?"

„Nichts." Cody war aufgesprungen, bevor sie ihren Satz beenden konnte. Er schaute zu Bailey und nickte. „Ich sehe dich dann unten."

„Warte …" Bailey erhob sich ebenfalls und versuchte ihn festzuhalten, doch er war schon fast an der Tür.

Cody wandte sich um und schüttelte leicht den Kopf, dann war er verschwunden.

Bailey starrte ihre Mutter an. „Warum hast du das gesagt?"

Ihre Mutter sah aus, als würde sie gleich einen Wutanfall bekommen. „Bailey, achte auf deinen Tonfall!" Dann kam sie ein paar Schritte näher.

„Natürlich, Mama, aber das war so peinlich!" Sie stemmte ihre Hände in die Hüften. Ihr Herz hüpfte aufgeregt in ihrem Inneren. War es so offensichtlich, dass sie einen Fehler begangen hatte? Dass sie nicht länger mehr die Bailey Flanigan war, die auf ihren ersten Kuss wartete? Dass sie in einem schwachen Moment zugelassen hatte, dass man mit ihr spielte? Und dass sie das Opfer eines doppelzüngigen Kerls geworden war, der immer das bekam, was er wollte?

Ihre Mutter bemühte sich, ihre Fassung zu wahren. „Wir haben dich seit elf Uhr gesucht. Es wird Mitternacht und kein Mensch kann dich finden." Sie zeigte mit ihrer Hand zum Sofa. Ihr Argwohn war unüberhörbar. „Also komme ich hoch, um nach dir zu sehen, und finde dich in einer Umarmung mit Cody Coleman versunken? Was soll ich da wohl denken?"

„Wir haben nur geredet." Bailey konnte nicht verhindern, dass neue Tränen über ihr Gesicht rollten. „Ehrlich, Mama. Ich meine, wie kannst du so etwas denken? Cody und ich sind nur gute Freunde."

„Also gut." Ihre Mutter senkte ihre Stimme. „Und es ist meine Aufgabe, euch zu helfen, dass es auch so bleibt." Der Lärm von unten war immer noch so laut, dass er das ganze Haus erfüllte. „Komm her." Sie legte ihre Hand auf Baileys Schulter. „Ich glaube ja auch nicht, dass du etwas Falsches getan hast. Es ist nur … es ist nicht so klug, mit einem Jungen wie Cody allein in deinem Zimmer zu sein."

Bailey öffnete ihren Mund, um ihr zu sagen, dass Cody sich verändert hatte, dass er nicht länger der Aufreißer war, der es auf alle Mädchen abgesehen hatte, so wie vor seiner Alkoholvergiftung. Doch bevor sie etwas sagen konnte, sprach ihre Mutter weiter.

„Und was ist mit Bryan passiert?“ Ein Hauch von Anklage war immer noch in ihrer Stimme zu hören. „Er ist gegangen und du bist hier oben allein mit Cody.“

Bailey hätte ihre Mutter am liebsten angeschrien und sie war sich noch nicht einmal sicher, warum. Früher hätte sie sich in solch einer Situation mit ihrer Mutter hingesetzt und ihr die ganze Geschichte erzählt. Sie wusste nicht, was heute Abend geschehen war, und woher sollte sie auch? Doch allein der Gedanke daran machte Bailey wütend. Denn wenn ihre Mutter nicht mit Cody und Weihnachten so beschäftigt gewesen wäre, hätte sie vielleicht gewusst, dass sie nach Bryan fragen müsste und danach, was er getan hatte, dass Bailey so verstört war.

Bailey hob ihr Kinn und sah ihre Mutter trotzig an. „Er ist nach Hause gegangen. Es ging ihm nicht gut.“ Die Lüge fühlte sich gut an. Ihre Mutter hatte für die Wahrheit sowieso keine Zeit.

„Hmmm. Das tut mir leid.“ Ihre Mutter beugte sich vor und küsste Bailey auf die Wange. Sie hatte sich beruhigt. Doch als sie Baileys Zimmer verließ, warf sie ihr noch einen Blick zu und hob die Augenbrauen. „Trotzdem, Cody …“ Sie hob den Finger, als ob sie ihre Aussage unterstreichen wollte. „Von diesem Typen solltest du dich fernhalten. Unabhängig davon, wie tadellos er sich verhält.“

Baileys Mund blieb offen stehen. Ihre Mutter war so wenig im Bilde über das, was geschehen war, dass sie alles völlig falsch gedeutet hatte. Sie klappte ihren Mund wieder zu und ging zu ihrem Sofa zurück. „Ich komme später runter.“

„Die Party ist fast vorbei.“ Ihre Mutter klang, als bettelte sie. „Deine Freunde fragen schon nach dir.“

„Ich habe gesagt, dass ich später komme.“ Sie bemühte sich, den Tonfall höflich zu halten, doch ihre Stimme klang schneidend. „Fünf Minuten, okay?“

Ihre Mutter zögerte. „Ich möchte später gerne mit dir reden. Ich habe das Gefühl, dass wir uns voneinander entfernt haben.“

„Das Gefühl habe ich auch.“ Bailey starrte ihre Hände an. Hatte sie Bryan tatsächlich den Eindruck vermittelt, es sei in Ordnung, wenn er ihr einen Kuss aufzwingen würde? Sie schauderte. „Ich komme runter, Mama. Ich verspreche es.“

Als ihre Mutter gegangen war, vergrub Bailey ihr Gesicht in den Händen. Es war egal, dass ihre Mutter keine Zeit hatte. Bailey wollte sowieso nicht darüber reden. Nicht jetzt. Nicht, wenn sie so unglücklich über den Verlauf des Abends war. Sie hatte seit Jahren von ihrem ersten Kuss geträumt und immer gedacht, dass sie anschließend ihrer Mutter jede Einzelheit erzählen würde. Denn sie und ihre Mutter waren die besten Freundinnen – enger als alle anderen Mütter und Töchter, die sie kannte.

Doch sie hatte sich das alles niemals so vorgestellt, wie es heute Abend passiert war.

Sie trocknete ihre Tränen und verbrachte eine halbe Stunde unten mit ihren Freunden und ihrer Familie. Cody schien sorgfältig darauf zu achten, ihr nicht zu nahe zu kommen. Wenn sie am Kaffeetisch saß oder bei einer Partie Billard zusah, ging er mit den Jungs ins Büro. Und wenn sie ins Büro ging, um nachzusehen, was sie machten, ging Cody in die Küche.

Nachdem ihre Mutter sich wie ein Elefant im Porzellanladen verhalten hatte, hatte die Freundschaft, die sich zwischen ihr und Cody angebahnt hatte, vermutlich keine Chance, sich weiterzuentwickeln.

Doch als sich Bailey später vor dem Zubettgehen das Gesicht wusch, kam ihr ein Gedanke, der wie ein helles Licht der Hoffnung in ihr Herz leuchtete. Selbst wenn sie und Cody nie wieder ein solches Gespräch wie heute Abend hätten, würde sie sich immer daran erinnern, dass sie neben ihm auf dem Sofa gesessen und ihm zugehört hatte, wie er einen Bibelvers vorlas, der sie mitten ins Herz traf.

Sie wiederholte die Worte wieder und wieder. *„Bleibt nicht bei der Vergangenheit stehen!“*

Nun glaubte sie, dass Gott ihr vergeben hatte und dass sie mit seiner Hilfe weitergehen konnte – auf jeden Fall weit weg von dem süßholzraspelnden Bryan Smythe.

Kapitel 23

In einer halben Stunde sollte das Vorsingen für *Oliver!* in der Bloomingtoner Kirche beginnen. Katy sortierte ihre Unterlagen auf dem Tisch, an dem die Jury sitzen würde. In fünf Minuten würden sich die Türen öffnen, deshalb herrschte im Vorraum gerade das Chaos – die Art von Chaos, die Katy liebte. Kinder, die sich einsangen, Eltern, die Anmeldeformulare ausfüllten, ehrenamtliche Mitarbeiter, die Polaroidfotos von den Kindern machten, und ein halbes Dutzend Helfer, die für die handgeschneiderten Kostüme der Kinder schon die Maße abnahmen.

Die Jury bestand heute aus Katy und Rhonda sowie den Verantwortlichen für die Musik, Al und Nancy Helmes. Dayne und Ashley halfen, wo immer sie konnten, doch sie waren noch nicht lange genug dabei, um über die Besetzung entscheiden zu können.

Ein Vater brachte Katy die Unterlagen für die ersten zehn Kinder, die vorsingen wollten. Sie blätterte gerade durch die Papiere und kontrollierte, ob alle Unterlagen richtig ausgefüllt waren, als Al Helmes zu ihr kam und sie anlächelte. „Noch einmal tief Luft holen."

„Sind sie bereit?"

„Seit zehn Minuten schon. Die Schlange der Wartenden zieht sich von der Tür den ganzen Weg hinunter durch den Vorraum bis hin zum Parkplatz."

Katy grinste. „Gut. Ich möchte, dass das die beste Aufführung wird, die wir je hatten." Sie schob energisch die Gedanken beiseite, die sie in den letzten Wochen immer wieder abgelenkt hatten – die Möglichkeit, dass dies ihre letzte Aufführung mit dem christlichen Kindertheater sein könnte oder dass das Gelände in diesem Sommer vor ihren Augen verkauft werden würde. Stattdessen nickte sie. „Ich bin so weit."

Al salutierte und ging mit großen Schritten zur Tür. Als er sie öffnete, strömte eine Menschenmenge den Gang entlang und verteilte sich in die Bänke.

Rhonda war darunter und ihre Augen trafen Katys Blick und hielten ihn fest. Als sie den Tisch erreichte, berührte sie Katys Ellenbogen. „Ich schulde dir noch eine Erklärung." Ihre Augen schimmerten feucht.

„Ich hatte das Gefühl …" Sie sah sich um, vermutlich suchte sie nach den richtigen Worten. „Ich weiß es nicht, irgendwie das Gefühl, übersehen zu werden." Sie blickte wieder zu Katy. „Doch das ist noch lange kein Grund, einfach meinen Frust an dir auszulassen."

Katy hatte dafür gebetet, Gott angefleht, dass ihre Freundschaft mit Rhonda zu Beginn der Vorsingtermine wieder das sein würde, was sie vorher gewesen war. Sie lehnte sich vor und umarmte sie. „Jede Veränderung ist schwer", flüsterte sie in Rhondas Ohr. „Aber ich brauche meine Freundin an meiner Seite."

„Und ich bin hier." Rhonda suchte Katys Blick. „Ich glaube, ich konnte es einfach nicht fassen. Du wirst Dayne Matthews heiraten und ich … es ist ziemlich schwer."

Jetzt war nicht der richtige Zeitpunkt, um Rhonda zu erklären, dass Gott auch für ihr Leben einen Plan hatte oder dass sich eines Tages alle offenen Fragen klären würden. Katy drückte Rhondas Hand. „Danke, dass du so ehrlich bist."

Nancy kam zu ihnen und fragte nach der Musik. Rhonda erklärte den Ablauf für diesen Tag und Katy hörte konzentriert zu. Die Ablenkung gab Katy die Gelegenheit, ihre Freundin genauer zu beobachten und im Stillen für sie zu beten. Keine Frage, Gott hatte einen Plan für Rhonda. Doch ihrer beider Leben hatten sich so unterschiedlich entwickelt. Es war noch nicht lange her, da waren sie beide Singles gewesen und hatten sich gefragt, wann Gott ihnen die Ehemänner schenken würde, für die sie schon seit ihrer Schulzeit beteten. Es hatte so ausgesehen, als würde einfach alles, auch mit dem christlichen Kindertheater, für immer so weitergehen. Doch jetzt war nichts mehr so, wie es gewesen war.

Katy setzte sich an den Tisch und Rhonda nahm neben ihr Platz. „Mehr als hundert Kinder."

„Al hat es mir gesagt." Rhonda griff nach den vier gelben Notizblöcken und reichte einen an Katy weiter. Neben ihr nahm Al einen für sich und einen für Nancy. Der ganze Raum vibrierte vor Energie, die sich immer noch weiter steigerte.

Katy griff nach dem Stapel Unterlagen für die ersten Vorsänger und legte ihn in die Mitte des Tisches. „Also dann, auf geht's." Sie stand auf und klatschte, das gleiche Klatschen, das sie immer beim christlichen Kindertheater benutzte, ein Rhythmus, den die anderen aufnahmen und der sich im ganzen Raum verbreitete. „Herzlich willkommen zum Vorsingen für *Oliver!*“ Sie blickte sich im Raum um und suchte Augenkontakt zu den Menschen, die für sie wie eine Familie geworden waren – Jenny Flanigan, die neben Bailey und Connor saß, Tim Reeds Mutter, die Shaffers, die Picks und die Fitzpatricks. Der Raum war voll besetzt und alle sahen sie an.

Sie wies die ersten zehn Kandidaten an, sich nach vorne zu setzen. Bailey und Connor waren dabei, zusammen mit einigen Kindern, die sie nicht kannte.

In diesem Moment sah sie Dayne hinten im Raum durch eine Nebentür eintreten. Er trug Jeans und ein dünnes, dunkelgraues T-Shirt, das eng an seinem Körper lag, sodass sie die Muskeln seiner Arme und seines Oberkörpers erkennen konnte. Er hatte nach seiner Verletzung hart trainiert und war inzwischen fitter, als er es vorher gewesen war, außerdem schlanker und kräftiger. Er suchte sich möglichst unbemerkt einen Platz in den hinteren Reihen. Als er sich setzte, trafen sich ihre Blicke und er lächelte. Es war das erste Vorsingen, das er sich ansehen würde. Er hatte Katy verraten, dass er sich schon seit Weihnachten auf diesen Tag freute, aber nicht für Ablenkung sorgen wollte.

Sie warf ihm einen Blick zu, der besagte, dass sie sich später unterhalten würden.

Bailey war die Erste, die auf die Bühne kam. Sie wünschte sich die Rolle von Nancy, der Freundin von Bill Sikes. Diese Rolle verlangte neben der von Oliver den meisten emotionalen Ausdruck. Als Bailey auf die Bühne trat, war Katy überrascht zu sehen, wie sie sich verändert hatte. Sie war gerade dabei, sich von einem Teenager in eine wunderschöne junge Frau zu verwandeln – gertenschlank und mit dem Körper einer Tänzerin, den sie sich in unzähligen Übungsstunden erarbeitet hatte.

„Hi, ich bin Bailey Flanigan.“ Sie ließ sich Zeit und suchte den Blickkontakt zu den Juroren. „Ich werde ‚Ich bin es nicht‘ aus dem Musical *Wicked* singen.“

Nancy Helmes starrte Katy an, die Augenbrauen ungläubig zusammengezogen. „*Wicked*? Böse?“, murmelte sie.

Katy unterdrückte ein Lachen. „Es basiert auf der Geschichte von *Der Zauberer von Oz*“, flüsterte sie. *Wicked* war momentan das Lieblingsmusical der meisten Theaterkinder, doch der Name rief oft besorgte

Reaktionen bei den anderen hervor, bis sie verstanden, worum es ging. Jenny Flanigan hatte erst letzte Woche mit Katy darüber gesprochen, dass sie im Juni einen Ausflug des Kindertheaters nach New York City organisieren wollte, um sich verschiedene Broadway-Musicals anzusehen. *Wicked* würde mit Sicherheit dabei sein.

Baileys Lied wurde lauter und ausdrucksstarker und sie absolvierte den einminütigen Vortrag fehlerlos. Katy war nicht so sehr von Baileys Stimme fasziniert – obwohl sie das Lied mit einer kräftigen Stimme vortrug und immer die richtigen Töne traf – sondern vielmehr von ihrem Ausdruck. Das Lied handelte von einem Mädchen, das erfuhr, dass der Mann, in den sie verliebt war, eine andere liebte. Es war voller tiefer Emotionen und erfüllt von einer traurigen Resignation. Bailey konnte diese Gefühle so überzeugend darstellen, dass eine Gänsehaut über Katys Arme lief.

Als Bailey das Lied beendet hatte, brachen die anderen Kinder in lauten Applaus aus. Sie alle mochten Bailey gern und Katy war beeindruckt. Sie musste immer vorsichtig sein, wenn es um Bailey und Connor ging – sie musste aufpassen, dass sie die gleichen Maßstäbe an sie anlegte wie an die anderen Kinder. Früher war sie sehr streng mit den Flanigan Kindern gewesen, damit ihr niemand unterstellen konnte, dass sie sie bevorzugte. Doch wenn dies das erste Mal gewesen wäre, dass sie Bailey auf der Bühne gesehen hätte, würde Katy das Gleiche gedacht haben wie jetzt.

Sie hatten möglicherweise schon ihre Nancy gefunden.

Einer nach dem anderen betraten die Kinder die Bühne und präsentierten ihre Lieder. Zwischen den einzelnen Gruppen konnte Katy einen raschen Blick oder ein Lächeln mit Dayne tauschen. Einige der Kinder hatten ihn bemerkt, doch bis jetzt hatte ihn keiner angesprochen. Die Kinder im Kindertheater hatten sich inzwischen schon an Dayne Matthews gewöhnt. Schließlich war er oft hier. Das wussten sie. Und heute waren sie viel zu sehr mit ihren Liedern beschäftigt, um sich Gedanken über einen Filmstar zu machen, der in der hintersten Reihe der Kirche saß.

Etwa gegen acht Uhr hatte der Letzte sein Lied gesungen und Katy und der Rest des Teams gingen in das benachbarte Café, um dort zu entscheiden, wer eine Chance bekommen sollte. Zuerst schien Connor Flanigan für die Rolle des Oliver infrage zu kommen, doch dann hatte ein neuer Junge vorgesungen, Jacob, blond gelockt und mit der Stimme eines Engels. Er war vierzehn, doch er sah nicht einen Tag älter aus als elf. Wegen seiner seelenvollen Augen und der klaren Stimme war sich Katy ziemlich sicher, dass er die Hauptrolle bekommen würde.

Den ganzen Abend und noch am nächsten Tag ging die Auswahl weiter und schließlich konnte am Samstagabend die Besetzungsliste festgelegt werden. Jacob war Oliver Twist, Bailey war Nancy und Connor – in seiner ersten großen Rolle seit *Tom Sawyer* – sollte Jack Dawkins, den kleinen Taschendieb, darstellen. Tim Reed hatte sich auf überzeugende Art die Rolle von Bill Sikes, dem brutalen Gangster verdient, da er in seinem Lied mehr Gefühl gezeigt hatte als je zuvor. Katy konnte es kaum erwarten, die Reaktion des Publikums zu sehen, wenn er seine Rolle sang.

Samstagabend gingen Katy und Dayne zum Essen aus und als sie nach Hause zurückkehrten, waren die Flanigans am Feiern.

Ricky erwartete sie an der Tür. „Bailey und Connor haben beide tolle Rollen bekommen!“ Er warf die Hände triumphierend in die Luft und rannte zurück zur Küche. „Applaus für Bailey und Connor!“

Bevor Katy auch nur den Mund aufmachen konnte, sah sie schon, wie Jenny ihre Hände auf Rickys Schultern legte, und ihr aus der Seele sprach. „Es gibt nur gute Rollen.“ Sie grinste Katy an. Wie so viele Theater-Mütter hatte Jenny diese Wahrheit erst mühsam lernen müssen. Die Erfahrung, die Gemeinschaft mit den anderen, das Gefühl, ein Teil von etwas Großem zu sein, das man allein nicht erreichen konnte – das war das eigentlich Wundervolle an den Aufführungen des christlichen Kindertheaters, nicht die Menge des Liedtextes, die jemand zu singen hatte.

Katy lächelte Jenny an, dann wandte sie sich an Dayne. „Lass uns heute Abend einen Film im Kellerraum schauen.“ Sie blickte über ihre Schulter zu Jenny. „Die Flanigans brauchen Zeit für sich.“

„Dann lassen wir besser die Tür offen.“ Dayne neckte sie, doch seine Lippen berührten sanft ihren Mund. „Ich kann es nicht erwarten, dich zu heiraten. Habe ich das in letzter Zeit schon mal gesagt?“

„Nicht in der letzten Stunde.“ Sie legte ihren Kopf zur Seite. Sie spürte, wie ihre Augen funkelten, so wie sie es oft taten, wenn sie dem Mann gegenüberstand, den sie liebte.

Katy versuchte, an diesem Abend ein wenig Abstand zu den Flanigans zu wahren, auch, als Dayne schon nach Hause gegangen war. An diesem Wochenende war sie die Theaterregisseurin. Doch im Stillen freute sie sich.

„Es passt alles", sagte sie zu Dayne, als sie ihn an diesem Abend zu seinem Auto begleitete. „Die ganzen Jahre haben Bailey und Connor so hart gearbeitet und so oft kleinere Rollen übernommen. Doch jetzt ... wo es vielleicht die letzte Aufführung ist, die ich für lange Zeit leite, haben sie die Hauptrollen bekommen. Ich freue mich so für sie!"

Er ließ seinen Daumen über ihre Wange gleiten. „Es ist eine tolle Besetzung."

„Das ist es. Ich habe das Gefühl, dass die nächsten zehn Wochen viel zu schnell vorbeigehen werden."

Dayne schaute tief in ihre Augen. Die kalte Nachtluft war nur deshalb auszuhalten, weil er ihr so nahe war. „Oder auch nicht." Er küsste sie und sie erschauerte bis in ihr Innerstes hinein. „Ich zähle die Stunden bis zur Hochzeit."

Sie rieb ihre Nase an seiner und schloss ihre Augen, ganz versunken in dem wohltuenden Gefühl seiner Nähe. „Deshalb ist es doch gar nicht so schlecht, dass wir mit *Oliver!* eine Menge zu tun haben."

„Sehr richtig." Er küsste sie erneut. „Doch jetzt ist es das Beste, wenn du wieder hineingehst."

* * *

Die Proben für *Oliver!* waren in vollem Gange und Katys Tage waren genauso ausgefüllt wie ihre Abende. Sie hatte ein Hochzeitskleid in Indianapolis gefunden, ein wunderschönes, schmales Kleid aus weißem Satin mit einer kurzen, eleganten Schleppe. Jenny Flanigan war dabei gewesen, als sie es aussuchte.

Als Katy auf dem Podest stand, umgeben von Spiegeln, schnappte Jenny nach Luft. „Katy ... Dayne wird ohnmächtig werden, wenn er dich in diesem Kleid sieht."

„Es ist genauso, wie ich es mir vorgestellt habe." Katy hatte sich schon in einigen Geschäften umgesehen, doch kein anderes Kleid kam ihrem Traum so nahe wie dieses. Sie fühlte sich darin wie eine Prinzessin, als ob alles, wofür sie gebetet hatte oder wovon sie im Blick auf ihre

Hochzeit und ihre Ehe träumte, in diesem Bild zusammenkamen, das sie im Spiegel sah.

Heute Abend konnte sich Katy kaum auf die Probe konzentrieren, die in den Gemeinderäumen stattfand. Morgen früh wollten Dayne und sie nach LA aufbrechen, um sich dort am frühen Nachmittag mit der Herausgeberin von *Celebrity Life* zu treffen. Für den Abend war ein festliches Essen geplant und am darauffolgenden Tag ein Treffen mit dem Direktor von Daynes nächstem Film, *But Then Again No*. Sie wollte Dayne unbedingt von dem Kleid erzählen. Doch sie hielt sich zurück. Alles, was er wissen durfte, war, dass sie endlich das richtige gefunden hatte.

Momentan waren Nancy und Al Helmes mit einem Teil der Gruppe in einem anderen Raum. Katy, Dayne und Rhonda waren im Chorraum geblieben und übten die Szene, in der Fagin und seine Diebe Oliver beibringen, wie man Taschen unbemerkt ausraubt. Später, wenn die Jungen alle schliefen, würde Fagin sich seine Schatzkiste ansehen, in der er die Dinge aufbewahrte, die er heimlich auf die Seite geschafft hatte.

Heute übten sie zum ersten Mal mit der falschen großen Nase aus Ton, die auf Patricks Nase befestigt werden sollte, dem Jungen, der Fagin spielte. Patrick musste üben, sich so zu verhalten und zu bewegen, wie es seine Rolle verlangte, ohne die falsche Nase zu beschädigen oder zu verlieren. Zudem mussten sie dafür sorgen, dass er beim Singen nicht so klang, als ob er Schnupfen habe.

Katy saß in der Mitte der ersten Reihe im Chorraum, Dayne und Rhonda neben sich. Die Kinder hatten sich inzwischen an Daynes Anwesenheit gewöhnt und bisher waren noch keine Paparazzi zu den Proben erschienen.

„Okay, lasst uns die Szene einmal von Anfang an proben." Katy stand auf und bedeutete den Schauspielern, ihre Plätze einzunehmen.

Fünfzehn Jungs, darunter Connor, verteilten sich auf der Bühne, wo sie sich hinlegten und so taten, als ob sie schliefen. Patrick holte die Schatztruhe hervor und starrte hinein. Er bewegte seine Finger in perfekter Fagin-Manier. Doch als er auf Zehenspitzen durch die schlafenden Jungen schlich und tief Luft holte, fiel seine Nase ohne Vorwarnung in die Schatztruhe.

Dayne hielt sich die Hand vor den Mund, um sein Lachen zu verbergen, und die Jungen auf der Bühne mussten ebenfalls ihr Kichern unterdrücken.

Katy holte tief Luft und zog ihr gelbes Notizbuch heran. *Nase ankleben,* schrieb sie auf.

Patrick jedoch ließ sich nicht aus der Ruhe bringen. Während er durch die Juwelen und Kostbarkeiten in der Schatztruhe wühlte, nahm er die falsche Nase einfach heraus und befestigte sie geschickt wieder an ihrem Platz.

Diese Geste verpasste Dayne den Rest. Er beugte sich vornüber und brach in ein solches Gelächter aus, dass es im ganzen Raum deutlich zu hören war. Katy legte ihren Arm um Daynes bebende Schultern und rief: „Fünf Minuten Pause!“ Sie senkte ihr Gesicht neben Daynes. „Vielleicht braucht Fagin keine große Nase.“

„Oder vielleicht …“ Dayne sah auf und versuchte, seine Fassung wiederzuerlangen. „Vielleicht nehmen wir das auch einfach in die Szene mit auf, wie er die Nase in der Schatztruhe findet und sich aufsetzt.“

„Sehr lustig.“ Katy fuhr sich mit den Fingern durch die Haare. „Rhonda, frag doch bitte Bethany, ob sie uns einen anderen Kleber besorgen kann.“

Rhonda kicherte ebenfalls. Sie rannte hinaus, um Bethany zu finden, und nach ein paar Minuten hatte sich die Aufregung gelegt, sodass sie die Szene erneut proben konnten. Eines der Lieder, an denen sie arbeiteten, war „I'd Do Anything“. In diesem Lied bietet der kleine Taschendieb – von Connor gespielt – schelmisch an, alles zu geben, um die Liebe von Nancy zu gewinnen. Ihre Rolle stellte Bailey Flanigan atemberaubend und überzeugend dar.

Katy glaubte zu wissen, warum das so war. Es schien zu Hause für Bailey im Moment besser zu laufen, denn sie war nicht mehr so launisch wie zuvor. Sie und Jenny verbrachten wieder mehr Zeit miteinander und Bailey hatte in Cody Coleman offenbar einen guten Freund gefunden. Cody seinerseits besuchte treu seine Therapiestunden und blieb ansonsten viel zu Hause. All das gab Bailey die Möglichkeit, sich auf ihre Rolle zu konzentrieren. Deshalb war die Szene jetzt schon, obwohl die Premiere erst in einigen Wochen stattfinden würde, fast perfekt.

Nach dem Ende der Probe, nachdem Rhonda und Bethany nach Hause gegangen waren und die Eltern ihre Kinder abgeholt hatten, räumte Dayne die letzten Sachen weg. Katy saß an ihrem Schreibtisch und las ihre Notizen von der heutigen Probe durch.

Die Brücke war ein wichtiges Requisit der Szene, doch wenn siebzig Kinder auf der Bühne standen, konnte kein Zuschauer mehr die Handlung sehen. Das Technikteam musste einen Spot besorgen, der hell genug war, um inmitten all der Kinder den kleinen Taschendieb Dodger herauszuheben, wenn er sein Lied für Nancy sang. Sonst wäre es für die Zuschauer zu schwer zu erkennen, wer aus Fagins Bande gerade etwas vortrug.

Katy hatte gerade halbwegs ihre Notizen durchgearbeitet, als etwas ihre Aufmerksamkeit erregte. Sie sah auf und erblickte Dayne, der mitten auf der Bühne stand, seine Hand zu ihr ausgestreckt, eine langstielige Rose aus Plastik in seinem Mund. Mit einer dramatischen Geste nahm er die Rose und hielt sie ihr hin. „Verehrteste … dürfte ich Sie um einen Tanz bitten?“ Sein englischer Akzent war überdeutlich und affektiert. „Verehrteste …“

Katys Herz schmolz dahin und sie legte ihren Stift zur Seite. „Aber Dodger, Sie sind ja ein richtiger Gentleman!“ Sie stand auf und ging zur Bühne, wo sie seine Hand ergriff.

Mit einer einzigen Bewegung zog Dayne sie auf die Bühne hoch. Dann sank er auf ein Knie und streckte beide Arme aus. Während er seinen Akzent beibehielt, sang er mit einer Stimme, die den ganzen Raum erfüllte: „Ich tue alles für dich, meine Liebste, alles …“

Katy war wie gebannt. Sie spielte ihre Rolle, so gut sie konnte, genoss jede Sekunde und war ganz gefangen in dem Moment.

Dayne sang klar und kräftig, seine Augen ließen ihren Blick niemals los. „Denn du bedeutest mir alles. Ich weiß, dass ich überall hingehen würde …“

Während Dayne den Rest des Liedes sang, lächelte Katy ihm zu. Sie war beeindruckt von der Intensität seiner Darstellung und genoss das Gefühl, gemeinsam mit ihm auf der Bühne zu stehen. Sie dachte an seinen nächsten Film. Vielleicht war die Idee, für die zweite Hauptrolle neben ihm vorzusprechen, doch eine wunderbare Sache. Vielleicht würde das die schönste Zeit ihres Lebens werden.

Als das Lied verhallte, sank Dayne wieder auf ein Knie. „Ich würde alles – alles für dich tun!“

Sie zog ihn auf die Füße und schlang die Arme um seinen Hals.

„Ich liebe dich! Und du könntest jederzeit den Taschendieb Dodger spielen."

„Mmmmm." Er legte seine Wange an ihre. „Nur wenn du Nancy bist."

Katy lachte. Ihr kam der Gedanke, dass in den nächsten Monaten etliche von Daynes unvergesslichen Momenten nicht auf einer Leinwand vor der ganzen Welt zu sehen sein würden.

Sie würden hier stattfinden, auf einer einfachen Holzbühne in Bloomington, Indiana.

Kapitel 24

Dayne musste ständig an das bevorstehende Gespräch mit den Paparazzi denken – während ihres Privatflugs nach Los Angeles, im Taxi, während Katy im Hyatt eincheckte und als sie sich auf den Weg zu seinem Haus in Malibu machten. Sie wollten sich den Menschen auf einem Silbertablett servieren, die ihn fast getötet hätten. Dieser Gedanke war nach wie vor verrückt.

Nur Katys ruhige Zuversicht hielt Dayne davon ab, sich die Autoschlüssel seines BMW-Cabrios zu schnappen – und Katy stattdessen auf einen dreistündigen Ausflug entlang der Küste mitzunehmen. Sein Cadillac Escalade hatte bei dem Unfall Totalschaden erlitten und sein neuer Geländewagen stand im Moment in Bloomington. Er hatte immer noch vor, sich einen weiteren Geländewagen für die Wochen im Jahr zu kaufen, die er in Südkalifornien beim Drehen verbringen würde, doch das konnte noch warten. Dieser Besuch war nun erst mal dazu da, dass sie ihre Verlobung verkündeten und dass Katy mit dem Regisseur sprach.

Es war warm und wunderschön in Los Angeles. Die Temperatur lag bei etwas über zwanzig Grad und war somit meilenweit entfernt von dem Schnee und Eis, die sie in Bloomington hinter sich gelassen hatten. Sie hielten an einem Supermarkt in Malibu an und Katy besorgte ein paar Sandwiches, die sie später auf der hinteren Veranda in Daynes Haus aßen. Die Paparazzi hatten noch nicht bemerkt, dass er wieder in der Stadt war, und so konnten sie draußen sitzen und auf den Ozean schauen, ohne Angst zu haben, dass jemand ein Foto von ihnen machte.

„Wie geht es dir?“ Katy legte ihre Hand auf sein Knie und lächelte ihm zu. „Das Treffen ist in einer Stunde.“

„Ich versuche, nicht darüber nachzudenken.“ Dayne legte sein Sandwich ab und starrte auf ein Paar Seemöwen, die dicht über dem Wasser flogen. „Ich wäre jetzt am liebsten in unserem Haus am See oder würde gerne mit dir auf der Bühne im Theater singen.“ Er wandte sich zu ihr. „Verstehst du das?“

„Ja.“ Sie trank einen Schluck von ihrem Eistee. „Ich wünsche mir das Gleiche, aber … welche andere Wahl haben wir?" Ihr Tonfall war sanft. „In Kürze haben sie mit Sicherheit herausgefunden, dass du beim christlichen Kindertheater mitarbeitest. Sie werden uns jagen, bis sie jedes noch so kleine Detail unseres Lebens kennen."

Dayne knirschte mit den Zähnen und sah wieder auf den blauen Pazifik hinaus. Katy hatte recht. Er war nun mal der, der er war, und daran konnte niemand etwas ändern. Sie erhofften sich, durch ihr offensives Vorgehen den Hunger der Presse auf Neuigkeiten sättigen zu können. Glückliche Ehepaare waren schließlich kaum von Interesse für die Paparazzi, nicht wahr?

Er seufzte und griff nach Katys Hand. „Ich wünschte, ich könnte dich ganz für mich allein haben, diese … diese wunderbare Liebe, die wir haben, mit niemandem teilen. Ich möchte nicht, dass die ganze Welt in der ersten Reihe Platz nimmt und jeden Schritt von uns beobachtet. Bist du dir wirklich sicher, dass du das aushältst, Katy? Dieses Leben, das ich führe?"

„Denk doch an das, was wir in den letzten beiden Monaten miteinander geteilt haben. Es wird solche Zeiten geben …" Sie starrte hinaus auf den Strand, „… und Zeiten wie jetzt. Und, ja, ich nehme das alles in Kauf!" Sie lehnte sich vor und nahm sein Gesicht zwischen ihre Hände. „Ich bin für das bereit, was vor uns liegt. Sie können so viele Fotos machen, wie sie wollen, solange ich dich habe."

Ihre Worte überzeugten ihn. Er entspannte sich und lächelte. „Du bist unglaublich, habe ich dir das schon mal gesagt?"

„Heute erst zweimal." Katy kicherte. „Nun los – wir sollten jetzt aufbrechen."

Sie fuhren zum Büro der Zeitschrift und hatten dabei das Verdeck des Cabrios geschlossen. Es war nicht nötig, vor der Zeit die Aufmerksamkeit der Reporter zu wecken.

Von dem Moment an, als sie sich mit der Jounalistin trafen, war Dayne unbehaglich zumute. Dabei war jetzt doch der Moment, in dem er sich am entspanntesten fühlen sollte. Er musste sich nicht mehr vor den Paparazzi verstecken – stattdessen gaben sie selber ihre Geschichte an die Presse weiter. Sie sagten nur das, was sie sagen wollten, in genau den Worten, die Katy und er sich überlegt hatten.

Doch Dayne konnte das Gefühl des Unbehagens nicht abschütteln.

Er saß neben Katy und sie hielten sich an der Hand. Sie hatten ihre

Antworten vorher geübt, sodass das Interview wie eine oft geprobte Filmszene ablief. Ja, Dayne hatte Katy im Bloomingtoner Theater kennengelernt, wo sie eine Kindertheatergruppe leitete, und ja, es war Liebe auf den ersten Blick gewesen. Ja, er war in Bloomington gewesen, um seine leibliche Mutter zu suchen, die an Krebs gestorben war, und nein, er hatte bei diesem Besuch keine weiteren Familienmitglieder getroffen. Ja, seitdem hatte er alle Baxters kennengelernt und ja, er hatte ein wunderbares Verhältnis zu ihnen allen – sogar zu Luke.

Als die Reporterin Dayne bat, die Konflikte zu schildern, die er und Luke anfangs gehabt hätten, lächelte Dayne und schüttelte den Kopf. „Wir hatten nie irgendwelche Konflikte."

Bereitwillig und wohlüberlegt gaben Dayne und Katy ihre Antworten und lenkten das Gespräch weg von irgendwelchen Konflikten, sondern konzentrierten sich stattdessen auf ihre Liebesgeschichte und die Begeisterung über ihre Verlobung.

Dann stellte die Reporterin einige Fragen, die den Zeitpunkt und den Ort der Hochzeit betrafen.

„Wir sind uns noch nicht ganz sicher", sagte Dayne mit ernster Miene. „Wir haben über eine Menge Optionen gesprochen, doch im Moment haben wir einen Termin irgendwann vor den Dreharbeiten für meinen nächsten Film ins Auge gefasst."

Die Reporterin hatte ihre Hausaufgaben gemacht. Sie fragte genauer nach, drängte sie und nannte etliche Termine, die exakt vor dem Startpunkt der Dreharbeiten lagen.

Dayne lachte und zuckte die Schultern. „Wir wissen es noch nicht."

Die Reporterin warf ihm einen Blick zu, der besagte, dass sie ihm nicht glaubte. Doch dieses Interview war eine solche Sensation, dass sie den Moment nicht verderben wollte. Sie lächelte und wandte sich dem Thema Brautkleid zu. „Haben Sie sich schon entschieden?"

„Ja, aber es soll eine Überraschung sein", erwiderte Katy.

„Wie sieht es mit den Blumen aus?"

Dayne grinste. Er machte eine ausladende Bewegung, die den ganzen Raum umfasste. „Überall weiße Rosen."

Dayne und Katy hatten sich überlegt, dass es nichts schaden würde, wenn sie der Journalistin ein paar ehrliche Antworten gaben, was die Hochzeit betraf. Das größte Geheimnis war schließlich das Datum und das war etwas, das sie auf jeden Fall für sich behalten wollten. Trotzdem war es keine Lüge, wenn sie sagten, dass sie das genaue Datum noch nicht wüssten. Wenn die Presse nämlich Wind von ihrem geplanten Termin bekam, würden sie die Hochzeit verschieben müssen. Wilma Waters kümmerte sich um diese Einzelheiten.

Wieder fragte die Reporterin nach weiteren Details. „Haben Sie schon Räumlichkeiten gebucht? Irgendwo an einem besonderen Ort, den wir kennen sollten?"

Dayne sank in die Sofakissen zurück und lächelte zuerst Katy, dann die Reporterin an. „Wenn mein nächster Dreh im Mai startet, werden wir verheiratet sein. Der Rest wird sich ergeben."

Die Journalistin ließ es dabei bewenden. Als Nächstes kam die Frage, auf die sie schon gewartet hatten. „Sie sind beide überzeugte Christen. Stimmt das?"

„Ja." Die Antwort war offensichtlich, was Katy betraf. Das hatte während des Gerichtsverfahrens, als ihre Identität bekannt geworden war, bereits in den Zeitungen gestanden.

„Und Sie auch?" Die Reporterin sah zu Dayne. „Habe ich das nicht irgendwo gelesen?"

„Ja, das stimmt." Dayne nickte bestätigend. Auf diesen Teil des Interviews hatte er sich gefreut – auf die Möglichkeit, dass Gott ihre Geschichte benutzen könnte, um andere Menschen näher zu sich zu ziehen. Menschen wie Dayne mit einer wechselvollen und schuldbeladenen Vergangenheit.

„Bedeutet das, dass Sie warten, bis Sie verheiratet sind?" Die Journalistin zwinkerte ihnen zu, als ob sie auf diese Information besonders neugierig wäre. Man musste keinen Detektiv engagieren, um herauszufinden, dass Dayne früher diese Schutzregel Gottes viele Male übertreten hatte. Sobald Katy und Dayne ihre Hochzeitspläne verkündeten, würden die Paparazzi alles dafür geben, um herauszufinden, ob die beiden ihren Worten untreu geworden waren.

Dayne übernahm wieder das Gespräch. „Katy ist noch Jungfrau." Sie waren sich darin einig gewesen, dass diese Tatsache ein großartiges Beispiel für junge Mädchen sein könnte. Nur deshalb war Katy auch bereit gewesen, dieses intime Detail preiszugeben. Dayne schürzte seine Lippen und sein Tonfall war ernst. „Ich habe eine Menge Veränderungen in meinem Leben durchgemacht, seitdem ich nach langen

Jahren Gott mein Leben wieder übergeben habe. Zu warten, bis wir verheiratet sind, ist für uns beide sehr wichtig."

Die Journalistin schien überrascht und ein wenig misstrauisch zu sein. Sie stellte ein halbes Dutzend weitere Fragen zu diesem Thema, bis sie es offensichtlich aufgab, etwas Anrüchiges an ihrer Geschichte zu finden. Sie wandte ihre Aufmerksamkeit Katy zu. „Sie haben vor etlichen Jahren einen Pilotfilm gedreht und für eine Rolle in Daynes Film *Dream On* vorgesprochen. Ist eine Karriere als Schauspielerin etwas, das Sie für die Zukunft in Erwägung ziehen?"

Sie hatten ebenfalls über dieses Thema gesprochen. Katy lächelte und lehnte sich ein wenig enger an Dayne. „Ich überlege es. Wir haben noch keine Entscheidungen getroffen, weder dafür noch dagegen."

Das Interview dauerte zwei Stunden und beinhaltete auch ein Fotoshooting. Es war eine Titelgeschichte, keine Frage, und die Botschaft, die die Story haben sollte, war durch die Fragen der Reporterin mehr als deutlich geworden. Dayne Matthews liebte und heiratete die Kleinstadtregisseurin, die die geheimnisvolle Fremde an seiner Seite war.

Als sie endlich das letzte Foto geschossen hatten und sich schleunigst auf den Weg zur Hintertür machten, warteten ungefähr zwanzig Menschen auf sie. Menschen, an denen sie im Flur vorbeigegangen waren oder die Gerüchte gehört hatten, dass oben in den Räumen des Magazins ein Interview geplant war. Die meisten von ihnen hatten Papier und Stifte bei sich, die sie an Katy und Dayne reichten mit lautstarken Bitten um Autogramme.

Eine rothaarige Frau schrie: „Ist Katy jetzt deine Freundin, Dayne?"

Dayne spürte, wie Frustration in ihm aufstieg. Seit seinem Unfall hatte er keine solchen Situationen mehr erlebt. Nach seinem Aufenthalt in der Rehaklinik hatte er über seinen Agenten eine Pressemitteilung herausgeben lassen, dass er wieder genesen war und weiterhin seine Filme drehen würde. Doch dann war er über Thanksgiving und Weihnachten nach Bloomington gereist und abgesehen von den paar Minuten, in denen er bei dem Basketballspiel an der Universität erkannt worden war, hatte er sich von solchen Situationen fernhalten können.

Doch Katy lächelte an seiner Seite wie ein Profi. „Ja ..." Sie richtete ihre Antwort an die Rothaarige. „Wir gehen zusammen aus." Der Blick ihrer Augen signalisierte Dayne, dass sie hoffte, auch er würde sich diesen Menschen widmen und ihre Wünsche erfüllen.

„Sie ist eine ganz besondere Frau.“ Dayne nickte, als er nach dem Zettel der Rothaarigen griff. Nachdem er sein Autogramm gegeben hatte, winkte er den anderen zu. „Hi, Leute.“ Er benutzte seine Filmstimme, die klar und ein wenig tiefer als normal klang. „Ein weiterer wunderschöner Tag in Los Angeles!“

Nach etwa fünfzehn Minuten war Dayne fertig mit den Autogrammen, gerade in dem Moment, als eine Gruppe Frauen aus dem Aufzug sprang und in ihre Richtung eilte. Dayne griff nach Katys Arm und zog sie eilig zur Hintertür. Als sie sicher im Auto saßen und Dayne ein Stück über den Parkplatz gefahren war, wandte er sich zu ihr. „Ich bin mir nicht sicher, ob ich das schaffe, Katy.“

Ihr Gesicht war gerötet und erhitzt von der Eile, mit der sie das Gebäude verlassen hatten. „Waren Paparazzi hinter uns her? Irgendwo im Gebäude?“

„Nein.“ Er bog auf die Straße und fuhr nach rechts in Richtung Wilshire. „Aber es kamen noch mehr Leute aus dem Aufzug.“ Er wollte seine Frustration nicht an ihr auslassen, dennoch sagte er: „Siehst du es denn nicht? Es hört niemals auf! Du versuchst nett zu sein, doch dann schwappt schon die nächste Welle Menschen auf dich zu und will genau das Gleiche von dir. Wir hätten den ganzen Tag dort stehen bleiben können und immer noch würde jemand behaupten, wir wären arrogant und unfreundlich, weil wir so früh gegangen seien.“

Katy warf einen Blick über ihre Schulter. „Sie rennen auf den Parkplatz.“

„Natürlich tun sie das.“ Er stieß hörbar die Luft aus. „Hör zu, ich möchte ja auch, dass diese Idee, mit der Presse zusammenzuarbeiten, wenn wir in Los Angeles sind, funktioniert.“ Seine Unsicherheit war zurück, mehr denn je. „Ich bin mir nur nicht mehr sicher.“

Katy biss sich auf die Lippe und sagte einen Moment lang nichts. Dann wandte sie sich ihm zu und ihr Gesichtsausdruck zeigte ebenfalls Unsicherheit und Zögern. „Ich sehe einfach keinen anderen Weg. Ich meine ...“ Sie deutete auf den brausenden Berufsverkehr um sie herum. „Wir können nicht jedes Mal, wenn wir nach LA kommen, vor den Fotografen wegrennen.“

„Und deshalb schien auch mir der Artikel in dem ViP-Magazin eine gute Idee zu sein. Doch als wir dann dort waren und jede kleinste Einzelheit aus unserem Privatleben ausplaudern sollten, damit sie auf der

Titelseite von *Celebrity Life* ausgebreitet wird, da hätte ich am liebsten laut geschrien."

Katy nahm Daynes Hand und verschränkte ihre Finger mit seinen. „Ich konnte fühlen, dass du so denkst."

„Was ist, wenn wir falsch liegen?" Dayne umklammerte das Lenkrad mit seiner anderen Hand und starrte auf die Straße. „Was ist, wenn die Paparazzi glauben, dass sie jetzt die Erlaubnis haben, in allen Bereichen unseres Lebens herumzuschnüffeln?"

„Eine Zeit lang wird das sicher so sein. Alle Zeitschriften werden die Story bringen. Doch danach werden sie uns in Ruhe lassen, Dayne. Denn dann gibt es keine Geheimnisse mehr, nichts mehr, was sie noch herausfinden könnten."

Dayne nickte, doch die Zweifel blieben, dick und undurchsichtig wie der Nebel im Juni am Strand von Malibu. „Sie werden das Datum und den Ort wissen wollen. Sie werden Mitarbeiter nach Bloomington schicken, um geheime Informationen zu bekommen."

„Und das ist der Grund, warum wir Wilma Waters haben." Katy klang müde. „Bitte, Dayne. Wir müssen es versuchen. Wenn es heißt, für die Kamera zu lächeln, dann kann ich das ertragen. Doch ich würde es nicht ertragen können, wenn sie dich wieder jagen." Ihre Stimme brach und sie rieb sich ihre Nasenspitze. „Ich schaffe es nicht, in dieser ständigen Angst zu leben. Lass sie mein Privatleben in einer Zeitschrift ausbreiten, sodass die ganze Welt es lesen kann. Meinetwegen." Sie sah ihn an und auf ihren Wangen glitzerten Tränen. „Doch ich könnte es nicht ertragen, dich zu verlieren."

Plötzlich waren ihm ihre Gründe, warum sie ihr Leben so öffentlich machte, so klar wie die Luft in Indiana. Sie standen an einer Ampel und er konnte sie nur fassungslos ansehen, voller Liebe. Er hob ihre Hand an die Lippen und küsste sie. „Das ist der Grund? Deshalb willst du mit ihnen zusammenarbeiten?"

„Ja." Sie schniefte und ihre Angst, die sie verspürt haben musste, als er im Koma lag, stand deutlich in ihren Augen. „Das ist nun mal dein Leben – Paparazzi und Presse und Kameras und Zeitschriften. Entweder arbeitest du mit ihnen zusammen oder sie werden dich jagen. Das wissen wir doch."

Dayne antwortete nichts. Er konnte es nicht. Der Kloß in seinem Hals war zu groß. Es war unwichtig, wie er sich fühlte, ob er es unangenehm fand, sich der Presse wie ein offenes Buch zu präsentieren und sein Liebesleben in alle Welt hinauszuposaunen. Katy hatte entschieden, sich den Paparazzi zu stellen um ihn zu beschützen. Die Fragen der Paparazzi beantwortete sie nicht um ihretwillen, sondern um seinetwillen.

Katy hatte im Krankenhaus an seinem Bett gesessen und zugesehen, wie er fast gestorben wäre. Er konnte ihr so eine Situation nicht noch einmal zumuten – nicht um des verzweifelten Versuches willen, ein wenig Privatsphäre zu bewahren. Ein echtes Privatleben war sowieso nie eine realistische Möglichkeit gewesen.

Die Ampel wurde grün und er fuhr bis zur nächsten roten Ampel weiter. Dann wandte er sich Katy ganz zu und nahm auch ihre andere Hand in seine. „Ich verspreche dir, Katy, dass ich von jetzt ab mit der Presse zusammenarbeiten werde. Wenn sie mich jagen, werde ich sie aufholen lassen und in ihre Kameras winken und freundlich lächeln. Ich werde mich nie wieder in eine solche Gefahr bringen."

„Wirklich?" Die Angst stand immer noch in ihrem Blick, doch gleichzeitig sah Dayne einen Hoffnungsschimmer darin.

Er beugte sich vor und küsste sie sanft, um ihre Ängste und seine eigenen zu vertreiben. Dann lehnte er sich wieder zurück und versuchte, ihr ins Herz zu blicken. „Wenn wir hier in LA sind, werden wir Autogramme geben und Interviews führen und in alle Kameras lächeln." Er schob die massiven Zweifel, die dennoch in seinem Herzen lauerten, energisch zur Seite. Aber würde die Tatsache, dass sie sich so verfügbar machten, die Medien nicht noch mehr anlocken? Er schluckte. „Wenn es dich beruhigt, werden wir das tun. Ich werde deswegen nicht mehr jammern."

Sie fuhren zu Daynes Haus und hielten kurz bei einem Supermarkt am Pacific Coast Highway. Katy rannte hinein und kaufte Rippchen, Karotten, Salat und kleine rote Kartoffeln. Als sie wieder im Auto saß, sagte sie, dass niemand sie erkannte hätte. Immerhin waren sie in Malibu. Jeder, der hier lebte, hatte auf irgendeine Art mit der Filmindustrie zu tun. Die Menschen hier warfen Promis, die auf den Titelseiten standen, keinen zweiten Blick zu. Sie waren mit ihrem eigenen Leben viel zu beschäftigt.

An diesem Abend grillte Dayne, und sie sprachen über alles Mögliche, nur nicht über die Paparazzi. Denn egal, ob sie nachgeben würden und jedes Foto und jedes Interview erlaubten oder ob sie ihre Meinung änderten und ihnen den Rücken zukehrten – eine riesige Welle der Aufmerksamkeit würde ohnehin über sie hereinbrechen.

Diese Welle würde am Horizont ihres in letzter Zeit so ruhigen Lebens auftauchen, sobald die Titelgeschichte erschien. Dayne konnte Gott nur darum bitten, dass sie beide die Welle gemeinsam überstehen würden. Er hatte gesehen, was das grelle Licht der Öffentlichkeit mit Menschen anrichten konnte, die sich auf dem Präsentierteller befanden. Leider nur zu häufig erlitt eine Prominenten – Ehe dadurch solchen Schaden, dass sie sich nie wieder erholte.

Bei diesem Gedanken wurde es Dayne übel. Als sie mit dem Abendessen fertig waren, sah er Katy gedankenverloren im schwindenden Tageslicht an. Er würde lieber sterben, als die Medien das zerstören zu lassen, was Katy und er miteinander gefunden hatten.

* * *

Stephen Petrel, der Regisseur von *But Then Again No,* war derjenige in diesem Geschäft, der seinen Job am leidenschaftlichsten tat. Dayne zweifelte nicht daran, dass der Film Tiefe und Emotionen zeigen würde, eine Liebesgeschichte für die Ewigkeit. Das jedenfalls sagten die ersten Gerüchte, die jetzt schon über den Film kursierten, und er war sich sicher, dass man dies auch auf der Leinwand sehen würde.

Dayne hoffte, dass Katy ihr Bestes beim Casting geben würde. Über alternative Besetzungen wollte er nicht einmal nachdenken und das hatte er Katy auch gestern Abend gesagt, bevor sie in ihr Hotel zurückgekehrt war. Immerhin war der Film eine Liebesgeschichte. Wie konnte er Tag und Nacht von Katy Hart träumen, während er seine Tage in den Armen einer Schauspielerin verbrachte, die man ihm zugeteilt hatte?

Dayne und Katy betraten die Büros des Studios und Dayne übernahm die Vorstellung.

Stephen schüttelte Katys Hand und musterte sie freundlich. „Sie sind wirklich eine Schönheit."

„Vielen Dank." Sie errötete – eine Eigenschaft, die Dayne an ihr liebte. Die weiblichen Hollywoodstars, mit denen er ausgegangen war oder mit denen er seine Filme gedreht hatte, hatten sich schon zu sehr an Komplimente gewöhnt. Sie nahmen sie als selbstverständlich hin und erwarteten sie sogar.

Doch Katy nicht. Sie senkte ihren Kopf und für einen Moment sah Dayne sie wieder vor sich, wie er sie an jenem lang vergangenen Tag auf der Bühne in Bloomington gesehen hatte, als die Kinder gerade ihre Aufführung von *Charlie Brown* beendeten. Schlicht und unwiderstehlich mit einer natürlichen Schönheit, die ihm den Atem geraubt hatte.

Katy führte das Gespräch weiter. „Dayne sagte, dass Sie uns ein bisschen mehr über den Inhalt des Films erzählen können."

Stephen setzte sich aufrecht hin. „Die Handlung ist einmalig. Wenn ich sie vergleichen sollte, dann mit dem Film *Love Story* mit Ryan O'Neal, doch geschrieben für die jetzige Generation."

Dieser Vergleich ließ einen Schauer über Daynes Arme laufen. Stephen war nicht dafür bekannt, dass er blumige Worte oder leere Versprechen benutzte. Wenn er *But Then Again No* als einen so großen Film sah, dann würde es tatsächlich etwas ganz Besonderes werden. Dayne hätte den Smalltalk gerne rasch hinter sich gebracht, um zu Katys Vorsprechen zu kommen.

„Können Sie reiten?" Stephen beobachtete Katy. „Dayne sagte, dass Sie als junges Mädchen geritten sind."

„Ja, das bin ich." Katy schien zuversichtlich. „Pferde sind kein Problem für mich."

„Gut." Der Regisseur erzählte, wie begeistert er darüber war, dass sie die vierzehnjährige Jaclyn Jacobs für die Rolle hatten engagieren können, die die Hauptdarstellerin in ihren Jugendjahren zeigte.

„Jaclyn ist fantastisch." Stephen stützte seine Ellenbogen auf den Schreibtisch. Er sprach davon, dass Jaclyn im Moment eine der besten Kinderschauspielerinnen sei. Sie war ein hübsches Mädchen, groß gewachsen mit rotblonden Haaren und Sommersprossen. Ihre Fähigkeiten vor der Kamera machten sie zur perfekten Besetzung für diese Rolle. „Sie ist ein faszinierendes Mädchen. Tolle Familie, sehr bodenständig. Sie würde genauso gut für die Nachbarn babysitten wie in einem großen Film mitspielen. Das hier ist nur eine kleine Rolle für sie, doch sie wollte sie unbedingt haben. Wir haben ihr Okay letzte Woche erhalten." Stephen lächelte. „Und außerdem fühlt sie sich auf dem Rücken eines Pferdes wie zu Hause."

Dayne hatte schon von ihr gehört. „Hatte sie nicht vor einiger Zeit einen Unfall?“

„Ihr Pferd hat sie gegen eine Mauer geschleudert, sodass sie eine Kopfverletzung erlitt.“ Stephen seufzte. „Das war ganz schön heftig. Sie trug glücklicherweise einen Helm und so war sie nach etwa einer Woche wieder fit.“

Katy runzelte die Stirn. „Und trotzdem fühlt sie sich auf einem Pferd immer noch wohl?“ Sie lachte nervös. „Ich bin mir ziemlich sicher, dass ich nach so einer Erfahrung eine Weile Abstand halten würde.“

„Jaclyn ist ein süßes Mädchen, doch sie ist außerdem hart im Nehmen. Sie ist sehr sportlich. Sogar während sie sich von dem Unfall erholte, spielte sie morgens Tennis und führte nachmittags ihr Pferd spazieren.“ Stephen zog ihr Portraitfoto aus einem Ordner und schob es Dayne zu. „Sie ist das perfekte junge Mädchen in dieser Geschichte.“

„Ein Teil der Handlung zeigt die Tochter des Paares als ein junges Mädchen, das professionell Pferdesport betreibt, nicht wahr?“ Katy klang zögernd.

„Genau.“ Stephen erläuterte, dass die männliche Hauptfigur ein Problem mit Ärger und Wut hat, das von einer schlechten Beziehung zu den Eltern herrührt. Die weibliche Hauptperson, eine Redakteurin, wirkt dagegen sehr geheimnisvoll, und beherrscht stets ihre Gefühle. Als er fertig war, strich sich Stephen nachdenklich über das Kinn. Er sah Katy einen Moment lang an, dann wandte er Dayne seine Aufmerksamkeit zu. „Ich fühle sie.“

„Was fühlst du?“ Es dauerte normalerweise ein paar Wochen, bis Dayne in der Lage war, sofort zu verstehen, was ein Regisseur in einem solchen Moment meinte.

„Die Chemie.“ Stephen lehnte sich zurück und verschränkte seine Arme. „Die Chemie zwischen euch stimmt. Da ist so ein elektrisierendes Gefühl, das euch verbindet.“ Er verengte seinen Blick. „Im Bett klappt es bei euch hervorragend, nehme ich an?“

Auf eine solche Frage war Dayne nicht vorbereitet. Sein Ärger über Stephens unverfrorene Offenheit verschwand erst, als er Katys leises Lachen neben sich hörte. Er merkte, dass sie verlegen war, aber nicht schockiert. Natürlich dachte ganz Hollywood, dass Katy und Dayne miteinander schliefen.

„Also …“ Dayne räusperte sich. „Das ist bei uns etwas anders.“

Der Direktor sah verwirrt aus. „Aber … das verstehe ich nicht. Ich dachte, ihr beide … Ich dachte, dass ihr eine Beziehung habt."

„Das stimmt auch!" Dayne nahm Katys Hand. Er war sich nicht sicher, wie er es Stephen erklären sollte. „Wir sind verlobt, doch wir haben uns vorgenommen zu warten, so wie Gott es sich vorstellt." Er hatte das Gefühl, dass er ins Stottern kam. „Mit anderen Worten: Wir wollen mit dem Sex warten, bis wir verheiratet sind."

Stephens Augen wurden immer größer. „Ich bin ebenfalls Christ. Ich hatte keine Ahnung, Dayne …" Langsam schüttelte er den Kopf. „Das erklärt natürlich alles."

Dayne konnte sich gerade noch bremsen, dass er nicht mehr sagte, doch im Stillen dankte er Gott für diesen Schock. Stephen war ebenfalls Christ? Das bedeutete, dass ihr gemeinsames Projekt nicht nur zu einer wundervollen Liebesgeschichte werden könnte, sondern zu einem Film, der Leben verändern würde. Der Menschen ein tiefes Verständnis davon vermitteln könnte, wie die wahre Liebe aussieht, die in 1. Korinther 13 beschrieben wird.

Noch ein Grund mehr, warum Katy die Rolle übernehmen musste!

Sie unterhielten sich noch ein paar Minuten länger, bis Stephen einen Blick auf seine Uhr warf. „Sind Sie bereit, für mich vorzusprechen, Katy Hart? Ich habe Ihren Pilotfilm gesehen und mich mit einigen Freunden aus unserer Stadt unterhalten." Er erhob sich und führte sie in die Eingangshalle. „Ich weiß, was Sie können."

Dayne spürte, wie sein Herz voller Stolz anschwoll. Er hätte sich immer in Katy verliebt, egal ob sie schauspielern konnte oder nicht. Alles, was er anfangs von ihr gewusst hatte, war, dass sie das Theater und die Kinder und Gott liebte. Das war damals genug und es würde bis zu dem Tag genug sein, an dem sie ihren letzten Atemzug tat. Doch die Vorstellung, dass sie zudem eine begabte Schauspielerin war, war ein zusätzliches Geschenk. Dayne wollte unbedingt, dass sie die weibliche Hauptrolle neben ihm bekam, mehr als er sich seit Langem etwas gewünscht hatte.

Sie gingen in ein Tonstudio und Stephen stellte sich hinter eine Kamera, die in der Mitte des Raumes stand. Er betätigte ein paar Schalter, dann griff er nach einem Skript, das neben ihm auf dem Tisch lag, und reichte es Katy. „Schauen Sie sich die ersten beiden Seiten an. Das ist die Szene, in der die Hauptdarstellerin erklärt, warum sie ihren Job als

Redakteurin bei der Zeitschrift einer Beziehung vorzieht." Stephen trat einen Schritt zurück. „Nehmen Sie sich ein paar Minuten Zeit, dann nehmen wir es auf."

Während Katy sich vorbereitete, unterhielt sich Stephen mit Dayne über seinen letzten Film und über die Arbeit mit Randi Wells. „Sie wird sich scheiden lassen. Ich nehme an, dass du das auch schon gehört hast."

Dayne hatte es gewusst, doch nur von den Schlagzeilen in den Zeitungen. Er musste sie unbedingt anrufen und fragen, wie es ihr ging. Oder vielleicht könnte Katy anrufen. Die beiden Frauen hatten sich in der Zeit nach Daynes Unfall angefreundet. Stephen und Dayne sprachen immer noch über Randi und die Probleme, die es mit sich brachte, eine oscarprämierte Schauspielkarriere zu verfolgen und gleichzeitig Ehefrau und Mutter zu sein, als Katy ihnen auch schon ein Zeichen gab.

„Fertig." Sie postierte sich vor der Kamera. „Ist Dayne in dieser Szene mit von der Partie?"

„Ja, natürlich." Stephen deutete auf den Platz neben Katy. „Du musst nichts tun, Matthews. Gib ihr nur ein Gegenüber, das sie ansprechen kann. Zeigt mir eure Gefühle!"

Stephen nahm seinen Platz hinter der Kamera ein, blickte durch den Sucher und gab das Startzeichen. Er betätigte eine Taste. „Und … Kamera ab!"

Dayne sah Katy aufmerksam an und direkt vor seinen erstaunten Augen verwandelte sie sich in eine andere Person. Leidenschaft und Wut erfüllten ihren Gesichtsausdruck, als sie voller Bitterkeit ihre Lippen schürzte. Die Worte flossen nicht über ihre Lippen, sie explodierten. „Ich arbeite, weil ich arbeiten muss, okay? Was weißt du schon von meinem Leben?" Tränen stiegen in ihre Augen, doch sie ließ sich nicht beirren.

Als die Szene beendet war, konnte Dayne sie nur ungläubig anstarren. Katy war so gut, dass er Gänsehaut bekam. Er blickte zu Stephen und suchte nach Worten. „Okay, vielleicht kann sie mir noch das eine oder andere beibringen."

Alle im Raum lachten, alle außer Katy. Sie war noch damit beschäftigt, aus ihrem Charakter heraus in die Realität zurückzufinden. Sie sah Stephen an, offensichtlich verwirrt von dem Gelächter. „Soll ich es noch mal machen?"

Stephen durchquerte den Raum. „Ja, meine Liebe, das denke ich auch. Sie werden es im Mai noch mal machen, wenn wir die Szene am Set aufnehmen."

„Sie meinen ...?" Jetzt war es an Katy, überrascht zu sein. Ungläubig fasste sie sich mit der Hand an den Mund, ihre Augen waren weit aufgerissen. „Sie meinen, es hat Ihnen gefallen?"

Wieder lachten alle und Dayne legte seinen Arm um sie. „Katy, du warst so überzeugend, dass es schon fast beängstigend war."

„Sehr überzeugend." Stephen nahm seinen BlackBerry aus der Tasche und machte sich einige Notizen. „Ich habe es hier festgehalten."

„Was?" Katy lächelte, doch sie sah immer noch aus, als sei sie ein wenig benommen von der Reaktion auf ihre Vorstellung.

„Dass ich Ihnen einen Vertrag zuschicke. Ich möchte Sie sehr gerne für diese Rolle haben, Katy. Nach dem, was ich hier in einer Sechzig-Sekunden-Szene gesehen habe, kann ich mir niemanden vorstellen, der diese Rolle authentischer darstellen würde als Sie."

Auf dem Weg zurück zum Flughafen schlief Katy ein, den Kopf an Daynes Schulter gelehnt, und Dayne ging in Gedanken noch einmal jede Einzelheit der letzten Tage durch. Das Treffen mit dem Magazin und das Gespräch, das sie auf dem Weg zurück zu seinem Haus im Auto geführt hatten. Die panische Angst, die Katy davor hatte, dass die Presse noch einmal einen Autounfall provozieren würde. Und schließlich ihr brillantes Casting bei Stephen.

Doch ungeachtet dessen, wie wundervoll ihre Zeit in Los Angeles gewesen war oder wie verheißungsvoll ihre Zukunft im Privaten und Beruflichen vor ihnen lag, machte sich Dayne immer noch Sorgen um das, was in Zukunft an öffentlicher Aufmerksamkeit auf sie zukommen würde. Das Einzige, über das er jetzt nicht nachdenken wollte, war die Rolle, die der Regisseur Katy nach der Probeaufnahme angeboten hatte. Denn einen solchen Film zusammen zu drehen, konnte entweder wunderbar sein oder sie dem zu grellen Licht der Öffentlichkeit aussetzen.

Ein Licht, das so hell war, dass sie die Schönheit einer sternenklaren Nacht in Bloomington oder die Wunder, die Gott in ihrem Leben tat, nicht mehr wahrnehmen konnten – und vielleicht auch nicht mehr die Liebe, die sie füreinander fühlten.

Kapitel 25

Die Titelgeschichte in *Celebrity Life* verursachte Schockwellen, die Katy so nicht erwartet hatte. Jetzt, da sie und Dayne ihre Verlobung und ihre Zukunftspläne verkündet hatten, schien es, dass jedes Magazin der ganzen Welt genau wissen wollte, wann und wo sie heiraten würden.

Paparazzi wurden in Bloomington stationiert und richteten sich im örtlichen Holiday-Inn-Hotel in der festen Absicht ein, Katy und Dayne überallhin zu folgen. Doch immer noch war Katy der Überzeugung, dass sie die richtige Entscheidung getroffen hatten, indem sie sich verfügbar machten. Anfangs trafen sie sich mit den Fotografen und erklärten ihnen, dass ein endgültiger Plan für die Hochzeit noch nicht festgelegt worden war.

„Sie können Fotos von uns machen, wenn wir kommen und gehen, doch die Proben meines Kindertheaters sind nicht öffentlich", hatte Katy ihnen gesagt. „Ebenso bitten wir Sie, dass Sie der Versuchung widerstehen, uns nach Hause zu folgen. Wir erwarten, dass Sie uns entgegenkommen und unsere Privatsphäre respektieren." Sie lächelte den Fotografen zu und spürte, dass die Gruppe der acht Männer von ihrem Charme beeindruckt war. Sie wollten sich Katy und Dayne nicht zu Gegnern machen – ganz im Gegenteil. Wenn Hollywoods aktuelles Traumpaar bereit war, mit ihnen zusammenzuarbeiten, schienen sie ihren Teil der Abmachung erfüllen zu wollen.

Also wurde ein Kompromiss festgelegt. Die Fotografen konnten Bilder machen, wenn Katy und Dayne zum Theater oder zur Gemeinde kamen oder von dort weggingen, solange sie auf dem Parkplatz blieben. Immer, wenn Katy und Dayne ein paar Minuten Zeit hätten, würden sie für Fotos stehen bleiben, sich mit den Journalisten unterhalten und ihnen ein paar Häppchen an Informationen zuwerfen, die ihnen weiterhelfen würden.

Dayne war mit diesem Plan einverstanden, doch er mochte ihn nicht. Das konnte Katy leicht erraten. „Wie lange wird von uns erwartet, dass wir das Spiel mitspielen?" Er war nicht wütend auf sie, doch er war offensichtlich immer noch nicht davon überzeugt, dass dieser Versuch funktionieren würde.

„Nur bis zur Hochzeit.“ Das war das, was die Paparazzi Katy gesagt hatten, und sie glaubte ihnen. „Danach sind wir Schnee von gestern.“

Die ständige Anwesenheit der Paparazzi machte es schwierig, ihre Gespräche mit Wilma Waters geheim zu halten, doch persönliche Treffen waren auch nicht mehr nötig. Als die Zeit verging, brodelten die Gerüchte in den Kreisen der Theaterfamilien. Die Flanigans und die anderen Familien konnten die Hochzeit kaum erwarten, obgleich sie keine Ahnung hatten, wo die Feier stattfinden würde.

Sie hatten die erste Einladung herausgegeben, in der sie die Gäste baten, sich die Zeit vom 16. bis zum 19. März freizuhalten, und in der sie mitteilten, dass eine weitere Einladung kurz vor dem erwähnten Datum folgen würde. Katy nahm an, dass die Presse von dem Termin Wind bekommen würde, obwohl sie dann immer noch nichts über den Ort der Hochzeit wussten.

Doch zum ersten Mal, seitdem Katy ihren Vorschlag gemacht hatte, wirkte sich ihr Entgegenkommen gegenüber den Paparazzi offenbar zu ihrem Vorteil aus. Es schien die Fotografen fast einzuschläfern, wie einfach es war, Fotos und die wenigen Informationen zu bekommen, die Katy und Dayne gewährten. Und heute war Premiere von *Oliver!*, was bedeutete, dass die Hochzeit in zwei Wochen stattfinden würde. Katy und Dayne wählten ihre Kleidung, als ob es sich um eine Hollywood-Premiere handeln würde. Sie trug ein glitzerndes schwarzes Kleid und er wählte den Smoking, den er bei ihrem letzten Besuch aus seinem Haus in Malibu mitgebracht hatte.

Die Baxters waren vollständig erschienen – inklusive John und Elaine, die immer mehr Zeit zusammen verbrachten. Katy liebte die Art, wie sie miteinander umgingen, und sie fragte sich – so wie es Ashley, Kari, Brooke und die anderen taten – wann John selbst erkennen würde, dass er Gefühle für Elaine hatte. Gefühle, die definitiv über eine normale Freundschaft hinausgingen.

Katy eilte durch das Theater, um nach Nancy und Al Helmes zu sehen. „Alles in Ordnung?“ Sie beugte sich vor, sodass sie sie trotz des aufgeregten Lärms der Menschen, die gerade ihre Plätze einnahmen, hören konnte.

„Alles bestens!“ Al gab ihr einen anerkennenden Klaps auf die Schulter. „Wenn ich es dir bisher noch nicht gesagt haben sollte – ich bin sehr beeindruckt, Katy!“

„Wovon?“ Sie liebte diese Freunde fast so, als ob sie ihre Eltern in Chicago wären, die sie so selten sah.

„Davon, wie du mit der ganzen Aufmerksamkeit umgehst.“ Er zwinkerte ihr zu. „Du bist die perfekte Ehefrau für Dayne Matthews. Und die ganze Aufregung wird sich schon irgendwann legen.“

„Danke, Al.“ Sie grinste ihm zu, dann Nancy. „So, jetzt lasst uns aber das Haus rocken!“

Auf dem Weg zurück sah sie Jenny Flanigan in der dritten Reihe. Alle ihre Kinder waren da und auch Cody Coleman saß mit in der Reihe. Jenny formte ihre Hände um ihren Mund, sodass Katy sie hören konnte. „Jim besorgt Popcorn.“

„Bete dafür, dass alle bereit sind!“ Katy spürte, wie sich ihr Herzschlag verdoppelte. Jetzt machte sich auch bei ihr Aufregung breit. In ein paar Minuten würde sie sehen, wie das Stück auf der Bühne lebendig wurde. Bei dem Gedanken daran, schoss ihr wie jedes Mal das Adrenalin ins Blut. „Das weiß man nie bei der ersten Vorstellung.“

Cody stand auf und kam nahe genug, dass Katy ihn hören konnte. „Könntest du mir einen Gefallen tun, bitte?“ Er gab Katy eine gelbe Rose. „Gib das bitte Bailey.“

Katy widerstand der Versuchung, erstaunt die Augenbrauen hochzuziehen. Eine gelbe Rose war eine sehr aufmerksame Geste von Cody. Er und Bailey waren in den letzten Wochen gute Freunde geworden, während Bryan nicht einmal angerufen hatte. Jedenfalls war das Jennys Wahrnehmung. Katy lächelte ihn an. „Ich werde dafür sorgen, dass Bailey sie bekommt.“

Sie warf Jenny einen Blick zu, als sie in Richtung der Bühne weiterging. Der Ausdruck auf ihrem Gesicht sagte ihr, dass Jenny damit einverstanden war, dass Cody Bailey eine Rose schenkte. Sie alle waren sich nähergekommen seit Codys Alkoholvergiftung. Cody schien seitdem ein anderer Mensch geworden zu sein und da er, wie Jenny sagte, sein Leben unter Gottes Führung stellte, war das vielleicht sogar der Fall.

Die Aufregung wuchs, als Katy vorsichtig die Stufen hinabstieg und in die Umkleideräume kam. Die Darsteller waren gerade mit ihrem Make-up beschäftigt, verteilten kakaobraunes Puder auf ihrem Gesicht, sodass sie aussahen wie schmutzige Waisenkinder, und richteten ihre Kostüme und Mikrofone.

Dayne war ebenfalls hier unten und half Larry Taie, der den Kirchendiener Mr Bumble darstellte, mit den Knöpfen an seinem Kostüm. Dieser Junge war der größte Komödiant, den sie im christlichen Kindertheater hatten. Er war perfekt für die Rolle und er und Dayne waren während der Proben gute Freunde geworden. Dayne sah großes Potenzial in Larry und hatte ihn ermutigt, am College Schauspiel zu studieren.

„Also dann, alle mal herhören!" Katy klatschte in dem Rhythmus, den die Kinder sofort erkannten.

In wenigen Sekunden wurde es still und die Kinder antworteten im gleichen Klatschrhythmus.

„Lasst uns einen Kreis bilden."

Alle siebzig Kinder und vierzehn Mitarbeiter stellten sich in einem Kreis auf, der fast den ganzen Raum ausfüllte. Dayne stand ihr gegenüber und gerade als Katy den Mund öffnete, um noch einige ermutigende Worte vor der Aufführung zu sagen, trafen sich ihre Augen. Plötzlich überwältigten sie ihre Gefühle und sie presste die Lippen fest aufeinander und schluckte. Hier standen sie nun, sie und Dayne, und taten das, was sie liebten, ohne eine Kamera oder einen Paparazzi oder Aussicht auf landesweiten Ruhm.

War dies das letzte Mal? Das letzte Mal, dass sie ihre Theaterkinder bat, sich vor der Aufführung in einem Kreis aufzustellen? Das letzte Mal, dass sie gemeinsam eine Premiere im Bloomingtoner Theater erlebten? Sie hielt mit Mühe ihre Tränen zurück und sah nacheinander jeden Jungen und jedes Mädchen im Kreis an – Bailey und Connor Flanigan, Tim Reed, Larry, Patrick, Sydney, die Shaffer-Kinder, die Picks …

Dayne schien zu spüren, dass sie mit ihren Gefühlen zu kämpfen hatte. Er räusperte sich und die Aufmerksamkeit wandte sich ihm zu. „Katy und ich sind sehr stolz auf euch alle." Seine Augen leuchteten und seine Stimme klang sehr ernst und bestimmt. „Ihr habt sehr hart gearbeitet, um so weit zu kommen, dass wir heute Abend hier stehen können. Jetzt ist es Zeit, hinauszugehen und allen zu zeigen, was ihr könnt, welche Gaben und Talente Gott euch gegeben hat. Heute Abend geht es nicht um uns. Es geht darum, dem die Ehre zu geben, der uns hier zusammengebracht hat." Er schaute zu Katy. „Der Einzige, der das alles ermöglichen kann."

Katy war so dankbar für Dayne. Wenn sie diesen Moment hätte einfrieren können, wäre sie quer durch den Raum gegangen und hätte Dayne umarmt. Er kannte sie so gut, als wären sie schon seit Jahrzehnten befreundet. Sie fand ihre Stimme wieder. „Lasst uns beten." Sie schloss die Augen. „Herr, ich danke dir für jeden Einzelnen hier. Hilf ihnen, dass sie sich an ihren Text erinnern, und sei bei ihnen, dass sie für dich singen können. Und vor allem beten wir dafür, dass heute Abend dein Licht durch uns sichtbar wird. In Jesu Namen, Amen."

In ihrem Herzen fügte sie ein weiteres Gebet an, dass doch die Immobilienfirma nicht das Theater kaufen würde und dass die Kinder mit dem christlichen Kindertheater weitermachen könnten, auch wenn sie selbst durch Rhonda und Chad Jennings ersetzt werden würde.

Bevor sich der Kreis auflöste, begann Tim Reed das Lied zu singen, das genauso ein Teil der Aufführungen geworden war wie die Lichter und die Bühne. „I love You, Lord, and I lift my voice ..."

Katy musste wieder schlucken. Das christliche Kindertheater durfte nicht kurz vor dem Aus stehen! Es war schon schlimm genug zu wissen, dass dies vielleicht ihre letzte Aufführung sein könnte. Sie wollte nicht auch noch an die Möglichkeit denken, dass hier eines Tages Wohnblocks stehen würden. Katy konzentrierte sich wieder auf das, was vor ihr lag, und als das Lied vorbei war, lächelte sie ihrem Team zu. „Auf geht's!"

Laute Jubelrufe antworten ihr.

Als Katy zurück zum Zuschauerraum ging, trat Dayne neben sie. „Ich kann mir gerade gar nicht vorstellen, dass du diese Arbeit irgendwann nicht mehr machst, Katy."

„Ich auch nicht." Sie schniefte und versuchte, ihr Lächeln beizubehalten. Jetzt war nicht der richtige Zeitpunkt, um über zukünftige Verluste zu trauern. Heute Abend wollten sie die harte Arbeit der vergangenen Monate feiern. Sie schob ihren Arm durch seinen. „Also dann, los geht's!"

Die Aufführung begann mit fünf Minuten Verspätung und lief reibungslos, bis der letzte Vorhang fiel. Patricks Nase blieb, wo sie sein sollte, und Bailey stellte die stürmische Beziehung zu dem gewalttätigen Bill Sikes, der von Tim Reed gespielt wurde, so überzeugend dar, dass Katy Gänsehaut bekam. Am Ende der Aufführung war jeder im Raum davon überzeugt, dass Bailey ein misshandeltes Barmädchen und nicht das unschuldige Mädchen aus dem wahren Leben war. Connor spielte brillant den kleinen Taschendieb Dodger und Larry brachte mit seinem koboldartigen Tanz, als er um die Hand der Witwe anhielt, das Publikum zum Toben.

Erst als die Aufführung vorbei war und sie die Premiere mit einer Party im Haus der Flanigans feierten, wurde Katy klar: Nachdem nun dieser Meilenstein hinter ihnen lag, wartete bereits der nächste auf sie:

Ihre Hochzeit.

* * *

Ashley blieb mit Katy in engem Kontakt, während die *Oliver!*-Aufführungen über die Bühne gingen. Sie ließ sogar Devin bei Kari und nahm Cole aus der Schule, sodass sie beide als Platzanweiser bei einer der Schulaufführungen mithelfen konnten.

„Ich verstehe es nicht“, sagte Cole ihr an diesem Nachmittag. „Warum wollen sie Oliver verkaufen? Man kann Menschen doch nicht verkaufen, Mama.“

„Nein.“ Ashley dachte an das, was Cole in den kommenden Jahren noch lernen würde, über die verschiedenen Kulturen und über frühere Generationen, die tatsächlich geglaubt hatten, dass man Menschen kaufen und verkaufen kann. „Kein Mensch sollte jemals so verkauft werden.“

„Denn Jesus hat bereits für uns alle bezahlt. Das bedeutet doch, dass man Menschen nicht wieder verkaufen kann, weil doch Jesus schon bezahlt hat.“

„Ganz genau.“ Sie liebte es, wie Cole immer verständiger wurde, wie er über Dinge nachdachte und sich bereits seine eigene Meinung bildete. „Eine Menge Politiker wären gut beraten gewesen, wenn sie das im Laufe der Geschichte verstanden hätten, Cole.“

Sie sah an seinem Blick, dass er nicht wusste, was sie damit meinte, doch er lächelte trotzdem. „Ganz genau.“

Später an diesem Abend erzählte sie Landon von ihrem Gespräch mit Cole und er presste bewegt seine Faust an seine Brust. „Dieses Kind trifft mich jedes Mal genau ins Herz.“

Sie saßen im Wohnzimmer und schauten gerade ein Basketballspiel im Fernsehen. Ashley küsste seine Wange. „Das habe ich dir doch gesagt!"

Er lehnte seinen Kopf zurück und musterte sie für einen Augenblick. „Wie fühlst du dich? Dir ist nicht so übel wie damals, als du mit Devin schwanger warst, nicht wahr?"

„Nein." Ashley war sehr dankbar. Mit Devin war ihr morgens übel gewesen, mittags und abends. „Bisher ist das meine beste Schwangerschaft."

„Was eine Reise sehr viel einfacher machen wird."

„Daran habe ich auch schon gedacht. Ich bin mir sicher, dass Dayne und Katy uns auf irgendeine Insel verschiffen werden."

Es machte Spaß, über den Ort der Hochzeit Spekulationen anzustellen. Ashley und Landon sprachen miteinander darüber und auch mit den anderen Baxters, während sie ungeduldig warteten, dass die nächsten Wochen verstrichen.

Endlich klopfte am Dienstag, dem 14. März, eine Frau an ihre Tür und überreichte ihnen einen Umschlag. „Er kommt von Dayne Matthews. Ich glaube, Sie haben schon darauf gewartet."

Ashley konnte es kaum abwarten, den Umschlag aufzureißen. Sie dankte der Frau und rief nach Landon. „Es ist hier! Das goldene Ticket ist endlich angekommen!"

Landon trug Devin auf der Hüfte. Er eilte ins Zimmer, Cole dicht auf seinen Fersen. „Ist das die Einladung?"

„Ja." Ashley hielt den Umschlag in die Höhe und tanzte herum. Sie winkte damit und öffnete dann feierlich die Klappe. „Es ist uns eine Ehre, Sie zu der Hochzeit von Katy Hart und Dayne Matthews am 18. März im Riviera-Resort in Cancún, Mexiko, einzuladen." Ashley stieß einen Schrei aus. „Sie heiraten in Cancún!"

Die weiteren Informationen erklärten, dass die Gäste Schwimmsachen, Alltagskleidung und ihre Garderobe für die Hochzeitsfeier in jeweils einen Koffer pro Gast packen sollten und sich am Donnerstagmorgen, 16. März, um fünf Uhr am Flughafen in Indianapolis einzufinden hatten. Von dort würden sie mit einem Privatjet nach Cancún reisen, wo Busse die ganze Gesellschaft vom Flughafen zu dem Ferienresort bringen würden, das exklusiv für die Hochzeitsfeier reserviert worden war. Am Freitagmorgen würde es eine Brautparty geben und verschiedene Mahlzeiten und Treffen über den Tag verteilt.

„Das bedeutet, dass wir genau einen Tag haben, um zu packen." Ashley ging ein paar Schritte in Richtung Garage. „Ich hole besser gleich die Koffer."

Landon sah durch das vordere Fenster. „Katy sagte, dass die Presseleute in der Stadt sind, nicht wahr?"

„Ja." Ashley zögerte. „Sie könnten uns beobachten." Sie spähte ebenfalls aus dem Fenster. „Wenn sie da draußen sind, dürfen wir sie nicht sehen lassen, dass wir packen. Wir müssen alles geheim halten, bis das Flugzeug startet."

Bis zum Abend hatte Ashley mit ihren Schwestern und Katy telefoniert. Alle hatten das gleiche Gefühl – dass die drei Tage an der Maya Riviera zugleich die perfekte Kulisse für eine Traumhochzeit sein würden.

Es war höchste Zeit zum Feiern. Der Bruder, den sie so lange nicht gekannt hatten, war endlich gefunden worden – und jetzt würde er heiraten! Und die nette Theaterregisseurin, mit der sich Ashley befreundet hatte, würde nun mehr als nur eine gute Freundin werden – ihre Schwägerin.

Kapitel 26

Im letzten Moment entschieden sich Jenny und Jim, Cody Coleman zu Katys und Daynes Hochzeit nach Mexiko mitzunehmen. Eigentlich hatte er nicht vorgehabt mitzukommen, doch seit Thanksgiving hatte er eine sehr starke Bindung zur Familie Flanigan entwickelt. Es würde ihm guttun, einmal herauszukommen, eine Belohnung für seine treue Teilnahme an seiner Therapie und seinen tiefen Glauben.

Um drei Uhr am Donnerstagmorgen waren alle Flanigans wach und rasten durch das Haus.

„Ich nehme meinen Plüschdelfin mit." Shawn hielt das Kuscheltier triumphierend über seinen Kopf, als er die Treppen heruntersprang. „Ist das okay, Mama? Justin sagt, ich kann ihn nicht mitnehmen, weil kein Platz mehr im Koffer ist, doch ich schlafe jede Nacht mit dem Delfin im Bett, also ist das okay, oder?"

Jenny konnte die vielen Listen in ihrem Kopf kaum noch auseinanderhalten. Sie winkte in Shawns Richtung. „Bring ihn her. Den Delfin kann man zusammenquetschen. Er wird nicht viel Platz brauchen." Sie hob ihre Stimme. „Bailey, bring jetzt deinen Koffer her. Du bist immer die Letzte!"

„Ich schau mal, ob sie Hilfe braucht." Cody war ebenfalls wach, sein Seesack stand bereits neben der Tür.

Zum ersten Mal hörte Jenny es ganz deutlich in Codys Stimme. Während der vergangenen Monate hatte sie beobachtet, dass Cody und Bailey sich nähergekommen waren, aber sie hatte geglaubt, es sei nichts weiter als eine Freundschaft. Eine Beziehung wie unter Geschwistern. Doch hier, an einem verrückten Morgen lange vor Sonnenaufgang, hatte sie keine Zweifel mehr. Cody hatte Gefühle für Bailey entwickelt, die er aber vermutlich nicht zeigen würde, bevor er zum Militär ging.

Jenny versteckte ihre Überraschung hinter einem Lächeln. „Danke, doch sie muss ihre Sachen schon allein auf die Reihe kriegen. Sonst kann sie nicht mitkommen."

„Beeil dich, Bailey!" Connor stand am Fuß der Treppe. „Mama sagt, dass du nicht mitfährst, wenn du jetzt nicht runterkommst!"

„Ich komme schon …", klang ihre Stimme aus ihrem Zimmer. „Ich kann meinen Lockenstab nicht finden."

Cody lachte in sich hinein und wandte seine Aufmerksamkeit wieder seiner Müslischale zu. „Es ist komisch, so früh etwas zu essen."

„Für mich nicht." Ricky war der beste Esser der ganzen Familie. Er leerte gerade seine zweite Schüssel mit Cornflakes. „Mama sagt, dass wir nichts mehr zu essen bekommen, bevor wir in Mexiko sind."

Jenny lächelte vor sich hin. „Cody, könntest du bitte das Gepäck der Jungs kontrollieren – die vier jüngeren teilen sich eine große Reisetasche. Bitte sieh nach, ob jeder seine Badehose hat und die Flip-Flops und ihre Kleidung für die Hochzeit."

„Mach ich." Cody nahm einen letzten Löffel voll Müsli und stellte seine Schüssel in die Spüle. Er ließ Wasser darüberlaufen und stellte sie dann in die Spülmaschine. „Okay, Jungs … zeigt mir euer Gepäck!"

Jennys Gedanken wirbelten in ihrem Kopf herum und sie presste ihren Zeigefinger gegen die Stirn. „Vitamine … Sonnencreme … Allergiemedikamente für BJ … Strumpfhose … Haarspray." Sie murmelte die Liste vor sich hin. „Bailey, hast du das Haarspray?"

„Ja. Ich komme sofort, Mama … wirklich!"

Jim kam in die Küche und zog einen kleinen Koffer hinter sich her. Er stellte ihn neben das Gepäck von Connor und Cody. „Alle bereit zur Abfahrt?"

Das Durcheinander ging noch eine Weile so weiter, doch endlich saßen sie alle im Auto der Flanigans zusammen mit sechs Koffern, drei Rucksäcken, Vitaminen, Sonnencreme und einer Menge Haarspray. Doch Jenny war immer noch ruhelos. „Ich habe ständig das Gefühl, dass ich etwas vergessen habe."

„Mich nicht, Mama." Ricky winkte vom Rücksitz. „Du weißt schon, wie bei *Kevin allein zu Haus*. Du vergisst keines deiner Kinder."

„Diesmal." Jim warf Jenny einen spöttischen Blick zu. „Erinnere dich an den Ausflug zum Cedar Point!"

„Ohje." Jenny vergrub ihr Gesicht in den Händen. „Was für ein Albtraum."

Damals waren sie schon über sechs Kilometer von zu Hause weg gewesen, als sie feststellten, dass BJ noch einmal ins Bad zurückgegangen sein musste. Denn er war nicht im Auto. Als sie endlich wieder zu Hause ankamen, saß er mit Tränen in den Augen auf der vorderen Veranda.

„In den Filmen scheint das immer so lustig zu sein", sagte er zu ihnen. „Ich möchte aber niemals allein zu Hause zurückbleiben!"

Doch das war es diesmal nicht. Plötzlich schnappte Jenny nach Luft. „Mein Fotoapparat! Ich habe meinen Fotoapparat vergessen!"

„Nein." Bailey saß zwischen Connor und Cody auf der mittleren Sitzbank. „Ich habe für dich daran gedacht." Sie klopfte auf die Handtasche. „Hier drin ist sie."

„Zusammen mit dem größten Teil ihres Kosmetikschranks." Connor lachte. „Die Tasche platzt gleich aus allen Nähten."

Jenny erlaubte es sich, langsam zu entspannen. „Ich kann es nicht glauben."

„Eine Hochzeit in Cancún?" Jim grinste. „Ich erinnere mich, dass ein Quarterback aus einer meiner Profimannschaften so etwas Ähnliches gemacht hat. Er hat einen Jet gechartert und die Gäste nach Hawaii gebracht. Ich habe gehört, dass alle völlig aus dem Häuschen waren."

„Wie aufgeregt muss Katy jetzt wohl sein?" Jenny lehnte sich in den Sitz zurück und stellte die Handtasche auf den Boden. „Ich meine, hast du wirklich jemals geglaubt, dass das passieren würde? Dass sie und Dayne schließlich einen Weg zueinander finden?"

„Nein." Jim zögerte nicht. „Gott hat für die beiden wirklich Berge versetzt."

Ein Lächeln stahl sich auf Jennys Lippen. Sie war müde und völlig erschöpft von der Anstrengung, alles zu packen und die Familie rechtzeitig ins Auto zu bugsieren. Doch das war nun egal. Sie waren auf dem Weg nach Mexiko mit den Baxters und anderen Familien vom christlichen Kindertheater, um dabei zu sein, wenn Katy ihrem Dayne ewige Liebe und Treue versprechen würde.

Es gab keinen größeren Beweis für Gottes Liebe als diese Hochzeit.

***

Katy konnte nicht glauben, dass es wirklich geschah.

Wilma Waters kümmerte sich um das Einchecken der Gäste am Schalter des privaten Terminals, der an den Indiana International Flughafen angrenzte. Katy und Dayne begrüßten jede Familie persönlich und boten Kaffee und Kuchen an.

Wilma stellte jedem die gleichen Fragen: „Ist Ihnen irgendjemand gefolgt? Hat Sie jemand über heute ausgefragt? Waren Fotografen auf dem Parkplatz, als Sie angekommen sind?"

Wilma war sich ziemlich sicher, dass die Paparazzi aus Bloomington ahnten, dass etwas im Gange war. Vielleicht würden sie sogar bis zum Flughafen kommen. Doch sie konnten das Terminal für Privatflüge ohne Berechtigung nicht betreten. Sie würden zwar wissen, dass die Hochzeitsgäste von Katy und Dayne in ein Privatflugzeug einstiegen, doch sie würden keine Ahnung haben, wohin die Reise ging.

Wilma hatte von der Fluggesellschaft, bei der sie den Privatjet gechartert hatte, eine eidesstattlich beglaubigte Versicherung verlangt, dass die Flugpläne geheim gehalten würden. Wenn ein Mitarbeiter der Fluggesellschaft Informationen an die Presse weitergab – egal wer – so drohte Wilma, ihnen einen Anwalt vorbeizuschicken und nie wieder mit ihnen Geschäfte zu machen. Diese Drohung nahm die Gesellschaft sehr ernst. Wilma erwartete also keine Probleme, was die Flugbegleiter oder die Mitarbeiter in den Verwaltungsbüros der Gesellschaft betraf.

Es gab keinen Grund zur Sorge, bis John Baxter eintraf. „Uns ist jemand gefolgt", sagte er Wilma im gleichen Moment, in dem er und Elaine zu den übrigen Gästen im Terminal traten. „Er hat an meiner Auffahrt gewartet. Sie müssen gewusst haben, dass die Hochzeit bald stattfindet."

„Das ist schon okay." Wilma warf einen Blick auf ihre Uhr. „Wir heben ab, bevor irgendjemand etwas herausfinden kann."

Katys Nerven lagen blank. Sie ging zu Dayne und klammerte sich an seinen Arm. „Ein Fotograf ist deinem Vater gefolgt."

Er streichelte ihre Wange. „Wir könnten überallhin fliegen. Wenn der Flughafen alles ist, was sie wissen, dann wird ihnen das nicht viel nützen." Er legte seinen Arm um ihre Taille und zog sie eng an sich. „Weißt du was? Gott hat uns nicht bis hierher gebracht, nur damit wir zusehen müssen, wie unsere Hochzeit von einem Haufen Paparazzi zerstört wird." Er küsste sie. „Es wird alles gut gehen."

Sie nickte. Er hatte recht. Es würde nicht nur gut gehen, es würde perfekt werden. Ihre geheim gehaltene Hochzeit würde tatsächlich in wenigen Tagen stattfinden.

Katy und Dayne betraten das Flugzeug als Letzte und als sie hereinkamen, brachen alle Passagiere des Flugzeuges in begeisterten Applaus aus. Katy blieb stehen, überwältigt von dem Anblick. Die Gesichter, die sich ihr zuwandten, gehörten den Menschen, mit denen sie gelacht und geweint hatte – den Flanigans und all den anderen Familien vom Kindertheater, mit denen sie eng verbunden war. Und ihre Eltern waren bereits mit einem Linienflug auf dem Weg von Chicago nach Cancún. Sie konnte es kaum erwarten, sie zu sehen.

Katy spürte, wie ihre Augen vor Freude funkelten. Sie konnte es einfach nicht glauben. Sie saß neben Dayne in der zweiten Reihe und innerhalb von einer Stunde waren die meisten ihrer Familie und Freunde eingeschlafen. Der Flug und die Tatsache, dass die Hochzeit jetzt tatsächlich stattfinden würde, war mehr, als sie im Moment erfassen konnte. Als kleines Mädchen hatte sie davon geträumt, eine Märchenprinzessin zu sein und einen Prinzen zu heiraten. So wie es bei Aschenputtel geschah. Und jetzt war sie hier – sie saß in einem Privatflugzeug auf dem Weg zu ihrer Traumhochzeit und alle Dunkelheit und Einsamkeit schienen ein Leben weit weg zu sein.

„Ich denke immer noch, dass ich Glasschuhe wie im Märchen tragen sollte", flüsterte sie dicht an Daynes Ohr. „Ich habe Angst, dass mich jemand aufweckt und mir sagt, dass das alles nur ein Traum ist."

Dayne sah sie an und die Liebe in seinen Augen ließ ihr Herz vor Aufregung schneller schlagen. „Es ist ein Traum!" Er berührte sanft ihre Lippen und küsste sie lange, geschützt vor den aufmerksamen Blicken ihrer Gäste.

Um zehn Uhr morgens landeten sie in Cancún und die ganze Hochzeitsgesellschaft wurde in die bereits wartenden Busse verfrachtet. Die Flugzeuge, die aus Chicago und Hollywood kamen, waren eine halbe Stunde vor der Maschine aus Indiana gelandet, und so waren jetzt alle Hochzeitsgäste auf dem Weg zu dem Ferienort „Riviera".

Katy genoss es, in die aufgeregten und begeisterten Gesichter ihrer Familie und ihrer Freunde zu schauen. Viele von ihnen waren noch nie in Mexiko gewesen, ganz zu schweigen von der atemberaubenden Küste Cancúns und der umliegenden Orte. Daynes Geschwister saßen mit ihren Familien im hinteren Teil des Busses. Ihr Lachen schallte bis nach vorne. Wilma saß auf dem Platz neben dem Fahrer und ging ihre Notizen durch wie der verantwortliche Bauleiter einer Großbaustelle.

Mit jedem Kilometer fühlte Katy ihre Aufregung wachsen. Sie und Dayne würden wirklich heiraten und zwar so, wie sie es nicht zu träumen gewagt hatten.

Das Wetter in Cancún war warm und klar und schön. Für die nächsten Tage waren Temperaturen um die 25 Grad und nur wenig Luftfeuchtigkeit vorhergesagt. Sie brauchten vier Busse, um alle Gäste zu dem Ferienresort zu bringen, und als sie dort ankamen, hatten die Sicherheitsvorkehrungen höchste Priorität.

Das Riviera-Resort war die verschwiegenste Anlage an der Küste von Cancún. Palmen und Bananenstauden bildeten eine waldähnliche Festung auf jeder Seite des Eingangs und Mitarbeiter eines Sicherheitsdienstes kontrollierten an den Toren zusammen mit Wilma, dass alle vier Busse wirklich zur Matthews-Hochzeit gehörten.

So wie die Fluggesellschaft hatten die Betreiber des Riviera-Resorts bereits zuvor mit Wilma Waters zusammengearbeitet. Die Geschäftsleitung und die Mitarbeiter schienen großes Interesse daran zu haben, auch in Zukunft weitere Geschäfte mit ihr zu machen. Deshalb hatten alle Mitarbeiter die strikte Anweisung der absoluten Geheimhaltung über die Identität der Hochzeitsgäste, die in den nächsten drei Tagen in der Anlage wohnen würden.

Die Busse parkten neben dem Eingang zur vorderen Lobby, in der verschiedene Theken für die Anmeldung aufgestellt waren, sortiert nach Nachnamen. Die Gäste suchten sich die entsprechenden Theken und bekamen dort die Schlüssel zu ihren Zimmern und eine Reihe von Informationen, die erläuterten, wo und wann welches Essen, welche Party oder welches Treffen stattfand.

Wilma hatte sich wirklich um jedes Detail gekümmert. Als alle Gäste sich verteilten, um zu ihren Zimmern zu gehen, zog Katy sie zur Seite. „Es ist einfach unglaublich, wie Sie das alles so perfekt organisiert haben!"

Während jeder andere zu diesem Zeitpunkt völlig fertig und erschöpft gewesen wäre, waren Wilmas Augen vollkommen wach und klar. Sie sah aus, als würde die Herausforderung, diese Hochzeit zu planen, sie nur noch mehr beflügeln. „Ich glaube, wir schaffen es wirklich! Die ganze Zeit war es mein Ziel, eine große Hochzeit zu organisieren, ohne dass die Medien es mitbekommen. Wir scheinen es wirklich zu schaffen."

Zum jetzigen Zeitpunkt befanden sich alle, die wussten, wann und wo die Hochzeit stattfinden würde, bereits in der Ferienanlage.

Katy fühlte sich so entspannt, wie sie es seit dem ersten Treffen mit

Wilma nicht mehr gewesen war. „Selbst wenn sie es jetzt noch herausfinden, werden sie es nicht schaffen, hier hereinzukommen. Ich glaube, wir können alle erleichtert durchatmen."

„Noch nicht." Wilma umarmte sie spontan. „Nicht bevor ihr in die Flitterwochen aufgebrochen seid."

Die Flitterwochen.

Die Planungen für die Hochzeit waren so zeitraubend gewesen, dass Katy über die Flitterwochen nicht viel nachgedacht hatte. Das Ziel der Reise war eine Überraschung, die Dayne geplant hatte. „Pack einen Badeanzug ein", war alles, was er ihr gesagt hatte. Katy war es nicht wichtig, wohin sie fahren würden. Sie könnten hier im Riviera-Resort bleiben und die Flitterwochen wären perfekt. Solange sie und Dayne zusammen waren.

Dayne war mit seinem Vater und seinem Bruder gegangen, denn Wilma hatte dafür gesorgt, dass ihre Zimmer nebeneinander lagen. Katys Zimmer lag dem der Flanigans gegenüber und direkt neben dem Zimmer ihrer Eltern – genau auf der anderen Seite des Gebäudes. Das würde ihr mehr Freiraum geben, sich für die Hochzeit fertig zu machen, ohne dass Dayne sie vorher sah.

Ein kleiner Imbiss erwartete jeden Gast in seinem Zimmer und nach dem Auspacken trafen sich die meisten am Pool. Mit nur etwas über hundert Gästen war die ganze Anlage sehr groß und weiträumig – mit genügend Rückzugsmöglichkeiten für diejenigen, die ungestört sein wollten, und jeder Menge Platz zum Schwimmen oder Sonnen.

Zu den Gästen die aus Hollywood angereist waren, gehörten einige sehr bekannte Schauspieler und Schauspielerinnen, die sich in ein kleineres Schwimmbecken am anderen Ende der Anlage zurückzogen. Katy konnte das verstehen. Diese Menschen hatten kaum noch ein Privatleben, also warum sollten sie die Möglichkeit zum Alleinsein nicht nutzen, wenn sie sie schon einmal hatten?

Das Abendessen fand in einem der Ballsäle statt und Dayne moderierte den Abend, indem er Freiwillige aus den Reihen der Gäste motivierte, bei einer Art Glücksrad mitzuspielen.

Anschließend begaben sich die Gäste hinaus ans Meer, wo sich einige auf Strandliegen legten und die sanfte Brandung beobachteten, während andere einen Spaziergang am Strand machten. Katy lächelte, als sie sah, dass Jenny durch den nassen Sand stapfte, ihren Arm um Baileys Schulter gelegt. Egal, welche Unstimmigkeiten es rund um diesen Urlaub zwischen ihnen gegeben hatte, sie waren jetzt vorbei.

Bevor sie an diesem Abend zu Bett gingen, trafen Katy und Dayne sich mit Wilma, um die letzten Einzelheiten zu besprechen. Die Brautparty würde morgen Vormittag um neun Uhr stattfinden und die Probe für die Trauung war für sechs Uhr abends geplant, gefolgt von einem Abendessen. Die Gäste, die nicht an der Gestaltung des Hochzeitsgottesdienstes beteiligt waren, könnten den Tag am Strand oder am Pool verbringen. Alles schien genau nach Plan zu verlaufen.

„So weit, so gut." Wilma grinste. „Keine Paparazzi. Obwohl mir Gerüchte von zu Hause zu Ohren gekommen sind, dass sie wie verrückt versuchen herauszufinden, wohin das Flugzeug geflogen ist." Sie lachte laut und klatschte. „Ich liebe das. Sie mit einer so großen Hochzeit zu überlisten. Doch wir haben es noch nicht ganz geschafft."

Bevor Katy an diesem Abend einschlief, bat sie Gott, ein weiteres Wunder zu bewirken. *Halte die Presseleute fern, Herr. Es bedeutet so viel für Dayne und deshalb bedeutet es mir auch viel. Und bitte benutze unsere Hochzeit, dass andere dir dadurch näherkommen und dass ihre Beziehungen untereinander gesegnet werden.* Sie lächelte vor sich hin. Die Märchenhochzeit, von der sie ihr Leben lang geträumt hatte, würde tatsächlich stattfinden!

Ihr Zimmer lag im vierten Stock und sie schlief in dieser Nacht mit weit geöffneter Balkontür, während sich das Rauschen des Ozeans mit der warmen Luft mischte und ihr Zimmer erfüllte. Als sie endlich in den Schlaf sank, war nur noch ein Gebet auf ihren Lippen.

Danke, Herr ... Von ganzem Herzen danke ich dir.

Kapitel 27

Noch lag die Dunkelheit über dem Riviera-Resort, als John Baxter seine Krawatte geraderückte. Elaine war bereits fertig und wartete im Nebenzimmer auf ihn. Katy und Dayne hatten diesen Zeitpunkt für ihre Hochzeit gewählt, die Stunde, die alles symbolisierte, was ihre Beziehung betraf.

Sonnenaufgang.

Im Schutz der Nacht waren der Hochzeitspavillon und die Sitzreihen am Strand aufgebaut worden. Taschenlampen lagen in den Zimmern bereit, damit die Gäste in der Dunkelheit draußen den Weg zum Strand finden konnten. Wilma hatte genau recherchiert, wann die Sonne aufgehen und das erste Licht die Dunkelheit der Nacht durchbrechen würde.

John sprühte etwas Eau de Cologne auf seinen Hals und begab sich zu Elaine. Sie trug ein dunkelgraues, halblanges Kleid und sah darin umwerfend aus. „Elaine …"

Sie erhob sich und kam zu ihm. „Du siehst sehr gut aus, John. Die Hochzeit wird perfekt."

„Ich kann es nicht glauben, dass es wirklich geschieht, dass mein ältester Sohn nun ein Teil unserer Familie ist, dass er heiraten wird und … nun ja …" Seine Stimme wurde ein wenig tiefer, „… dass du hier bist, um das gemeinsam mit mir zu erleben."

Sie nahm seine Hand. Ihre Berührung erinnerte ihn daran, dass – obwohl sein Herz die größten aller Schmerzen erlebt hatte, obwohl er fast an seiner Trauer um den Verlust von Elizabeth gestorben wäre – er immer noch lebte und atmete. Und dass Elaine ein sehr großer Teil seines neuen Lebens war.

Er sah ihr tief in die Augen und spürte schon, wie er sich in einer halben Stunde an ihrer Seite fühlen würde, wenn der Morgen dämmerte und die Sonne den Himmel erfüllte. Der Ort der Hochzeit war atemberaubend: die Wellen des Ozeans, weißer Sand und blaugrünes Wasser, soweit man blicken konnte.

Doch Elaine war noch schöner als all das. Vielleicht hatten sie nach der Trauung die Gelegenheit, einen Spaziergang zu machen, und dann würde er es ihr sagen. Doch im Moment war er zu aufgeregt, um über seine Gefühle zu sprechen. Es war falsch – und es würde sich immer so anfühlen – dass Elizabeth jetzt nicht hier war, dass nicht sie die Frau war, die neben ihm stand und zusah, wie ihr ältester Sohn die Frau heiratete, die er liebte.

Dennoch war das jetzt sein Leben – und sein Leben schloss Elaine Denning mit ein.

Und vielleicht – nur vielleicht – würde das für den Rest seines Lebens so sein.

* * *

Katy war erfüllt von einem Frieden und einer Freude, die sie nie zuvor gekannt hatte. Es war kurz nach fünf Uhr morgens und sie war mit ihren Freundinnen, die bis auf Rhonda alle ihre Schwägerinnen werden würden, in ihrem Zimmer. Kari, Brooke, Reagan und Rhonda halfen mit der Schleppe und Erin – die am vorhergehenden Tag mit ihrer Familie angereist war – hielt den Blumenstrauß und wartete darauf, dass Katy fertig werden würde.

Ashley – die durch ihre dickköpfige Entschlossenheit und ihre nie nachlassenden Gebete dafür gesorgt hatte, dass die Baxter-Familie endlich vereint war – stand dicht neben ihr, richtete ihren Schleier und summte Katys Lieblingslied, „Bleibend ist deine Treu".

„Es ist wirklich wahr." Ashleys Stimme war leise, voll tiefer Gefühle. „Das erinnert mich daran, wie ich Landon geheiratet habe und wie Gott meine Mutter so lange am Leben erhalten hat, dass sie diesen Moment miterleben konnte. Und Landon hat mich nie aufgegeben." Sie lächelte, doch ihre Augen schimmerten feucht, als sie Katy anschaute. „All das war Gottes Treue." Sie umarmte Katy. „Und heute Morgen ist es genauso."

Es war die Wahrheit. Katy spürte das bis in die Tiefen ihrer Seele hinein. Dayne Matthews würde sie bis zu dem Tag lieben, an dem sie starb. Er würde für sie kämpfen, für diese einzigartige Beziehung, die sie gemeinsam gefunden hatten. Er würde kämpfen, so wie er sich vom Rand des Todes nach seinem Unfall ins Leben zurückgekämpft hatte. Wenn es ihn auch alles kosten würde, würde er sie dennoch ehren und wertschätzen und an ihrer Ehe festhalten.

Und so würde sie es auch tun.

Die Sonne sollte an diesem Morgen um 5.53 Uhr aufgehen. Um 5.40 Uhr trat Wilma Waters in den Raum und starrte sie an. „Katy Hart, Sie sind ein Traum! Es ist fast zu schade, dass die Presse *kein* Foto von dieser Hochzeit bekommen wird."

Katy fühlte eine Welle der Freude in sich aufsteigen. „Immer noch kein Zeichen von den Paparazzi?"

„Kein einziger Fotograf ist in Sicht außer demjenigen, den das Hotel organisiert hat." Wilma wischte sich über die Stirn, als ob die große Aufgabe sie schließlich doch ihre unerschöpflich scheinende Energie gekostet hätte. Dann lachte sie und ihr Gesicht wurde wieder lebendig. „Doch das ist nicht mein Verdienst. Das alles ging viel zu glatt." Sie zeigte nach oben. „Ich fange langsam an zu glauben, dass das etwas mit diesen ganzen Gebeten zu tun hat, die Sie alle gesprochen haben."

„Oh ja." Ashley trat einen Schritt vor. „Bevor wir hier aus Cancún abreisen, sollten wir uns ein paar Minuten unterhalten. Wenn Sie nicht an die Macht des Gebets glauben, werden Sie es mit Sicherheit tun, wenn Sie ein paar unserer Geschichten gehört haben."

Leises Gelächter kam von den anderen.

Doch Wilma blieb ernst. „Das würde ich gerne machen. Katy und Dayne haben mich wirklich zum Nachdenken gebracht."

Das war ein weiteres Geschenk, das Tüpfelchen auf dem I. Katy war nicht sicher, ob sie noch eine Minute länger warten konnte. „Sind wir so weit?"

„Sind wir." Wilma lächelte und ihre Augen spiegelten ihre tief empfundene Anteilnahme wider. „Sogar in der Dunkelheit ist es draußen am Strand wunderschön, Katy. Warten Sie nur, bis Sie es sehen." Sie sah auf ihre Uhr. „Alle sitzen bereits. Die Trauzeugen warten mit Dayne am Altar unter dem Hochzeitspavillion. Und im Osten ist bereits die erste Dämmerung zu sehen."

„Also dann." Ashley berührte Katys Arm. „Wie Katy sagen würde – auf geht's."

Sie gingen leise in den Vorraum, wo Katy ihren Vater sah. Er war in den vergangenen zehn Jahren fast immer krank gewesen. Obwohl sie jede Woche telefonierten, war ihre Beziehung nicht so eng, wie sie gewesen wäre, hätten sie dichter beieinander gewohnt. Doch hier stand er nun, der Mann, der Katy gelehrt hatte, an ihre Träume zu glauben.

Sie ging zu ihm und flüsterte ihm ins Ohr: „Erinnerst du dich, Papa, dass du mir immer wieder gesagt hast, dass ich alles erreichen kann, was ich will, alles, wovon ich träume?“

„Ja, mein Kleines.“ Ihr Vater hatte Tränen in den Augen. „Ich habe jedes Wort ernst gemeint.“

„Und du hattest recht.“ Sie lachte, doch nur, damit sie nicht weinen musste. „Danke, dass du an mich geglaubt hast. Dein Vertrauen in mich wird mich immer stärken, egal wie weit wir voneinander entfernt sind.“

„Du bist wunderschön, Katy. Ich freue mich so für dich!“

Erst jetzt bemerkte Katy die Kinder, die neben der Tür des Vorraums aufgeregt auf und ab sprangen. Cole und Tommy trugen kleine Smokings und standen neben Maddie, Hayley und Jessie, gemeinsam mit Clarisse und Chloe, Erins zwei Töchtern, die alt genug waren, um Blumenmädchen zu sein.

„Ich gehe als Erster, nicht wahr?“ Cole trat Katy in den Weg. „Ich habe den Mädchen gesagt, dass ich als Erster gehe, doch sie haben mir nicht geglaubt.“

Wilma übernahm das Gespräch, bevor Katy etwas sagen konnte. „Ihr geht alle gemeinsam. Cole, du und Tommy geht in der Mitte und die Mädchen an beiden Seiten.“ Sie lächelte die fünf Mädchen an. „Habt ihr eure Körbchen mit den Rosenblättern?“

„Ja, Madam.“ Hayley antwortete als Erste.

Ihre Antwort berührte Katy und erinnerte sie erneut an das Lied, das Ashley zuvor gesummt hatte. Dass Hayley ihren Badeunfall überleben würde, hätte niemand erwartet, doch hier stand sie nun – sie konnte ohne Hilfe gehen und war beinahe wieder in der Lage, so zu reden und zu handeln wie ihre Schwester und ihre Cousinen und Cousins. Natürlich, ihre Sätze kamen immer noch ein wenig langsamer als die der anderen Kinder. Doch sie war gesund und munter und kostbar und das alles wegen Gottes großer und unerschütterlicher Treue.

Katy massierte ihren Hals und versuchte, ihre Gefühle unter Kontrolle zu bekommen. Sie klammerte sich an den Arm ihres Vaters und bemerkte, dass sie zitterte. Natürlich! Sie würde jetzt gleich Dayne Matthews heiraten – einen Mann, der so viel mehr war, als was die Welt in ihm sah. Nur sie hatte miterlebt, wie er den Tod seiner leiblichen Mutter betrauerte oder was er bei dem ersten Treffen mit John

Baxter empfunden hatte. Allein Katy kannte die Stärke dieses Mannes, seinen Lebenswillen und seinen Wunsch, seinen Platz in der Baxter-Familie zu finden.

Allein sie wusste, wie wichtig ihm seine Familie war.

„Es ist 5.48 Uhr", verkündete Wilma. „Jetzt wird es ernst." Sie öffnete die Tür und sanfte Geigenmusik wehte von draußen herein.

Die Musik vermischte sich mit einem sanften, warmen Wind und dem leisen Rauschen der Wellen. Das alles ließ Katys Herz schneller schlagen.

Wilma wies die Brautjungfern an, im Abstand von zehn Sekunden vor Katy herzugehen. Als alle durch die Tür gegangen waren und den Weg erreicht hatten, der sie zu dem Ort der Trauung am Strand führen würde, half Wilma den Kindern, sich ordentlich aufzustellen, zwei Mädchen auf der einen Seite der Jungs und drei auf der anderen Seite.

„Okay ..." Wilma berührte Coles Schulter. „Geht nicht zu schnell." Sie sah zu Katy und ihrem Vater. „In einer Minute wird sich die Musik ändern. Das ist dann euer Zeichen." Sie lächelte. „Es wird alles gut werden, Katy. Der Sonnenaufgang ist in genau zwei Minuten."

Als Wilma gegangen war, lächelte Katys Vater sie an und sie entdeckte eine Träne auf seiner Wange.

„Papa ..." Sie reckte sich auf die Zehenspitzen und wischte die Träne weg. „Ich bin so froh, dass es dir so gut geht, dass ihr kommen konntet."

„Ich hätte deine Hochzeit um nichts auf der Welt verpassen wollen."

In diesem Moment änderte sich die Musik. Katy holte tief Luft. „Das ist es."

Es war nicht der traditionelle Hochzeitsmarsch, der gespielt wurde. Stattdessen spielten die Geiger und der Pianist, die am Strand platziert waren, den Titelsong aus dem Film *Robin Hood, König der Diebe*: „(Everything I Do) I Do It For You." Es war ein Lied, das Dayne oft während seiner Therapie gehört hatte. Die tiefe Leidenschaft in der Musik und die Liebe, von der der Text handelte, hatten Katy und Dayne davon überzeugt, dass dies das einzig passende Lied für diesen Moment war.

Katy und ihr Vater betraten den Weg. Sie bogen um die Ecke und der Ort der Trauung breitete sich vor ihnen aus wie ein Bild aus einem Traum. Weiße Rosen hingen in großzügigen Kaskaden von niedrigen Säulen herab, die den Sitzbereich umgaben, und schmückten den Gang, der zum Altar führte.

Erst jetzt bemerkte Katy, dass Dayne ein Mikrofon hielt. Sie hatte bis zu den Proben von *Oliver!* nicht gewusst, welches Gesangstalent Dayne besaß, und sie hätte sich nie träumen lassen, dass er für sie singen würde. Sie zögerte überrascht und fühlte, wie ihre Tränen zu fließen begannen, als er die ersten Worte des Liedes sang.

„‚Look into my eyes – you will see … what you mean to me.'"

Sie hatte noch einen weiten Weg durch den Gang hindurch vor sich, doch als sie sich immer näher auf Dayne zu bewegte, wurde sie so von seinem Blick gefangen genommen, dass sie sich darin verlor. So bemerkte sie kaum die feuchten Streifen auf seinem Gesicht. Er weinte, ihr Dayne, der Mann, der sie vom ersten Augenblick an geliebt hatte! Dennoch war seine Stimme sicher und kräftig und voller Leidenschaft. „‚Search your heart – search your soul … and when you find me there, you'll search no more.'"

Als er zum Höhepunkt des Liedes kam und davon sang, dass dies eine Liebe war, für die es sich sogar zu sterben lohnte, war Katy von einem wunderschönen Anblick wie gebannt. Ein Anblick, an den sie sich erinnern würde, solange sie lebte.

Am fernen Horizont über dem Ozean, brachen die ersten Strahlen der Morgensonne durch die Dunkelheit, ein Symbol für Gottes Segen auf ihrer Beziehung, die so lange von dunklen Schatten überlagert worden war. Aber dies war nun ihr Moment! Katy ging weiter, ihr Blick haftete an Daynes Augen. Die Liebe, die sie teilten, war wirklich all das wert, was es sie gekostet hatte, jetzt hier an diesem Ort zu stehen. Das wurde ihr klar, als die goldenen und rosafarbenen Streifen am Horizont erschienen.

Nichts anderes war ein angemesseneres Bild für ihren Hochzeitstag als ein Sonnenaufgang – und nicht nur für ihren Hochzeitstag, sondern für jeden Tag ihres Lebens.

An jedem Tag, den sie nun gemeinsam verbringen würden, sollte ihre Liebe, ihre Leidenschaft und Vertrautheit neu erwachen und erstrahlen.

* * *

Dayne wusste nicht, wie er sich auf den Beinen halten sollte. Katy war schöner als in allen seinen Vorstellungen, die er sich bisher von diesem Tag gemacht hatte. Er konnte seinen Blick nicht von ihr wenden, konnte nichts anderes tun als jedes Wort, jede Note des Liedes so zu singen, als hätte er es für sie geschrieben.

Er sang das Lied und sah dabei nur Katy. „„Look into your heart – you will find … there's nothing there to hide …. Take me as I am – take my life ...'"

Katy erreichte ihren Platz am Ende des Ganges und er bemerkte, dass sie ebenfalls weinte. Es war kein trauriges Weinen, sondern es waren Tränen der Freude über all das, was sie gemeinsam durchgemacht hatten, um schließlich an diesen Ort zu kommen.

Es war unwichtig, welche Fotos die Paparazzi in Zukunft schießen würden. Wenn sie über jede Bewegung berichteten, die sie als Ehefrau und Ehemann machten. Nichts – nichts auf der Welt – würde ihn jemals von der Liebe trennen, die er für Katy Hart empfand. Wenn es nötig war, dass sie auf einer einsamen Insel lebten, würde er auf der Stelle dorthin ziehen, bevor auch nur irgendwas zwischen sie treten konnte.

Dayne erinnerte sich voller Staunen an den Tag, als Katy mit staubigem Gesicht auf der Bühne des Kindertheaters lag und ihn mit großen Augen ansah. Er erinnerte sich, wie das grelle Licht eines Blitzes ihr Gesicht an einem dunklen, stürmischen Tag in Bloomington erhellte. Er hatte niemals irgendetwas in seinem Leben so sehr gewollt wie Katy Hart. Und das Beste von allem war, dass er den einen gefunden hatte, den er noch viel mehr brauchte, als alles andere.

Gott, Gott allein hatte sie bis zu diesem Morgen geführt.

Es war ein wundervoller Auftakt für ihre Ehe, dass in diesem Moment die Sonne über seiner rechten Schulter in den Himmel stieg. Er sang die letzten Worte. „„Everything I do … I do it for you.'"

Als er die Hand mit dem Mikrofon sinken ließ, umfloss helles Morgenlicht den Hochzeitspavillion und die Gäste und erweckte alles zum Leben.

Daynes Freund Bob Asher war gekommen, um an der Hochzeit teilzunehmen und die Trauung zu leiten. Er trat nun einen Schritt vor und blickte zu Katys Vater. „Wer bringt diese Frau zu ihrer Eheschließung?"

Katys Vater küsste ihre Wange. Dann nickte er in Bobs Richtung. „Ihre Mutter und ich." Mit diesen Worten nahm er sanft Katys Hand und legte sie in Daynes.

Die Musik erklang immer noch leise im Hintergrund und wiederholte den Refrain des Liedes. Bevor sie ihr Trauversprechen gaben, wollten Katy und Dayne noch etwas anderes tun, etwas, das sie sich schon vor Monaten überlegt hatten. Zusammen gingen sie zu einem kleinen Tisch, der neben dem Klavier stand. Auf reinem weißem Leinen standen dort zwei Vasen voll mit Schmutz. Katys Vase enthielt Blumenerde aus dem Beet neben dem Eingang des Bloomingtoner Theaters. Daynes war gefüllt mit Sand vom Malibu Beach.

Sie lächelten einander zu, dann stellte Katy eine größere, leere Kristallvase daneben. Langsam füllten sie den Inhalt ihrer Gefäße in die große Vase, und Erde und Sand vermischten sich.

Dann wandte sich Dayne wieder zu ihren Familien und Freunden zu. Er hatte sich für diesen Moment etwas aufgeschrieben, doch er wollte nun kein Stück Papier aus seiner Tasche ziehen und etwas ablesen. Stattdessen sagte er die Worte, die tief aus seinem Herzen kamen. „Unsere Welten sind sehr unterschiedlich, Katys und meine. Der Sand und die Erde sollen das verdeutlichen. Doch hier, mit Gott und euch als unseren Zeugen, haben wir das Geheimnis des Einsseins gefunden – ein Herz, eine Familie, ein Glaube. Es ist nicht wichtig, was von nun an in einer unserer Welten passieren wird. Es wird so schwer sein, uns voneinander zu trennen, wie es unmöglich ist, den Sand und die Erde wieder auseinanderzusortieren."

Katy drückte Daynes Hand, als sie zur Mitte des Pavillons gingen, wo Bob einige Worte über die Liebe, die Ehe und Gottes Wirken in ihrer Beziehung sprach. Dayne hörte genau zu, doch jedes Mal, wenn er Katy anschaute, verlor er seine Konzentration. So war es auch während ihres Trauversprechens, Dayne war gefangen in Katys Schönheit, die tief aus ihrem Innersten kam.

Endlich lächelte Bob. „Ich möchte Ihnen nun Dayne und Katy Matthews vorstellen!" Er grinste Dayne an. „Du darfst jetzt die Braut küssen."

Dayne bekam vor Aufregung keine Luft mehr, doch das war unwichtig. Er hob Katys Schleier und nahm ihr Gesicht sanft in seine Hände. Der Kuss dauerte nicht lange, doch er würde sich sein ganzes Leben lang daran erinnern.

Als er sich seiner Familie und seinen Freunden zuwandte, hätte er am liebsten laut gejubelt! Sie hatten es geschafft! Sie waren verheiratet! Jetzt war sie seine Frau und er war ihr Mann. Das war mehr, als er begreifen konnte.

In diesem Moment bemerkte er, dass sich die Farben des Himmels erneut verändert hatten. Die goldenen und rosafarbenen Streifen hatten sich über den ganzen Horizont ausgebreitet und ein zarter blauer Himmel erschien zwischen den leuchtenden Streifen. Das war die Schönheit eines neuen Tages. Der Sonnenaufgang änderte sich alle paar Sekunden, und mit jeder Veränderung wurde das Bild nur noch schöner.

So war es auch mit ihrer beider Neuanfang. Veränderungen würden sicherlich auf sie zukommen. Doch Dayne war bis in die Tiefen seiner Seele davon überzeugt, dass sie dem wunderbaren Schauspiel gleichen würden, das sich vor ihren Augen ausbreitete. Ihr neues gemeinsames Leben begann mit den strahlenden, atemberaubenden Farben eines Sonnenaufgangs, der schöner und schöner wurde.

Die Schicksale der Baxters

Karen Kingsbury
... denn er weiß nicht, was er tut
Die Wege meiner Kinder – Band 1
ISBN 978-3-86122-874-5
416 Seiten, Paperback

Ein anonymer Anruf genügt und Kari Baxter weiß von der Affäre ihres Mannes. Allerdings reagiert keiner der beiden so, wie man es von ihm erwartet hätte: Tim geht aufs Ganze und treibt die Scheidung voran. Kari jedoch will sich an den Ehebund halten, den sie vor Gott und der Gemeinde geschlossen hat. Wie aber soll sie es einordnen, dass mitten in ihren Kämpfen ausgerechnet der Mann auftaucht, mit dem sie einmal so viel verband – Ryan? Plötzlich gerät alles ins Rollen ...

... denn er weiß um dein Gestern
Die Wege meiner Kinder – Band 2
ISBN 978-3-86122-936-0
432 Seiten, Paperback

Niemand weiß, was geschehen ist, als Ashley Baxter aus Paris zurückkehrt – mit einem Baby unter ihrem Herzen und einem Eispanzer um ihr Herz. Doch ihr Job öffnet ihr die Tür zurück ins Leben. Sie merkt, wie heilsam es sein kann, seine Zeit mit Menschen zu verbringen, die einem am Herzen liegen. Nur bei Landon Blake fällt ihr das schwer. Seit ihrer Schulzeit ist der Feuerwehrmann in Ashley verliebt. Sie aber fürchtet ein langweiliges Leben an der Seite dieses Mannes mit festen Prinzipien. Oder ist es ihre dunkle Vergangenheit, die sie zweifeln lässt? Ein dramatischer Zwischenfall stellt plötzlich all ihre Bedenken infrage ...

... denn er vergibt dir deine Schuld
Die Wege meiner Kinder – Band 3
ISBN 978-3-86122-978-0
384 Seiten, Paperback

Luke Baxter hat sich ausgeklinkt. Er kehrt nicht nur der Familie den Rücken, sondern auch Gott. Mit seiner Freundin Lori führt er eine offene Beziehung, doch unter der Oberfläche brodelt es. Eines Tages landet Lori mit lebensbedrohlichen Krankheitssymptomen ausgerechnet auf der Station von Dr. Baxter, Lukes Vater. Der Befund überrollt Luke wie eine Lawine. Wo wird der „Verlorene Sohn" Halt finden? Und welche Rolle spielt dabei Reagan, seine große Liebe aus vergangenen Tagen?

... denn am Morgen wird Freude sein
Die Wege meiner Kinder – Band 4
ISBN 978-3-86827-020-4
352 Seiten, Paperback

Brooke Baxter hat alles erreicht, was die Welt zu bieten hat: Eine beeindruckende Karriere, ein wunderschönes Zuhause und zwei wunderbare Kinder. Ihr kürzlich wiedergefundener Glaube gibt ihr Kraft und Lebensfreude. Doch dann ereignet sich ein dramatischer Unfall. Das Leben ihrer Tochter hängt an einem seidenen Faden, und Brooke macht ihren Mann dafür verantwortlich. Wird ihre Ehe diese Krise überstehen, kann ihr neuer Glaube dem Druck standhalten, und erwartet sie am Ende dieser Dunkelheit tatsächlich ein freudiger Morgen?

... denn er ist ihre Stärke
Die Wege meiner Kinder – Band 5
ISBN 978-3-86827-064-8
416 Seiten, Paperback

Es soll eine einzigartige Familienfeier werden, die die Wege aller Baxters nach so vielen Windungen wieder zusammenführt. In die Vorbereitungen platzt jedoch eine Nachricht, die jeden Neubeginn grausam infrage stellt – wenn Gott nicht ein Wunder tut.

Der Anfang von Katy & Dayne

Karen Kingsbury
Schatten des Ruhms
Boulevard der Träume – Band 1
ISBN 978-3-86827-135-5
320 Seiten, Paperback

Was hat es mit den Briefen auf sich, die Ashley Baxter im Nachlass ihrer Mutter findet? Warum nur hütet ihr Vater sie so eifersüchtig?
Ashley ahnt nicht, dass Dayne Matthews den Schlüssel zu dem Geheimnis kennt. Der attraktive Hollywoodstar sucht gerade nach der idealen Besetzung für die weibliche Hauptrolle in seinem neuen Film. Ausgerechnet im verschlafenen Bloomington wird er fündig: Katy Hart kann das Casting für sich entscheiden. Dabei hatte sie ihre vielversprechende Schauspielkarriere wegen eines Todesfalls an den Nagel gehängt und das christliche Kindertheater zu ihrer Sache gemacht.
Katy fühlt sich zu dem attraktiven Dayne hingezogen. Aber ist das Gottes Weg mit ihr? Soll sie den millionenschweren Vertrag unterschreiben?

Glanz der Vergebung
Boulevard der Träume – Band 2
ISBN 978-3-86827-175-1
320 Seiten, Paperback

Die Proben des christlichen Kindertheaters sind in vollem Gange, als ein tragischer Unfall die Kleinstadtidylle von Bloomington erschüttert. Plötzlich müssen die Kinder und Jugendlichen mit Wut und Trauer kämpfen. Mittendrin steht Katy Hart, die junge Regisseurin. Sie wünscht sich nichts mehr, als die Herzen der Jugendlichen zu erreichen.
Dabei wird ihr eigenes Herz noch von ganz anderen Stürmen durcheinandergewirbelt: Hollywoodstar Dayne Matthews kommt für Dreharbeiten nach Bloomington – und tritt damit wieder in Katys Leben. Was hat es zu bedeuten, dass er ihre Nähe sucht?

Funken der Gewissheit
Boulevard der Träume – Band 3
ISBN 978-3-86827-214-7
320 Seiten, Paperback

Der Prozess um die Stalkerin, die Dayne und Katy belästigt, wirft seine Schatten voraus. Tiefere Schatten aber fallen auf Daynes Leben. Eine ganz besondere Nachricht seiner Ex-Freundin Kelly erschüttert sein Leben – und das in dem Moment, in dem er sich wieder dem Glauben zuwendet. Ratlos flieht er nach Mexiko zu einem Freund. Hier muss er sich der Frage stellen: Gibt es eine Zukunft für ihn und Katy?

Schein der Hoffnung
Boulevard der Träume – Band 4
ISBN 978-3-86827-257-4
304 Seiten, Paperback

Katy gibt ihrer Liebe zu Dayne keine Zukunft. Der ist zerrissen zwischen seiner Liebe zu Katy und seinem Leben in Hollywood. Er kennt zwar die Schattenseiten dieser Glitzerwelt, doch soll es das gewesen sein mit seiner Karriere? Aber kann er wirklich ohne Katy leben? Nur in Bloomington können die entscheidenden Fragen seines Lebens geklärt werden …

Strahlen der Ewigkeit
Boulevard der Träume – Band 5
ISBN 978-3-86827-258-1
304 Seiten, Paperback

Endlich erfüllt sich, wovon Katy und Dayne so lange träumten: Sie planen ihr gemeinsames Leben in Bloomington. Ein schrecklicher Autounfall aber verändert alles. Dayne überlebt – doch wird er wieder gesund werden? Auch John Baxter und seine Kinder bangen um Dayne – ihr ganzes Familienleben wird durch die neue Situation auf den Kopf gestellt ...

Ein weiterer Titel von Karen Kingsbury

Melodie unseres Lebens
ISBN 978-3-86827-103-4
496 Seiten, Paperback

Die Würfel sind gefallen für Abby und John.
Was ist geblieben von den besten Jahren ihres Lebens, die sie mit ihren drei wundervollen Kindern in ihrem Haus am See verbrachten? Fremd sind sie sich geworden. So fremd, dass John den Platz in seinem Herzen an eine andere vergibt und Abby einen Schlussstrich will. Was soll ihre Scheidung jetzt noch aufhalten?
Als sie ihre Kinder versammeln, um sie mit dem Schrecklichen vertraut zu machen, ändert sich ihre Situation schlagartig, denn ihre Tochter ergreift zuerst das Wort. Sie ist im siebten Himmel, in sechs Monaten will sie vor den Traualtar treten. Ihre Ehe soll so wundervoll werden wie die ihrer geliebten Eltern ... Und so spielen sie das Spiel mit und machen sich aus Liebe zu ihren Kindern auf ihre letzte gemeinsame Wegstrecke. Doch sechs Monate können eine endlos lange Zeit sein ...

Weitere Romane von FRANCKE

Jenny B. Jones
Ein Sommer am See
ISBN 978-3-86827-222-2
320 Seiten, Paperback

Maggie Montgomery ist lebenslustig, mutig und unkonventionell. Ihr Job als Kamerafrau führt sie rund um den Globus. Doch ihre perfekte Welt steht Kopf, als sie wegen eines Notfalls in ihre alte Heimat zurückkehren muss. Nichts scheut die furchtlose Maggie so sehr wie Ivy, das Städtchen ihrer Kindheit, die Begegnung mit ihrem Vater und … den See.
Ihre 10-jährige Nichte Riley, ein unbändiger kleiner Wildfang, treibt Maggie bald an die Grenzen ihrer Belastbarkeit. Doch damit nicht genug, reißt sie die Freundschaft zu dem attraktiven Tierarzt Connor Blake in einen Strudel von Gefühlen, der ihr Angst macht. Denn die echte Maggie hat Angst vor der Liebe, Angst vor dem Leben und Angst vor sich selbst. Aber am meisten fürchtet sie die Erinnerung an den Abend, an dem ihre Mutter im See ertrank …

Ein tiefgründiger, aber auch humorvoller und temporeicher Roman, der zeigt, dass die herausforderndste und befreiendste Reise nicht auf den Meeren oder über den Wolken stattfindet, sondern in uns selbst – hin zu dem Menschen, als den Gott uns geschaffen hat.

Jenny B. Jones
Scheinbar verliebt
ISBN 978-3-86827-303-8
ca. 304 Seiten, Paperback

Lucy Wiltshire ist die Leiterin einer gemeinnützigen Einrichtung, die sich um jungen Frauen kümmert, die aus dem Pflegesystem herausfallen. Als ihr größter Geldgeber ihr plötzlich den Geldhahn abdreht, ist sie fest entschlossen herauszufinden, warum. Kampflos will sie nicht aufgeben, schließlich geht es um das Überleben ihrer Einrichtung und die Zukunft ihrer Mädchen.

Doch als sie den früheren Footballstar und Mitbesitzer von Sinclair Enterprises mitten auf der Tanzfläche einer Galaveranstaltung zur Rede stellt, kommt alles anders als gedacht. Woher hätte Lucy aber auch wissen sollen, dass diese Aktion ihr Leben noch mehr auf den Kopf stellen würde?

Denn Alex Sinclair, der Kongressabgeordneter werden will und sich mitten im Wahlkampf befindet, macht ihr einen absolut verrückten Vorschlag. Sowohl Lucy als auch er könnten davon profitieren. Doch wie weit ist Lucy bereit, für ihre Mädchen zu gehen? Was, wenn dieser Plan sie mehr kostet, als sie zu geben bereit ist? Wenn mit einem Mal nicht mehr nur ihre Zukunft, sondern auch ihr Herz – und ihr Leben – auf dem Spiel stehen?

Lori Wick
Und hinter dem Horizont das Glück
ISBN 978-3-86827-215-4
496 Seiten, Paperback

Middleton/Wisconsin, USA, Oktober 1988
Ein tragischer Unfall zerstört das Leben der Familie Riley. Plötzlich steht Alec allein mit drei Kindern da. Wie soll er es neben seiner aufreibenden Arbeit als Bauunternehmer schaffen, drei Kinder zu beaufsichtigen und einen Haushalt zu organisieren? Trauer und Chaos überwältigen ihn …

Prag, Tschechoslowakei, Oktober 1988
Die junge Sophia Velikonja kann es kaum fassen: Ihr Name steht auf der Liste für genehmigte Ausreiseanträge! Endlich darf sie ihre kommunistische Heimat verlassen und in das Land der unbegrenzten Möglichkeiten reisen. Voller Gottvertrauen macht sie sich auf den Weg.

Aber war die Entscheidung, ihre Heimat zu verlassen, wirklich richtig? Diese Frage stellt sich Sophia immer wieder, während sie sich in Chicago als schlecht bezahlte Kellnerin durchschlagen muss. Doch dann erzählt ihr ihre Freundin Janet von einem möglichen neuen Job: Irgendwo in Wisconsin gibt es einen jungen Witwer, der dringend eine Haushälterin braucht …